U0870062

布鲁诺·舒尔茨

短篇小说集

鳄鱼街

The Street of Crocodiles

[波兰] 布鲁诺·舒尔茨 著
杨向荣 译

GUANGXI NORMAL UNIVERSITY PRESS
广西师范大学出版社
·桂林·

鳄鱼街
EYU JIE

图书在版编目（CIP）数据

鳄鱼街 / （波）布鲁诺·舒尔茨著；杨向荣译．—桂林：广西师范大学出版社，2020.6（2022.5 重印）
ISBN 978-7-5598-2647-3

Ⅰ．①鳄…　Ⅱ．①布…②杨…　Ⅲ．①短篇小说－小说集－波兰－现代　Ⅳ．①I513.45

中国版本图书馆 CIP 数据核字（2020）第 029561 号

广西师范大学出版社出版发行
（广西桂林市五里店路 9 号　邮政编码：541004
网址：http://www.bbtpress.com）
出版人：黄轩庄
全国新华书店经销
湛江南华印务有限公司印刷
（广东省湛江市霞山区绿塘路 61 号　邮政编码：524002）
开本：787 mm × 1 092 mm　1/32
印张：13　　字数：256 千字
2020 年 6 月第 1 版　　2022 年 5 月第 2 次印刷
印数：8 001~13 000 册　　定价：52.00 元

如发现印装质量问题，影响阅读，请与出版社发行部门联系调换。

布鲁诺 · 舒尔茨自画像（1930 年）

街景（1930 年）

目录

鳄鱼街

用沙漏做招牌的疗养院

集外

鳄鱼街

八月

1

七月，父亲到外面去取水，把我和母亲、哥哥留在家里，他实在不堪忍受夏日那炽烈而又令人眩晕的热气的折磨。光线刺激得人心神恍惚，我们沉浸在假日那本漫漫长书中。书页间阳光照耀，能闻到金黄色的梨子正在软化的果浆散发出的那种甜丝丝的气息。

清澈明媚的早晨，阿德拉从集市归来，犹如从白昼的光焰中冉冉现身的果树女神波莫娜①，她的篮子里流溢着色彩缤纷的阳光之美——琼浆欲滴的红草莓表皮晶莹剔透，神秘的黑色酸樱桃散发出来的香气比品尝时更沁人心脾，饱含金色果浆的杏子躺在那个漫长的午后的果核上。在这本纯净的水果诗集旁边，她卸下富有能量和韧劲的排骨以及像死去的章鱼和水母般的海藻蔬菜——说不上什么味道的饭菜原料，还有主餐用的蔬菜和植物配料，散发出一股旷野和乡村的清香。

---

① 波莫娜（Pomona），罗马神话中司果园和果实的女神。

每天，毫无遮拦的盛夏的热气穿透集市广场公寓二楼那个黑洞洞的房间，向里面弥漫进去——空气的条带在无声中抖颤，地板上的方形光块沉沉地做着美梦，从白昼金色静脉深处升起手风琴的乐声，远处一架钢琴一遍又一遍地弹奏着两三节合唱曲的复调，音乐融化在炽热的人行道上的阳光里，最后消失在正午的光焰中。

清扫完毕后，阿德拉会拉下亚麻布的窗帘，整个房间随之便陷入朦朦胧胧的黑暗状态。五颜六色骤然降了个八度音程，黑影弥漫的房间仿佛沉进海底，绿莹莹的水的镜子上反射着光亮，如同在正午的梦中轻轻躁动的白昼的热气开始在窗帘上喘息。

星期六下午，我总是和母亲去外面散步。我们从门厅的昏暗里走出来，顷刻间步入白天的灿烂中。沐浴在温柔的金黄色中的行人，面对炫目的强光半眯着眼睛，好像里面浸满了蜂蜜。他们掀起上唇，露出牙齿。在这金黄色的日光下，路人的脸上都带着酷热难耐的怪表情，仿佛太阳强行给众信徒戴上了整齐划一的金色面具。老人和青年、妇女和小孩儿，全都戴着这副面具互致问候，脸上有如抹着厚厚的一层金色颜料。他们冲着对方异教徒似的脸庞笑着，而且是那种酒神般狂欢的笑。

集市广场上显得空空荡荡同时又炽热炫目，热风掠过时犹如《圣经》里描写的那片沙漠。生长在这片空旷中的合欢树荆棘遍身、叶片闪闪，仿佛描画在古老的织锦上。虽然没有风在喘气，这些树仍然以某种戏剧性的姿态沙沙地晃动着叶子，似乎想炫耀堪与贵人大衣的狐毛衬里相媲美的银色衬里的雅致。那些成年累月被风打磨得十分光滑的老宅子，在与大气射线、回声和散落在透明的天空深处的五彩缤纷的颜色的记忆玩着诡谲的魔术。仿佛无数个世代的夏天，像耐心的粉刷工人擦洗古老建筑外表霉烂的石灰层那样，清除掉那层虚幻的釉面，越来越清晰地露出房屋的真容，露出造化赋予、生活从内部塑造出的形象。此刻，被空空荡荡的广场外耀眼的光线遮蔽住的窗户已经沉睡，阳台向天空袒露着自己的虚无，空旷的大门口盈溢着一股凉爽和葡萄酒的味道。

一群聚集在广场角落躲避燃烧的热浪的乞丐正在围攻一堵断墙，周而复始地朝墙上投掷纽扣和硬币，好像要从金属圆盘上的星象里读出用刮痕和裂缝的线条构成的象形文字写成的真正秘密。除了他们，广场上渺无人迹。但可以想象，随时会有一匹撒玛利亚人[①]的毛驴套着笼头被牵到酒贩子店铺的拱门前站住，两个仆人把一个病人小心翼翼地从烫得发红的马鞍上搀下来，扶着他顺着凉爽的楼梯缓缓向顶屋走去，此刻这间屋子里已经弥漫着安息日的芳香。

母亲和我继续沿着集市广场两侧光灿灿的路边漫步，我们破碎的影子沿着那些建筑物的边缘拖曳，仿佛游走在一架键盘上。在我们舒缓的脚步下，石板铺成的路面缓缓向后退去。有些路面

---

① 撒玛利亚人（Samaritan），犹太人的一支，现在基本上已不存在。后来引申为乐善好施、解危济贫、做好事不求回报的人。

宛如人的淡红色皮肤，还有些呈金黄色、蓝灰色，感觉太阳下平坦的地面特别暖和，柔软得像天鹅绒。我们像日晷般拖着沉重的双脚迈向那片湮灭之地，步入神圣的虚无。

最后，在斯特伊斯加大街的拐角处，我们走进药剂师诊所的阴影中。宽阔的玻璃橱窗中摆放着盛满紫红色液体的巨大的瓶瓶罐罐，象征镇痛剂的冷静和凉意，似乎用了它们任何病痛都可能得到缓解。当我们走过更多的房屋后，这条街渐渐失去庄重文雅的风采，仿佛回到家乡小村的游子一路上一件一件地解除盛装，当越来越接近故乡的时候，他又悄然变成了一个农夫。

郊区的房屋仿佛在往下沉陷，窗户以及所有的东西浸没在小花园繁芜的花海之中。借着白昼的余光眺望过去，各种各样的花草悄然盛开，似乎因为能够在时间之外、趁机躺在无尽的白昼边缘做一会儿梦而兴奋不已。一棵备受象皮病折磨的巨大的向日葵，在一根强有力的茎秆的支撑下，沉浸在生命最后时日的哀伤之中，在畸形肥胖的重压下弯着腰。然而，稚嫩淳朴的风铃草、天真烂漫的凸纹花，在粉红和纯白之间交替变换着颜色，弱不禁风地站在那里，对发生在向日葵身上的悲剧无动于衷。

2

盘根错节的杂草、野禾和蓟科植物在午后的热焰中噼噼啪啪地爆裂着。沉睡中的花园回响着蝇群的嗡鸣声。稻茬遍布的金色田野在阳光中如褐色的蝗群般大声疾呼，蟋蟀在从天空中倾泻而下的火雨里惊声尖叫，豆荚发出蚱蜢般轻微的炸裂声。

那片羊皮般的青草在篱笆旁边耸然升起，仿佛沉睡中的花园翻了一下身子。当它在纹丝不动的大地上喘息的时候，那宽阔、农夫般的脊背随之上下起伏。那儿，八月混浊的女性般的烂熟蔓延进巨大而密不透风的牛蒡丛，后者舒展开锡片般的叶子，吐出肉乎乎的碧绿的舌头；那儿，球结般的刺果簇团自动蔓延开来，像悠然歇息的农家女半裹在卷起的裙子中；那儿，花园免费提供最廉价的野丁香果、烈性的薄荷味白兰地和各种八月的劣质货。在篱笆的两边，在夏季的丛林后面，孟浪地生长着一片傻里傻气的野草，在一个发臭的垃圾堆上疯狂地溢出无数蓟科植物。没有人知道，就是那片垃圾堆，八月选中它举办本年度异教徒的狂欢盛会；那儿，那个叫图雅的女孩——我们管她叫低能儿——她的床紧挨着篱笆，被一棵老树所遮蔽。在一片旧锅、扔弃的单鞋和塑料块混杂的垃圾堆上，放着一张漆成绿色的床，它掉了一条腿，用两块砖头支撑着。

银亮的蝇群闪电般划过悬浮在垃圾堆上方、灼热得骚动不安的空气，它们被骄阳熏炙得无路可逃，噼啪乱响，好像里面藏满了看不见的响尾蛇，刺激得人要癫狂。

图雅盘腿坐在黄色被褥和碎布片中，硕大的脑袋上扣着一蓬黑色的乱发。她的表情变化就像手风琴的风箱。痛苦古怪的脸瞬息万变地抽搐着，像合拢起来的手风琴的数条垂直的褶皱，但是顷刻间惊愕又浮上脸颊，再次把褶皱熨平，露出小眼睛上方的裂缝以及粘在猪嘴般肉乎乎的唇里那排黄牙上的湿漉漉的口香糖。在燥热和无聊中，图雅一连好几个小时嘴里咕哝着枯燥的呓语，若睡若醒，喃喃自语，不停地咳嗽着。她几乎纹丝不动的身躯上密集地覆盖着厚厚的一层蝇群。但是，忽然间，那堆脏兮兮的碎布片仿佛遭到一群刚出生的耗子的抓挠的刺激，开始蠕动起来。蝇群惊恐万分地苏醒过来，像狂怒的嗡嗡叫唤的巨大乌云升上天空，流溢着太阳折射过来的五彩斑斓。碎布片像受惊的耗子般落向地面，掠过臭气熏天的垃圾堆，这时一个人形逐渐现身了。那个半裸的黝黑的傻女孩在幼童般的短腿的支撑下，像某种异教徒的偶像般缓缓站立起来。她的脖颈由于愤怒而变得粗涨，脸蛋由于狂躁而憋得通红，鼓起的静脉血管像一张原始壁画上凸雕的纹饰。她发出一声动物般的嘶哑的尖叫，仿佛从那个半兽半神的胸腔深处迸出。被阳光打得发蔫的蓟科植物咆哮着，车前草膨胀、炫耀着不知羞耻的肉体，野草分泌着亮闪闪的毒液。这个低能儿姑娘嘶哑着声音号叫着，胡乱抽搐着。急于要发泄情欲的她，在一棵老树干上不停地蹭着肉感的肚皮，小树在这阵放荡欲望的持续挤压下发出轻轻的呻吟，如同被可怕的合唱煽动起来，堕落为有悖自然的邪恶的交媾。

图雅的母亲玛丽靠给别人家擦地板维持生活。她身材矮小，脸色蜡黄。终日忙碌于冲洗地板，擦拭牌桌、凳子和穷人家的楼梯栏杆。

有一次，阿德拉带我去老玛丽住的地方。正是破晓时分，我们走进那个墙壁发蓝的小房间，地板是泥土的，房间安卧在寂静的早晨一片金灿灿的阳光中，只有墙上那只农家风格的钟表惊悸的叮当声才会打破这寂静。蠢玛丽一动不动地躺在那只装满稻草的箱子里，苍白得像一块威化饼干，僵硬得犹如抽出手的空手套。仿佛是为了充分利用她睡熟的机会，那寂静开始喃喃自语，那金色的、明媚的、恶毒的寂静争辩着，放肆地发表着粗俗而又癫狂的长篇独白。玛丽的时间——被囚禁在灵魂深处的时间——早已脱身而去，极其真切地弥漫在整个房间，在清晨透明的寂静中大声喧哗着，令人厌恶，然后又像一团变质的面粉——疯子撒出的可恶的面粉的云团，从那只挂钟内部闹心的缓慢运转中冉冉升起。

3

在那环绕着褐锈斑斑的铁轨、掩映在花园绿荫中的一个村落里，住着我的姨妈阿佳莎。我们每次穿过那座花园，在探望她的路上都会看到无数固定在薄片般的细秆上的玻璃珠。这些粉红、碧绿、紫罗兰色的珠子，组成一个个自成一体、璀璨夺目的世界，犹如肥皂泡美丽绝伦的幻影中呈现出的令人赏心悦目的画面。

在昏暗的过道里，墙壁上古老的彩绘图案已经霉烂，因年代久远而模糊不清。我们再次领略到一股熟悉的味道。那股熟悉的味道蕴含着一种由那些图案中人物生命合成的奇妙而单纯的气息，积淀着他们种族的精华，他们血液的特质，以及他们命运的秘密。这一切日复一日悄然与他们自己的隐秘时间的流逝交织在一起。这扇古老而有灵性的门扉，这个母亲与子女进出的沉默的见证者，在它的幢幢暗影中，那些人物自由地穿行。此刻，它悄无声息地开启了，犹如一扇衣柜的门。我们踏进他们的生活。他们仿佛安坐在命运的阴影之中，没有丝毫抗拒之意，用他们最初固定下来的笨拙的姿态向我们诉说着某种秘密。我们的血液、命运，不也与他们息息相关吗?

房间里因为绘着金色图案的皇家蓝墙纸的缘故显得非常幽暗，散发出天鹅绒般柔和的光泽。即便在这里，在画框上，在门把手上，在镀金的镶边上，仍然隐隐约约闪烁着白昼古铜色的光焰，尽管光线已经过花园绿色浓荫的过滤。阿佳莎姨妈从靠墙的那把椅子里站起来迎接我们，她高大、丰满、浑圆、洁白的肉体上夹杂着铁锈色的斑点。我们在房间中那些幽灵旁边坐下，仿佛与他们的生命融为一体。他们对我们毫不戒备，让我们非常难为情。我们喝着掺有玫瑰浆的果汁，我从这沁人心脾的饮料里依稀品味到那个燠热的星期六最深刻的本质。

姨妈总是不停地埋怨着，这是跟她谈话最大的负担。声音从那个洁白、丰腴的肉体发出来，仿佛游离于她本人之外，只是松散地束缚在她的身上，即便受到各种束缚，那声音也随时准备繁殖、粉碎、扩张开来，然后又分化出另外一束集群。那几乎是一片自我繁殖的沃土，弥漫着一种放纵的病态的女人气。

仿佛一股男性味道，一丝烟草味，或者一个单身汉粗俗的玩笑，都会催燃这种炽烈的女人气，诱惑它诞生出一个淫荡的处女。事实上，她对丈夫或者仆人的所有抱怨，对孩子们的所有担忧，不过是她还没有被完全满足的繁殖情欲的反复无常的表现，是她粗鲁、懊恼、卖弄风情的必然延伸，她拿这些东西无缘无故地折磨丈夫。马克姨父身材矮小、略微驼背，长着一副薄情寡欲的脸，深陷在黯淡的潦倒之中，已经拱手顺服了命运，在无限轻蔑的阴影中享受着貌似完全的放松。他灰色的眼睛里映照出从花园漫进窗户的遥远璀璨的光芒。

每当他试图用苍白无力的姿态表示反对或者抵抗时，那股充满自我优越感的女性浪潮就会轻而易举地将这些无足轻重的姿态撂倒在一边，趾高气扬地从他身边漫过，将他身上那股汹涌澎湃的大男子主义气概冲洗得荡然无存。

那种毫无节制的繁殖情欲中埋藏着某种不幸，埋藏着一个在虚无和死亡边缘拼命挣扎的动物的痛苦，以及用生育来战胜先天不足，战胜男性气概匮乏的母性的英雄主义。但是，它们的产物却表明了母性恐慌的正当性，一种渴望生儿育女的正当性，这种激情在痛苦的分娩中枯竭交瘁，在没有血肉或者容颜的一代无常幽灵中消耗殆尽。

这时，露茜，排行老二的那个孩子走进房间，她那稚气、圆胖、白净、病态的身子顶着一颗过于硕大的脑袋。她向我伸出洋娃娃般的含苞欲放的小手。她的脸庞如一朵刚刚进入花期的牡丹，洋溢着羞红。有人肆无忌惮地告知她月经来潮的秘密时，她就闭上眼睛，满脸红晕，痛苦不堪，甚至稍稍触及一些最无关紧要的话题都会让她的脸蛋感到阵阵发烧，因为它们都含沙射影地指向这个未婚少女内心最敏感的部位。

埃米尔，那位年龄最大的表哥，长着漂亮的胡子和一张被生活冲刷得了无特点的脸，他双手插在肥大的裤子口袋里，在房间里走来走去。

他优雅昂贵的服饰上印着一个外国生产的标志，他曾经去过那个国家。在历经岁月的风蚀之后，他苍白、松弛的脸看起来好像已经没有了轮廓，变成一面布满褪色经纬般的裂纹的白墙，犹如一张陈旧的地图，那表情偶尔被某种暴风骤雨般挥霍掉的生活的记忆搅动一下。

他是一个玩纸牌游戏的大师，嘴里经常叼着长长的贵族派头的烟斗，身上散发出来自异国他乡的奇特味道。他讲述那些传奇故事时，专注的目光曲折地穿梭于昔日的记忆，故事会突然在某个瞬间打住，然后分崩离析，最后烟消云散。

我的目光无限留恋地追随着他，希望他能注意我，把我从无聊的折磨中解脱出来。他真的似乎朝我挤了一下眼睛，然后走进旁边一间屋子，我跟随他走了进去。他在一张低矮的沙发上坐下，交叉的双膝几乎跟头部一般高。他的脑袋光秃得像颗弹子球，整个人看上去简直像一团被胡乱丢掷在扶手椅上的衣裤，显得皱皱巴巴、空空落落。他的脸犹如呼出的气息——一个不明飞行物在空中穿行时留下的污迹。他那双洁净的蓝瓷般的手握着一个皮夹，眼睛瞧着里面的东西。

这张雾气弥漫的脸上那只淡白色的眼球吃力地眨巴了一下，它在诱惑我。我对埃米尔产生了一种难以抗拒的共鸣。

他让我站在他双膝之间，然后洗牌般娴熟地在我眼前亮过几张照片，那好像是一沓扑克。他让我看赤身裸体的女人和男孩儿摆出的几种奇怪的姿势。我站在那里斜过身，用迷茫、空洞的目光盯着那些娇嫩的躯体，忽然间，一股像给空气带来了电荷般的亢奋的流体朝我汹涌而来，一道极为难受的激流哆嗦着穿过我的身体，同时一股恍然若悟的浪潮从心间骤然涌过。但是，此刻，埃米尔柔软漂亮的胡须下那诡秘的微笑，太阳穴上跳动的青筋暴露出的欲望的萌芽，在脸上稍事逗留，让他的表情显得高度专注的紧张——所有这一切转瞬即逝，他的脸逐渐变得漠然和茫然，最后连这张脸也慢慢消失了。

圣显

1

我们的小镇在没完没了的昏黄与灰暗中已经沉浸了一段时间，周边阴霾突降，四处落满毛茸茸的霉菌，地上长出乏味的铁色青苔。

早晨黄褐色的烟尘和迷雾还没有完全散去，低沉的琥珀色的午后便迅速光临，带着淡色啤酒般的金黄与透明持续片刻，随即天光又从色彩缤纷、广阔无垠的重重夜空的迷幻穹窿下升起来。

我们住在集市广场一幢黑洞洞的公寓里。那片楼群中有很多空无一人的死角，很难清楚地把它们区分开来。

这给各种错误提供了无限可能。因为你一旦走错门道，踏错楼梯，极有可能会发现自己钻进一座真正的迷宫，那里的房间和阳台都完全是陌生的，某扇意想不到的门扉面对空荡荡的陌生庭院敞开着，你完全忘记了最初来这里所要探寻的目标。几天之后，经过无数次陌生而复杂的历险，在黎明熹微的晨光中再次回到自己的家时，这才想起此行的初衷。

我们家里到处是巨大的衣柜、宽阔的沙发、褪色的镜子和廉价的人工棕榈树。由于母亲懒惰，大部分时间又在店里待着，加上长着两条细腿的阿德拉对家务不闻不问，房间日益荒疏。谁也指挥不动阿德拉，她会一连几天在镜子前没完没了地化妆打扮，把梳子带下来的头发团以及画笔、怪里怪气的拖鞋、不穿了的胸衣扔得遍地都是。

从来没有人知道我们住的那套公寓究竟有多少间房子，因为没有人记得这些房子有多少间曾给陌生人住过。经常有人无意中打开被遗忘的房门，发现里面空空荡荡。房客很久以前就搬出去了。在几个月不曾动过的抽屉里往往会有意外的发现。

楼下那几间屋里住着店铺伙计，有时，深夜里他们在噩梦中发出的尖叫声会把我们吵醒。冬天的时候，还是深夜时分，父亲常常走下楼，走进那些冰冷、黑暗的房间，想把睡得如同石头般深沉的伙计们从鼾声中弄醒，他手中的蜡烛光芒摇曳，碎开重重暗物，在地板和墙壁上胡乱蹿跃。

父亲把蜡烛留在伙计们的房间，在烛光的照耀下，他们从脏兮兮的被窝里懒懒地放出身子，然后坐在床沿上，伸出难看的光脚板，手里攥着袜子，在哈欠的舒服劲儿中放纵片刻，那种哈欠几乎接近肉欲的快感了，最后激起牙床一阵痛苦的抽搐，简直快要呕吐了。

几只肥大的蟑螂静静地趴在角落里，燃烧的蜡烛照在它们的身上，身影放大后显得穷凶极恶，当它们突然像蜘蛛移动般怪异地跑开时，那影子仍然贴着没头没脑、扁平坦直的身子。

那时父亲的健康每况愈下。在那年初冬的前几个星期，他甚至常常在床上一躺就是好几天，周围环绕着装有各种药片的瓶瓶罐罐，账本直接从店里送到他眼前。疾病的苦涩滋味像房间里的地毯般落了下来，墙纸上图案隐约闪烁的幽光显得更加昏暗。

晚上，母亲从店里回到家后，父亲总是那么亢奋，老想争辩什么。

他指责母亲账目做得不准确时，整个脸颊都会涨得通红，愤怒得几乎要丧失理智。我记得不止一次，深更半夜醒来，看见他身穿睡衣，光脚丫子踩着皮革沙发忽上忽下，要向我茫然无措的母亲证明他是多么气急败坏。

在别的日子里，他又显得那么镇定和沉静，聚精会神地研究着账本，经常在复杂的算术迷宫中迷失方向。

我至今依然能看到他在冒着烟气的灯盏的映照下，在那块雕刻着花纹的巨大的床头板下，蜷缩在枕头中间，身体若有所思地前后晃荡着，脑袋在墙上映射出一个硕大的黑影。

他的目光一次又一次从账簿上移开，仿佛要接触一下空气，张大嘴巴，厌恶地咂巴几下，似乎舌头既干燥又苦涩，然后无助地环顾一番四周，好像在搜索什么东西。

有时他会悄然下床，跑到房间的角落，那面墙上挂着个他惜爱备至的家伙。那是一只沙漏状的水壶，上面印着以盎司为单位的衡量刻度，里面注满黑乎乎的液体。父亲用一根长长的塑料软管把它系在身上，那根软管像一圈长满瘤节、还在疼痛的脐带。

跟这个可怜的装备发生联系后，他神情专注得反而紧张起来，眼睛变得更加幽深，苍白的脸上弥漫开一种痛苦或者禁忌产生的快感的表情。

接下来又是几天心平气和、专心干活的日子，偶尔被孤独的自言自语中断。他坐在那里，在灯光下，在那张大床的枕头中间，当灯罩上方的阴影与窗外城市深沉的夜色交融在一起的时候，这时房间逐渐变得空旷起来。他无须注目就能感觉到，墙纸蓬蓬勃勃的丛林里到处是轻语声、咬舌声和嘶嘶声，近在咫尺，萦绕在他的身边。他无须察看，就能听到一场心照不宣、挤眉弄眼暗递信息的阴谋，一场在墙上的鲜花中竖起戒备的耳朵聆听什么的阴谋，一场用隐晦莫测、笑意盎然的嘴唇暗示什么的阴谋。

这时，他又假装更加痴迷地投入工作，加加算算，尽量不要败露出内心升起的丝毫愤怒，抑制住冲动，不要忽然大吼一声、盲目地冲上前去几把撕下那些弯弯曲曲的蔓藤花纹或者一束束眼睛和耳朵。那些密密麻麻的眼睛和耳朵从夜色中不断涌现，以随时翻新、幽灵般恐怖的抽芽和发枝速度，在黑暗的子宫中不断壮大、不断繁衍、不断弥漫。只有当清晨来临，夜色渐退，墙纸生机凋敝，画面上的叶子和花瓣脱谢，如秋季般稀稀落落地凋零，进入依稀的黎明，这时，他才镇定下来。

接着，在昏黄寒冷的黎明，在墙纸上鸟儿叽叽喳喳的鸣叫声中，他沉沉地昏睡上几个小时。

他似乎可以好几天甚至好几个星期沉醉在复杂的流水账的计算中，而他的各种思绪却早已秘密地探进肺腑深处。他凝神屏息倾听着。当他带着满脸的苍白、茫然，把凝视的目光从那座迷宫回转过来后，才露出一丝笑容镇定下来。他不愿相信那些压迫自己的假设和建议，把它们一概斥为荒谬。

白天，这一切更像在进行辩论和劝导，略微放开嗓门陈述着冗长单调的理由，不时地插入幽默的挑逗和戏弄。但是，到了夜间，这些声音会激情澎湃地升起来。他提出的各种要求更加清楚、更加放肆，我们听到他在跟上帝对话，似乎在恳求着，或者跟一个坚持要宣布和签署什么命令的人进行不懈的抗争。

终于，有一天晚上，那个声音抬高调门了，带着强烈的威胁和抵制意味，要求他还是亲自见证为好。我们听到，当他从床上起来时那个幽灵已进入他的身体，他在先知般的愤怒中变得高大起来，犹如一挺机关枪发射的急促的胡言乱语几乎让他透不过气来。我们听到了战斗的喧嚣声和上帝的呻吟声，这呻吟声好像是那个屁股被打得伤痕累累，但仍然怒不可遏的太阳神发出的。

我从来不曾看到过《圣经·旧约》中的某个先知，但是看到这个被上帝之火烧燎得如癫如狂的男人，他笨拙地坐在手臂风车后面那个巨大的瓷夜壶上，那个风车就像一幅绝望扭打的屏幕，他的声音直冲其上，听上去越来越陌生和粗粝。看到这幅画面时，我终于明白什么是圣人至高无上的愤怒了。

这是一场如同雷鸣般令人生畏的言辞交锋。他的胳膊痉挛地挥舞着，把天空划成块块碎片，在这些裂缝中浮现出口吐咒语、怒气冲冲的耶和华[①]的脸。他像栖息在西奈山[②]上的黑暗中那样，把结实有力的手掌支撑在窗帘盒上，那张巨大的脸庞紧紧贴住窗户上方的玻璃板，肉乎乎的大鼻子被压得发扁，这时，我不用细看就认出了他，这个可怕的造物主。

我听到在这些预言般的长篇演说的间歇里传来父亲的声音。我听到窗户在那两片肿胀的嘴唇发出的强有力的咆哮声中动荡摇晃，与内脏的爆炸声、恸哭声以及父亲发出的威胁声混在一起。

有时这声音骤然降低，变成温和的呢喃，好像夜间烟囱里的风传出的呜呜。接着，在哭泣和诅咒夹杂的暴风雨中，一声滚雷般的巨响传来。忽然，随着一声黑暗的哈欠，窗户打开了，一片黑暗径直飘进房间。

在电光的骤然一闪间，我看到了父亲，他解开睡衣纽扣，嘴里在疯狂地咒骂。这时，他用一个极其熟练的动作把夜壶里的东西一倾而空，倒进窗户下面的黑暗中。

① 犹太教的耶和华被认为是永恒的、世界的造物主、伦理规范的来源。耶和华的力量遍布每个角落，是一切存在的原因，力量无比强大，没有做不到的事。

② 西奈山（Sinai），是上帝的圣山，又叫摩西山，基督教的信徒们虔诚地称其为“神峰”。

2

父亲开始在我们眼前慢慢地枯萎、凋谢。

他在那几只大枕头中间佝偻着脊背，灰发凌乱地连根竖起，嘴里喃喃低语，完全沉醉在某种复杂隐秘的个人事务中。他的人格似乎分裂成众多互相抵触和吵闹不休的自我。他与自己大声争辩，激烈狂热地说服着、恳请着、乞求着。他又像在主持一个利益请求迥异的众多党派参加的会议，试图竭尽全力、执意调和他们的各种观点。可是，每次，这些人声鼎沸的会议都演变成诅咒、恶骂、诬蔑和羞辱，其间，各种激烈的争吵声此起彼伏。

接着出现了一段平静期，一段心灵的平静期，一段幸福的精神宁静期。巨大的分类账本再次摊在床上、桌子上、地板上，在那盏灯照出的光线里，一种近乎僧侣般的心平气静的氛围笼罩在洁白的床铺之上，笼罩在父亲低伏的灰暗的脑袋之上。

但是，母亲深夜从店里回来后，父亲又会变得生龙活虎，喊她过来，自豪地给她看色彩斑斓的贴花纸，他用这种纸辛苦地把主账本的页边裱了起来。

大约从那时起，我们就注意到父亲开始一天一天地萎缩，像一枚留在硬壳里的坚果仁，在逐渐干枯。

这种萎缩并没有伴随任何精力的衰退。相反，他的总体健康状况、他的幽默感、他的灵活性似乎还有所提高。

现在，他总是放声爽朗地大笑，有时几乎被自己的笑声击倒。有时，他会敲击一下床沿，变换着不同的声调回答说：“进来。”他可以这样一连玩上几个小时。他一次又一次从床上爬下来，然后又爬到衣柜顶上，蹲在天花板下，整理落满灰尘的零碎物件。

有时，他把两把椅子背靠背摆在一起，将自己全身的重量压在上面，前后晃荡着双腿，闪亮的目光在我们的脸上找寻着钦佩和鼓励的表情。他似乎已经完全跟上帝达成了妥协。有时，晚上，这个留着小胡子的造物主的脸出现在卧室的窗户前，沐浴在孟加拉焰火深紫色的光焰中。但是，那种仁慈的目光在父亲睡熟的脸上仅凝视片刻工夫，父亲那甜美的鼾声似乎已经蜿蜒到沉睡的世界遥远的未知地带。

在这个冬天漫长黯淡的午后，父亲经常花好几个小时在堆满陈旧的废弃物品的角落翻腾着，好像在狂热地搜寻什么。

有时，在晚饭时间，当我们都在桌边坐下时，唯独不见父亲的踪影。在这样的时刻，母亲只好一遍又一遍地大声叫着“雅各布”，用勺子敲击着桌子，接着他会从衣柜里现身，浑身覆满灰尘和蛛丝。他的眼睛空空洞洞，脑子里还琢磨着只有他自己知道、让他全神贯注的复杂问题。

有时他会爬到某个窗帘盒上，冻僵了般一动不动，与悬挂在对面墙上的那只塞着草料的巨大的秃鹰标本遥相呼应。他可以长时间保持这种蹲伏的姿势一动不动，眼睛里迷雾蒙蒙，嘴角带着一丝狡猾的微笑，偶尔像扑扇翅膀那样活动一下胳膊，然后像只无论谁走进房间都会打鸣的公鸡那样啼叫起来。

我们对父亲日渐沉溺其中的这些怪癖再也不上心了。他几乎完全摆脱了肉体的需要，可以接连几个星期不进任何营养，每天都深深地沉浸在匪夷所思、离奇复杂的活动中。他对我们的劝告和恳求只是用内心支离破碎的自言自语应付一下，外面世界的任何东西对他都产生不了丝毫扰动。他始终如一地全神贯注着，病态地兴奋着，干枯的脸颊上带着几丝红晕。他完全不理睬我们，甚至再也不听我们说话。

我们开始对他毫无伤害的存在、对他轻轻地喃喃自语以及孩子般忘我的叽叽喳喳习以为常，那声音听起来仿佛从我们这个时代最边缘的某个地方发出。那段时间，他经常一消失就是好几天，或待在屋子某个遥远的角落，你很难捕捉到他。

渐渐，类似的消失也不再给我们留下任何印象，我们又习以为常了，等过了很多天后，父亲再次现身，整个人似乎缩了好几寸，瘦了很多圈儿，我们也不再想这事儿了。我们不再把他看作我们中的一员，他遥远得仿佛已经不是人类，不再真实。他一节一节地、自觉地从我们当中脱身而去，一点一点地摆脱了与人类集体联系的纽带。

他那仅剩一副小小肉体的皮囊和若干荒谬绝伦的怪癖，有朝一日也终会消失，就像那堆归置在墙角的灰色垃圾，等待阿德拉转移到外面的存放处，不再有人提起。

鸟

昏黄的冬日来临了，四处弥漫着无聊。铁锈色的大地上铺着一层白雪，犹如一条磨得露出织纹的寒碜的桌布，上面满是窟窿。这张桌布不够宽大，有些屋顶依然暴露在外，它们就这样屹立在那里，有的呈黑色，有的呈棕色，有的是木椽顶，有的是茅草顶，像一艘艘载着被煤烟熏黑的大片阁楼的小舟。这些阁楼如同密布着肋骨似的椽子、屋梁和桁梁的漆黑的大教堂，椽梁就像冬天的阵风用来呼吸的黑黢黢的肺。每天黎明时分，那些在夜间就已浮现、被夜风吹鼓了气的一排排崭新的烟囱和烟道（像魔鬼手风琴上的黑管）便清楚地露出原形。扫烟囱的人总是摆脱不掉乌鸦的纠缠，它们在黄昏时分就已经密密匝匝地趴在教堂附近那些枯叶尚未脱落的黑色树枝上。这些乌鸦经常在空中扑簌簌地飞上一圈后又绕回来，每只鸟儿都紧紧地贴在树枝上自己占据的那块位置上，黎明到来后才成群地飞走，像阵阵煤烟和片片尘埃，忽高忽低，变换出各种奇形怪状，不绝如缕的呱呱的哀鸣声把一道道霉黄的亮光叫得黯然失色。随着寒冷和无聊袭来，日子开始变得更加坚硬，像陈年的面包。人们开始兴味索然、慵懒冷漠地拿钝刀切这种面包。

父亲开始足不出户。他封起那些炉子，研究起永远捉摸不定的火的本质，体验舔舐烟囱出口闪亮的煤烟的冬季火蛇的咸咸的金属味和烟气味。那段时间，他总是在不同房间的某个高空地带痴迷地干着形形色色的修理小活儿。你在白天的任何时刻都可以看见他蹲在一把梯子的顶端，在天花板下面，在长窗上方的檐板旁，在吊灯的平衡锤和链条旁边鼓捣着什么。他模仿室内油漆工的做法，使用的是像两只巨大高跷的梯子。他觉得可以那么近距离地仰看漆有天空、树叶和鸟儿的天花板简直开心极了。他开始与各种实际事务渐行渐远。母亲对此感到忧心忡忡和闷闷不乐，试着引诱他谈点儿什么，谈一谈月底到期的账单之类的事情。这时，他总是听得心不在焉，神情迷惘，面露焦虑之色。有时，为了跑到房间的一个角落，把耳朵贴到地板的一条裂缝上，他会做出警告性的手势，拦住母亲继续往下讲，还竖起双手的食指，强调这种调查的重要性，接着又开始专注地聆听起来。那时候，我们还不知道这些古怪的举动后面那个令人伤心的根源，以及在他内心已经酝酿成熟的某种悲哀情结。

母亲对他完全束手无策，可是他对阿德拉却恭敬有加，非常在意。对他来说，打扫自己的房间是一项伟大而重要的仪式。他总是提前做好安排，要亲眼看见这个仪式，带着恐惧与喜悦交加的兴奋感注视着阿德拉的一举一动。他认为阿德拉的所有动作都蕴含着一种更深刻的象征意义。那个姑娘用青春而决然的姿势在地板上推着那根长柄刷移动的时候，父亲简直不堪承受。这时他泪如泉涌，无声的笑意把他的脸都给扭歪了，嫉妒的喜悦冲击得他的身子直打哆嗦。他兴奋得浑身发痒，几乎快要疯狂了。阿德拉只要向他晃一晃手指头，装出挠痒痒的样子，就能把他吓得惊慌失措，穿过所有的房间，砰砰地关上身后的一扇扇门，最后倒在最远的那个房间的床上，在阵阵痉挛性的大笑中一个劲儿地打滚，想象着那种他觉得难以遏制的挠痒。因此，可以说阿德拉摆布父亲的力量几乎是无限的。

那时，我们第一次注意到父亲对动物有一种如痴如醉的激情。最初，这是一种猎人和艺术家浑然不分的激情。这恐怕也是一种生灵对另外一种血缘相近但并非同类的生命形式在更为深邃的生物学意义上的惺惺相惜，是在某个未曾勘探过的生存领域进行的试验。只是到了后期，情况才发生了离奇、复杂、完全邪恶和有悖自然的转折，这种转折最好还是不要在此公之于世。

不过，一切都是从孵鸟蛋开始的。

父亲投入大量的精力和钱财，从汉堡、荷兰以及非洲的动物站点购置来各种鸟蛋，然后用从比利时进口的母鸡孵化这些鸟蛋。这件事也让我着迷不已——居然可以从中孵出小鸟来，孵出这些色彩和形状都稀奇古怪的玩意儿。那些怪物长着奇形怪状的大嘴，它们刚一出生就立刻张大嘴巴，贪婪地发出嘶嘶声，露出咽喉深处的洞口。那些蜥蜴似的小动物长着脆弱、赤裸的驼背的身子——从这些小家伙的身上很难看出它们将来会成为孔雀、野鸡、松鸡或者秃鹰。这窝蜥蜴似的小动物被搁置在棉花衬底的篮子里，它们伸出细细的脖子，昂着脑袋，眼睛上蒙着角膜状的白斑，什么也看不见。它们发不出音的喉咙无声地叫唤着。父亲沿着架子来回忙碌，身上系一条绿色粗呢围裙，好像一个园丁在摆满仙人掌的暖房里工作着。他从一无所有中变出那些瞎着眼、跳动着生命的小不点儿，那些虚弱的肚子只能以接受食物的方式去感受身外世界。这些被蒙住眼睛、还处于生命表层的家伙朝着亮光爬过去。几个星期过后，那些瞎眼的小东西忽然间就长大了。各个房间里充满它们发出的欢快的叽叽喳喳声和生气勃勃的啾啾声。那些鸟儿歇靠在窗帘盆上、衣橱顶上，在盏盏吊灯错综复杂的锡条和金属卷轴中间给自己做窝。

父亲钻研巨大的禽鸟学教科书，仔细观察彩色插图时，那些带羽毛的幻影似乎从书页间脱颖而出。房间马上充满了五颜六色，点点深红色在飞溅，宝石蓝色、铜绿色和银白色彩纹相互交织。喂食的时候，这些鸟儿在地板上聚拢成一张五光十色、错落有致的地毯。这张地毯仿佛有生命似的，每当陌生人闯进来，地毯就会四分五裂，变成一幅幅碎片，扑簌簌地飞到空中，最后高高地栖息在天花板下。我特别记得有一只巨鸟——秃鹰，它的脖颈上没有一丝羽毛，脸上布满了皱纹和疙瘩。它像一个形容憔悴的苦行僧，一个喇嘛，一举一动都沉着庄严，以本族伟大刻板的礼仪为指南。这只鸟儿坐在父亲对面的时候纹丝不动，永恒的姿势像不老的埃及偶像，眼睛上蒙着一层泛白的薄膜，白内障斜斜地盖在眼珠上，完全遮蔽住眼睛。它在庄严的孤独中沉思着——从石头似的侧像来看，它很像父亲的一位兄长。它的身子和肌肉似乎用清一色的材料做成，有着同样粗硬、皱巴巴的皮肤，同样脱水而瘦骨嶙峋的脸，同样起茧的深深的眼袋。甚至拿手来说吧，父亲的指关节坚韧，骨节又长又粗，指甲浑圆，也跟这只秃鹰的爪子很相似。我望着那似睡非睡的秃鹰时，不禁萌生出这样一个印象：我是跟一个木乃伊——那已经脱掉水分、干瘪的父亲在一起。我相信连母亲也注意到了这一奇怪的酷似，尽管我们从来没有说起过这个。最明显的证据是，秃鹰跟父亲共用一个便壶。

父亲不再满足于孵出越来越多的新品种，他开始在阁楼上安排起鸟儿们的婚配来。他又是遣派媒人，又是把既热情又有魅力的鸟儿拴在屋顶下的窟窿和裂口里。不久，我们家那个巨大的双脊木板屋顶就变成了名副其实的鸟的旅社，成了一艘从远方投奔而来的形形色色的羽毛生物的挪亚方舟。当这个鸟的天堂被消灭很久之后，这一习惯仍然在鸟的世界中保留着。在春天迁徙的季节，我们的屋顶被整批整批的鹤啊，鹈鹕啊，孔雀啊……以及各种其他的鸟儿包围住。但是，当这个短暂的辉煌期结束以后，整个事件却发生了令人遗憾的转变。

很快，我们就不得不把父亲转移到屋顶那两间做过储藏室的房间里去。黎明时分，我们会听到那里传来各种鸟儿的混鸣声。顶楼两个房间的木板墙，在三角墙下那片空间发出的回音的声援下，形成咆哮声、簌簌的扑动声、喔喔的啼叫声、咕咕的鸣叫声、交配的尖叫声的合唱。父亲消失了好几个星期。他只是难得下一次楼走进起居室。可是，当他下楼露面的时候，我们注意到他似乎干瘪了许多，变得又瘦又小，两只眼睛也蒙了一层薄翳。他有时完全走神，从桌边的椅子上站起来，摆动着两条胳膊，好像胳膊就是翅膀，然后发出一声悠长的鸟鸣音。接着，他表现出颇为窘迫的样子，跟我们一起哈哈大笑而了之，试图把整件事情搪塞成一个玩笑。

在春季大扫除的一天，阿德拉突然出现在父亲的鸟的王国里。她站在门口，摆着手阻挡着充斥房间的恶臭。地板上、桌子上和椅子上滴满了成堆的鸟屎。她毫不犹豫地猛然推开一扇窗户，在那柄长扫把的帮助下把所有的鸟儿都搅得动了起来。这时一个由羽毛和翅膀构成的可怕的云团腾空而起，发出阵阵尖叫声。阿德拉却像酒神巴克斯怒气冲天的女祭司那样，在酒神那根手杖卷起的旋风的保护下，跳着毁灭的舞蹈。父亲惊慌失措地摆动着两只胳膊，试图同那群羽毛动物一起飞上天去。那个翅膀形成的云团渐渐稀疏。最后，战场上只剩下阿德拉和我父亲。阿德拉精疲力竭，喘得上气不接下气。此时，父亲面带忧虑的愧色，准备接受这场彻头彻尾的失败。

片刻后，父亲从阁楼上走下来——他已经崩溃和绝望，犹如一个丢了王位和国土后惨遭放逐的国王。

裁缝的布娃娃

孵鸟事件是我父亲发起的最后一场绚丽而辉煌的奇思妙想的反攻。父亲，那个不可救药的即兴诗人，那个异想天开的剑术大师，借此对那个荒凉而空虚的冬天构筑起的战壕和防御工事进行了反击。直到今天，我才理解了那个孤独的英雄，他独自发起一场战争，试图反击正在扼杀这个城市的无际的、本质的乏味。在孤立无援得不到我们认可的情况下，那个最匪夷所思的家伙捍卫着正在失落的诗意理想。他犹如一个奇幻的磨粉机，把无所事事的空虚时辰的陈皮烂糠灌进蠕动器，让它们在东方调料特有的缤纷色彩和芳香中再次盛放出鲜花。然而，看惯了形而上的玄学家华而不实的作秀之后，我们可能会低估他这个独立自治的魔幻世界的价值，正是它把我们从空虚的日日夜夜的睡思恹恹中拯救了出来。

阿德拉的没头没脑和残忍野蛮行径并没有遭到谴责。相反，我们还怀着一种恶毒的满足感，一种很不体面的痛快，觉得父亲的荒唐得到了抑制。因为，虽然我们对之欣赏备至，但后来却都无耻地否定了应该承担的所有责任。也许，我们的背叛含有一种难以启齿的对邪恶的阿德拉的赞许，我们不过是把某个更高层次的力量发出的委托和使命赋予了她。父亲被我们所有的人出卖后，毫无反抗地从刚刚获胜的战场退却下来。没有了刀剑的他，向自己的对手和那个从前辉煌一时的王国投降了。那是一种心甘情愿的放逐，他隐居在过道尽头一个空空荡荡的房间，孤独地自囚在那里。

我们已经把他遗忘了。

我们再次遭到城市阴霾的全面围攻。它们从窗外悄然溜进，黎明的黑色骤然而至，黄昏迅速弥漫，逐渐变成漫长冬夜褴褛的封面。房间里的墙纸，前些日子还能听到欢呼雀跃，可以看到鸟儿五彩缤纷的飞翔，现在已经自动闭幕并且逐渐硬化，开始沉溺于苦涩单调的长篇独白里。

那些枝形吊灯早已变得像苍老的蓟科植物般黝黑和枯萎，此刻垂头丧气地挂在那里。不管谁摸索着穿过这个光线暗淡的房间，吊灯的玻璃垂饰都会发出轻柔的和鸣声。阿德拉在所有的托台里都摆放上彩色蜡烛，这纯属徒劳。这些烛光不过是刚刚还让那些悬挂的花园显得生机盎然的辉煌的照明物可怜的替代品，是它们的一种苍白的反光。这里曾经多么明亮和灿烂，迅捷而迷乱的摇曳把空间切割成块块魔幻卡片，不断溅射出厚厚的青蓝色以及孔雀绿和鹦鹉绿，溅射出金属般的火花，在空中绘出道道彩线和炫舞，展示着五颜六色的扇面，它们经过长时间的飞旋，仍然在若明若暗的空中垂悬着。即便此刻，在阴霾的深渊中藏匿着光明的回音及其记忆，可是却无人能捕捉到，也没有竖笛的清音穿透这令人不安的氛围。

好几个星期就这样在怪怪的昏昏欲睡状态中度过了。

床铺连续好几天不曾整理，在梦魇的沉重压迫下，被子和床单被蹂躏得皱皱巴巴、凌乱不堪。它们高高堆起，像一叶深深的小舟，站在那里等待着驶向威尼斯那些幽深得看不见星辰、阴湿而又让人茫然的迷宫。在萧条冷清的黎明时分，阿德拉给我们送来咖啡。在那些冰冷的房间里，一支蜡烛在漆黑的窗玻璃上映照出很多个影子，我们在这样的烛光中懒懒地穿起衣服。清晨经常传来毫无目标的沉重的脚步声，以及在数不尽的抽屉和橱柜中没完没了的搜索声。阿德拉拖鞋的啪嗒声在每个房间都能听到。店里的伙计们点亮灯笼，手里攥着母亲交给他们的那把店门的巨大钥匙，走出大门后就迈进一片打旋的浓厚的漆黑中。母亲在衣着打扮上绝不妥协。烛台里的蜡烛烧得越来越短。阿德拉时而消失在某个最遥远的房间，时而来到挂着洗好衣服的阁楼顶层。她对我们的呼唤从来都置若罔闻。炉子里一团刚刚燃起、腌臜而细弱的火苗舔食着烟囱口那块厚厚的闪亮的烟煤。蜡烛忽然熄灭，房间顿时阴暗弥漫。我们的脑袋趴在桌布上，在早餐的残余物中，衣衫不整地沉睡起来。贴在桌布上的脸垂在黑暗狂怒的膝盖上。我们平静地驶进看不见一颗星星的虚无之中。阿德拉清扫房间时弄出的噪声把我们吵醒，母亲不知道该如何对付自己的穿着。她还没有梳好头发，店里的伙计们就已经回来吃午饭了。集市上的晨曦现在变成了金黄的烟雾色。顷刻间，一个美不胜收的午后仿佛即将从蜜一般的烟色与模糊的琥珀色中绽开。可是，美妙的瞬间很快过去，黎明的浓阴抑制住白昼不断膨胀的兴奋，天空几乎又一次彻底褪变成一片无助的阴霾。我们再次齐聚桌边，伙计们搓着冻得通红的双手，他们的谈话内容顷刻间勾勒出一个完整、成熟的白昼，一个黯淡空洞的星期二，看不见传统、没有面目的一天。可是，当并排放着两条首尾交错像十二宫图标的大冻鱼的碟盘出现在桌子上时，我们才从它们身上辨认出这一天的徽标，那个无名星期二的徽标。我们很快就把它平分了，感谢这一天终于获得了某种身份。

伙计们进餐时举行了圣油礼，带着由于日历上标出斋戒才怀有的那股庄严劲儿。房间里到处弥漫着胡椒的味道。当他们用吃剩的面包片擦拭各自盘子里冻鱼的残渣时，沉思默想着这个星期接下来的几天还有什么壮观的仪式。盘子里除了两个煮掉了眼睛的鱼头已经没有别的东西，这时我们觉得大伙通过集体努力终于征服了这一天，而余下的时辰已经不在话下。

其实，阿德拉想在余下的时辰里把要干的活儿给匆匆了结，现在却良心发现。在杯碟的碰撞和冷水的飞溅中，她兴致勃勃地欢度着剩下的几个小时直到黄昏，而母亲一直躺在沙发上沉睡。其间，餐室的背景正换成晚间风格。女裁缝波尔达和宝丽莲在那里布置着她们的职业道具。她们扛着一个无声无息一动不动的女郎走进餐室，这是一个由麻絮和帆布制成的女孩儿，她的脑袋不过是一个黑色的木把手，可是一旦把她竖在房门和火炉之间那个角落时，这个一声不响的女孩儿却在这个特定情景中变成一位女主人。她僵硬地站在自己的那个角落里，裁决着跪在面前的两个女孩儿的建议和央求。她们给这位女主人配上一件碎布片做成的衣服，那件衣服上绘着打过油脂的白色细丝，她们专注、耐心地在这个默不作声的偶像面前等待着。她是很难取悦的。那个摩洛神[①]显得相当冷酷无情，这种无情只有女摩洛神才会端得出，没完没了地打发她们干这干那。两个细瘦的女孩儿像两根木线轴，上面的线缠绕得并不那么紧，转动起来挺容易。她们用灵巧的手指操纵着这堆丝绸和羊毛，挥着咔嚓作响的剪刀把它们切割成五彩缤纷的布团，然后嗡嗡地转动缝纫机，用一只穿着廉价黑漆皮鞋的脚踩着踏板。她们周围积攒出一堆余料，五颜六色的布头碎片，像是两只挑剔而又喜欢费糜的鹦鹉吐出来的谷皮和米糠。剪刀上那两个弯曲的钳夹顶端张开着，挺像怪鸟的喙。

在那间放置着一场没有举办成的大型化装舞会道具的储藏室里，两个女孩心不在焉地踩踏着剪裁下来的鲜艳碎片，漫不经心地蹚过好像是某个狂欢节留下的垃圾中去。她们神经质地咯咯笑着从碎布片中走出来，凝望着镜子，眼睛里笑意嫣然。她们没有把心思和灵巧神奇的手指放在桌上的那几件单调枯燥的衣服上，

① 摩洛神（Moloch），是古代腓尼基人所崇拜的神之一，信徒常常要将儿童活活烧死，以向其祭祀。因此，摩洛神被视为极为可怕的异教神，也被引申为极为可怕、恐怖的事物。

而是放在几千块布片和那些姹紫嫣红的裁剪物上，这些东西就像色彩缤纷、奇幻迷人的暴风雪，她们可以用它们把整座城市给捂得窒息而死。

她们忽然感到燥热难耐，于是打开窗户向外面张望，在孤独落寞中急不可耐地想寻找新鲜的面孔，哪怕看到一张贴在窗户玻璃上的无名的脸也可以啊。她们拿冬夜的空气向绯红的面颊扇着凉风，窗帘在这样的空气中翻腾着——女孩子们脱去快要燃烧的露肩装，两人向来互怀憎恨和竞争心，准备随时为走江湖的丑角皮埃洛[①]的某个偶像大打出手，而夜晚漆黑的微风可能会透过窗户把他送进来。噢！她们对现实世界的要求是那么低微！她们内心什么都具备了，已经丰富得过剩。噢！她们只要有一粒锯末般的皮埃洛就心满意足，他会带着那个等待了很久、充当这些排练好的角色的提词的单词，这样她们就终于可以说出那些台词了。那些充满了甜蜜而可怕的痛苦的台词，早已汇聚到唇边，像深夜如饥似渴地阅读过的某部长篇小说，刺激得她们兴奋地哆嗦起来，但同时已经泪流满面了。

在某个夜晚，趁阿德拉不在家，父亲到各个房间夜游时，无意中撞上了这个悄无声息的晚间缝纫组合。他举着一盏灯在邻屋黑洞洞的门口站了片刻，这火热的工作景致，两个姑娘脸上的红晕——那是美容霜、红色纤维纸和阿托品调制出的混合物，在

① 皮埃洛（Pierrot），昔日法国哑剧中的粉白脸丑角。

轻轻拂动的窗帘上呼气的冬夜把这片红晕映衬得格外醒目——让他着迷得神魂颠倒，他戴上眼镜，迅速向两个女孩子走去，绕着她们走了两圈，让手里端着的灯光落在女孩子的身上。从敞开的门口吹进来的风掀起窗帘，两个女孩扭着屁股任由欣赏。她们眼睛里的瓷光犹如脚上穿的油亮的皮鞋和吊袜带的金属扣子般闪烁着，风掀起她们的裙子，露出里面的吊袜带。碎布片开始横过地板飞卷起来，像一群老鼠朝漆黑的房间半掩的门扉奔去。父亲眼睛一眨不眨地盯着这两个惊魂未定的女孩，嘴里轻声嘟囔着："Genus Avium（鸟属），如果我没有搞错的话，她们就像攀禽或者非洲灰鹦鹉，太奇妙了，简直太奇妙了。"

这次意外邂逅开启了后来的一系列会晤，其间，父亲以其怪异品格和磁铁般的吸引力成功的同时让两个年轻女郎为之神魂颠倒。算是对他机智、优雅以及消弭夜晚空虚的谈话的回报，女孩子们允许这位热心的鸟类学家研究她们细瘦、平凡、娇小的肉体结构。研究工作是在一边谈话一边手动当中进行的，而且来得庄重而优美，这就确保了对那些最险要的关节点的研究都绝不含糊了事。父亲从宝丽莲的膝上褪下长袜，眼睛里洋溢着狂喜不已的神色，研究着踝关节精致、高贵的结构，这时他就说："你们女孩子选择的生命形式太赏心悦目了。你们的生命揭示出来的这个真理是多么美丽和朴素。你们的举手投足显得那么自如、那么到位。如果，且不论造物主的造化，让我来评论创造问题，我会说'少一点内容，多一点形式！'对这个世界而言，丢掉点内容，那会多么轻松啊！把雄心放得再谦逊些，发号施令时更冷静些，造物主先生们，这个世界将会更加完美！”父亲激动地大喊着，这时他的双手已经把宝丽莲囚禁在长袜中的雪白的小腿剥离出来了。

正好在此刻，阿德拉出现在餐室敞开的门口，双手端着盛晚餐的盘子。这是自从这场大战打响以来，两派敌对势力第一次狭路相逢。我们所有见证了这场战争的人都觉得这一刻令人不寒而栗。让这个备受煎熬的男人遭受更严重的羞辱，我们深感于心不忍。父亲失态地由跪姿站立起来，脸上羞愧的红晕一波深似一波。可是，阿德拉却意外地发现自己在这样的处境中如鱼得水。她面带一丝微笑向父亲走去，在他的鼻子上轻轻地弹了一下。另外一方，波尔达和宝丽莲又是拍手又是顿足，每人抓住父亲的一只胳膊，绕着桌子跟他跳起舞来。由于两个女孩儿心平气和，这团不愉快的阴云在总体上还算是在欢快的氛围中消散了。

那个初冬后来的几个星期，父亲在那两个天真稚嫩的观众的魅力刺激下发表了一系列有趣而匪夷所思的演说。

值得注意的是，只要与这个离奇男子一接触，任何事物都会从所谓存在的根基上被彻底颠覆，其形而上的内核被革新后，外在面目也会焕然一新，回归到那个最基本的思想——那是为了透露出它的某种真谛，然后进入那个可疑、危险、暧昧的领域，我们把这个领域简称为“伟大异教徒的领域”。在此期间，我们的异教徒导师像一位催眠师，所到之处让一切事物都染上自己危险的魅力。我是否应该说宝丽莲成了他的牺牲品呢？在那些日子里，她成了这位导师的学生和门徒，同时又成了他实验用的一只微不足道的小猪。

接下来我打算以必要的谨慎，在不致引起丝毫冒犯的情况下，对这个惊世骇俗的教义做一番介绍，这是父亲几个月来在其左右涤荡、欲罢不能的状态中总结出来的，其间他的所有行为都与这个教义的激发有关。

论裁缝的布娃娃或第二创世书

“造物主，”父亲说，“并不垄断创造的权利，因为创造是一切生灵的特权。物质是可以无限衍生的，具有不竭的生命力，同时，一种诱人的魅力吸引着我们去创造。在物质的最深处，先是混沌的笑意逐渐荡漾成形，张力不断凝聚，最后终于出现诉诸形式的欲望。整个物质以无限的可能性脉动不已，这种脉动送来模模糊糊的战栗贯穿物质的整体。物质在等待灵魂赋予自己以生命呼吸的时候，始终处于无限的运动状态。物质用甜美、柔软、浑圆的千形万状诱惑着我们，而所有这一切都是它在自己内部盲目虚构出来的。

“在创造万物的领域，一切主动性均被剥夺，完全是逆来顺受，像女人般柔韧，听命于一切冲动，任何规律法则都管不到，对形形色色的骗子和半瓶醋来者不拒，这是一个充满了滥权和可疑的造物主的操纵的领域。物质是宇宙中最消极最无助的精华。任何人都可以捏弄它、塑造它，它对所有的人都千依百顺。但是，一切想归整物质的企图都只能得一时之逞，终会被轻易地颠覆和消解。把生命化为另外一种更新的形式并非邪恶。自杀不是罪恶，有时反而是针对已经不再生动有趣、顽固僵化的存在形式所施加的必要的暴力，为了进行一场意义重大而又异想天开的实验，这种暴力甚至可能还值得赞美。这种令人发指的观点简直就是对虐待狂进行一种全新的辩解。”

父亲对物质这个非凡要素的崇拜和美化简直到了永不疲倦的程度。

“没有什么死寂的物质，”他教导我们说，“生命的寂灭不过是一种伪装，其后潜藏着尚未知晓的生命形式。这些生命形式的种类浩瀚无涯，其间的微妙差异又无穷无尽。造物主掌握着关键而又妙趣横生的创造谱系。他正是凭借这些谱系创造出形形色色的物种，这些物种又通过自身机制不断繁衍更新。没有人知道这些谱系有朝一日是否会被刷新、重构。不过，这样的重构毫无必要，因为纵然这些经典的创造手段终将证明不会永远普适，但还可以动用非法的手段，而异教和违法手段是取之不竭的。”

当父亲从这些宏观的宇宙原理挺进到更狭窄的私人爱好领域时，他的声音低得变成一种令人压抑的呢喃，演讲内容变得越来越复杂和晦涩，几乎无法理解，他得出的结论也越来越可疑和危险。他的表情逐渐换上某种神秘莫测的庄重。他半闭着一只眼睛，两根手指搭在前额上，与此同时，脸上浮现出一种极其诡谲的神情。他用这些表情把听众吸引得目瞪口呆，愤世嫉俗的言辞冲撞进听众最隐蔽和最私密的领地，终于在最遥远的那个角落捉住已经溃退在那里的对象，把她们顶到墙上，用冷嘲热讽的手指挠她们的痒痒，最后一道心领神会的大笑的光芒投射出来，那是赞许和认可的笑声，是有目共睹的投降信号。

两个女孩儿安静地坐着，那盏灯烟雾迷蒙，缝纫机针头下的一块布料早已滑到地板上。缝纫机在空转着，就那么缝织着从窗外冬夜黑暗的包裹中脱落出来的那片没有一颗星星的漆黑的大布。

“我们在造物主令人不寒而栗的无与伦比的完美无瑕中生活得太久了。”父亲说，“正因为浸染得太久，他创造设计上的完美无瑕反而窒息了我们自己的创造本能。我们无意与他并驾齐驱。我们没有那份野心试图模仿他。我们只想做一个属于自己的、更低世界中的创造者。我们想拥有创造的特权，我们想品尝创造的快感，我们想拥有——一句话——造物主般的能力。”我不知道父亲在代表谁宣示这些请求，不知道什么团体、公司、部门或者组织在衷心地支持他并赋予这些言辞以必要的分量。至于我们，其实无意分享这些造物主般的野心。

不过，父亲对第二造物方案已经酝酿了一段时间，这幅第二万物创世蓝图的思想公然与现时代的主流观点唱反调。

“我们，”他说，“对那些冗长的创造工程和不朽事物并没有兴趣。我们创造的生灵不是卷帙浩繁的浪漫文学中的主人公们。他们的演出既短暂又简练。他们的个性展示不依赖任何背景。有时，仅仅为了一个姿势、为了一句话，我们也愿意不辞辛苦让他们拥有生命。我们公开承认：我们不会执意要做得像工艺品那么耐用，也不指望它们有多么坚固。我们创造的东西都是临时性的，只想能在一个场合使用。例如，如果要创造的东西是人类，我们将根据角色的需要只赋予他们一个侧影、一只手、一条腿、一截胳膊。如果为另外那条没有用的腿而忧心忡忡会显得太学究气。他们的脊背可以拿帆布或者索性就用石灰浆来制作。我们会自豪地把这句话作为追求的座右铭：每一个姿势用一个不同的演员。为了哪怕一个动作，哪怕一句话，我们需要唤醒一个不同的人类生命来完成。这是我们突发奇想的怪念，这个世界将根据我们的喜乐来运转。造物主钟爱的是那些完美、极致、复杂的材料。我们会优先考虑垃圾。那种廉价、肮脏、低级的材料让我们欣喜若狂。”

“你们能领悟得了吗，”父亲问道，“那种柔弱的深意，那种对五颜六色的纤维、纸糊材质、胶彩颜料、麻絮和锯末的迷恋？这就是——”他面带一丝苦涩的微笑接着说，“我们钟情于诸如此类事物的证据，我们喜欢它的毛茸茸或者小孔眼，喜欢它独一无二和神秘的统一性。造物主，那位杰出的大师和艺术家，让物质呈现出来，又让它消失在生活的外表之下。相反，我们钟爱的是它的嘎嘎声、柔韧性和笨拙劲儿。我们想看到，在每一个表情背后，每个动作背后，它的惰性、它的艰辛、它的熊一般的笨拙。”

两个女孩儿一动不动地坐在那儿，双目专注地凝视着。她们垂长脸庞，听得心里一片糊涂。女孩们双颊绯红，这一刻恐怕很难判断自己究竟属于第一还是第二创世的范畴。

“一言以蔽之，”父亲总结说，“我们想根据裁缝的布娃娃的形状和外貌对人类进行二次创造。”

为了逼真起见，在此，我们有必要描述一件演讲期间发生的微不足道的小事，我们不想渲染这件事有何等重要。这个在系列事件中毫无意义和不可理喻的插曲，也许可以理解为某种没有原因和结果的退化性的自发行为，理解为被转移到心理范畴、没有生命的对象怨恨的实例。我们建议读者对此不要太在乎。事情的经过是这样：

父亲大声说出“布娃娃”这个词时，阿德拉看了一眼手表，与波尔达心照不宣地交换了一下眼色，接着她把椅子往前挪了挪，不过并没有站起来，而是提起衣服，微微露出被黑色丝绸严严实实盖住的一只脚，像羽蛇头般僵直地把脚丫子向外伸出去。

阿德拉就这样笔直地坐到整个活动结束，那双大眼睛像服了阿托品似的熠熠生辉，波尔达和宝丽莲就坐在她的两侧。三个人都瞪大眼睛凝望着父亲。父亲紧张地咳嗽起来，接着一言不发，忽然面色变得通红。顷刻间，他那刚刚还极富表现力、生动活泼的脸上的线条宁静了下来，换上一副谦卑的表情。

他——这位激情四射的异教徒，刚刚还漂浮在狂喜的云雾中——陡然间崩溃了，然后蜷缩起来。莫非他刚刚跟另外一个什么人交换了意见？他像换了个人似的僵直地坐在那里，脸色发红，眼光黯然消沉。波尔达走到他跟前，依偎过去。波尔达在他后背上轻轻地拍了拍，用温柔的鼓励的语调说：“雅各布，千万要理智，雅各布，一定要听话，雅各布，千万别想不开，求求你了，雅各布，求求你了……”

阿德拉向外伸出的鞋子轻微地抖动着，像羽蛇的舌头般闪着光泽。父亲缓缓地站起来，但依然目光低垂，有如一个自动装置般往前迈了一步，接着双膝跪地。那盏灯在寂静无声的室内嘶嘶地响着，口若悬河的表情映照在墙纸图案最浓密处，上下蹿动。那恶毒之舌发出的喃喃轻语在空气中飘浮着，还有那曲里拐弯的异想天开……

论裁缝的布娃娃（续）

第二天晚上，父亲怀着焕然一新的激情重新捡起那个晦涩、复杂的论题。那张沟壑交错的脸上每条皱纹都在传达着不可思议的诡诈。他的皮肤上每条褶皱都成为深藏不露的讥讽的射击物。但是，偶尔一露的激情会拉开他皱纹的螺旋线，这些皱纹可怕地膨胀开来，然后默默地旋转着落入冬夜的深渊。

“对蜡像馆里的人物造型，”他又开始发表演讲了，“甚至集市广场上戏仿的假人，切勿轻慢。物质是从不开玩笑的：它永远充满了悲剧性的严肃。谁敢认为你可以游戏物质，可以为了开个玩笑而塑造它，敢说这个玩笑不会被塑造进去，不会像命运、像宿命般将其吞没？你能想象得出这种痛苦，这种沉闷的囚禁之苦吗？被削砍成制作那个假人用的材料，而假人却不知道自己为何一定要成为那样，为何必须禁锢在那个纯属强加的形式之中，而这个形式不过是一种戏仿？你能理解形式、表现、存在的力量吗？这种强加在一个无助的立方体上的独裁的暴政，然后像它自己暴虐专制的灵魂一样统治着这件东西？你拿帆布做出个脑袋，再用麻絮做出一种愤怒的表情，让这种表情凝固下来，这时那种痉挛，那种紧张，那种盲目的怒不可遏，便一次性地永远被锁定了。大家冲这个戏仿对象极尽嘲笑之能事。当你们看到这个可怜的被囚禁起来的物质备受折磨，不知道自己是什么，也不知道为何如此，不知道这个永远被强加的姿势最终的结局如何，这时，女士们，还是为你们自己的命运而哭泣吧。

“群氓们会放声嘲笑。你们能理解那笑声所传达出的可怕的虐待意识，造物主式欣喜若狂的冷酷吗？然而，女士们，当我们目睹惨遭冒犯的物质显得那么痛苦，为了反抗而酿成可怕的错误时，我们应该替自己的命运哭泣。这样看来，所有那些有生命的滑稽假人，所有那些可怜地念念不忘地想着自己可笑怪脸的雕像，是何等的悲哀。

“瞧瞧无政府主义者卢契尼，这位杀害奥地利女皇伊丽莎白的刽子手；看看德拉格，这位凶残、阴郁的塞尔维亚皇后；再看看那些天才的青年，古老家族的希望和骄傲，由于染上不幸的手淫恶习而惨遭毁灭。那些所谓的英名和装模作样，简直成了一种讽刺！

“德拉格皇后的蜡像与她本人的真实状态有多少相像，有多少一致，甚至还存有多少自己真实的影子呢？然而，这种形似，这种模样，这个名字让我们确信无疑，不会再去质问那个悲剧性人物是本来如此还是假装如此。然而，它肯定是某个人物，一个无名无姓、危险可怕、闷闷不乐的人物，一个在自己无声无息地存在中压根就没有听说过德拉格皇后的人……

“你们在夜里听到过那些被封在漂亮的格子间里的蜡像可怕的号叫声吗？听到过这些木头或瓷器制成的人物用拳头乒乒乓乓地击打着囚室的墙壁发出的让人怜悯的大合唱吗？”

父亲的脸被自己在黑暗中想入非非虚构出来的恐怖景象吓得扭曲了，露出层层螺旋纹，像一个越来越深的大旋涡，在旋涡底端，一个预言家恐怖的眼睛在燃烧着烈火。他的胡子古怪地翘了起来，缕缕乱发从坑坑洼洼的头发中冒出，鼻孔里乱毛直竖。他浑身僵硬，站在那里双目如烈焰，内心冲突让他战栗不已，那样子就像一部制动系统瘫痪掉的机器。

阿德拉从椅子边站起来，请求我们不要再看接下来的表演了。她走向父亲，双手搁在自己的臀部，用一种毅然决然的姿态逐字逐句地大声说着。

另外两个女孩呆呆地坐在那里，眼睛低垂，显得出奇地麻木……

论裁缝的布娃娃（结论）

后来的一天晚上，父亲继续发表他的演讲："发表了有关人体活动模型的谈话后，我实在不想再谈论关于那些化身的误解，那些可悲的戏仿作品，它们全是庸俗粗鄙的产物。我已经在思索别的东西了。"

父亲开始在我们眼前描绘那幅纯属自己虚构的偶然发生物的图景，那是一种只有一半生命的物种，一种虚拟的动植物，是物质异想天开冒出来的产物。

它们是一种外形像甲壳类、无脊椎类和头足类的生物。其实，这样的外表很容易让人产生误会——它们没有固定形构，没有内脏组织，是物质模仿性特征的产物，配有记忆功能，重复着已被接受的生命形式的惯性力量。物质的形态样本总体上是有限的，某一部分生命形式在不同的存在层次上被一再复制。

这些灵活自如、对刺激特别敏感，同时又自外于真实生命范畴的动物，也许是通过把某种复杂的胶质物注入家用食盐溶液孕育出来的。几天之后这些胶质品在类似低等动物形态的积淀物中自动形成并培育出有机组织。

从用这种方式培育出来的生物中，人们可以观察到呼吸作用和新陈代谢的过程。但是，对它们进行化验后发现，既追踪不到蛋白质，又见不到碳水化合物。

不过，这些原始生命形式同那种伪植物、伪动物丰富多彩的形象与辉煌灿烂相比则显得相形见绌，后者有时只出现于某些条件极为苛刻的环境中，诸如浸染着数不清的存在物和事件射气的老宅子，里面弥漫着陈腐的空气，蕴藏着人类的梦幻的细微颗粒；里面垃圾成堆，四处充满了回忆、缅怀的气息以及一无所有的乏味的腐殖质。这种伪植物在这样的土壤上盛放，但却昙花一现，孕育出短命的新生代，它们会忽然繁花似锦，接着又骤然枯萎和坏死。

在这样的宅子里，随着无休止的节奏改换，那些墙纸必然会变得疲惫和乏味。毫不奇怪，它们喜欢做一些遥远而危险的梦。家具的本质并不稳定，它会日渐退化，经受不住变形的诱惑：那时在这片病恹恹、了无生趣、荒芜的土地上，五彩斑斓、繁茂旺盛的霉菌会以不可思议的成长速度繁殖起来，就像一簇美丽的红疹。

“毫无疑问，你们都知道，”父亲说，“在那些古老的宅子里，有时个别房间会被人们遗忘掉。连续数月无人问津后，它们只好在陈旧的墙壁之间、在无人照管中枯萎，自行封闭起来，渐渐只剩下砖块，最后在我们的记忆中永远消失，宣布退出存在的舞台。从某个后院通向往昔的那些门扉，生活在宅子里的人们早已忘却了它们，这些门扉逐渐与墙壁融为一体，渐渐长到墙壁里，所有的痕迹在线条、裂缝构成的复杂图案中被抹除得一干二净。”

“有一次，在临近冬末的一天清晨，”父亲接着说，“几个月未曾光临之后，我走进这样一条被遗忘的过道，那些房间的外表让我惊奇不已。

“从地板细长的裂缝中，从所有那些霉菌线饰里，从每一个隐蔽的角落，齐刷刷地长出无数像令箭一样细长的东西，弥漫在灰蒙蒙的空气中，而且都有着亮闪闪的叶子般的花边：那简直是一片温室丛林，到处是呢喃声和闪闪烁烁的亮光——仿佛置身于虚假却又灿烂的春天。床铺周围、灯盏下面、衣柜边沿，都长出丛丛细嫩的树枝，高高地绽开明亮的树冠和花叶的喷泉，鲜花在喷射着叶绿素，蹿上天花板描画过的天堂。在这种迅速盛放的过程中，白色、粉色的花朵在叶子间纷纷盛开，在你眼下的花蕾中抽着花，亮着粉红色的琼浆，向四周飞绽开来，花瓣凋谢，然后迅速纷纷败落。”

“我兴奋极了，”父亲说，“看到鲜花不期而至的盛放，空气中充溢着柔和的沸腾和轻软的细语，像彩纸屑般穿过细细的嫩枝陨落下来。我仿佛看见空气在颤抖，看见绚丽的空气在沸腾，再次催生出罕见的鲜花怒放，奢华盛极，曾经充溢房间的奇异的夹竹桃枯谢了，满室是巨大的粉红色花簇罕见而懒洋洋的暴风雪。”

夜晚降临前，父亲总结道：“那种鲜花怒放过的痕迹消失得毫无踪影。整个神秘莫测的景象犹如一场海市蜃楼，像是制造出疑似生活的奇妙的虚构之物。”

那天，父亲兴致勃勃得有点离奇，他的眼神——那是一种狡黠、带着嘲讽意味的眼神——既生动又幽默。接着，他忽然严肃起来，又一次分析起各种物质可以利用的无限多样的生命形式。他被这些可疑、有缺憾、类似媒质寄生物般的生命形式，被这些伪物质，搞得神魂不定。那些伪物质不过是大脑断断续续的释放物，有时，那些释放物在一种悬浮在桌子上方的陶醉氛围中从人嘴里散放出来，充斥整个房间，那是一种漂浮的稀薄纤维，犹如星团，介于肉体和灵魂的分界线之间。

“谁知道，有多少痛苦的、跛足的、残碎的生命形式，比如箱子和桌子这种被迅速钉在一起的人工合成的生命，被交叉着捆绑在一起的木料，有多少这样为无情的人类发明而牺牲的沉默的烈士？这种互不相容的敌对木族的可怕移植，最后融合成某种卑劣的人格。

“在这漆亮的颗粒中，在这些我们熟悉的旧衣柜的纹路和木结中，究竟饱含了多少古老的苦难，谁能从它们身上认出几乎是从一切赞誉中刻意设计和打磨得无瑕的昔日的音容笑貌？”

父亲发表这番演说时脸庞逐渐化成一张沉思默想的皱纹网格，像一块布满节疤和纹络的老气横秋的厚木，好像记忆在那里全都安排得妥妥帖帖。顷刻间，我们觉得父亲马上就要陷入麻木冷漠状态，有时他在这种状态中难以自拔，可是，忽然又立刻自动恢复过来，继续演讲。

“有些古代神秘部落常常在死者身上涂防腐油。他们房屋的墙上布满了被禁闭的躯体和脑袋：某个父亲也许就站在起居室的角落——身体里塞满东西，而已故妻子晒得发黑的皮肤可能铺在桌子下面当席垫用。我认识一个船长，他的船舱里有一盏灯就是马来人的尸体防腐师从被他杀害的情妇身体上取材做成的。她的头顶裹着几只巨大的鹿角。在安静的船舱里，这张脸从挂在天花板上的鹿角间垂下来，还缓缓地抬起眼皮，半张的嘴唇上一滴涎水泡还闪着微光，甚至发出极其轻柔的低语声。章鱼、乌龟和数不清的螃蟹，从装着枝形吊灯的椽子上垂下，在静止中不停地晃着腿，它们走啊，走啊，但却丝毫不移动……”

父亲的头脑被匪夷所思的念头搅得忽然想到新例证时，他的脸庞骤然落上一层忧虑、悲伤的神色。

“我向你们隐瞒了一个情况，”他语调低沉地说，“我的亲兄弟，因为患了难以治愈的慢性疾病，现在渐渐变成一捆橡皮管了，我那可怜的侄子每天每夜都得把他搬到席垫上，在冬夜里给这个倒霉的人没完没了地唱催眠曲。你们可知道，还有什么比一个活人变成装灌肠剂的橡皮管更悲哀的事吗？他的父母该有多么失望，他们的思绪会多么混乱，这是对围绕这个前程似锦的年轻人所抱的希望多大的打击啊！然而，我可怜的侄子忠心耿耿的爱，即便在父亲蜕变期间也丝毫不减。”

“噢，求求你了，我实在听不下去了，”波尔达把身子向椅子边拧过去，哼哼唧唧地说，“让他打住，阿德拉……”

女孩们站了起来，阿德拉向父亲走去，伸出一根长长的手指，做出要挠他痒痒的样子。父亲立刻忍受不了，马上打住演说，惊恐地朝后退却，想避开阿德拉绕动的手指。但是，她追着父亲不放，依然用那根手指威胁着他，驱赶着他，步步为营，逼他逃出房间。宝丽莲打了个哈欠伸了下懒腰。她和波尔达紧紧地靠在一起，心照不宣地交换了一下眼神和微笑。

小猎人

那年整个八月我都是在与一只漂亮小狗的玩耍中度过的。那只小狗某一天出其不意地出现在我们家厨房的地板上，它的样子笨拙难看，老是尖叫不停，身上还散发着婴儿般的奶腥味，一颗尚未发育成熟的圆脑袋不停地摇抖着，脚掌很像鼹鼠向两侧分开，这是它身上最娇嫩的部分，柔软得简直像丝绸外套。

从我看见它的刹那，那个有生命的小不点儿便俘获了我所能拥有的一切激情和赞赏之心。

这件上帝最心爱的礼物降临人间，在我的心中比一切美妙的玩具都要更惹人爱怜，它究竟是从哪个天堂下凡的呢？不妨可以设想，一个索然无味的老女佣忽发奇思从乡下老家——在某个了不起的清晨——把这只可爱的小狗带到我们家的厨房。

噢！当时竟然没有一个人在场——天哪——大家都还没有从睡眠漆黑的胸怀中苏醒过来，而那个幸福宝贝已经降临。它难堪地躺在厨房冰凉的地板上等候着我们，可是，阿德拉和家里别的人都不喜欢它。我干吗没有早点儿醒来啊？地板上的那只牛奶盘见证了阿德拉的恻隐之心，同时，不幸的是，也见证了那些被我永远错过的履行亲人义务的欢乐瞬间。

不过，未来的一切都会向我敞开。展望新奇经历、实验和发现，那前景是多么美妙！那个生命最核心的秘密，浓缩成这个简单、敏捷、玩具般的生命形式，展示给我那永不满足的好奇心。拥有那个像我们一样的生命片段、那颗永恒的神秘核粒是多么有意思啊，它用新颖有趣的形式，以其极端的奇异性，以其生命火花出其不意的变化，呈现给我们人类，在我心中激起无限的好奇心。

动物啊！让人兴致盎然的家伙，简直就是生命不解之谜的典范，它们被创造出来仿佛就是要向人类揭示自身的秘密，用无数万花筒般的可能性展示生命有多么丰富和复杂，而每一种可能又引出某种奇妙的结果，引出某种别具一格的繁华。怪异的趣味可能会破坏人际关系，由于还没有这种趣味的连累，我心里仍然对所谓生命永恒性的显现怀着向往之情，充满了一种类似顿悟的温柔可爱的好奇心。

小狗浑身温暖，柔软得像天鹅绒，能感觉到那颗纤小的心脏在快速地跳动着。它的两只耳朵如花瓣一样柔软，蓝色的眼睛蒙蒙眬眬，你可以把一根指头放进那粉红的小嘴里，不会被伤着，那柔嫩、无邪的掌爪，前脚趾外侧长着几粒迷人的粉红色的小肉粒。小狗就是用这几只小爪径直爬进牛奶盘里，贪婪又鲁莽地用淡红色的舌头舔着牛奶，舔够后又伤心地提起小小鼻孔，上面还挂着滴滴牛奶，最后笨拙地从牛奶浴中撤退出来。

小狗走路时笨拙得像在歪歪扭扭地翻滚，方向犹犹豫豫，仿佛在沿着一条摇摇晃晃和不确定的线路前进。无尽的忧伤是它最常流露出的情绪。它还有一种孤儿般沮丧的无奈感——无力填补奢侈的饮食之间那段生活的空虚感。这种空虚感反映在毫无目标的流浪中，毫无条理的举动中，以及伤心的呜咽声中，好像身处何地都难以安居。即使在沉睡中，它也蜷缩成一只瑟瑟发抖的小球来满足享受保护和爱抚的需要。它无法独自摆脱孤寂和无家可归的感觉。这是一个多么幼小和脆弱的生命，从熟悉的黑暗中，从母亲家园般温暖的子宫里被领到一个广阔、陌生、明亮的世界，但它又退让、却步、蜷缩着不想经历这一切，而且怀着强烈的反感和失望！

但是，小猎人（我们因此给它取了这个骄傲而威武的名字）慢慢地开始更加喜欢生活了。它不顾一切地、着迷地渴望回到母亲子宫的冲动，面对大多数人都享受的诱惑终于屈服了。

这个世界开始给它埋设种种陷阱：包括那些叫不上名字、味道一流的琳琅佳肴，以及早晨的阳光投射在地板上映照出的光块，栖息在那里是多么舒服啊。还有自己的四肢、脚爪的运动，淘气地邀请它去玩耍的尾巴，还有诱惑着它去嬉戏的手亲切的爱抚，还有想去参与新鲜、剧烈和冒险运动的渴望——所有这一切都在逗弄着、刺激着它接受生活的新奇体验，向生活俯首称臣。

另外，小猎人开始明白了：它正在经历的一切早已毫不新鲜，而且经历过不止一次，这些东西虽然貌似新奇，但某些根深蒂固的东西依然故我。它的身体开始能识别各种不同的情景、印象和对象。事实上，所有这些没有一件让它感到格外惊讶。每当面临各种新的环境时，它就潜入记忆的深泉，在自己体内潜藏的那个记忆之泉，盲目而狂热地搜寻一番，最后总能从自己身上找到现成的应对办法，做出得体的反应：那是祖祖辈辈积累的智慧，储存在细胞质和神经中。它会采取各种压根儿想不到的措施和决定，其实这些决定早就恭候在那里，随时准备呈现出来。

小猎人稚嫩生活的那个背景——那间备有小桶、布衣的厨房，充满了各种复杂、诱人的气味，以及阿德拉拖鞋的啪嗒声，喧闹、匆促的行走声——不再让它感到心惊肉跳。它已经习以为常地把厨房当作自己的地盘，在这里开始有了宾至如归的感觉，而且还隐隐约约萌生出一种近乎爱国主义似的归属感。

当然，除非因为擦洗地板而忽然降临一场大灾难——那是对自然的法律秩序的毁灭——热乎乎的碱性洗涤液四处弥漫开来，在所有的家具下面漫延而过，阿德拉手中移动的刷子发出响亮的刮擦声。

但是，这个威胁已经过去，此刻，那把刷子早已安静下来，一动不动，放回属于自己的那个角落，地板散发出潮湿、甜丝丝的木质味儿。小猎人又恢复了正常权利，恢复了在自己领地上的自由，它有时冲动地用牙齿咬住一块旧地毯，使出浑身气力左拉右扯地去撕咬。这些不同的要素和谐地融为一体，让它内心充满无法言传的欢乐。

忽然，小猎人定住不动了：三只小狗在它面前举步走过，接着一个黑色恶魔出场了，一个“稻草人”在众多纠缠在一起的腿杆上快速移动着。小猎人直打哆嗦，眼睛追随着这个亮闪闪的昆虫的行走路线，专注地观察着那个平坦但显然没有长脑袋的身躯，那些蜘蛛般的腿以离奇的速度搬运着这件家伙。

小猎人看到这一幕后心里有些激动，这种感觉它还理解不了，这是一种愤怒与恐惧的混合物，既充满了兴奋的快感，同时又夹杂着一种力量、自信、进攻激发出的战栗。

小猎人忽然前爪跪地，发出连自己都感到陌生的声音，这是一种奇怪的噪声，与它平时的低吟声完全不同。它一次性吼出这种声音，接着一遍又一遍地用颤动的高音不停地重复着。

但是，小猎人用这种全新的、忽然激发出来的语言向这只昆虫发出的呼唤纯属徒劳，因为一只蟑螂的理解力是根本对付不了如此长篇大论的：那只昆虫以经过蟑螂世界无数世代神圣化的礼仪磨炼出来的举止继续向房间的某个角落悠然走去。

在这只狗的灵魂中，憎恶感还不会存驻得那么持久有力。刚刚被唤醒的对生活的愉悦感把一切感觉都化作一场巨大的玩笑和欢乐。小猎人还在继续吠叫，但吠叫的调门已经不知不觉变了，变成了对刚才叫声的戏仿——试图表达那种对这个伟大事业，即充满了各种意外奇遇、陶醉和刺激的生活的不可思议的神奇感。

潘神

简易货棚的背墙和外屋之间的那个角落是一条从庭院延伸出来的死胡同，这是那条死胡同最远、最终的地段，夹在厕所和那堵防逃墙之间——这是一个很阴郁的地方，再向前就什么也看不见了。

这儿是这片土地的尽头，是这个庭院的直布罗陀。它绝望地一头撞向那道用齐平的木枋围成的封死了的篱笆，这道篱笆斩钉截铁地围出那个小世界。

篱笆下面有一条泛着恶臭黑水的小溪，那是一道似乎永远干燥不起来的油乎乎的烂泥脉迹——这是穿过篱笆边界进入广阔天地的唯一通道。这条臭胡同到了这里后如此之绝望，坚持不懈地想冲破篱笆的障碍，以致把一根木条都给弄松了。我们这些男孩子完成了余下的活儿，把这根木条给卸了下来。我们就这样弄出一个缺口，打开一扇窗户让阳光透了进来。庭院里的那个囚徒可以把一只脚踩在我们扔在这里给小溪当踏桥的木板上，把目光从篱笆的缝隙中挤出去，让自己进入一个崭新、广阔、吹着新鲜凉风的世界。那里，呈现在他面前的是一片簇叶丛生的大花园。高高的梨树、粗壮的苹果树长得枝繁叶茂，笼罩的树叶飒飒作响银光闪闪，构成一张泛着银光的白网。茂盛厚实、盘根错节、从未割过的草丛像毛茸茸的毯子般覆盖在起伏的地面上。那里生长着带羽冠的普通小草，野生的芹菜上挂着精致的细丝。地上的常青藤缀满粗糙、皱巴的叶子，死去的荨麻散发着薄荷味。银光闪闪、健壮的车前草上落满点点锈迹，它们亭亭直立，争相炫耀着一把把肥厚的红色种子。整个丛林沐浴在柔和的气息中，里面弥漫着幽蓝的微风。躺在这片草地上，仿佛置身于云朵和漂移的大陆构成的天蓝色的地图之下，你可以把整个天空的地貌呼吸到嘴里来。在与大气的这种交流中，树叶和草叶渐渐被细微的毛发覆盖住，上面落了一层软软的绒毛，形成粗糙的钩子般的硬毛，好像要捕捉氧气的波浪。精致、泛白的表层把这片植物与空气连通起来，在阳光瞥进来的间隔期，让它染上一层淡淡的空气的银灰色，一丝暗淡的寂静。有一种黄色植物，里面充满了空气，淡白色的根茎中饱含牛奶般的汁液，从空洞的滴水管中带出的只是纯粹的空气，纯粹的茸毛，形状像毛茸茸的雏菊的花球，被风吹打得破碎不堪，悄无声息地化作阴郁的沉寂。

这个花园广袤辽阔，朝四面八方延伸，分布着各种地理单元和气候带。它的一侧敞向天空和大气，这一侧长着最柔软最柔嫩的毛茸茸的绿床。但是，当大地延伸进一个低伏的地峡，落进一家废弃的苏打工厂后墙的阴影中后，由于荒疏、凌乱，花园到了这里变得更加阴森、杂乱和粗犷，由于蓟草丛生而显得凶猛恣肆，由于荨麻遍地而显得荆棘耸然，四处覆盖着的气势全失去节制，变得疯狂起来。到了这儿，花园不再是一个果园，简直像在疯狂地抽搐，来了一阵突发性的骚动，在发泄愤世嫉俗的卑鄙和情欲。在这里称霸的是残暴地放开了对自己激情的全面控制后，无聊疯长的牛蒡的菜头——那些数不清的巫婆，褪掉她们肥大的裙子，光天化日之下把它们一件一件地扔掉，直到那些飒飒作响、布满洞眼的肿胀的红疹完全埋葬了这个在疯狂的扩张中孕育出来的吵吵嚷嚷的杂种。那些裙幅继续膨胀着、推挤着，层层重叠，不断地蔓延和生长——如同一堆细小的叶子聚集起来高得触到小房子低矮的屋檐。

我就是在这里第一次看到他的，也是我这辈子唯一一次看到他，在一个热得要疯掉的中午时分。这是精神错乱已经疯狂的时间从事件的正常序列中脱轨而出，像个流放者那样在田野上奔跑着狂叫着的时刻。此时，这个夏天已经失控，带着狂野的冲动向四面八方扩散，自行双倍、三倍地演变成一个不可知的疯狂的三维空间。

这一刻，我完全沉浸在追逐蝴蝶的狂热中，沉浸在捉拿这些闪亮的光点的激情中。这些游弋不定的白色雪花，它们在炽热的空气中曲折地、笨拙地、摇摇晃晃地飘着。当某个光点在飞行中分解成两片接着又分解成三片的时候，它们同样如此颤抖着，这些闪亮、炫白的三角形光点像一团鬼火般引导着我穿过被太阳烤焦了的茂密的蓟草丛。

我在这片牛蒡丛的边缘站住，不敢再继续深入到那个洞穴般的深渊中去。

接着，忽然间，我看到了他。

他的肩膀以下淹没在牛蒡丛中，人就蹲在我面前。

我看见了他穿着脏兮兮的衬衣的宽阔的脊背以及龌龊的外衣的侧面。他蹲坐在那里，好像准备要跳跃，双肩佝偻，似乎压了千斤重负。他全身紧张得气喘吁吁，汗水从古铜色的脸上横流而下，在阳光下闪闪发亮。他一动不动，好像正在辛苦地干着活儿，在巨大的重负下仍然顽强地坚持着。

我站住了，被他的样子钉在现场，面对此情此景感到迷惑不解。

这是一张流浪汉或者醉鬼的脸。一簇污秽的头发乱糟糟地贴在宽阔的脑门儿上，圆圆的前额像一块被溪水冲涤过的石头。此时，这个额头上裂出一道道深深的沟壑般的纹路。我搞不清楚这是太阳的炽热带来的痛苦呢，还是超常的艰辛吞噬进了他的脸庞，把这些纹路拉扯得快要爆裂了。他幽深的目光犀利地盯着我，带着那种深深的绝望或者痛苦的凝滞。他既凝望着我，又没有凝望我；他既看到了我，又没有看到我。他的双眼像马上就要爆裂的贝壳，满含痛苦的激动或者振奋的狂喜。

忽然，他紧绷的表情慢慢舒展成可怕的怪脸。这种怪模样变本加厉，又带上了刚才的疯狂和紧张，然后逐渐扩张，面积变得越来越大，终于爆发出狂啸般的嘶哑的大笑声。

我战栗不已，看到他依然带着暴风骤雨般的笑声慢慢从蹲伏状态支起身子，像只大猩猩那样佝偻着腰，双手还放在褴褛的裤子上被磨破了的口袋里。他开始奔跑起来，大踏步地横冲直撞，越过飒飒作响的锡箔般的牛蒡——这是一个没有带烟斗的潘神，飞一般地退回自己熟悉的神出鬼没之地。

查尔斯叔叔

星期六晌午，与家人分居的单身汉查尔斯叔叔决定去度假村看望在那里消暑的妻儿，从城里出发步行约一个钟头就可以到达那个度假村。

自从妻子离去后，这个家就再也没有清扫过，床铺也从未收拾过。查尔斯实在忍受不了酷热无聊的煎熬，经常出去狂欢，深更半夜时拖着被蹂躏得遍体鳞伤的身子回到家里。破烂、冰凉、凌乱的被褥像一个幸福的港湾，一个安全的小岛，而他仿佛是一个遇难的漂流者，在狂风暴雨肆虐的大海上被推搡了无数个昼夜，带着最后一盎司气力成功着陆在小岛上。

他在黑暗中盲目地摸索着，陷进冰冷的白色羽毛堆，刚躺下就昏然入睡，不是横躺在床上就是脑袋向下耷拉着，深深地扎进枕头的温柔之中，似乎在睡眠中还想钻探，彻底探寻一番从夜色中升起的羽绒被坚硬的山丘。他在梦中与床铺拼命地较着劲，犹如一个泳者拼命地迎击湍流。他用自己的身体搓压着、揉捏着床铺，像在对付一盆巨大的面团，黎明醒来时气喘吁吁，浑身大汗淋漓，被抛弃在那堆无法驾驭的被褥的海滩上。从潜意识的深渊中着陆一半后，他仍然悬吊在黑夜的边缘，大口大口地喘着气，这时被褥开始在周围壮大，不断地膨胀着、动摇着——然后他再次在沉重、雪白的面团般的大山中被吞没了。

他就这样一直沉睡到上午很晚才醒来，这时枕头自动调整成一处广阔的平原，他枕在上头在安眠中漫游。在这雪白的道路上，他缓缓地恢复知觉，回到白昼，回到真实生活——像沉睡的旅客在火车靠站时那样终于睁开眼睛。

陈腐的昏色弥漫在房间，屋里还残存着好几天前留下的空寂和静默的余滓。早晨出来活动的蝇群在窗户上嗡嗡地鸣叫，窗帘在耀眼地闪着光亮。查尔斯打了个哈欠，从他的身体中，从所有坑坑洼洼的最深处，哈出了昨天的残迹。这个哈欠简直就像一阵痉挛，连身体都要从里朝外翻个底。他用这种方式清除掉前几天留在身体里的沙子、碎石和没有消化的残余物。

他这样把自己弄舒服后开始在笔记本上记录开支，略加计算，把数字全部加起来，然后开始陷入苦思冥想。接着，他僵了似的又在那里躺了很长时间，向外鼓出的水汪汪的眼睛一动不动。在房间四处弥漫的昏暗中，当被窗帘外面灼热的白昼的光线照亮后，他那双显微镜般的眼睛映照出所有发光的物体——从窗户缝隙中透进来的阳光、金黄色的四方窗帘，像一滴水那样把载着寂然不动的地毯和空椅子的房间全部容纳进去。

这时，百叶窗帘外的露天响彻着被太阳烤炙得发疯的蚊蝇发出的越来越剧烈的嗡鸣声。窗户已经承受不起这片白热化的火焰，窗帘在闪亮的波光的折磨下已经晕眩起来。

查尔斯终于拖着身子勉强从床上起来，然后又在床上坐了片刻，嘴里呻吟着。年过三十后，他的身体开始发福。全身脂肪不断膨胀，备受纵欲的折磨，但生命的汁液仍在流动，现在似乎正默默地缓缓地塑造着身体未来的宿命。

查尔斯以一种无思无绪、植物般的痴呆状态坐着的时候，完全听任循环代谢系统自行运转，任由先天的体液在身体深处脉动，在分泌着汗液的体内构造着神秘而尚未成形的宿命，犹如某种令人恐怖的发育，在朝一种不可知的方向推进。他并不害怕这个，因为他已经感觉到那种即将来临、不可测知而又气势磅礴的东西了，而且他在一种奇异的融合状态下毫不防范地与之同生共长，早已在听天由命的敬畏感中变得麻木，在这种宏大的勃勃生机中看到了未来的自我，那些不可思议的肿瘤在他的观照中逐渐成熟。这时，他微微眯起一只眼睛向外望去，目光似乎在投向另一个维度的空间。

随后，他从无妄的沉思默想中苏醒过来回到当下的现实中。他盯着放在地毯上的双脚，丰润精致得如女人的脚。他慢条斯理地摘掉衬衣袖口上金黄色的链扣，然后走进厨房，在一个幽暗的角落找到一只水桶，一面默默无语地凝望着恭候他的圆镜，他是这间空荡荡的公寓中唯一有知觉的活物。他往盆里倒了些水，用自己的皮肤品尝了一下那清纯、甜美、变了味的湿漉感。

他精心地洗漱打扮，绝没有丝毫草率，常常在两个独立的动作之间磨蹭很久很久。

那几间空空荡荡和荒疏已久的屋子还不认可他，家具和墙壁带着无言的挑剔和责备的神情望着他。

进入那种宁静氛围后，他觉得自己像个莽撞的侵入者，撞进一个时间概念完全不同，独立的水底王国。

他打开自己的抽屉，那感觉就像一个小偷，情不自禁地踮起脚尖挪动着，生怕惊扰起什么喧哗和过分的回音，这些声音似乎在焦灼不安地等待时机，哪怕最轻微的搅动都会把它们引爆。

最后，他从梳妆台那儿蹑手蹑脚地走到壁柜前，一件又一件地找出自己需要的东西，在家具中间穿戴好，这些家具默默地容忍着他的一举一动。终于就绪后，他站在那里，手里捏着帽子，感觉极为尴尬，甚至在这最后关头，他都找不出一个词来消除那种充满敌意的沉默。接着，他缓慢地，顺从地，耷拉着脑袋向门口走去，这时另外一个人，一个永远背过身子的人，以相同的步履，朝相反方向走进那面镜子的深处，穿过重重并不存在的空空荡荡的房间。

肉桂色铺子

在冬季最短暂和让人昏昏欲睡的那些日子里，在锅垢般的夜幕和晨昏的首尾，当城市越来越深地淹没于冬夜的迷宫中的时候，当城市被短暂的黎明不情愿地摇醒的时候，父亲已经魂不守舍，把自己出卖给另一个世界并且沉溺其中了。

他的头上和脸上密密麻麻地长满了乱蓬蓬、硬扎扎的灰发，一绺绺、一撮撮乱七八糟地竖立着，从他的疣子上、眉毛中、鼻孔里钻出来，把他的模样弄得像一只脾气暴躁的老狐狸。

他的嗅觉和听觉敏锐得异乎寻常，从紧张、沉默的表情看得出，他借助这两种感觉媒介仍然与耗子洞、烟囱口、黑暗的角落、地板下面落满灰尘的空间……这些看不见的世界，保持着永恒的接触。

他是一个对飒飒的风声、黑夜的吱吱嘎嘎声以及地板上秘密的咬啮生涯警觉而细心的观察家，也是对上述事物无时无刻不在窥探的共谋者。他如此迷恋地沉浸其中，完全融化进一个外人难以涉足的领域，他甚至都不想跟我们谈论那个领域。

每当那个看不见的世界显得过于荒诞的时候，他总是轻轻地叩击着手指，独自轻声发笑。接着，他会跟我们的那只猫心领神会地交换一下眼色。对那些神秘事物同样谙熟的猫会抬起它世故冷漠的条纹脸，合上向下倾斜的眼睑，表情漠然而倦怠。

有时也会出现这样的情况：正在进餐之际，父亲突然把刀叉放在一边，脖子上还系着餐巾，然后像猫似的从桌边站起，踮着脚尖来到邻居的门口，小心翼翼地透过钥匙的锁孔向里窥探。接着，他带着腼腆的微笑尴尬地回到桌边，嘴里含含糊糊、嘟嘟囔囔地自言自语，跟那个让自己迷恋不已的内心独白共鸣着。

为了让他分心，从这种病态的胡思乱想中摆脱出来，母亲经常强行让他在黄昏时分出去散步。他会默默地走出去，虽说不反对却也无精打采、神情恍惚、心不在焉。有一次，我们甚至一起去过剧院。

我们又一次来到那间灯光暗淡、肮脏不堪的大厅，里面充满了让人昏昏欲睡的嘈杂声和无序的混乱。但是，当我们使劲从人群中穿过去之后，前方随即映现出一幅巨大的淡蓝色的幕布，犹如另一个世界的天空。张张涂成粉红色、脸颊高高鼓起的大面具在一片浩瀚的帆布上浮动着。这幅人造的天空从两端向外扩张开来，因悲哀和夸张的姿势强有力的喘息而膨胀着，因舞台上发出回声的脚手架制造出来的虚幻的闪光灯世界的氛围而膨胀着。从那片辽阔的天空掠过的这阵战栗，以及让一个个面具焕发出生命并且逐渐变大的巨幅帆布的拂动，既把那种天外的虚幻特征显露无遗，同时又引起现实世界的震动，在那些超凡脱俗的时刻，我们仿佛体验到顿悟的曙光。

那些面具哆嗦着红色的眼皮——这些鲜艳的嘴唇在无声地呢喃着，我知道当这种神秘的紧张感达到极致时，膨胀的幕布的天空真的会突然迸裂开来，演示出种种不可思议和令人眼花缭乱的事物，那个时刻已近在咫尺。

然而，我却不允许经历那个时刻，因为，就在此刻，父亲开始流露出某种焦灼感。他摸遍所有的口袋后终于宣称，他把装着钱和极端重要文件的提包落在家里了。

跟父亲略微合计了一下，其间又把阿德拉的诚实提出来匆匆地评估了一番，大家建议让我回去找那只提包。照母亲的说法，离开幕还早得很呢，再说，像我这样的飞毛腿绝对能及时赶回来。

我踏进天光尚亮的冬夜。是那种明澈的夜晚，繁星遍布的天空显得那么辽阔，延伸得如此遥远，看上去好像被分割和拆成一块块独立的天穹，多得足以用来装点整整一个月的冬夜了，而且还奉上那么多涂染过的银色星球，用来掩盖夜间的万象——奇遇、事件和纵情的嬉闹。

在这样的夜晚打发一个小男孩执行一件紧迫而重要的差事真是太欠考虑了，因为在这种若明若暗的光亮中，街道似乎在成倍地繁殖，纵横交错，很容易让人迷失。在城市的纵深地带，那些反光的街道、形状彼此酷似的街道、容易混淆的街道，都一起敞开着。令人迷茫和误入歧途的想象力为那些再熟悉不过的街区制造出虚幻的地图，在这样的地图上，街道自有其适当的位置和通用名称，但是却标绘着由黑夜不竭的创造力提供的崭新的、虚构的轮廓。这种冬夜的诱惑往往是从想走捷径、想走一条快捷却又不太熟悉的道路这个天真烂漫的念头开始的。这些诱人的可能性源于选择走一条从未走过的偏路来缩短复杂的路程。但是，从此以后，事情可就不同了。

我走了几步后，发现没有穿大衣。我想再次折回去，可是片刻之后，又似乎觉得这样做纯属毫无必要的浪费时间，尤其是今天晚上，根本就不寒冷。相反，我还觉得阵阵与时令不符的热浪袭来，像春夜吹拂的微风。雪花缩成片片白色的绒毛，化作片片飘着甜美紫罗兰香气的白云。团团相似的白色绒毛从天空飘过去，天空上月亮增大了两三倍，同时呈现出它的所有面相和位置。

那天晚上，天空中不少地带裸露出内部结构，有点类似解剖物的陈列品，呈现出光的螺纹和涡旋、黑夜的浅绿色固体物、空间的乳浆和梦的纹理。

在这样的夜晚，是不可能沿着拉帕特街或者别的任何与集市广场四边正面相接、有点像广场衬里的黑洞洞的街道回去的。想不起来在这么晚的时刻，那些奇怪而又非常吸引人的店铺偶尔还会开门。平时，这些店铺很容易被人忽视。我一般管它们叫肉桂色铺子，因为它们的墙上都嵌有黑色镶板。

这些其实挺气派的铺子晚上都开得很迟，从来都是我最心仪的目标。光线很晦暗，阴沉而肃穆的店堂里弥漫着油漆和香火的气息，弥漫着遥远国度和稀罕商品的芳香。你可以见识到孟加拉灯、魔盒、早被遗忘的那些国家的邮票、中国剪纸、靛青颜料、来自马拉巴尔[①]的假珠宝、异国的昆虫、鹦鹉、石嘴鸟的蛋、活的蝾螈和蜥蜴、曼德拉草根、从纽伦堡过来的机械玩具、装在坛子里的小矮人、显微镜、双筒望远镜……特别是，还有各种奇奇怪怪稀罕少见的书籍，以及有着让人惊讶的版画和奇妙故事的对开本的老册子。

我还记得那些态度矜持、老态龙钟的老板在服侍顾客时的样子。他们眼睛低垂，态度肃默，对顾客无论多么隐秘和难以捉摸的古怪念头都有足够的智慧和耐心去应付。然而，我记得最清楚的是一家书铺，有一次我瞥见过若干极其珍稀、被查禁的小册子，那些出版物掀开了某些秘密社团让人急切地想了解却又无从知晓的神秘事件的面纱。

我很少有机会去光顾这些店铺——尤其是我的口袋里有一笔数目虽小但却足够用的钱——这回我可不能放过撞到眼前的这个机会，尽管我有重任在身。

根据我的估算，要想抵达那条有夜店的街道，我应该先拐进一条狭窄的巷子，然后再穿过两三条支路。这将把我引向离家更远的地方，不过，从盐坊街横穿过去，我就可以抵消掉耽误的时间。

---

① 马拉巴尔（Malabar），在印度西南部沿海地区。

想光顾那些肉桂色店铺的渴望仿佛借给我了一对翅膀，我拐进一条熟悉的大街，几乎是在奔跑而不是行走，提心吊胆地怕迷了路。我已经走过三四条街了，可还是看不到想拐弯的那个地方的标志。更糟糕的是，这条街的外貌与我原来想象的不同。没有任何店铺的影子。我来到一条街上，两边的房子都没有门，而且全都紧闭着窗户，由于月光的反射，里面什么都看不见。在那些房屋的另一面——我想——一定是那条店铺街了，从那里可以进入这些房屋。我这时加快步子，心里慌乱极了，开始产生放弃拜访那些肉桂色店铺的念头。此刻我一心想尽快离开这里回到自己更熟悉的城区。我走到这条街的尽头，拿不准它会把我带向何方。我发现自己站在一条路面开阔、建筑稀少的大街上，这条街很长又很直。我能感觉到从某个空旷地带吹来的微风从身上掠过。从人行道附近或者花园深处，矗立着琳琅满目的别墅，都是有钱人的私宅。在别墅之间，到处是公园和果园的墙壁。这一片看上去像是莱什尼亚斯卡街底端人迹罕至的那一部分。月光穿过万千羽毛般的云朵，犹如天空上布满了银色的鳞片。夜晚如同白昼一样苍白和明亮——只有公园黑洞洞地矗立在这片银光闪闪的景色中。

我仔细打量了一番眼前的一幢大楼，发现自己看到的是一所中学的背面，我从来没有看到过它的这一面。我径直朝大门走去，让我吃惊的是，大门竟然敞开无阻。门厅的灯仍然亮着。我走进去随即踏在过道的红地毯上。我希望能够在不被人发现的情况下穿过去，然后从正门走出去，这样就可以走个很大的捷径。

这么晚了，阿伦特教授也许正在教室志愿上美术课。在冬季，在这么晚的时候，他总是如此甘于奉献。我们在这位优秀教师唤醒的艺术激情之火的鼓舞下，纷纷前去听课。

一伙勤勉的学生几乎淹没在这间巨大而昏暗的教室里，墙壁上映照出我们的脑袋巨大的黑影，杂乱无章地晃来晃去，这些影子是由插在瓶子里的两支细细的蜡烛发出的光亮投映上去的。

其实，在这样的课堂上，我们画的东西并不多，教授也不是特别严苛。有些男孩儿还从家里带来软垫，索性躺在条椅上小睡片刻。我们中只有最勤勉的学生才会围在蜡烛旁边，待在那圈金黄色的亮光中。

我们经常要等很长一会儿，教授才来上课，于是便用无精打采的聊天来打发这段时间。教授房间的那扇门终于开启，他走了出来——身材矮小，留着小胡子，总是面带微笑和谨慎的沉默，透着某种让人捉摸不透的气息。他小心地关上自己书房的门：门开合的瞬间，我们看到他头顶上方有一组石膏像，那是一伙经典的受难者的塑像残片。有尼奥比德、达那伊得斯、坦塔里德[①]们，还有那座令人伤心的贫瘠而完整的奥林匹斯山，长年累月在那个石膏像博物馆里黯然神伤地矗立着。教授房间里的光线即便在白天也显得十分昏暗和模糊，在那些石膏头像所做的梦寐、那

① 尼奥比德（Niobides）、达那伊得斯（Danaidas）、坦塔里德（Tantalides）均为希腊神话人物。

些空洞的表情、那些灰暗的侧影以及正消融在虚无中的沉思的共同作用下，整个房间的氛围显得极其阴沉、凝重。有时，我们喜欢站在那扇门前倾听——倾听在变得乏味和单调的暗淡光芒中逐渐枯萎的破碎的诸神发出的叹息和低语的寂静。

教授极其庄重而又兴致盎然地在一排排半空着的长椅间走来走去，我们三三两两地坐在这些长椅上，在冬夜暗淡的反光中忙于绘画。一切都显得那么静谧和温馨。我的几个同学已经安然入睡。蜡烛在瓶中烧得矮下去。教授把身子探进一个很深的书橱里，里面放满古旧的对开册页、旧式版画、木刻和印刷品。他以一种高深莫测的姿态给我们展示那些陈旧的石印画，上面绘着夜景、月光下的树丛、在白色月光背景的衬托下显得黑沉沉的冬季的公园大道。

时间在没精打采的絮叨中不知不觉地过去了。时光的流逝并不均匀，仿佛在推移的几个小时里打了好多小结，然后又在某个地方吞掉几段空闲。我们这伙人未经任何过渡就发现自己全都走在回家的路上了。这时午夜已过去很久，公园小路上铺满了白雪，两侧密布着漆黑、干燥的灌木丛。我们沿着险象环生的黑暗边缘，碰撞着令人毛骨悚然的灌木往前走去。在这个明晃晃的夜晚，在这虚幻的牛奶似的光明中，更矮的灌木枝在我们脚下发出吱吱嘎嘎的断裂声。因为积雪，因为苍白的微风，因为这片乳白色的空间而滤透出来的四处弥漫的白光——犹如一张印版画的纸，在这张纸上，密密麻麻的灌木丛如同那些黑暗幽深的装饰性线条。此刻，在这么晚的时辰，夜晚也开始模仿阿伦特教授的版画中再次展示他奇妙想象力的那些夜景。

在公园黑黢黢的灌木丛中，在那些像披着毛发的灌木的外表下，在那团长着硬皮的细枝中间，随处都是死角、裂隙、深不可测的毛茸茸的暗巢，充满了混乱不堪、隐秘的暗示以及密谋似的神色。那里既温暖又寂静。我们穿着厚重的外衣坐在柔软的雪地上，吃起榛子来。在那种像春季般的冬天，榛子到处都是。黄鼠狼在杂树丛中悄然出没，貂鼠和黑尾蠓，这些毛茸茸的、善于东搜西寻的短腿动物，浑身散发着羊皮般的臭气。我们怀疑，它们中间就有这所学校陈列室里的展品。虽然那些展品的内脏已被摘除，毛也拔了，但仍然感觉得出在那个白晃晃的夜晚，在空空荡荡的躯壳中，那种永恒不变的本能发出的声音，那种木偶般的焦灼欲望，它们回到这片灌木丛中只是为了过上片刻虚幻的生活。

但是，像春雪般琳琅闪烁的光泽渐渐变得黯然，并随即消失，让位于黎明前漆黑深沉的阴暗。我们中有些人已经在温暖的雪地上睡着了，另一些人跌跌撞撞地向自己的家门摸索而去，盲目地步入父母和兄弟的美梦中，走进一连串深沉的呼噜声中，这呼噜声正好赶上他们的晚归。

在我看来，那样的夜间绘画课有种难以言传的魅力，所以，此刻我忍不住趁机想朝那间美术教室张望片刻。但是，我已经想好了，只逗留片刻。当我从后楼梯往上走去的时候，杉木在我脚下发出响亮的回声，我意识到自己来到完全陌生的学校大楼的某个侧翼。

甚至没有一丝呢喃声打破这庄严的宁静。这一侧的过道更宽阔，铺着厚厚的地毯，显得极为典雅。每个拐角都悬挂着光线幽暗的小灯盏。从第一个拐角转过去时，我发现自己来到一个更加宽敞、更加豪华的厅堂。其中一面墙上开出一条玻璃拱顶的通道，通向一组套房的深处。我看见一条长廊，两边布满正对的房间，装饰得富丽堂皇。我的目光在丝绸帷幕、镶着金边的镜子、昂贵的家具和水晶枝形吊灯上游移着，然后又望进华贵的天鹅绒般柔软的内部世界，那里微光闪烁，摆满错综复杂的华饰和含苞欲放的鲜花。在这些空荡荡的房间深深的寂静中，布满了一面面镜子互相交换的秘密眼色，以及沿着墙壁缠绕而上，然后消失在灰泥做成的白色天花板上的饰带烘托出的惊慌氛围中。

我怀着羡慕和敬畏的心情望着眼前这富丽堂皇的排场，猜想今晚的逃差行径意外地把我带进校长住的那侧楼房，带进了他的私宅。我站在那里，心怦怦地跳动不已，在好奇心的驱使下，定在那里不动，准备只要听到哪怕最轻微的一丁点儿响声就逃掉。如果被人发现，我如何辩解为什么这么晚光顾这里，如此肆无忌惮地窥探？也许，在一把覆盖着长毛绒的带扶手的深椅里，隐蔽、安静地坐着校长的小女儿。她会抬起眼睛——乌黑、神秘、安详的眼睛望着我，没有人能经受得住这双眼睛的凝视。然而，半路退却不把自己制订的计划贯彻到底，那将是怯懦的行为。在无法断定时辰的朦胧灯光的映照下，富丽堂皇的室内完全处于深沉的寂静之中，从拱形通道望过去，我看到，在起居室遥远的另一头，有一扇通往阳台的玻璃门。处处都显得如此宁静，我不禁忽然壮起胆子来。从通向与地面相平的起居室的几块短短的台阶上走下来，再紧走几步穿过那张豪华的大地毯，我来到阳台上，从那里可以毫不困难地返回那条熟悉的大街，我认为这算不上冒险之举。

我就这么干了。我发现自己站在摆着一盆盆棕榈树的镶木地板上，棕榈树高得快要碰到天花板的饰带了，这时，我注意到自己其实站在中间地带，因为起居室没有正墙。它有点儿像宽敞的凉亭，几块台阶把它同城市的一个广场连接起来，成了这个广场的封闭部分，有几件公园里的用品直接摆放在人行道上。我从一段石阶上跑下来，发现自己又与街道处在同一个平面了。

天空中的星座陡然倒立着，所有的星星在倒着旋转，埋在羽绒似的云层下面的月亮尽管看不见却照亮了云层，仿佛前面还有走不完的行程，而且它正一心一意地完成在太空的复杂运行，还没有考虑黎明的事儿。

几辆马车在黑洞洞的街上若隐若现，接榫松脱、支离破碎，简直像瘸着腿打着瞌睡的螃蟹或者蟑螂。赶车人从高高的座位上向我俯下身来。他长着一张亲切的小红脸。“乘车吗，少爷？”他问。马车上那些林林总总的胳膊腿儿以及所有的关节和纽带都摇摇晃晃，轻便的车轮滚动着出发了。

可是，在这样的夜晚，谁会把自己托付给一个不可捉摸的赶马车的人，听凭他异想天开的怪念头来操纵呢？在车轴的咔嗒声中，在赶车人座位和车顶的碰撞声中，我无法就要去的地方与他取得一致意见。我说什么他都纵容地点点头，一个人在那里自顾自地唱着歌。我们绕着城市兜圈子。

几个赶马车的人站在一家小酒馆前，他们客气地朝车夫招招手。车夫开心地回应着。接着，他没有停住车就把缰绳扔到我的膝盖上，然后跳下去走到他的那伙同行中间。那匹马，那匹聪明的拉着车的老马，匆匆望了望四周，迈开单调、有序的碎步小跑起来，继续前进。其实，那匹马的自信心陡然而生——它比赶车人机灵多了。可是，我自己不会赶车，只好听凭那匹马的意志了。我们拐进郊区的一条街，街道两侧全是花园。我们一路前进时，花园渐渐变成高树入云的公园，而公园又渐次变成了森林。

我永远不会忘记那个明亮的冬夜里的这次光明之旅。天空五颜六色的地图延伸成一个浩渺无边的穹窿，上面隐隐约约呈现出奇形怪状的陆地和海洋，用耀眼的潮流和涡流线条以及天空绚烂的地貌纹理作为标记。空气呼吸起来令人心旷神怡，银色薄纱似的闪着微光。能闻到紫罗兰的香气。从毛茸茸的羔羊皮般的白雪下面，冒出颤悠悠的银莲花，每一枚细嫩的花萼中都带着斑斑月光。整个森林看上去好像被成千上万的亮光和在十二月的天空中纷纷陨落的星辰照亮了。空气与一道隐秘的清泉共同搏动，与纯洁无瑕的白雪和紫罗兰一起搏动。我们来到一片丘陵起伏的风景地带。山丘上光秃秃的树尖耸然竖起，丘峦的轮廓线宛如天堂乐园的标志。我在那些令人陶醉的斜坡上看到一群群漫步者，他们聚集在长满苔藓的沼泽地、灌木丛以及已被雪沾湿了的陨落的星星中间。路变陡了，那匹马开始打滑，得费好大劲儿才拉得动吱吱嘎嘎的马车。我感到很开心。我的肺吮吸着空气中甘美的泉水——那种白雪和星星的清新感。马胸脯前那道雪泥四溅的斜坡变得越来越高，马儿简直没法蹚过那片洁白的新雪。我们终于停住了。我从马车上下来。那匹马喘着粗气，耷拉着脑袋。我把它的脑袋搂在怀里，看到那双大眼睛里满含泪水。我注意到它的肚子上有一圈乌黑的伤痕。“你干吗不告诉我呢？”我哭泣着低声问道。“我最亲爱的啊，我是为了你才这样做的。”那匹马说，它开始变得越来越渺小，简直像一个木制的玩具。我放开它，感到轻松和快活极了。我反复权衡着到底乘经过这里的那辆慢车呢，还是步行回到城里。我来到一条陡峭的小路上，这条小路在森林里像一条蛇蜿蜒爬行，我先是迈着轻快而富有弹性的步子，接着又变成匆匆而快活的奔跑，而且渐渐越跑越快，最后像踩着滑雪板似的向下滑行。我可以随意调整速度，而且只要我的身体轻微地做个动作，就可以改变路线。

我来到城市边缘，放慢这趟凯旋式奔跑的速度，改成稳重的行走。月亮仍然高悬在天空上。天空的变化及其花样无数的穹隆幻化出越变越复杂的轮廓，变化简直无穷无尽。在那个魔幻般的夜晚，天空犹如一张星盘，呈现出它的内部机制，以无穷无尽的开方显示着它的嵌齿和齿轮的数学运算。

到了集市广场，我碰到几个悠然散步的人。他们陶醉在夜晚的景色中，仰着脸漫步，脸上弥漫着从空中投下来的一层奇妙的银光。我完全不把父亲的提包放在心上。父亲经常沉迷在自己的各种怪癖中，此刻大概已经忘掉了那个丢失的提包，至于母亲，我不必太在乎。

只有在那年那个难得的夜晚，人们才会油然而生各种愉悦的念头和灵感，有一种被神圣的诗的手指抚摸的感觉。我怀着形形色色的念头和盘算想回家去，却遇到几个胳膊下夹着书、关系要好的同学。他们被那天晚上永不消逝的光亮唤醒，已经出发要去上学了。

我们沿着那条陡然向下延伸的街道往前走去，街上弥漫着紫罗兰的芳香，拿不准到底是银子般铺在雪地上的夜的魔力，还是晨光……

鳄鱼街

父亲在那张巨大的办公桌靠下的某个抽屉里保存着一张我们这个城市美丽的旧地图。那是一整捆对开的羊皮纸，用条条亚麻连在一起构成一幅可以挂在墙上的巨大的鸟瞰式全景地图。

挂在墙上后，这幅地图几乎盖住整面墙，辽阔的蒂希米耶尼卡河流域的面貌豁然展开。这条河像一条波浪般的淡淡的金色缎带，弯弯曲曲地流过那些宽阔的水塘和沼泽地的迷宫，流过向南逐渐耸起的高地，起先河水平缓，然后流进越来越陡峭的山地，流进浑圆的山丘、棋盘似的丘陵地带。那些小山越靠近黄雾迷蒙的地平线，就变得越渺小，颜色也越浅淡。在那个越来越模糊的遥远的边界，屹立着我们的城市，并逐渐向地图的中心围拢过来，最后看上去像是一大片互相没有区别的地带，那是由街区和房屋构成的稠密的混合体，条条深谷似的街道将其分割开来，在第一幅详图上变成一组独立的房屋，用双筒望远镜观察时，会发现形貌的轮廓被刻画得异常清晰。在地图的那一部分，雕版师专心致志地刻出错综复杂、形形色色、密密麻麻的大街小巷，轮廓分明的飞檐、柱顶过梁、拱门椽饰和壁柱，正午深金色的光辉把它们照得亮亮堂堂。暗黄的光弥漫在深褐色阴影中的各个角落和凹陷处。各种立方形和菱形的阴影使深谷般的街道显得千疮百孔，这里半条街沉浸在某种暖色中，那里房屋间又出现一个裂口。这些阴影用浓郁的、浪漫主义的明暗对比法夸张而和谐地演奏着建筑物复杂的复调音乐。

在那幅按照巴洛克式全景画风格制作出来的地图上，鳄鱼街地区呈现出一片闪光的空白，这种空白往往用来标志极地或者未曾被勘探过、人们几乎对其一无所知的国度。只有几条街道用黑色的线条标了出来，街名是用简单、毫无装饰性的印刷体印上去的，与其他地名显赫的字体迥然不同。制图人大概讨厌把这一地区纳入这个城市，这种保留态度在印刷处理过程中明显流露出来。

为了更好地理解这种保留态度，我们有必要关注这个特殊区域的那种暧昧和可疑的特质，这是它与这个城市的其他地区截然不同之处。

这一带属于工商业区，那种直截了当的功利性被特别坦率地强调出来。时代精神、经济机制并没有放过我们的城市，它们已经在城市周边地区扎下根，逐渐发展出一个寄生带来。

当这座古老城市还流行在夜晚进行礼数庄重、半公开的交易时，城市新区已经流行起各种时髦、直接的商业活动方式了。伪装的美国派头嫁接到这个古老、破败的城市中心，像茂盛却了无生气、装腔作势、空洞、粗俗的植被那样遍地滋长。在那里人们可以看到偷工减料盖起来的房子，门面装饰得稀奇古怪，上面涂满裂了缝的丑陋的水泥花饰。摇摇欲坠的郊区老房子的入口与匆匆建成的大正门相连，只有仔细察看时才暴露出这些门在模仿大都市的豪华气派。阴暗、肮脏、毛糙的玻璃板（它们折射出一幅幅凹凸不平的黑乎乎的街景），刨工粗劣的木门，寒碜阴郁的内部氛围，里面高高的货架都裂开来，快要倒塌的墙上布满蜘蛛网和厚厚的灰尘，所有这一切给那些店铺打上某种蛮荒的克朗代克地区的印迹。那里排满一长溜裁缝铺、野营服饰用品店、瓷器店、药铺和理发店。阴暗的大橱窗上印着用镀金的粗体字母拼出的半圆形文字：糖果店、修指甲、英格兰王。

城里那些年迈老资格的居民对这个地区敬而远之，这一带住的全是社会渣滓、地位最卑贱的人——没有身份、没有背景之徒，道德堕落的混混儿，以及在这个刚刚兴起的社区出生的劣等儿。不过，城里个别居民在遭遇挫折的日子，或者在道德上软弱不堪的时刻，偶尔会大胆现身于这个让人不放心的地区。他们中最好的人也不能完全杜绝自甘堕落的诱惑，打破等级制度的障碍，陷入浅薄的社交泥淖，忘形地狎昵，同流合污。这个地区是背德者的黄金乐园。这里的一切都显得可疑和暧昧，用神秘的挤眉弄眼、玩世不恭的夸张手势、高高扬起的眉毛来承诺龌龊的愿望终会得到满足，想方设法让最卑下的本能摆脱桎梏。

只有个别人注意到这个地区的真正本质：致命的暗淡无色，好像这片快速发展的劣质区域提供不起奢华的排场。这里的一切都是灰蒙蒙的，像黑白照片或者低劣的带插图的目录册。这种相似是真实而非比喻，因为有时去那些地方闲逛的确会让人产生翻阅说明书的印象，盯着一栏栏令人厌倦的商业广告，可疑的商品信息像寄生虫般充斥其中，还有含义模棱两可、让人不好取舍的介绍和图画。结果，这种闲逛变得跟认真研究色情相册带来的刺激一样无聊和没有意义。

比如，你要走进一家裁缝铺定做一套衣服——一套能够体现那个地区特色，既漂亮然而又低档的衣服——就会发现店铺地盘宽敞而空旷，房间显得高深而暗淡。层层巨大的货架延伸到高得说不清的房间上空，把客人的目光吸引到天花板上，而天花板可能就是天空——居民区劣质、灰暗的天空。透过敞开的房门，可以看到储藏室里高高地堆放着各种盒子和柳条箱——一个巨大的文具柜高得快要触到楼顶，快要分裂成空虚的几何体和虚无的木料。灰暗、宽敞的窗户上画满了分类账本般的线条，绝不允许白天的亮光透进去，但是铺子里却充满了毫无特色的淡淡的水色的灰光，它既不投下某种阴影，也不使任何东西过于显眼。很快，就有一位瘦削的年轻人出来满足顾客的要求，把客人淹没在滔滔不绝而又拙劣的产品推销中，他低眉顺眼、灵活敏捷和百依百顺得令人吃惊。他一边说个不停，一边摊开一块巨大的布料，又是试量，又是折叠，把料子像流水般地垂下来，做成想象中的夹克和裤子。但是，整个操作好像突然间变得不真实，演变成一场虚情假意的喜剧，一道用来遮盖事物的真实意义、令人啼笑皆非的帷幕。

那些身材高挑、肤色黝深的女店员，看上去每个都有那么点儿美中不足（就像这个地区打折出售的存货）。她们走来走去，站在门口留心打量着委托给那个有经验的男店员照顾的业务是否做得满足了要求。那个男店员傻笑着，蹦跳着，简直就像一个患有异装癖的家伙。你真恨不得抬一下他紧缩的下巴，或者拧一把那扑过粉的苍白的脸蛋，那张脸的表情显得鬼鬼祟祟、意味深长。他谨慎地朝料子的商标望过去，那商标显然具有某种象征意义。

挑选衣服逐渐进入计划中的第二个环节。这时，那个女里女气、媚俗堕落、对顾客哪怕最亲昵的挑逗都欣然接受的年轻人，打开一批精挑细选的特殊商标，那简直是一个标签的博物馆，一个经验老到的鉴赏家的藏品展览室。

那家出售野营服饰用品的商店看上去不过是个小门面，它后面有一家古玩店，藏着大量来路可疑的书籍和私刻版作品。那个百依百顺的男店员打开更多的储藏室，里面摆满了书籍、画册和相片，堆得碰到了天花板。那些版画和蚀刻画超过了我们最大胆的想象：我做梦都想不到堕落会如此之深，淫乱行为可以如此五花八门。

这时，那些女店员在一排排图书中间来回地忙碌着。她们的脸像灰色的羊皮纸，脸上长着深色皮肤女人常有的那种油腻的色素沉淀的黑斑，闪闪发亮的黑眼睛会突然射出蟑螂般蜿蜒的神色。但是，连她们脸上那幽暗的羞涩红晕、迷人的美人痣、上唇那层隐隐约约的汗毛，都透露着她们的血液可能又稠又黑。她们太过浓烈的色泽如香气四溢的咖啡，似乎会浸染到拿在橄榄色手中的书籍。她们不停地抚摸着书页，仿佛会在空中留下一串深色的雀斑和一丝烟草味儿，犹如散发着刺鼻的动物气味的菌块。

此刻，色情氛围已经相当浓郁。那个起劲儿推销产品的男店员已筋疲力尽，慢慢退回到女性化的慵懒状态。这时他穿着一套精心裁剪的绸布睡衣，躺在书架中间的一张沙发上。有几个姑娘摆弄出书籍封面上人物的动作和姿态，另外几个姑娘已经悄无声息，准备在临时搭建的床上睡觉。面临顾客的压力减轻了许多，那些兴趣盎然的人不再围住他，他好像被孤独地撇在了一边。女店员忙着聊天，不再注意他。她们背对那位客人，摆出傲慢的姿态，一只脚支撑着身子扭来扭去，轻佻地摸弄着鞋子，让苗条的身子随着胳膊和大腿蛇一般放纵地扭动着。她们故意摆出一副冷漠的态度，假装不理睬那个被挑逗得兴奋起来的看客，以此来折磨他。这种以退为守的手法是刻意要让那位顾客欲罢不能。

但是，我们最好充分利用这个无人关注的时刻，逃出这家不期而遇的裁缝店，以免遭遇不测后果，悄悄回到街上去吧。

没有人阻拦我们。我们穿过条条书的走廊——两边都是摆满杂志和图片的书架——走出店铺，来到鳄鱼街的这个地段：站在高处，几乎可以看到整条街有多长，可以一直望到遥远的尚未完工的火车站的建筑。跟通常一样，那里天色灰暗，有时景色像带插图杂志中的一张照片，房屋、行人和车辆显得那么暗淡、呆板。现实像纸片一样单薄，连它所有的裂缝都在暴露着模仿性。有时，人们会产生这样一种印象：只有我们眼前的这一小块地段才有望纳入那幅城市大道的分色图，而两边临时性的伪装已经散架，难以为继，在我们身后倒塌成灰泥和木屑，倒塌成一个巨大而空空荡荡的戏院储藏室。那种人为姿态的僵硬，那种面具般的假热情，那种颇有讽刺意味的怜悯在这边的门面上颤抖着。

不过，我们绝不打算揭露这种虚假。尽管我们判断力颇强，还是被这个地区花里胡哨的魅力吸引住了。何况，这种虚假装饰还有那么点儿自嘲的味道。一排排郊区特色的小平房与楼房鳞次栉比交替而列，那些建筑物看上去好像是拿纸板盖成的，简直就是看不透的办公室窗户、灰暗的玻璃橱窗、广告和数字招牌的混合体。在这些房屋之间，人流如同潮涌。街道如城市里的主干道一样宽阔，而路面却是跟乡村广场般踩出来的泥地，到处是坑坑洼洼的泥潭和茂密的青草。这里的街道交通状况简直是个笑话，居民们在谈论交通状况时都显得扬扬得意和心领神会。黯然、冷漠的人们对自己在其中扮演的角色觉得很尴尬，渴望有朝一日住到大都会去。同时，尽管他们看上去忙忙碌碌，似乎颇有目标感，给人的印象仍然是在单调和漫无目标地四处游逛，不过是一列列无精打采的木偶。整个场面弥漫着一种奇怪而猥琐的气氛。人群懒洋洋地涌过去，慢腾腾、乱糟糟地走过来，说来奇怪，你看到的他们全是模模糊糊，绝不会清清楚楚、轮廓分明。我们顶多在众多乱哄哄的脑袋中间偶尔看到一个模糊而生动的表情，斜戴一顶黑色圆顶硬礼帽，刚讲完话后嘴唇带着笑意绽开的半张脸，一只向前迈出却永远凝固在那个姿势上的脚。

那个地区最有特色的事物当属马车，可是却不见赶车人，马车在无人照管地驶来驶去。好像并不是没有马车夫，而是他混迹人群，忙着自己的无尽事务，对马车不闻不问。在那个到处是虚假和空洞姿态的地方，不会有人把太多的心思用在一辆马车的确切行驶目标上，乘客们轻率地把自己交给这种没有固定路线的运载工具。轻率是这里无处不在的特征。你可以不时看到在危险的拐角，乘客从破烂的马车顶下面探出长长的身子，手里握着缰绳，有点困难地施展着棘手的超车技术。

这里倒也有那么几辆有轨客车。这几辆客车让市议员们的雄心得到极大满足。可是客车的样子却显得十分可怜，因为是纸板做的，经过多年的过度使用之后，车体已经变了形，两边有许多凹痕。多半车辆掉了前身，车子经过时人们可以看到乘客僵直地坐在那里，神态极为庄重。这些有轨客车全靠市里的杂务工维持。不过，最奇怪的东西还要算鳄鱼街的铁路系统了。

临近周末的日子，在白天的不同时刻，偶尔能看到一群群人在十字路口等火车。谁也说不准火车到底来不来，或者如果来了会停靠在哪里。于是，人们只好分在两个不同的地方候车，永远无法对火车究竟停在哪里取得一致意见。一群黑黢黢、静悄悄的人影站在勉强能看见的铁轨旁边，长时间地等候，总是带着焦急张望的表情。只能看到脸的侧面，像一排剪纸人像。

终于火车突然出现了：从意料中的那条小街开出来，匍匐着身子像条蛇，呼哧呼哧冒着烟雾的矮胖的火车头拉着一辆微型列车行驶过来，开进黑乎乎的走廊。街道被列车撒下的煤灰弄得黝黑不堪。火车引擎粗重的呼哧声，奇怪、悲伤而严肃的骚动，被抑制的匆忙和兴奋，所有这一切在迅速降临的冬天的暮色中，眨眼间把街道变成了火车站的大厅。

黑市买卖火车票和无处不在的行贿成了我们这个城市颇具特色的祸害。

在火车已经进站的最后关头，贪腐的铁路工作人员还在进行紧张、匆忙的交易谈判。谈判结果还没有出来，火车就开始启动了，一群失望的乘客缓缓地跟在列车后面，尾随很长一程后才逐渐散去。

这条刚才还被降格为弥漫着远方旅行气息的阴郁的临时车站的大街，再次变得宽阔而明亮，又可以让叽叽喳喳的过路人群无忧无虑地从一个个橱窗前漫步而过——肮脏、灰暗的广场上摆满伪劣货物、高高的蜡像和理发师的头像模型。

妓女们身穿带花边的华丽长袍，已经开始揽客。她们甚至可能就是理发师和酒店乐队领班的妻子，迈着轻盈、贪婪的步子往前走去，被邪恶、腐败的生活玷污过的脸庞留下这样那样的瑕疵。她们的眼睛总是恶狠狠地、暧昧地斜视着，要不干脆就是豁嘴唇或者缺了鼻尖。

城里的居民对鳄鱼街四处弥漫的这股腐败气味还引以为傲。

"我们不必感到缺少什么了，"他们扬扬得意地说，"我们甚至有真正大都会的伤风败俗的现象了。"大家一个劲儿地说，那个地区的女人个个都是婊子。事实上，只要看一眼她们中任何一个就够了，你立刻会遇到一种缠住你不放的眼光。这种眼光带着势在必得的神情，让你不寒而栗，甚至有女学生扎着别致的缎子发带，苗条的大腿迈着独特的步子，带着不纯洁的眼神，预示着她们将来可能也难免堕落。

可是，可是——我们要透露这个地区最后的秘密，那个被谨慎隐瞒的鳄鱼街的秘密吗？

我们在叙述中提醒过几次，隐隐约约暗示过我们的保留态度。所以，细心的读者对后面的叙述不会毫无准备。我们提到鳄鱼街特有的模仿气和虚幻性，但是这些措辞的含义都太精确和明白，难以描摹那种半生不熟和混沌未定的现实状态。

我们的语言无法提供，譬如，权衡现实的微妙性或者捕捉现实的灵活性的说法。那么，我们直说吧：这个地区的不幸在于，不曾做成过一件事情，没有一件事情有个明确结论。姿态始终处于悬空状态，采取的行动被过早地消耗殆尽，克服不了一丝惰性。我们注意到这个地区的意向、规划和期望有点鲁莽无度，挥霍成性。说穿了，那都不过是欲望的一阵骚动，被过早激发起来后随即变得软弱无力、空洞无物。那种氛围太过轻浮，每个古怪的念头都飘得趾高气扬，转瞬即逝的兴奋很快膨胀为空洞和寄生式的发展状态。一片小小的毛茸茸的灰色野草和色彩暗淡的罂粟花发芽了，这是无足轻重的梦魇和大麻叶的功劳。整个地区飘浮着懒洋洋和放荡的罪恶气息；房屋、店铺、人流，有时候似乎只是它发烧的身体的一阵哆嗦，热病引起的昏梦导致的鸡皮疙瘩。没有任何地方像这里那样让我们感到会遭受各种可能的威胁，遭受凡事未遂的震撼，被这种已成现实、让人愉悦的刻板弄得苍白而昏沉。这就是现状。

超过一定张力后，潮水就不再上涨，并且开始退却，空气变得模糊、凌乱。各种可能现象逐渐稀少，最后化作一片虚无。令人疯狂的灰暗、兴奋的罂粟花散为灰烬。

我们将永远感到遗憾，在某个特定时刻，离开那家有点可疑的裁缝店。我们将再也不可能找到它了。我们在一家到另外一家店铺的招牌前徘徊不已，犯上数千次的错误。我们将走进一连串店铺，看过大量相似的店铺。我们将顺着一排排书架漫步过去，仔细翻看杂志和画册，亲密而周详地同那些有着缺陷美的年轻女人商谈，同一个不可能了解我们要求的、浓妆艳抹的女人讨价还价。

我们将深陷在种种误解之中，直到所有的狂热和兴奋都消耗在没有必要的努力和徒劳的追逐中。

我们的憧憬不过是一幕虚幻，那些房屋和工作人员可疑的外表全是伪装，衣服是真的衣服，那个男店员并无别有用心的动机。鳄鱼街上女人堕落的尺度尚属适度，她们被密密层层的道德偏见和日常陈腐的清规戒律闷得透不过气来。在这个充满庸才的城市里，人性本能的张扬不知从何说起，更不要说激起黑暗和异常的激情了。

鳄鱼街是我们这个城市对现代化和大都会腐败现象的一种迁就。显然，我们能提供的东西不会比一张纸的复制品、一张从去年的碎报纸上剪下来的拼贴画片更佳。

蟑螂

这件事发生在我父亲生龙活虎、绚烂多彩的时期结束后的那段灰色的日子里。这是漫长萧条的几周，沉闷、没有礼拜天和假日的几周，笼罩在景色凋敝、封闭局促的天空下。当时父亲已经不跟我们住在一起。楼上那些房间已经收拾干净，出租给了一个女电话接线员。那个鸟儿的庄园里仅剩一副标本，那只制成标本的秃鹫现在就搁在起居室的一个架子上。它站在从拉开的窗帘外透进来的凉凉的微光中，还像生前那样蜷起一只脚，姿势类似佛门的圣徒，那张干瘪、沉痛的苦行僧般的脸上凝固着冷漠和克制的表情。它的眼睛已经脱落，木屑从被水冲坏、泪痕斑斑的眼袋里撒了出来。只有强劲的嘴上那些淡蓝色的、像埃及金字塔尖般的突出物和光秃秃的脖子给这颗老态的脑袋增添了一种庄严的僧侣气息。

这只秃鹫身上多处羽毛已被蛀虫吃掉，柔软的灰色绒毛不断地脱落着。阿德拉每星期打扫一次房间，把那些绒毛和来历不明的灰尘一起扫掉。人们可以从它身上那一块块秃斑看到簇簇大麻纤维从厚厚的帆布袋下钻出来。

我对母亲暗怀怨恨，因为她对父亲的去世那么轻易就心平气静了。我想，母亲从来就没有爱过他。父亲既然从来没有在任何女人的心中扎下根，他就不可能与任何现实打成一片，所以他不得不永远漂浮在生活的边缘，生活在亦真亦幻的领域和存在的边界。他甚至都未能像一个诚实的平民那样死去，有关他的一切总是那么古怪和可疑。我打定主意要在适当的时刻逼母亲坦率地交谈一次。那天（那是一个沉闷的冬日，从清晨起，光线就显得暗淡和迷离），母亲的周期性偏头痛发作，正躺在客厅的沙发上。

自从父亲去世后，在阿德拉用蜡和上光剂的维持下，那间鲜有人至、充满节日气氛的房间整洁得无可挑剔。每张椅子都盖着背套，所有的东西都得服从阿德拉施加给它们的铁的纪律。只有几根孔雀羽毛竖立在五斗柜上的一个花瓶里，处于管辖之外。那几根羽毛是危险的轻佻分子，有着某种潜在的叛逆性，像一班顽皮的女学生，外表文静安详，一旦失去监控就会没完没了地调皮捣蛋。那些羽毛上的眼睛永远在盯着什么，它们在墙上制造窟窿，挤眉弄眼，扑闪着眼睫毛，相视中笑语盈盈，充满了欢乐。房间里因为它们而洋溢着轻语和叽叽喳喳声，它们像蝴蝶似的散落在枝形吊灯上，像一伙五光十色之物紧紧地贴在没有亮光的旧镜子上，那些镜子却不习惯这样的活跃和欢快。它们从钥匙孔里面向外张望，连我母亲在场的时候也不例外。她躺在沙发上，头上围着绷带，这些羽毛也只好自己克制，打着各种手势，用晦涩难懂的哑语互相交谈。我对它们背后策划的嘲弄人的阴谋感到十分恼火。我双膝紧紧贴在母亲躺的沙发上，用两个指头心不在焉地抚摸着她穿的家居服的柔软的面料，轻轻地问：“我早就想问你了，那是他吗，是不是？”

尽管我甚至都不去张望一眼那只秃鹫，但母亲立刻就猜到了，神情尴尬，垂下双眼。我为了欣赏她的局促不安，故意让这种默不作声的局面拖延了更长时间，接着我控制住从内心升起的怒火，平静地问道：“那么，你散布有关爸爸的故事和谎言是什么意思？”

但是，她的表情先是惊慌得变了形，接着又安详自若了。

“什么谎言？”她问，眨着那双神情空洞的眼睛，里面充满天空的蔚蓝色，没有一丝白色。

“我都是从阿德拉那儿听来的，”我说，“可我知道那些话都是你传出去的，我要知道真相。”

她嘴唇微微哆嗦着，避开看我的目光，眼珠游移到眼角上。

“我没有说过谎。”她说，嘴唇肿胀起来，但同时又变小了。我感到她变得腼腆起来，像一个女人跟一个陌生男子待在一起那样。“我说的那些关于蟑螂的话都是真的，你自己一定记得……”

我一下子不知所措。我确实记得那次蟑螂的入侵，黑压压的一群蟑螂充斥于夜晚的黑暗中，像蜘蛛一样奔跑着。地板上所有的缝隙中都充满了转移的沙沙声，每道裂缝里都会突然钻出蟑螂来，每个裂口都会射出一道摇摇晃晃、黑色的锯齿形闪电。啊，简直让人惊慌得发疯，踩到地板上一溜儿闪闪发光的黑家伙！父亲发出可怕的尖叫声，拿着一支标枪从一张椅子跳到另一张椅子上！

父亲既不肯吃，也不肯喝任何东西，脸上冒出一块块灼热的红晕。他的嘴角总是带着一丝厌恶的表情，他已经彻底疯掉了。显然，没有一个人的身体能够长期忍受如此激烈的憎恶。极度的厌恶把他的脸扭曲成一副表情僵化、悲痛万分的面具，眼珠藏到下眼睑后面，带着始终不懈的怀疑的狂热劲儿，像弓一般紧绷着，埋伏着，等待着。他会突然发出一声发疯似的尖叫，从椅子上一跃而起，盲目地跑到房间的某个角落，拿标枪扎下去，然后又举起，枪上已经钉着一只巨大的蟑螂，正拼命扭动着那些复杂的腿脚。这时，阿德拉前来搭救，她从吓得脸色苍白、神情恍惚的父亲手里接过那支钉着战利品的标枪，把蟑螂撂进一只桶里。不过，即便在此时，我也说不上这些场景是通过阿德拉的讲述灌输到我心中的呢，还是自己亲眼看见。父亲当时已经丧失了保护健康的人不被憎恨所迷惑的抵制力。他已被疯狂所俘虏，不去与这种充满迷惑性的巨大吸引力对抗，反而完全向它屈服。致命的后果很快来了。不久，最初的怀疑的征兆出现了，让我们的心中充满恐惧和悲伤。父亲的行为变了。他的疯狂，他那兴奋的陶醉感消失了。他的姿态和表情中开始流露出一种心里有鬼的兆头。他想方设法躲避我们。他会一连几天躲在角落里，衣柜里，鸭绒被下面。我有时看到他忧郁地望着自己的双手，查看皮肤和指甲的硬度，皮肤和指甲上开始出现蟑螂鳞片的黑点。

白天，他还能用体内剩余的力量来抵抗，与自己的痴迷做斗争。但是，到了夜晚，这种痴迷就会完全将他制伏。有一次，在深夜，我看到一支摆在地板上的蜡烛的亮光笼罩着他。他赤身裸体躺在地板上，身上布满图腾似的黑点，一条条肋骨露出清晰的轮廓，皮肤下面的骨骼结构清晰可见。他脸朝下伏在那里，完全沉浸在憎恨的痴迷中，这种痴迷把他拉进怪异思绪错综复杂的深渊中。他以那种多腿并用的复杂动作爬行着，那是一种古怪的仪式，我恐怖地认出那是在模仿蟑螂的正步爬行动作。

从那天起，我们断定父亲无可救药了。他与蟑螂的相似日甚一日——他正蜕变成一只蟑螂。

我们对此已经习以为常了。我们看到他的时候越来越少，他经常一连失踪好几个星期，去过他的蟑螂生活。我们再也认不出他，他完全同那种黑黢黢、怪模怪样的玩意儿融为一体。谁说得上他到底继续生活在地板的一个裂缝里呢，还是每天晚上在各个房间里乱跑，全心全意地干着蟑螂干的事情？阿德拉每天早晨发现的那些朝天仰躺着把腿伸向天空，最后被扫进畚箕、厌恶地被烧掉的死虫中会不会就有他呢？

“不过，”我尴尬地说，“我敢说那只秃鹫是他。”

母亲的目光从眼睫毛下透出来望着我。

“别折磨我了，宝贝儿，我已经告诉过你，父亲离家出走，去周游全国了。他现在的工作是商务推销员。你知道，有时候他会深夜回来，天亮前又走了。”

暴风骤雨

在那个漫长而空虚的冬季，在我们的城市，黑暗收割着丰硕的庄稼。阁楼和储藏室凌乱不堪，搁置了很长时间的陈旧的坛坛罐罐和大锅小盘重重叠叠地摞在一起，里面还有大量被扔弃的空电池瓶。

在那些被燎得发焦的椽柱密布如同森林般的阁楼中，黑暗开始缓缓进行破坏，继而疯狂地骚动起来。铁锅开始举行阴沉的会议，会议冗长啰唆、争吵不休，瓶罐汩汩作响，酒壶吞吞吐吐。终于，某天晚上，铁锅和瓶罐大军在空空荡荡的屋檐下冒出来，浩浩荡荡地涌流而出与城市作战。

从凌乱不堪中解放出来的阁楼，空间变得豁然开朗，横梁的大军与支在松木膝盖上的三角木凳的编队穿过回声四起的漆黑的过道跑出来。现在阁楼终于解脱，不必再让夜晚充满木椽的咔嗒声、檩条和横梁的碰撞声。

接着，浴盆和水瓶构成的条条黑色河流倾泻而出，横扫整个夜晚。漆黑、闪亮、喧嚣的汇流开始围攻城市。在黑暗中，各种容器的乌合之众蜂拥而至，像一队吵吵闹闹的鱼类的大军那样拥挤着向前推进。喋喋不休的提桶和饶舌的水桶漫无边际地袭涌过来。

在两侧乒乒乓乓的敲击声中，水桶、提桶、水瓶叠加在一起往上直蹿，陶罐四处飘荡，圆顶礼帽和男式礼帽攀叠在一起，像柱子般向天空伸去，最后又轰然倒塌。

这些东西的木舌自始至终发出难听的咔嗒声，同时木嘴还在机械而吃力地诅咒着什么。那天晚上整个这片地区弥漫着泥淖亵渎神明的辱骂声，直到遂了心愿后方才消停。

在各种器具的吱吱声，在令人极度烦躁的咔嗒声的召唤下，强劲的狂风旅队光临了，而且彻夜不息。城市上空形成一团不断移动的类似巨大的黑色竞技场般的东西，接着它开始剧烈旋转着缓缓下降。这团黑暗在一阵巨大的狂风中炸开，肆虐了整整三天三夜……

早晨，母亲说：“你别去上学了，今天要刮大风。”

一股散发着树脂味的薄纱般的烟雾弥漫在室内。火炉在狂啸和呼号着，仿佛把一群坏蛋和恶魔俘虏在一块给扔到里面了。那张绘在炉子突起的腹部上的大脸做出色彩斑斓的怪表情，腮帮子极度夸张地鼓着。

我光着脚丫子奔到窗前。阵阵大风向天空纵扫而上。辽阔的天空银光闪闪，紧绷得快要到爆裂的临界点的各种能量的线条，被切割成像层层锡和铅一样的壕沟。被分割成一块块磁场，在电荷的释放中颤抖不已的天空，到处是深藏不露的电流。狂风的图示就印在天空。现在，连天空本身都已模糊不清、捉摸不定，用尽力气承载着这片风景。

人们是看不见这股大风的。你可以从它对房屋以及它狂暴地扎进去的屋顶的影响辨认出它的作用力。那些阁楼似乎依次显得一个比一个大，被这股狂风的手指触摸到后随时可能在疯狂中爆炸。

狂风把各处的广场清扫得干干净净，所过之处大街全变成空茫茫的一片。整个市场区被大风剥得赤裸裸的。这里或者那里偶尔会出现一个孤零零的人，在风力的压迫下弯着腰，被堵在某个房屋的角落。在阵阵烈风中，整个集市广场像一颗秃头般闪闪发亮。

阵风把各种寒冷死寂的颜色吹上天空——道道黄、绿、紫色的条纹漫天飞舞——那些遥远的螺旋形穹隆和拱廊。屋檐变得阴沉、弯曲，令人担忧和牵挂。那些风从下面钻入的屋檐激动地升了起来，越过相邻的屋顶，预示着凌乱的天空下即将出现毁灭之劫。这些屋顶又降落下来，然后就断了气，再也支撑不住更强劲的喘息。这股喘息已经探到更深处，让整个天地间充满了喧嚣和恐怖。但是，更多的房屋在一声尖厉的呼叫中，在一阵预示性的痉挛中升起，发出灾难性的咆哮。

教堂附近那片茂密的山毛榉竖起条条手臂站在那里，仿佛是这些恐怖景象的见证者，一声接一声凄厉地尖叫着。

更远处，越过集市广场的屋顶，我看到了山形墙的末端和郊区房屋裸露的墙壁。这些房屋相互攀缘重叠而上，并且不断变大，恐惧得瘫在那里。远方冷飕飕的红光用秋天的颜色涂抹着这些建筑物。

那天我们没有吃中午饭，因为炉火冒出的烟圈又回流到厨房里。所有的房间都冷冰冰的，充斥着风的味道。下午两点左右，郊区一带忽然起火了，接着迅速蔓延开来。母亲和阿德拉开始包装被褥、毛皮大衣和贵重物品。

夜来临了。风力更加强劲和凶猛，并且持续壮大，弥漫了整个这片地区。现在，它已停止走街串巷，开始在城市上方筑起层层叠叠不同高度的旋涡，形成一片黑色的迷宫，无情地向上空扩张。风从这片迷宫中沿着间间展室发散出来，在雷电的霹雳声中逃窜，越过长长的走廊，足以让所有那些想象中的建筑物轰然倒塌，然后继续横扫而来，旋即朝着无形无迹的大气层腾空而上。

我们家的房屋轻轻地颤抖着，照片在墙上咔嗒作响，窗玻璃上闪耀着灯盏油腻的反光。窗帘在那个暴雨之夜的喘息中鼓胀得满满的。我们忽然想起，从早上就没有看到过父亲了。他一定大清早就上店铺去了，在那里，狂风可能让他惊恐万状，把他与家隔绝开来。

"他肯定一天什么都没有吃。"母亲悲伤地说。管事的店伙计西奥多主动冒险走进狂风肆虐的夜晚，去给父亲送点儿吃的东西。我哥哥决定陪他一起去。

他们裹着宽敞的熊皮大衣，衣袋里塞满熨斗、铜杵和金属镇物，以防被狂风刮跑。通向夜色的那扇门被小心谨慎地打开了。西奥多和哥哥刚向黑暗迈出一步，就被糊住整个房屋的夜色吞没了。狂风顷刻间把他们出发的一切痕迹涤荡而光。透过窗户根本看不见他们提的那盏灯笼的光亮。

风把他们吞没后，安静了稍许。阿德拉和母亲试着想把厨房炉子的火生起来。家里所有的火柴都不翼而飞，灰尘和炉渣透过敞开的炉口散出，被刮得在房间里四处飞扬。我们站在大门后面聆听着动静。在狂风悲伤的呜呜中，我们仿佛听到各种各样的声音，有的在质问，有的在喊叫，有的在哭泣。我们似乎听到了父亲的声音，但随即消失在狂风中。他在呼唤着求助。也许那是哥哥和西奥多的声音，在大门外无动于衷地闲聊着。那些声音太富有欺骗性了，阿德拉甚至在某个时刻打开了门，正好看见西奥多和哥哥吃力地从漫过胳膊的狂风中露出身影。

他们大口喘着气走进来，艰难地关上大门。他们不得不把身体在门上靠一会儿，因为门口的狂风实在太剧烈了。他们好不容易把门闩上，狂风继续在其他地方追逐肆虐着。

他们描述这可怕的黑暗和狂风时声音几乎断断续续。他们的皮大衣完全被狂风浸透，散发着旷野的气味。他们在灯光下眨巴着眼睛，眸子里还饱含着夜色，每眨下眼皮就把一批黑暗倾泻出来。他们说都没能到达店铺，迷了路后差点儿不知道怎么回来。城市变得面目全非，所有的大街似乎都错了位。

母亲怀疑他们没有讲实话，其实，我们都有这样一种印象，他们也许在我们家的窗户下站了几分钟，并没有打算去任何地方。或许这个城市和集市早已不存在，这番狂风和黑夜用黑色的舞台道具和某些模仿呼号、呻吟与号叫的机械把我们一家包围住了？也许狂风所暗示的这些巨大、忧伤的空间并不存在，也许根本不存在这些宏大的迷宫。没有旋风，没有窗户洞开的走廊形成的一条长长的黑色长笛，风在这支长笛上演奏着自己的曲子？我们越来越倾向于认为这番狂风不过是黑夜的一场虚构，不过是在悲惨无限的狭窄舞台上的某种拙劣表演，是这场大风喜剧性的无家可归和孤独。

现在，我们的大门一次又一次地打开，接纳紧裹斗篷和围巾的客人。上气不接下气的邻居或者朋友慢慢褪掉裹在外面的衣物，胡乱地说些不知所云、前言不搭后语的话，全都极度夸张着今晚会出现的种种危险。

大家一起坐在灯火通明的厨房里。在厨房火炉和烟囱宽阔的黑色檐口背后，走过几个台阶就可以到达阁楼门口。西奥多就坐在这段台阶上听着阁楼在风中摇晃。在阵风的间歇中，他听到被折成无数褶子的椽梁的风箱在咆哮，屋顶有气无力地悬垂着，像一副巨大的肺。风从那里逃窜出去，听着它又吸了一次气，把椽子都舒张开来，逐渐膨胀得像哥特式建筑的拱顶，像巨大的双簧管的风箱般发出响亮的回音。

后来，我们彻底忘了这场狂风。阿德拉开始在研钵里捣肉桂。佩拉西娅姨妈来了。她身材娇小，活泼好动，头顶的黑色围巾上缀着花边。她开始在厨房里忙上忙下帮阿德拉干活，阿德拉正给一只小公鸡拔毛。佩拉西娅姨妈把一小卷纸放在炉子里点燃。阿德拉攥住小公鸡的脖子，架在火焰上燎烧剩下的羽毛。这只家禽在火中忽然展开翅膀，啼叫了一声，然后就被烤焦了。佩拉西娅姨妈开始大喊大叫，嘴里诅咒起来。她气愤得浑身乱颤，朝阿德拉和母亲挥舞着拳头。我不明白那到底是什么意思，但她仍然怒气未消，变成一个用各种姿势挥舞和诅咒、叫骂的小团块。在愤怒的尖叫声中，她整个人似乎马上会解散成一个一个独立的姿势，似乎要变成一百只蜘蛛，似乎要用一张漆黑闪亮的用来罩蟑螂疯狂乱窜的大网把地板罩住。然而，她却忽然收缩起来，慢慢变得越来越渺小，但仍然浑身战栗、唾沫飞溅地咒骂着。后来，她开始小跑，弯曲的身体骤然缩小，跨步来到厨房堆放柴火的角落。她一边咒骂一边咳嗽，在清脆的柴火中狂热地搜寻着什么，最后终于找到两块薄薄的黄色木片。她用颤抖的双手抓住木片，贴住双腿测量一下，接着拿木片支撑起身子，那木片就像高跷。她开始到处转悠，把地板轧得嘎嘎作响，跳到这儿又跳到那儿，沿着歪歪扭扭的路线跳行，速度越来越快，然后爬上一把松木长椅，再爬到放着陶器的架子上，这个细木架占据了厨房整整一面墙。她支着高跷沿木架跑过去，逐渐隐没在一个角落。她变得越来越小，越来越苍茫，最后像一张枯萎、烤焦的纸片般折叠起来，氧化成一撮灰烬，渐渐化为尘土和虚无。

面对这场自我毁灭式的愤怒演出，我们站在那里无可奈何。

看到这出令人忧伤的痉挛舞蹈和痛心举动自行结束时，大家感到很遗憾，带着一丝释然各干其事了。

阿德拉又开始鼓捣研钵，不停地砸着肉桂。母亲又捡起她刚才中断的谈话，一直在倾听阁楼里各种征兆的西奥多，做出滑稽的表情，扬起眉毛，独自咯咯地轻声暗笑着。

盛季之夜

人人都知道，经过若干年正常而相安无事的光阴流转之后，时间，那个了不起的怪家伙，有时会衍生出异常的多余岁月——像细微的第六趾那样——从这些光阴中再生长出畸形的第十三个月来。

我刻意使用了“畸形”这个词，因为第十三个月很少臻于圆熟，它像一个高龄母亲怀上的孩子，发育得总是有点儿迟缓。那是像驼背般多余出来的月份，像个有点儿呆傻的幼儿，更具实验色彩而并不真实。

夏天那种老态的放纵，那情欲盎然、姗姗来迟的生命力的喷发，令人感到何其不解啊。有时还会出现这样的情况：八月已经过去，而夏天那老迈、厚重的躯干仍然在惯性的驱使下繁殖着万物，从已经腐朽的木材中继续生长出像蟹一般的杂草的日子，看上去既荒凉又乏味，好像是后来有意添加上去的。那些畸形、空虚、无用的日子，炽热的日子，永远那么令人吃惊，没有存在的必要。这些日子不断地抽芽发育，既不规律又不均衡，没有形状，像是后接上去的恶魔的手指，握成拳头的残桩。

有人把这样的日子比作一部伪经，这样的日子是被偷偷塞进岁月这部巨著的某些章节的。被比作重写本，悄悄把这些日子的内容放进书页间。被比作没有文字的白纸，饱读过各种文章，满含记忆中文字形象的眼睛可以在这张白纸上构思出五颜六色的光彩和画面，而这些光彩和画面会因为书页上的空白而逐渐淡然，或者让眼睛在开始新的章节探险之前在它的中性地带栖歇片刻。

那年那部古老、泛黄的罗曼史，那册巨大而又易碎的历书！它搁置在时间档案馆某个被遗忘的角落，它的内容在木板之间不断丰富，因为岁月的喋喋不休，因为谎言快速的自行不朽，因为胡言乱语的喷涌，因为美梦在其中不断繁殖而无止境地膨胀着。在这本书正文已被用过的页边写下这些故事，修改这些有关父亲的故事时，我不也怀着这样一个隐秘的希望——它们将不知不觉与这本辉煌而腐朽的著作发黄的书页融为一体，不也希望它们能够融入书页轻轻的翻动声中，完全被它吸收吗？

我要叙述的那些事就发生在那年闰月，那年额外生长出来的畸形月份就出现在那本巨型年历的空白页里。

那时早晨显得出奇的清爽和新鲜。从寂静、冰凉的时间之流，从空气中全新的气息，从阳光的不同密度中，人们感觉已经进入崭新的日子，进入全新的王者时代。

各种声音在新鲜的天空下清脆地轻轻颤动着，像来到某间焕然一新的空屋，里面还散发着清漆和涂料的味道，散发着那些即将使用但还没有使用的东西的味道。人们怀着奇异的感觉，调试出新的回音，然后忍不住好奇地咬一点这声音，那感觉就像在某个凉爽、清冷的早晨，在某个外出旅游的前夜，咬一口还热乎乎的新鲜的葡萄干面包。

父亲又坐在他的店铺后面了，那是一个像被隔成许多蜂巢格的狭小、低矮的房间，那里无穷的层层纸张、书信、发票简直要泛滥了。从纸张的沙沙翻动中，从永不停止的书页的翻动中，呈现出那个房间方正、空洞的氛围。那些不计其数地带着题签的商务信函的卷宗不停地移动着，在沉闷的氛围中营造出一种神圣色彩，一种某个烟囱林立的工业城市鸟瞰式的幻影。周围放满了排排徽章，上面带着一个用自豪的“公司”字样的曲线和花体字做装饰的带扣。

父亲仿佛置身于蜂巢之中，坐在一把高高的凳子上，排排小格子间凌乱地充塞着成堆的纸张，所有的鸽子洞里都充满了形形色色的嘁嘁喳喳声。

堆积成捆的布料、哔叽呢、丝绸、绳索，使那间大店铺的深处一天天变得越来越幽暗和绚丽。在那些阴郁的货架上，那些花岗石、储料垛和冰凉黏手的丝织品开始逐渐成熟，焕发出某种魅力。秋天这个强大的首府不断繁殖着，变得更加成熟与甜美。它不停地成长、成熟和蔓延着，变得空前广阔，最后货架堪与排排宏大的竞技场相媲美了。每天清晨，那些留着小胡子嘴里叽叽咕咕的搬运工，把扛在熊一般壮实的肩膀上的柳条箱和大包货物卸在那里。这个首府每天都在新到货物的堆积中扩张着。搬运工身上散发出混杂着伏特加味道的秋天的清新气息。店里的伙计们拆开新到的货物，像抹灰泥那样用绸缎的华彩填满高高的台桌上的洞眼和缝隙。他们控制着秋天各种微妙的颜色，在一切色彩的音程范围上下自如地活动着。从最底端开始，他们羞怯、哀伤地尝试着使用女低音的半音程，然后继续向上传递到遥远的淡灰地带，再过渡到织锦般的蓝色，以更宽广的和声升上去，抵达到深沉、华丽的蓝色区域，远方森林的靛蓝色和沙沙作响的公园的豪华真丝色，那是为了穿越赭色、红色、棕色、深褐色进入萧条的花园呢喃的阴影，最终闻到菌类晦暗的气味，闻到秋夜深处散发出来的缕缕土壤的滋味和来自最黑暗的底部的沉闷的伴随物的气息。

父亲常常在这些堆放着秋天货物的宝藏中间走来走去，镇压和抑制着布料的乌合之众正在崛起的力量。那是盛季的力量。他想让这些储存起来的五颜六色尽可能长久地保持原封不动。他担心打碎那个秋天铁一般的储备，把它变成现金。然而，与此同时，他清楚地感觉到，很快，一场秋风即将到来，一场横扫一切的秋风将刮进那些橱柜，这些东西将溃败而退。没有任何东西可以抑制得住这股洪流，颜色的洪流将把整个城市淹没。

盛季到来的时刻在渐渐逼近。大街变得忙碌起来。晚上六点钟，城市就开始狂热起来。房屋带着红彤彤的面色矗立在那里，在明媚的五光十色中四处闲逛的人们犹如上了彩妆，在室内火光的映衬下显得更加明亮，他们的眼睛闪耀着节日的狂欢，美丽而又邪恶。

在那些偏道僻巷里，在那些消融在夜色中的寂静的死角，这个城市空空荡荡。只有小孩子才会出现在那些小广场的阳台下面，上气不接下气吵吵闹闹毫无意义地玩耍着。他们为了把自己变成啼叫的红色小公鸡，把小小的气球放到嘴唇上，吹足了气，给秋天的脸上染上了迷人和荒诞的色彩。仿佛等到气球胀大和啼叫起来后，他们就会在空中像长长的彩练般飘起来，像迁徙的候鸟般从城市上空飞越过去——像用细柔的纸片和秋天的气候做成的迷人的小舰队。有时他们在嘎嘎作响的小马车上互相推来搡去，马车用咔嗒作响的小轮子、轴承、轴杆奏着各种乐曲。充满孩子们欢快的尖叫声的马车沿着那条街驶过来，走向开阔地，朝夜晚昏黄的河流驶去，在那里大家化作飞碟、钉子和棍棒的喧嚣。

当孩子们的游戏变得越来越喧闹和复杂，当城市的红晕渐渐暗淡成紫色时，整个世界骤然荒凉、枯萎起来，一种令人不安的昏黄变得更加幽暗后释放出来，它把一切都污染了。变幻莫测、阴险恶毒的黄昏的瘟疫弥漫开来，从一个又一个物体上掠过，它触摸过的任何东西都变成黑色然后腐朽，然后裂解成灰尘。人们在默默无语的惊慌中，在它前方逃奔，然而这场瘟疫总能捉住他们，让额头迅速长出黑色皮疹。人们的脸消失在大片污迹中。他们还在继续赶路，但已是失去形状，没有了双眼，行走之际就蜕变成一个又一个面具，于是黄昏布满了在飞翔中跌落下来的烂掉的幼虫。随后，一声凶神恶煞般的吠叫声开始盖过散发着恶臭的巨大的腐烂的疮疤中的一切。同时，地下的一切在迅速分崩离析的默默的惊恐中全都化成乌有。天上，渐渐出现了落日持续的恐慌，在无数向广阔无垠的银色天堂飞去的看不见的云雀的小铃铛的轰鸣声中，落日在震颤着。夜幕忽然降临，这个辽阔的夜晚，在阵阵飓风的压力下变得更加辽阔。光明的迷宫之网以不断扩张的速度被劈开：店铺都挂上巨大的五颜六色的灯笼，里面充满货物，顾客熙来攘往。透过灯笼明亮的玻璃，各种喧闹和奇怪的秋季购物仪式清晰可见。

那个灿烂而动荡的秋季的夜晚，随着阴影从夜色中升起以及风对它的不断扩张，在它光明的折叠兜里，藏匿起街头小贩的杂货柜——里面放着巧克力、饼干和外国来的糖果。他们的货亭和手推车，全是用废弃的广告纸糊的空盒子做的，里面放满了肥皂、花里胡哨的垃圾、镀过金的一钱不值的东西以及锡箔、喇叭、脆化饼和五颜六色的薄荷，这些货亭和手推车都是让人赏心悦目的快乐站台和开心前哨，散布在这个巨大的迷宫一般风雨飘摇的夜晚的绳索上。

密密麻麻的人群在黑暗中、在大声喧哗的混乱中涌动，上千双脚在迟钝地挪动着，上千张嘴在叽叽喳喳着——毫无秩序互相纠缠在一起的队伍沿着这个进入秋天的城市的动脉移动。那条河就这样流动着，充满了嘈杂声、深不可测的表情和狡黠的挤眉弄眼，各种谈话插进来，各种笑声切进来，完全成了一场闲言碎语、叽叽喳喳的声音构成的大幅度的喧哗与骚动。

那好像干枯的罂粟头构成的乌合之众，四处播撒着它们的种子——那些噼啪作响的脑袋——正在向前推进。

父亲双颊绯红，目光灼灼，在节日般灯火辉煌的店铺里忙上忙下，激动不已，专心致志地聆听着什么。

透过店铺窗户和门上的玻璃，可以听到这个城市远方传来的骚乱声、兴奋的群众发出的嗡嗡声。在店铺寂静的上空，一盏油灯从天花板悬挂下来，驱散了远处角角落落的阴影。空荡荡的地板在默默地开裂，在来回左右摇曳的灯光中，那闪亮的格子方块拉得更大更长。这个棋盘上巨大的砖块用细微的干裂声互相交谈着，这里或那里用响亮的敲击声回应着。各种布匹在毡一般毛茸茸的状态下安静地放置在那里，在父亲身后沿着墙壁交换眼色，在橱柜之间传递着无声赞许的信号。

父亲专心聆听着，在深夜的静谧中，他的耳朵似乎变得越来越大，最后大得伸出窗户——像一个奇异的珊瑚虫，一只红彤彤的水螅在观察着那天夜晚发生的种种骚乱。

他听着远方渐渐逼近的人潮，神色显得越来越焦虑。他恐惧地环视了一番空空的店铺，寻找着自己的伙计们。不幸的是，那些肤色黝黑长着红头发的守护天使早已飞往别处了。现在是父亲独自一人，他害怕人们很快像成群结队趁火打劫的喧嚣的暴徒，潮水般涌进店铺，然后自动散开来，把他聚集了很多年、储藏在那个与世隔绝的巨大地窖里的全部富丽堂皇的秋天拿出去拍卖。

伙计们都上哪儿了呢？那些被托付保护布匹的黑暗堡垒的漂亮小天使上哪儿了呢？父亲痛苦地怀疑，也许他们在这座大楼某个深藏不露的地方，跟其他男人的女儿们待在一起。他一动不动焦急地站在那里，在店里灯光照耀的静默中，双目灼灼发亮。他用内心的耳朵听到了家里那个巨大的色彩斑斓的灯笼的后室正在发生着什么。家在他面前敞开了，他的目光穿越过一个又一个房间，一个又一个小室，它们犹如一张张卡片，他仿佛看见那几个伙计穿过一个个灯火通明的房间追逐着阿德拉，一会儿跑到楼上，一会儿又跑到楼下，最后阿德拉逃脱伙计们的追逐来到厨房，躲在厨房的碗柜后面，以此为屏障隐蔽起来。

阿德拉站在那里，嘴里喘着气，很开心，在暗自微笑，长长的睫毛扑闪着。几个伙计蹲在门后咯咯地傻笑。厨房的窗户朝黑洞洞的黑夜敞开着，夜色中浸满各种梦幻和纷纭复杂的事物。幽深、半开着的窗玻璃在远处某个照明物的作用下反射着亮光。若隐若现的铁锅和坛坛罐罐安静地摆放在四面墙壁上，厚厚的釉色闪闪发光。阿德拉小心翼翼地从窗户那里探过身子来，容光焕发的脸庞上一双眼睛扑闪扑闪地眨动着。她寻找着藏在黑暗的庭院里的伙计们，探察着有没有埋伏。后来，她还是发现了他们，伙计们排成一溜缓缓地向前移动，沿着窗户下面狭窄的壁架小心地向她走来，壁架有整整一堵墙那么长，此刻在远处灯光的照耀下有些发红。父亲发出愤怒又绝望的尖叫声，但是，在这个关键时刻，各种喧闹的噪声已经近在咫尺，店里的窗户上满是带着笑声的扭曲的人脸，叽叽喳喳的嘴巴，鼻子扁扁地压在闪亮的玻璃板上，顷刻间人气旺了起来。父亲在那个角落里愤怒得脸色发紫，然后跳到柜台上。汹涌而至的人群冲击着他的堡垒，在一片喧闹声中冲进他的店铺。父亲一跃而起冲到放着绸缎的货架前，那些绸缎高高地悬挂在人群之上。他用尽全身的力量吹响巨大的羊角号，发出警告。但是，天花板上没有传来天使们的翅膀迅速沙沙飞来营救他的回应。羊角发出的每一声悲叹招来的却是人群大声讥讽的合唱。

“雅各布，做生意！雅各布，售货！”人们喊叫着，这简短的旋律一遍又一遍被重复着，这声音本身变成了集体合唱的悦耳旋律。父亲看到抵抗将是徒劳的，他从壁架上跳了下来，大喊一声向布料的堡垒移过去。他那颗因愤怒而变得硕大的脑袋胀成一个紫色的拳头。他像个勇敢的先知般在布料的战壕中冲过去，冲着人群咆哮。他倾全身之力贴住巨大的货包，把它们举起来。他用肩膀扛起长条布匹摞在柜台上，台面上发出沉闷的重击声。那些布包翻倒下来，像一面面大幅的旗帜在空中展开，货架由于布料的撕裂和丝绸瀑布般倾泻而下爆裂了，好像被摩西①的棍杖触到了。

壁柜里的存货全部倾倒出来，像道宽阔无情的洪流一泻而过。货架上五颜六色的物品朝四面八方漫溢开来，源源不断地涌

① 摩西（Moses），是公元前13世纪的犹太人先知，《圣经·旧约》前五本书的执笔者。带领在埃及过着奴隶生活的以色列人，到达神所预备的流着奶和蜜之地——迦南。

出，覆盖住所有的柜台和桌子。

在布料宇宙的剧烈生成中，在布料壮丽的丘陵中升起的山脉下，店铺的墙壁消失了。宽阔的峡谷在斜坡之间张开，陆地的界线从辽阔的平原的惆怅中逐渐清晰。店铺里自然形成一幅秋天的风景图，充满了湖泊和远景。父亲在这个背景中，在一种迷人的迦南[①]风格的沟壑和峡谷之间漫游着。他四处大步徜徉，双手像发布预言似的伸出来触摸着云朵，用充满灵感的笔触塑造着这片土地。

在下面，在那座因为父亲的愤怒而耸起的西奈山的底部，站着那群不断打手势的人，他们诅咒着，膜拜着巴力神[②]，同时又讨价还价。他们把手伸进柔软的丝绸的褶痕，拿五彩斑斓的布料蒙住自己，裹起这些临时的斗篷，语无伦次又喋喋不休地说着什么。

父亲忽然凌身出现在一群顾客的上方，他的身材因为愤怒而变得更加高大，他冲着这些偶像崇拜者咆哮起来，言辞气势恢宏、铿锵有力。接着，在绝望的驱使下，他又爬到壁柜高高的展台上，沿着墙架和货架，在发出响亮回声的脚手架光裸的木板上疯狂地奔跑起来。无耻的情欲的幻觉还在纠缠着他，而他自以

---

① 迦南（Canaan），巴勒斯坦的古地名，在今天约旦河与死海的西岸一带。

② 巴力神（Baal），犹太教以前迦南的主神，太阳神、雷雨和丰饶之神，达贡之子，曾打败过邪恶的海神雅姆，并在女战神阿娜特的协助下年复一年地与死神莫特相搏，导致四季的更替和万物的枯荣。巴力的名字是“主人”“王者”之意，但进入犹太教时代他被视为恶魔，并派生出别西卜、贝尔菲高尔和巴艾尔等一系列恶魔。

为这股情欲一直被牢牢地禁锢在身后。这时那几个伙计正好出现在与窗户齐平的铁栏阳台上，他们贴着栏杆拦腰搂住阿德拉，把她从窗前拉开。她扑闪着眼皮；穿着长筒袜的细长的双腿使劲往后蹬着。

被这种穷凶极恶的罪行吓得惊骇不已的父亲愤怒的姿态与这令人畏惧和惊叹的景象完全融合在一起时，他下面那些漫不经心的巴力神的崇拜者自觉放弃围攻，开始放纵地欢笑起来。那群乌合之众中发出一阵富有传染性的笑声。你怎么能够指望那群吵吵嚷嚷和疯子般的群氓会严肃呢？你怎么能要求他们理解父亲对这些风车的沉重忧虑呢？它们在无休止地把语言磨成一团彩色的纸浆！那些穿着丝绸长袍的买卖人对父亲这种预言家般的愤怒的咆哮置若罔闻，他们三五成群地围蹲在堆叠在一起的布料四周，高高兴兴地讨论着商品的质量，不时从中爆发出大笑声。这些身穿黑衣的商人巧舌如簧，污蔑着这片风景高贵的特质，恶言粗语地贬低着它，恨不得吞掉它。

其他地方，在这些犹如瀑布般闪亮的织品前，站着一群群身穿粗布长袍、戴着高高的皮帽的犹太人。他们是来参加大圣会的绅士们，这些人气质尊贵，神色庄重，抚摸着精心梳理过的长长的胡须，操着严肃的礼节性的谈吐。但是，即使从这种典礼上的谈话里，从他们互相交换的神色中，也能觉察出丝丝带有讽刺的微笑。他们四周围着密密匝匝的芸芸众生，那群乱嚷嚷的乌合之众，既看不见脸，也没有什么独特性。在某种程度上，这群人填补了这片风景的空白，用毫无思想可言的闲聊发出的喧闹声、嘎嘎声填充着这里的背景。他们不过是些闲散之徒，一群乱舞的小丑和滑稽角色，没有任何正经事情可做，用小丑般的伎俩四处挑头儿制造一种八卦笑柄。

不过，这些欢快的乌合之众渐渐厌倦了嬉闹，开始向这片风景最遥远的景点四散开来，在悬崖和峡谷中间慢慢消失得无影无踪。也许，这些玩世不恭的家伙一个接一个掉进这片大地的裂缝和沟壑中了，像孩子厌倦了游戏，在聚会中逐渐四散到那个欢乐之家的各个角落和隐蔽的房间去了。

其间，这个城市的神父们，大辛海德里的会员们，成群结伙态度矜持、神情严肃地走来走去，热情地低声探讨着什么。他们遍布整个绵延的山乡，三三两两地在遥远而曲折的道路上徜徉。他们黝黑矮短的侧影让这片荒凉的高地增添了一点人气。在这片高原上方低垂着阴沉的天空，其上乌云密布，被切割成长长的平行的沟槽，切割成银色的条纹，深处露出更加遥远的云气层。

灯火在那个地段制造出人工的白昼，这是一种奇怪的白昼，既没有黎明，也没有黄昏。

父亲慢慢地平静下来。在这片风景震慑力的感染下，他的愤怒收敛起来并冷静下去。现在，他坐在高高的货架间一条狭长的巷道里凝望着这片辽阔的秋天的乡野。他仿佛看见人们在遥远的湖里钓鱼。渔夫们乘着贝壳般的小船，每只船上坐着两个人，把网撒进水里。在岸上，男孩们头顶着装满摆来摆去的银色猎物的篮子。

接着，他注意到在那片遥远的地方，一群群漫游者抬起脸仰望着天空，举起手指着什么东西。

很快，天空就在一团色彩斑斓的猩红中，在一块块逐渐扩散的污迹中显露出来。天上布满了一种奇异的鸟族，它们来回交叉呈螺旋状大幅度绕着圈儿盘桓。鸟儿高远的飞翔和翅膀的运动形成各种气派的涡旋，布满整个沉静的天空。那些巨大的鹳鸟镇定自若地舒展开双翅，几乎一动不动地飘浮着。其他有着同样色彩斑斓的羽毛或者粗俗的战利品装饰物的鸟儿，不得不沉重、笨拙地拍动着翅膀，以便能保持在暖气流的高度之上飞翔。还有一些鸟儿，完全是翅膀、健壮的腿爪和光秃秃的脖子构成的混沌无形的拼凑物，很像制作拙劣漏出锯末的秃鹰和兀鹫的标本。

它们中有双头鸟、多翅鸟，还有跛足鸟，长着一只翅膀歪歪扭扭地穿过天空，飞翔的动作特别难看。此刻的天空仿佛是古老壁画中的天空，充满了各种怪物和稀奇的野兽，它们用各种令人眼花缭乱的手法兜圈、穿梭，躲避着彼此。

父亲从歇息的地方站起来，在一道突如其来的闪光中伸出双手，用一种古老的咒语召唤着这些鸟儿。它们是早就被遗忘的远古鸟族的后裔，它们就是被阿德拉驱散到天空四面八方的那些鸟儿。那窝畸形鸟儿，那些缺胳膊少腿、徒劳无用的鸟族，经过退化或者过度发育之后现在又飞回来了。这些鸟儿巨大得有点儿荒谬，发育得丑陋不堪，腹内空空荡荡，没有生命。它们全部的生命力都聚到羽毛上，集中在外面的华饰上了。此刻的天空就像博物馆里濒危生物的展览会，像鸟儿天国中那个堆放杂物废品的房间。

有些鸟儿还仰着身子飞翔，长着像挂锁一样不怎么对劲儿的沉重的嘴巴，它们不是瞎子就是披着奇怪颜色的肿块。这场意外回访让父亲激动不已，他觉得这些鸟儿的灵性，它们与主人间藕断丝连的关系，简直太神奇了。那些被驱走的鸟族的灵魂中，像传说般还保留着他的记忆，就是为了在历经几个世代之后，在灭绝前的最后一天返回古老的家园。

然而，这些纸糊的瞎子鸟已经认不出我父亲了。他用某种古老的规矩，用这些鸟儿早被遗忘的语言徒劳地呼唤着——它们既听不见他的声音，也看不见他的身影。

忽然，石头从天空呼啸而过。那些欢乐的制造者，那些没脑子的蠢人开始向这片布满了令人不可思议的鸟儿的天空投掷石块。

父亲徒劳地警告着他们，徒劳地用耍魔术的动作恳求着他们——没有一个人听他的，没有人理睬他。鸟儿开始纷纷跌落。它们被石头击中之后开始沉重地向下悬垂，在空中滞留片刻。在撞击到地面之前，它们早就变成一堆乱糟糟的羽毛了。

刹那间，这片高地上充满了怪异的腐尸。父亲还没有赶到这片屠宰场，这些曾经辉煌一时的鸟儿就都死了，碎块四散在岩石上。

这时，父亲又一次觉得身边这些无用的鸟儿是多么可怜，那粗陋的身体结构是多么没有意义。它们除了留下大堆羽毛，什么都没有了，里面胡乱地塞着腐尸。很多鸟儿已经看不出脑袋在哪里，因为身上不对劲儿的部位没有留下灵魂存在的标志。有些鸟儿像野牛般裹着一张卷曲的皮垫，散发出可怕的恶臭。有些让人想起脊背隆肿光秃秃的死骆驼。另外一些大概是用纸盒做的，内脏空空荡荡，但外表却绚丽多彩。还有一些死鸟躺在附近的街区，最终看来它们什么也不是，不过是些巨大的孔雀尾巴和彩色扇子，这些东西经过某种复杂的处理，被加工成了某种有呼吸的类似生命的东西。

我看到父亲闷闷不乐地回来了。这个人工制造出来的白昼渐渐暗淡，出现了正常的早晨会露出的那种颜色。在这个无人光顾的店铺里，那几个最高的货架沐浴在早晨天空的反光中。在这个即将消亡的风景的碎片之间，在这片废墟般的夜色背景中间，父亲看到他的几个伙计从睡梦中醒过来。他们从这些布包中起来，冲太阳打着哈欠。在厨房，在二楼的地板上，身上还带着睡眠余热、头发蓬乱的阿德拉用一个小磨研着咖啡，她白皙的胸脯抵着小磨，把自己的体温传递到那些粉碎了的豆子上。那只猫在阳光下给自己洗澡。

彗星

1

那年冬末正逢标志着红运昌顺的天文星位。日历上的各种预告都用红色花体字标在那些早晨雪白的空白处。礼拜天和神圣日的颜色更鲜红，足以让半个星期的日子熠熠生辉，让周末的那几天冷冷地燃烧，火焰怪异而又急促。人们的心刹那间跳得更快了，被这种红色误导得不知所措。其实，这东西什么也说明不了——仅仅是一种提早的警示而已，是印在日历上的一种彩色谎言，在这个星期的外衣上涂了一层鲜艳的朱红色。从第十二夜开始，我们就一夜又一夜地坐在那个放着烛台和银器隐约闪着微光的桌子的白色阅兵场旁边，玩着无尽的忍耐游戏。每过一个钟头，窗外远方的夜色就渐渐变得更加明亮、更加甘甜和明朗，弥漫着还很柔嫩的杏仁和甜食的滋味。月亮，那个最具创造力的变形大师，完全醉心于她的月事活动，完成了一系列的月相变化后，继续变得越来越明澈。已经到了白天，月亮还停留在附近，还没有准备好亮出黄铜一样黯然的颜色。其间，团团羽毛似的乌云绵羊般从她的侧面游过去，无声地在苍茫中漫天徘徊，朦胧的珍珠母般的薄片微微遮住月亮，天空开始冻结，逐渐走向夜晚。

随后，好几天的书页空空地翻了过去。风在屋顶上方咆哮着，吹进冰凉的烟囱，钻入家家户户的炉膛，在城市上方建起想象中的脚手架和看台，然后摧毁掉这些与木枋和横梁的嘎嘎声响共鸣、灌满了风的设施。偶尔会看到遥远的郊区升起一团火光。扫烟囱的人在与裂开缝隙的铜绿色的天空下的山形墙齐平的屋顶上探索着这个城市。他们从这个脚手架爬到另一个脚手架上，在风向标和旗杆上，梦想着这风会刹那间为他们揭开那些年轻女孩子闺房屋顶上的盖子，在这部城市的暴风骤雨的巨著中顷刻间再次跟她们拉近距离——给他们提供可以享用很多个日日夜夜的惊心动魄的读物。

后来，风渐渐疲弱下去，最终自行消退。店里的几个伙计在忙着用春天的织品装饰店铺窗户，很快，因为这些羊毛料子颜色柔淡的缘故，空气变得更为柔和。天空变成薰衣草般的淡蓝色，淡淡的木樨草绽放了。雪开始消融，自动卷成柔嫩的羊毛般的形状，干燥地蒸发到空气中，被深蓝色的微风饮下去，接着又被看不见太阳、万里无云的辽阔天空吸收了。插在瓶子里的夹竹桃开始在屋子的各个地方竞相绽放，窗户依然长久地敞开着，麻雀无忧无虑的啁鸣弥漫在整个房间，在沉闷的蓝天的白昼里恍然如梦。在被风刮得干干净净的各种广场的上方，大山雀和花鸡在几场剧烈的小型战役中碰撞片刻，发出警告性的喊喳声，然后又朝四面八方散去，被微风吹向远方，在空旷的蔚蓝色中抹去身影和踪迹。几只眼睛在记忆中把那些五颜六色的斑点——一把被随意抛向天空的五彩纸屑——保留片刻，接着又消融在某只眼睛的最深处。

青涩的春季来了。见习律师们捻弄着小胡子，忽然出现在车站之类的地方。他们竖起高高的僵直的衣领，成为优雅和时髦的典范。连续几天，当狂风在城市上空呼啸，在洪水洗淘般的狂风的吹打中，这些年轻的律师去迎接远方来的熟悉的女士。他们摘掉颜色阴郁的圆顶礼帽，背顶大风，这时衣尾张得更开了。他们迅速避开目光，故作克制和矜持，以便不要暴露出自己对毫无必要的寒暄的热衷。这些女士的脚一下子踩空了，汹涌的裙子中发出惊声尖叫，恢复平衡后又重新换上问候的微笑。

那天下午，风偶尔会镇定下来。阿德拉在阳台上开始清洗那些巨大的铜锅，它们在她的触摸下发出金属的叩击声。天空一动不动地停在木瓦屋顶的上方，接着又自动折叠成蓝色的条纹。几个伙计被店铺派出来办事，待在厨房门口没完没了地围在阿德拉身边游荡。

他们靠着阳台的栏杆，啜饮着吹了一天的风，被麻雀震耳欲聋的啁鸣声搅得心里乱七八糟。微风从那儿带来一种风琴似的若有若无的合唱声。你听不清这些年轻人低声吟唱的轻柔的歌词是什么，貌似表达得天真烂漫，但其实刻意想打动阿德拉。如果刺到敏感部位，她会做出激烈反应，而且简直会怒不可遏，生气地责骂他们。她的脸庞，因为还在做着初春的美梦显得有些灰暗，这时会既恼怒又开心地羞红起来。几个伙计低眉顺眼，面带假装的天真，因为成功地把她逼烦了，脸上又露出邪恶的满足感。黎明和午后来了又去，每天的日常事务像流水一样从我们家阳台上看得见的城市上空，从屋顶和好几个星期以来沉浸在灰蒙蒙的光线中的房屋的迷宫上方浑浊地流逝。补锅匠们在四处晃荡，吆喝着他们的器具。有时，亚伯拉罕有力的喷嚏声喜剧性地强化了这个城市遥远、纷乱的喧嚣。在一个遥远的广场上，疯子图雅被小孩们烦人的吵嚷逼得快要绝望，她会跳起那野性十足的萨拉班舞①，高高地拎起裙子让观众们开会儿心。阵风吹来，抚平这些凌乱的噪声，把它们融化成那种令人沮丧的单调的絮絮之音，均匀地弥漫在牛奶般洁白而又烟雾蒙蒙的午后空气中的木瓦屋顶的海洋之上。阿德拉斜靠着阳台栏杆，俯身面对城市远方传来的暴风雨般的怒号，从中捕捉着所有响亮的重音。同时，面带微笑地把一首歌散落的音节组合在一起，试图把它们串联起来，从今天时高时低的灰色的单调中读出点意义来。

这是一个电子和机械的时代，借助人类天才的智慧，成批的发明创造开始在这个世界上露面。小康人家的雪茄盒里都配有一个电动打火机：你只要按一下开关，一束电子火花就会燃着一根泡在汽油里的灯芯。这些发明激起各种不切实际的憧憬。一个形

① 萨拉班舞（Saraband），西欧古老舞曲的一种。据传16世纪初由波斯传入西班牙。16世纪后期传入法国，17世纪前半叶起，常见于德国古组曲，为其中四首固定舞曲的前三首。

状像中国宝塔的音乐盒，只要上紧发条，就会放出尖细的回旋曲，而且还会像旋转木马般转起来。每隔片刻就会发出叮当的铃声，那些门扑扇着打开，仿佛要展示旋转的发条盒在演奏一个鼻烟盒般的八行两韵诗。家家户户都装着电子门铃。家庭生活处处都按照电流的标识来行事。一圈绝缘线成了那个时代的象征。年轻的花花公子在起居室里炫耀着加尔瓦尼①的发明，从女士那里报之以容光焕发的眼神。一个导电体就可以打开通向女人心扉的门径。某项实验成功后，那天的英雄们就会在起居室的欢呼声中吻遍周围所有的人。

不久，整个城市到处都可以见到各种型号和式样的自行车。把世界观建立在哲学基础上变得义不容辞。任何一个相信进步的人都会得出这个符合逻辑的结论，而且还会骑自行车。第一批骑车的人当然都是那些见习律师，那些新潮思想的先锋，留着打过蜡的小胡子，戴着圆顶礼帽，满怀青春的憧憬和激情。他们从吵吵嚷嚷的人群中挤过去，骑着巨大的双轮和三轮自行车穿过交通线，炫耀着它们的钢条辐轮。他们双手扶在宽大的车把上，在高高的座子上灵活地操纵着车轮的巨大圆环，沿着弯弯曲曲的路线切进好奇的人群中。有些人沉浸在使徒般的热情中。他们从踩动的脚踏板上竖起身子，像踏在马镫上那样，高高地站着对人群发表演讲，传播人类新的幸福时代来临的思想——通过自行车获

① 加尔瓦尼（Galvani，1737—1798），意大利科学家，最早提出生物电的概念。

得救赎……他们在群众的欢呼声中骑过去，不断朝各个方向点头示意。

然而这些壮观、得意的骑行中还是有某种令人伤感的尴尬，某种让人痛苦和不愉快的东西，即便在达到成功的顶峰时，也有贬格为嬉闹的危险。他们像蜘蛛般悬挂在这些精致的器械中间，像跳跃的大青蛙般叉开腿踩着脚踏板，在巨大的旋转车轮上方做着鸭行般的动作时，自己一定也感觉到了这点。他们与荒唐的区别只有一步之遥，他们绝望地猜测，俯身靠向车把，加倍提高骑行速度，做出头完全朝地让人眼花缭乱的各种体操动作。人们会惊诧吗？人类正在各种虚假的伪装下进入一个令人难以置信的便捷天地，这些便捷可以很廉价地获得，远在成本价之下，形同免费。投入和收益之间的极度失衡，对大自然明目张胆的欺诈，对天才小伎俩的过度酬奖，都得通过拙劣的自嘲来抵消。车手在激烈的爆笑声中继续往前驶去——那些可怜的胜利者，他们的天才的殉道者——这些技术奇迹的喜剧魅力是何其巨大。

当哥哥第一次从学校带回一块电磁铁，当大家摸到裹在一个电圈中的神秘生命的震动而体验到一阵战栗时，父亲带着高深莫测的表情微笑了。他头脑中一直在酝酿着一个长远计划，现在又把思索了很久的一系列其他想法融合、打造进这个计划中。在一片假赞美的嘲弄声中，为什么父亲会暗自微笑呢？为什么他的眼睛会为之一亮呢？谁能告诉我？难道他提前看到了这个粗糙的玩意儿，这个粗俗迷人的东西，在展示惊人的神秘力量的背后那一目了然的机制？不过，那一刻却标志着一个转折点——从那时起，父亲开始着手他的实验工作了。

父亲的实验设备非常简陋：几圈电线，几瓶硫酸、锌、铅和二氧化碳——这些便是那位极其怪异的神秘主义者工作室里的基本构成要素。“物质，”他说，谦卑地放低目光，克制着咳嗽，“物质，先生们——”他没有把话说完，而是让听众猜测他即将揭示一个巨大的骗局，猜测我们所有在座的人都将被带出去骑一次自行车。父亲目光低垂，心平气静地讥笑着那个自古就被盲目崇拜的神物。“万物是流动不居的！”他大声说，双手比画了一个动作以示物质在永恒地循环。很长时间以来，他一直在琢磨根据物质的真正本质，调动蕴藏其中的各种力量，融解它的惰性，铺就通向宇宙深处，通向互相转换和普遍循环之路。

“个人主义原则——不过是我的脚。”他常常这样说，以示对这个指导人类的原理的无限蔑视。他从这段电线跑到另外一段电线的时候也会顺便抛出这些话。他半闭着眼睛轻柔地触摸着线圈上的各个节点，触摸着哪怕最细微的潜在区别。他在电线上切出几道口子，然后凑近了专心致志地聆听片刻，接着又快速往前挪动十步，又在线圈的另一个点上重复同样的动作。他好像有十二只手和二十种感官。他犀利的注意力可以同时漫游到上百个地方。空间中没有任何一个点能逃过他的怀疑。他在某处俯身对电线研究一番，然后又忽然向后一跳，像猫一般扑向下一个猎物，如果扑空了，就会变得烦躁不安。“真遗憾，”他说，出人意料地向惊愕不已的旁观者说起话来，“很抱歉，我想在你占据的那段空间检查一下，能稍微向旁边挪挪吗？”然后迅速做几个闪电式的测量，敏捷和灵活得像一只在交感神经系统的脉冲下高速颤鸣的金丝雀。

那些浸泡在硫酸溶液里，在令人生厌的沐浴中变得充满了盐分和锈迹的金属，开始在黑暗中导电了。这些金属从僵死中苏醒过来后开始单调地嗡嗡地叫起来，发出金属的歌声，在那些忧郁、迟暮的无尽昏暗中散发出分子之光。肉眼看不见的电荷从磁极冒出来，将其完全淹没，逃逸进这个循环的黑暗中。一种难以察觉的嘀嗒声，一股恼怒地盲目运行的电流越过这片被极化的空间，进入能量的同心线，进入一个磁场的循环圈和螺旋纹。随处都有一台被唤醒的设备在发射信号，片刻后另一台设备就会以某种沉闷、倦怠的间歇性节奏，用令人绝望的单音节词随机地发出嗒嗒嗒的应答声。父亲站在这些漫游的电流之间，那种结结巴巴的表达，那种痛苦让他感动得脸上浮现出一丝苦涩的微笑。这丝微笑闪现了一下后便永远消失，再也没有回来，这些电流用结结巴巴的半音节词从封闭的物质深处单调地发着信号。

经过多次研究，父亲取得了几项惊人成果。例如，他证明了根据尼夫音锤原理制作的电铃不过是一种寻常之物。不是人撞进了大自然的实验室，而是大自然吸引着人探究它的奥秘，通过人的各种实验来实现自己不可告人的目的。吃晚饭的时候，父亲常常用一只泡在汤里的汤匙把触一下拇指指甲，忽然尼夫电铃在灯盏里响起来。整套设备完全是多余的，纯粹没有必要——尼夫电铃不过是某些物质能量的汇聚点，物质拿人的足智多谋来为自己服务。是大自然的意志在活跃和起作用，人不过是一支摇摇晃晃的箭，一台织布机的梭子，秉承自然的旨意飞到这里又飞到那里。人自己不过是一个元素，尼夫音锤中的一个零件。

有人曾提到“催眠术”，父亲很快就接受了。他的理论圆环已经圆满了，他找到了丢失的那根链条。根据他的理论，人只不过是一个中转站，是让人催眠的电流的一个临时接头，这股电流在永恒的物质的膝盖上四处漫游着。他引以为傲的各种发明创造，大自然诱惑他跳进去的陷阱，都是那个不可知的力量设置的圈套。父亲的实验开始带上了魔术和戏法的色彩，有了一种戏仿、杂耍的味道。我不想再提到无数次有关鸽子的实验，他只要操弄一根魔杖，就可以繁殖出两只、四只或者十只鸽子来，然后又眼睁睁地看着把它们收回魔杖中去。他举起自己的帽子，这些鸽子又一只接一只扑棱棱地飞出来，实实在在地回到现实中，一群鸟儿歪歪扭扭地挪动着、咕咕叫着飞落在桌上。有时父亲在某个出其不意的时刻自行中断实验，犹豫不决地站起来，半闭着眼睛，片刻之后又碎步跑向厅堂的入口附近，把脑袋探进烟囱的通风井。那里一片黝黑，由于烟尘的弥漫而显得特别荒凉，又温馨如虚无的最深处，温暖的气流上下涌动着。父亲闭上眼睛，在温暖、漆黑的空气中待上片刻。大家都觉得这样的插曲与手头的事情毫无关系，觉得它有点像发生在事物的后台，我们内心对那微不足道、属于完全不同时空的现象视而不见。

父亲的保留剧目中有些非常阴的把戏，真正让人内心充满阴郁。我们家的餐室里放着一排高背椅，上面用逼真的写实风格雕刻着漂亮的树叶和花环，只要父亲轻轻地叩叩这些花雕，它们会刹那间换上诙谐的表情，开始意味深长地挤眉弄眼。这可能让人非常尴尬，甚至几乎无法容忍，因为这种挤眉弄眼的动作含义非常明确，有一种不可阻挡的必然性，有那么一两次还会听到它们忽然惊叫："万达阿姨，看在上帝的分儿上，万达阿姨！"女人们开始尖叫起来，因为现场还真出现万达阿姨的样儿了。还不止如此呢，有一次她本人亲自光临，坐在桌边，开始没完没了地长篇大论起来，其间，边儿上坐的人没有丝毫机会插上一句话。最后，父亲的这些奇迹全部自行消失，因为他弄不出鬼来，只能制造出带着种种凡俗和日常特征的真实的万达阿姨，这让人觉得那些东西算不得奇迹。

在叙述那个令人难忘的冬天发生的其他事件之前，我们不妨先简要地说说一个插曲，这件事在我们家从来都是秘而不宣的。爱德华叔叔究竟出了什么事儿？他那次过来跟我们一起住，不用说，他容光焕发，身体非常健康，带着满脑子形形色色的计划出来，把妻子和小女儿留在了乡下。他到来时兴致高极了，想离开家换个环境散散心。可是最后怎么了呢？父亲的那些实验给他留下惊人的印象。先玩了些小把戏后，他起来脱掉外衣，把自己完全交给父亲随意处置。不要有任何保留！他说这话时带着直来直去的犀利表情，还热忱而坚定地握了下手以示强调。父亲非常理解。他确信叔叔对个人主义原则没有传统的偏见。他看上去的确没有这些偏见，丝毫没有。叔叔思想进步，没有什么偏见，他唯一的激情就是为科学献身。

最初，父亲给他留有一定的自由度。他一直在为一个颇具欺骗性的实验做着各种准备。爱德华叔叔经常利用闲暇时间来研究这个城市。他买了一辆模样气派的自行车，骑上它在市场街附近转悠，以车座高度为基准张望着一楼公寓的窗户。从我们家前面经过时，他会优雅地提起帽子，向站在窗户里的女士们招手致意。他上唇留着卷曲、翘起的短须，下巴上有一撮翘起的小胡子。可是，很快，叔叔就发觉自行车无法引领他进入机械更深邃的秘密，发觉那部漂亮的机器不能给他提供持久的形而上的愉悦。后来，那些建立在个人主义原则基础上的实验又开始了。为了献身科学事业，爱德华叔叔毫不反对把肉体压缩到与纯粹的尼夫音锤原理合二为一的程度。为了呈现最深刻的自我，为了像长久以来所感觉的那样与音锤原理保持协调，他无怨无悔地同意把自己的所有特征都逐渐滤除掉。

父亲把自己关在书房里，经过持续了很多个日日夜夜的枯燥的精神分析，开始逐渐深入到爱德华叔叔复杂的本质中。书房的桌子上堆满了爱德华的本我的各种互不相干的情结。最初，虽然叔叔已经被压缩得很厉害，但吃饭时又会忽然出现，还试图参加我们的谈话。他还再次出去骑了自行车，可是，感到索然无味后很快又放弃了。他内心有一种固执的羞愧感，那是他开始发现了自我的那个阶段的典型特征。他开始避不见人。与此同时，父亲正越来越逼近他的目标。他逐一卸除所有非本质要素，已经把叔叔压缩到小得再也不能小的地步。他把叔叔高高地放置在楼梯旁边的一个壁橱里，根据勒克朗谢[①]的反应原理重新组合了叔叔的构成元素。存放叔叔的那堵墙已经开始发霉，露出泛白的霉菌。父亲毫无顾忌地利用叔叔的全部热情，把他的四肢沿着门厅和屋子的左翼方向铺开。他利用一对短梯，在叔叔目前待着的那条小通道黑乎乎的墙壁上钉了几根小小的钉子。那些烟雾弥漫、昏黄的午后，几乎完全漆黑一片。父亲用一根点燃的蜡烛一寸一寸地照亮附近那面发了霉的墙壁。我听说，在生命的最后瞬间——直到那时爱德华叔叔还英雄般地镇定自若——不过，他还是流露出一丝焦躁。他们说，他甚至大发雷霆，虽然为时已晚，但差点儿毁了即将完成的工作。然而，装置已经准备就绪，一辈子都是模范丈夫、模范父亲和生意人的爱德华叔叔终于高尚地完成了自己最后的使命。

叔叔发挥得极其出色。没有丝毫拒绝服从的意图。自己复杂的人格解体之后，他曾一度丧失了自我，最后终于找到了一个统一而又简单明了的指导性原理的精华，此后他要对这个原理遵照不讳。他以牺牲自己的复杂性为代价，这种复杂性他只能勉为其

① 勒克朗谢（Leclanche），法国人，于 1860 年发明了碳锌电池的前身产品。

难地应付，现在毫无疑问获得了单纯的不朽。他幸福吗？谁这样问将是徒劳的。这样的问题只有去问具有很多选择可能性的生物时才有意义，因此，事实上的真在某种程度上可能与真正的可能性构成鲜明的反差，而且是自我映射。但是，爱德华叔叔却别无选择，“幸福”与“不幸福”这种二分法对他来说是不存在的，因为他是绝对完整的。当你看到他在献身之际如何如约而至，如何不打折扣时，你不得不勉为其难地承认这一点。连随后跟他来到这个城市的妻子——特丽莎婶婶，为了听到那洪亮深沉的声音，常常会情不自禁地按下这个按钮，她能从中辨认出丈夫以前发脾气时声音的音质。至于他的女儿艾迪，对父亲的事业简直如痴如醉。当然，后来，她拿这件事在我身上发泄，对父亲的行为进行报复——不过那就是另外一回事了。

2

日子就这样流逝着，下午变得越来越长：在这样的午后完全无所事事。多余出来的时间还很生涩、贫瘠和无用，黄昏的空虚使夜晚显得更加漫长。阿德拉早早洗完餐具、清扫完餐室后，懒散地站在阳台上，茫然若失地望着远方昏黄的夜幕中泛出的淡淡的红色。她那双漂亮的眼睛在别的时候是那么富于表现力，现在却因为陷入迷迷糊糊的幻想而黯然失彩，那双眼睛向外凸着，显得很大，闪闪发亮。她的肤色，在冬季将尽之时，在厨房气味的熏陶中变得黯淡无光，苍白、发灰。现在，她的皮肤在春天逐渐由亏转盈的月亮潮汐引力的影响下，显得更加青春，染上了一层乳白色的暗影和搪瓷般的光泽。现在她可以对店里的伙计们颐指气使，这些伙计在她那深不可测的目光的注视下感到毛骨悚然，把可能会充当的愤世嫉俗者、城市酒馆和那些声名狼藉的地方的常客的角色瓦解殆尽。他们被阿德拉焕然一新的美丽搅得神魂颠倒，试图寻找其他搭讪的途径，准备做出让步，把这种关系建立在一个全新的基础之上，并承认那些既定的事实。

尽管父亲期望很大，然而这些实验并没有给集体生活带来任何变革。这种把催眠术向现代物理学的移植还不能证明有什么结果。这并不是因为父亲的探索研究没有一丝真理可言。不过，真理并非某种想法取得成功的决定性要素。我们的形而上渴望只有微不足道的一点儿，而且很快就能获得满足。当我们——他的这帮支持者和追随者开始陷入沮丧和焦虑状态时，父亲正站在新发现的门口。不耐烦的迹象来得越来越频繁，甚至发生了多次公开的抗议。我们天性排斥对那些基本原理的歪曲。我们开始对形形色色的奇迹感到厌倦，希望回归到那个古老、熟悉、踏实的永恒秩序的平淡无奇中去。父亲对这点也是心领神会。他知道自己走得太远了，需要收敛一下奇思异想的飞翔。这个由优雅美丽的女弟子和长着打了蜡的小胡子的男性门徒构成的圈子开始日渐消散。父亲希望能够体面收场，很想发表一场最后的总结性演讲。这时，一桩突如其来的新事件把所有人的注意力都吸引到一个始料不及的方向上去了。

有一天，我哥哥放学回家，带来一个不大可能但言之凿凿的消息说，世界末日就要来临了。我们让他重复了一遍这话，以为听错了呢。我们没有听错。这个不可思议令人百思不得其解的传言说，这个世界将被当头撞击，而且绝对不可挽回了。这句话本身就像悬浮在时空的某个任意点上，既没有准备好说什么又不完整，既不对说法做个了结，又最终也没有达到任何目标。好像句子只说了一半，没有完整的停顿或者换气的标点符号，没有最后的判决或者上帝的愤怒——好像人们都能善意而又忠实地理解这是什么意思，这种理解是通过互相妥协并遵守双方约定规则来实现的。不，最终的结局不会像长久以来各种预言预测的那样，充满末日般的悲惨气氛，但也不会像《神曲》中的最后一幕。不会。这是玩把戏的车手和魔术师的世界末日，带着炫耀式的故弄玄虚和伪装的实验色彩——还伴以所有进步人士的喝彩。几乎没有一个人不对这个说法无动于衷。那些被吓坏了的人，那些抗议者立刻鸦雀无声。他们为什么不明白这是一个难得的机会，这个想象中最进步和思想自由的世界末日，与时代精神完全合拍，是一种体面尊贵的结局，是对那个最高智慧的信赖呢？人们都热情地探讨这个问题，在从袖珍笔记本上撕下来的纸页上绘出图样，提供无可辩驳的证据，用来打击对手和圈外的怀疑论者。带插图的期刊上开始出现占满整页的画面，全都是预言大灾难的绘画，具有栩栩如生的戏剧效果。画的往往都是惊慌失措、人口稠密的城市，夜空下，在灯火和天文现象的衬托下显得灿烂辉煌。人们可以看到令人惊叹的遥远的彗星活动，它那抛物线的顶端留在天空中，貌似静止地朝地球方向飞行着，在以每秒几英里的速度接近地球。人们像在一场马戏团的闹剧中那样把便帽和礼帽挥向天空，头发连根耸起，雨伞自动打开，光秃秃的斑块暴露在不翼而飞的假发下面——大地之上弥漫着广阔无垠的天空，所有的星辰同时发出闪烁不定的警告信号。

某种喜庆的节日氛围开始进入我们的生活，那是一种如饥似渴的热情。我们神态举止中渗透着一种郑重其事的感觉，用宇宙的叹息扩张着我们的胸怀。到了晚上，这个世俗的星球在数千人同时发出的狂喜、神圣的喧嚣声中沸腾起来了。那些夜晚漆黑无垠。地球周围的星云变得越来越浩繁和稠密。在黑沉沉的星际空间，星辰在不同的位置闪现出来，撒满了从这个深渊飘向另一个深渊的陨石的灰尘。我们在这无穷的极限中迷失了，几乎失去了脚下的地球。我们完全失去了方向感，好像卸掉了各种附着物。我们像相对的物体般头朝下悬挂在倒置的天顶，在灿烂的星辰上漫游着，在天空的地图上挥动着一根潮湿的手指从这颗星星指到另一颗星星。我们就这样排成长长的单列毫无秩序地蜿蜒行走着，在那夜晚无尽的阶梯上朝各个方向四散开来——我们都是来自这个被遗弃的地球的移民，劫掠着浩瀚无涯的蚂蚁般的星群。最后的壁垒开始分崩离析，那些车手骑进星汉灿烂的太空，他们在车上站起来，在星际的虚空一次没有位移的飞翔中成为永恒。

这个虚空上呈现出全新的星座。他们就这样在一个永无止境的轨道上环行着，标示出道路或者一个从不休眠的宇宙图景。然而，事实上，由于漆黑如煤烟，他们陷入太空的昏沉之中，感觉好像把自己的脑袋投进了壁炉，那个所有这些盲目飞翔的最终目标。

短暂而支离破碎的几天过后——部分还是在睡眠中度过的——黑夜像一片辽阔而且人群熙攘的母亲大地般敞开了胸怀。大街上挤满了人，他们来到公共广场上，大家的脑袋快要碰在一起了，好像一个装满鱼子酱的桶盖被揭掉，现在如一道银光闪闪的铅弹洪流般倾泻而出，像是星辰喧嚣的漆黑夜空下流过的一条黑黝黝的河。楼梯在千斤重负下纷纷断裂，楼上所有窗户旁边都有小小的人影浮动，火柴棒般的人们像中了月魔般狂热地从栏杆上跳跃过去，形成蚂蚁般的活的链条，活的结构和圆柱——大家从彼此的肩膀上大步跨过——从窗户里涌出来，走到被燃烧的沥青油桶的光芒照亮的正方形平台上。

如果在描述这些庞大的人和无处不在的咆哮声的情景过程中有夸张的意味，拙劣地模仿了那本讲述人类灾难和毁灭的巨书中古老的版画，我必须请求谅解。然而，它们的确制造出一种预景和极度夸张的氛围，所有这些场面传达出的那种巨大惆怅表明，我们已经揭去那个永恒的记忆之桶，那个超级的神话之桶的底子，我们涌进人类出现之前充斥着各种桀骜不驯的元素的某个黑夜，那充满了对前世断断续续记忆的某个黑夜，再也抑制不住那澎湃的洪流。那些繁星满天的夜晚啊，星星闪烁着鱼鳞一般的光辉！哦，那些嘴巴的堤岸，在如饥似渴中无休止地小口吞咽着不断膨胀、不曾被品尝过的漆黑的倾盆大雨的夜晚的激流！这些形形色色的世代是结束在什么样的致命大网之中，什么样的悲惨束缚之中的呢？

哦，那些日子的天空，闪烁着朦胧信号和陨石的天空，在天文学家的运算可以企及的尺度内，被复制过几千次，用代数的水印统计、标志出的天空！那几天，夜晚的辉煌把我们的脸都照蓝了，我们在因为遥远的太阳爆炸引起震颤的太空中随心所欲地穿行着，在那种恒星般的明澈中——这些人类的蚂蚁散布在整个天空，像一个庞大的堆积物般漫延在银河系的沙堤上——那是一条人的河流，被蜘蛛般的机器上的骑手们遮蔽住了。夜晚星辰的竞技场在演化过程中留下块块疤痕，敏捷的车手在上面盘旋腾跃。那旋转和向上的飞轮，充满激情地沿着天空的对角线运转，在那些遗失的金属辐条中间，轮圈无动于衷地脱落，奔向赤裸裸的光明的目标，除了纯粹的旋转没有任何杂念！那些天开始标志着一个新的星座诞生了，第十三组星辰永远被纳入十二宫图，从那时起就在夜晚的天堂之上灿烂辉煌着——它就是车手。

那段时间晚上所有的房屋都敞开大门，在剧烈摇曳的灯火的照明中依然显得空空荡荡。窗帘被远远地吹进夜色，那幢幢房间矗立在囊括一切永不休止的气流中，这股气流带着剧烈、无情的尖叫声充斥在这些房间里。那是爱德华叔叔发出的警告声。不错，他终于失去耐心，割断捆绑他的绳索，大步冲来介入这场义不容辞的使命，突然挣脱苛刻的高标准的道德要求，发出了警告。有人试图借助一根长长的棍子让他保持安静，有人把厨房的抹布扔过去阻止这剧烈的爆炸似的声音。然而，即便如此抑制，他还是狂躁不已，疯了般地吼叫着，毫不歇息，根本没有注意到自己的生命正在这样的喋喋不休中流逝，当着无可奈何的大伙的面，在毁灭性的狂躁不安中流尽了最后一滴血。

不时有人冲进那间在炫目的灯光照耀中被恶魔般的吼叫声刺穿的空空荡荡的屋子。他会踮着脚尖犹豫不决地走几步，然后忽然停下来，好像要寻找什么。几面镜子默默无语地把他带进透明的深渊，又无声地把他分割开。爱德华叔叔高亢的号叫声穿过所有那些明亮的空房子直冲云霄。这位来自星辰的孤独的弃儿备受良知的谴责和折磨，似乎是来干一件恶行，偷偷地在那套公寓里藏起来，被这不绝如缕的号叫声震得耳朵都聋了。他在那几面警觉的镜子的陪伴下来到大门口，镜子们允许他穿过银光闪闪的队列，然后踏进深处，那里一簇替身踮着脚尖把手放在嘴唇上示意别出声。

天空再次在我们头顶敞开，浩瀚的虚空四处弥漫着星尘。在这样的天空，每天晚上，那颗致命的彗星提前一个小时出现，斜斜地挂在那里，在它的抛物线的顶端，精确无误地冲着地球以每秒吞噬掉好多英里的速度飞来。所有的眼睛都指向这颗彗星，它闪着金属的银光，倾斜着身体，中间凸出部分略微明亮，以数学般的精确履行着自己的日常使命。太令人难以置信了，那个小小的蠕虫在数不清的簇簇星辰中间天真烂漫地散发着亮光，它居然就是来自伯沙撒[1]盛宴上的那个带着燃烧的火焰的手指，在天空的黑板上书写着有关我们这个星球毁灭的预言。但是，每个孩子都记着那个用一个乘积的整数的对数来表示的致命的公式，从这个公式可以推导出我们在劫难逃的毁灭。还有什么能拯救我们呢?

那些乌合之众在露天纷纷四散开来时，在星光和天象下迷茫无措之际，我父亲仍悄然潜伏在家。他是唯一知道从我们的烟道的通气门，即宇宙的后门，有一条秘密逃生通道的人。他常常暗自偷笑。爱德华叔叔嘴里塞着抹布，声嘶力竭地警告着。父亲默默地把自己的脑袋放进炉子的烟囱支柱里。那里一片漆黑，也很安静。那里散发出暖暖的空气味、煤烟味、寂静味、凝滞味。父亲把自己弄舒服了后怡然地坐在那里，闭上双眼。一颗星星微弱的光透进屋子那个黑色的硬壳，这道光浮现在屋顶上方，最后接入繁星灿烂的夜晚，接着仿佛在望远镜的玻璃中破碎开来，在炉膛里点起一星火花，就像烟囱黑洞洞的胆瓶中的一粒微小的种子。父亲缓缓拧转着一个显微镜的盖子，那个致命的生灵像月亮般澄澈，被透镜拉到近在咫尺，在虚空沉寂的漆黑中，身上带着某种石灰石的质地，显得既柔韧又闪亮，逐渐进入视野。它上面有些轻微的瘰疬，有些密密麻麻的痘点——那个月亮的兄弟，那

① 伯沙撒（Belshazzar），圣经中提到的巴比伦最后国王的名字。

位曾经失散的双胞胎儿子，历经一千年的漂泊之后再次向地球母亲漫游回来了。父亲把它移到离自己鼓起的眼睛更近的地方：它像一片薄薄的干酪，上面扎满了洞眼，表皮呈淡淡的黄晕，光亮刺目，覆盖着麻风病似的白色斑点。他把一只手放在显微镜的旋盖上，长久地盯视，眼睛都被望远镜的光弄盲了。父亲冷漠的双眼在那个石灰石星体上移动着，他看到了病菌从内部咬噬后在表面留下的复杂印迹，蛀书虫弯弯曲曲的通道，劣质干酪般病态的表皮上的沟沟壑壑。父亲开始战栗起来，他发现自己错了。不，这哪里是干酪，这显然是一个人的大脑啊，是结构复杂的大脑的横切面啊。他全神贯注地盯着，甚至破译出那个半球复杂的地图上各个方向分布的图例的微小字母的奥秘。这个大脑似乎被氯仿麻醉过，还处于深深的休眠状态，在沉睡中幸福地微笑着。父亲对它的样子迷恋不已，通过表面复杂的印迹仿佛看到了彗星的本质，他又一次会心地微笑了。谁也不知道人们从熟悉的烟囱中会看到什么，那漆黑得像烟灰般的烟囱。透过重重叠叠的灰色物质，透过那些细微的颗粒，父亲看到了一个胚胎清晰可见的轮廓线，处于典型的倒立状态，几只拳头放在它的面庞边，在晶莹的氨基酸水中，在颠倒中幸福地沉睡着。父亲在那个位置状态放弃了观察。他舒了口气站起来，然后关上烟道的通气门。

看来顶多如此了。然而，这场气势磅礴地酝酿起来的前奏过后，世界末日，那个辉煌的结局，将是什么样子呢？父亲垂下眼睑，露出一丝微笑。难道计算出现了什么闪失和额外的小错，或者印刷数字有误？不存在任何类似的错误。各种计算绝对正确，数字栏无可挑剔。那么问题到底在哪儿？请听，这颗彗星继续勇敢无畏地运行着，像一匹野心勃勃的马，为了准时抵达终点线飞快地驰骋着。这个季节的时尚在跟它同飞齐奔。它一度引领时代潮流，留下自己的形象和英名。后来，有人甚至牵出两匹健壮的马，肩并肩紧张地飞奔，我们的心怀着同伴似的感觉与它们共同跳动。稍后，新的时尚出现了，压过这颗不知疲倦的流星。那几毫米决定了这颗彗星的命运。它遭遇灭顶之灾，被永远地抛在后头了。我们的心现在又随着新的时尚跳动，把这颗神奇的彗星置于脑后。我们无动于衷地看着它逐渐变白、变小，最终在地平线上乖乖地缩成一个小点，向旁边倾斜过去，试图徒劳地保持住抛物线轨迹最后的弯道，变得越来越遥远和幽蓝，最终没有丝毫危害性了。在这场竞赛中，它已无处安身，新鲜劲儿已完全消耗殆尽，不再有任何人关心一件被彻底抛弃的东西，它已自行消失，在普遍的漠不关心中无声无息地消弭掉了。

我们耷拉下脑袋，又回到各自的日常事务中去，这些事务在经历了一个重大的失望后变得丰富多彩起来。这些宇宙景观匆匆谢幕，生命又回归常态。那段时间我们日夜休息，补偿失去的睡眠时间。我们躺在逐渐黑暗下来的家里，睡得醉生梦死，被自己的呼吸拎向梦中看不见星星的茫然之路。我们就这样漂浮着，没有丝毫波动——尖叫的肚子、风笛和竹笛，在那些没有星星的夜晚，在那没有路的地面上，用鼾声开路前进。爱德华叔叔已经永远沉寂。空气中还残留着他绝望的警告的回声，但他本人再也不可能复活。经过那场歇斯底里的发作后，生命已经从他身上流失，那个电路已经断开，他本人毫无束缚地走出来踏上更高的万劫不复的阶梯。

在黑洞洞的公寓里，只有父亲一个人还没有睡觉，悄无声息地穿过一个又一个充满鼾声的房间漫游。有时，他会打开烟道的门，咧着嘴望望里面幽暗的深渊。那里一个微笑着的侏儒在永远地昏睡着，封闭在一个玻璃舱壳中，沐浴在华丽的灯光里，他在那里已被宣判、抹除和锉平，在天空浩瀚的档案库中另外建档立卡了。

用沙漏做招牌的疗养院

书

1

我直截了当称它为书，不加任何修饰语或限定词。面对那个超验世界的恢宏，这种简洁里带有一丝微妙的无奈和默默地妥协，因为没有任何词语，没有任何暗示可以恰如其分地传达出那种令人恐惧的战栗，那种对一件叫不出名字、超出我们对奇迹把握能力的事物的不祥预感。当你面对那个辉煌的事物时，形容词的堆砌或者修饰语的富丽堂皇又有什么用呢？不过，任何一个真正的读者——这个故事完全是献给他的——当我直视着他的眼睛要传达我的意思时都会理解。目光犀利的一瞥，或者轻轻握一握手都会让他茅塞顿开，他会欣喜不已地盯着这本美妙绝伦的书，眼里大放异彩。在那张想象中把我与读者隔开的桌子下面，我们不也偷偷地互相握手吗？

那本书……在童年黎明的某个地方，在生命的第一次破晓之际，地平线闪烁着柔和的光芒。那本书万般高贵地躺在父亲的书桌上，而他，对这本书入迷到了如痴如醉的地步，拿濡湿的指尖小心地摩挲着摹印图画的顶端，最后空白页都变得朦胧不清，神出鬼没地带上一种令人愉悦的预兆，接着，那些薄薄的纸张忽然剥落开来，露出一块孔雀眼睛般的碎片，你把激动得迷蒙的眼睛转向某个闪烁着神圣色彩的纯洁的黎明，转向一片神奇的、纯蓝至极的潮湿。

哦，那薄翼的脱落，那光明的浸染，那幸福的春天，哦，父亲……

有时父亲会外出漫游，扔下我和那本书单独相处，风飒飒地从书页上吹过去，那些插图会随之立起。当这些被风扫掠过的书页翻将过去，把各种色彩和形状融合在一起，字里行间就会掠过一阵痉挛，字母中间会释放出一群群燕子和云雀。书一页又一页地在空中飘荡，柔和地让这片纸上的风景浸满光明。有时，那本书安静地躺在那里，风像翻开一片巨大的玫瑰花瓣似的轻柔地打开它。那些花瓣，一片接一片，一层又一层，令人眼花缭乱，柔软似紫罗兰，如梦如幻，缓缓地露出一只蓝色的瞳孔，一颗五彩斑斓的孔雀心脏，或者一个叽叽喳喳欢闹的蜂鸟窝。

这是很久以前的事了。那时母亲还没有回来。我独自跟父亲在我们的房间里消磨日子，那时这间屋子跟这个世界一样辽阔。

从灯上垂下来的晶莹的光芒五彩缤纷地弥漫开来，彩虹飞洒进各个角落。那盏灯在链条上晃动时，整个房间也在彩虹的碎片中旋转，仿佛八大行星的位置发生了移位，彼此绕着盘旋。我喜欢站在父亲两条腿之间，从两边抱紧它们像抱紧石柱。有时父亲会写信，我坐在他的书桌上，痴迷地看着那些龙飞凤舞的签名，潦草婉转得像花腔女高音的颤声。这时墙纸上会绽露出某种笑意，幻化出一只只眼睛，甚至还有翻跟斗的动作。为了讨我开心，父亲用一根长长的草秆吹出一连串肥皂泡，它们不是在彩虹般的空中爆炸就是撞碎在墙上，但它们的色彩仍然在空气中飘浮。

后来母亲变得非常物质化，早年明媚的田园生活就此结束了。在母亲搂抱的诱惑下，我淡忘了父亲，我的生活开始沿着一条完全不同的崭新轨迹运行，既没有娱乐，又看不见各种异想天开的奇迹。我大概连那本书都永远忘掉了，如果不是在某个晚上的某个梦中出现的话。

2

在冬季一个漆黑的清晨，我很早就醒过来（黑暗的堤岸下有一道怪异的黎明之光在深渊中闪烁），这时大片模模糊糊的人影、符号还汇聚在我的眼皮底下，我开始想入非非，那部被遗忘的过去的书引起的种种遗憾痛苦地折磨着我。

没有人能理解我，我对他们的愚钝更加恼火，开始变本加厉地唠叨，怒气冲冲、无休止地折磨起父母来。

我光着脚，只穿着睡衣，激动得一个劲儿地打哆嗦，撕起父亲书架上的书，既生气又失望地试图向一群目瞪口呆的观众描述那件难以描述的东西。这件东西无法用语言、无法用一根加长的颤抖的手指绘制出的图画表达。在没完没了的解释中，我已经筋疲力尽，这些解释不仅繁复而且自相矛盾，我在无助的绝望中哭了起来。

父母完全凌驾于我之上，这回却显得茫然失措，对自己的无奈感到惭愧。他们无可奈何，很不自在。我用那股拼命劲儿，语调中带出的不耐烦和狂热的固执，显得我是正确的，有充足的理由去伤心。他们拿出各种各样的书凑到我跟前，把它们塞到我手里。我气愤地把这些书全推掉了。

父亲一次又一次把其中一本又厚又沉的卷册推给我。我打开它，原来是一本《圣经》。我从书页中发现了一长串动物，挤在路上晃晃悠悠地移动着，从各个岔道上汇入前进的队列，向某个遥远的土地进发。我看到里面天空上集结着成群的飞翔的鸟儿，还看到一座巨大的倒置的金字塔，它的平顶上放置着挪亚方舟。

我抬起双眼责备地望着父亲。

“你肯定知道，父亲，”我哭喊着，“你一定知道。不要装了，不要狡辩了！这本书把你出卖了，你为什么要给我看那仿造的副本、复制品——拙劣的伪作呢？你到底把那本书放什么地方了？”

父亲把目光移向别处。

3

几个星期过去了。我的兴奋感渐渐淡下去，终至销声匿迹，然而那本书的影子仍然不懈地在我的记忆中燃烧，吐着明亮的火焰。那是一部沙沙作响的巨大的法典，一部暴风雨般的《圣经》，风掠过它的册页，犹如洗劫一枝花瓣凋零的巨大的玫瑰。

一天，父亲看到我已经逐渐安定下来，就小心地靠近我，用温柔的建议性口吻说："其实，咱们这儿有不少书呢。那本书是一部神话，我们年轻的时候也许会相信它，可是等长大些后就不再信以为真了。"

那时我已经另有一套见地了。我知道，那本书描述的是一个基本原理，一种终极目标。我开始肩负起一项重大使命。我没有回答父亲，我不屑一顾，心里充满痛苦而又顽固的傲慢。

事实上，我已经拿到了那本书的某些残篇，那是一些少得可怜的碎片，由于命运的一次荒诞才落入我手里。我把这件宝贝严严实实地藏了起来，绝不示人。我为那本书的分崩离析备受煎熬，心里明白自己不会指望任何人欣赏那些残损的册页。事情的经过是这样的：

那年冬季的一天，我把清扫房间的阿德拉吓了一跳。她手持一根长把扫帚，身子斜靠在一张堆有纸张的书桌上，我越过她的肩膀望过去，我这样做与其说对那几页纸感到好奇，还不如说想贴近享受一下她肉体的气息，那股青春的魅力正浑然不觉地向我刚刚苏醒的感官透过来。

“瞧，”她说，柔顺地让我压住她的身子，“你说人的头发会长得垂到地上吗？我多想拥有那么一头美发啊！”

我望着那幅画。在一张大幅折页上印着一个矮胖的女人的照片，她脸上洋溢着充沛的活力，显示出沧桑的阅历。大盘的黑发从她头上沿着脊背沉甸甸地垂下来，浓密的发梢快要触到地面。大自然真是令人匪夷所思，居然可以用头发的卷须织出一件完整宽大的披风。很难想象承受着那样的重负却不觉得痛苦，很难想象它不致让脑袋变得僵化起来。可是，这头辉煌头发的主人似乎为拥有如此浓发而颇感自豪。这幅照片下面有一段说明文字，描述了那个神奇故事，打头几句话是这样说的：“我，安娜·西斯拉吉，生于莫拉维亚的卡尔洛维斯，曾经头发秃疏……”

此事说来话长，其脉络堪与约伯的故事相比。或许是神明的旨意，安娜·西斯拉吉有段时间忽然头发没了。村里人对她这一疾患都挺同情的，她过着堪称模范的生活，所以大家对此很宽容，不过怀疑她的头发再也长不起来了。可是，你瞧，她诚心诚意的祈祷终于被上帝听到，除掉了她脑子里的恶念，安娜·西斯拉吉在顿悟的幸福中变得优美起来。她接收到那些神启的信号和预示，经过一番调和，熔炼成一服灵丹妙药，用来修复头皮，培养育发能力。于是，她的头发开始长出来了，更厉害的是，她的丈夫、兄弟甚至侄子一夜之间头顶都覆盖上了一层密实、健康的黑发。另一页画面上描述了这个处方向安娜·西斯拉吉显灵后，她被展示了六个星期，兄弟、内弟、侄子们簇拥在她的周围，美髯长垂及腰，用一种毅然、决然、熊一般的男性气概表达了见证者的钦佩之情。安娜·西斯拉吉成了村子里的慈善家，村里随处可见一个个长发飘逸的脑袋和厚密的刘海。幸福降临。村里的男人都可以拿巨大的扫帚般的胡子扫地了。安娜·西斯拉吉成了育发的先驱。给自己的故乡小村带来幸福之后，她想让这份幸福惠及全世界，恳求、鼓励人人为了自己的救赎接受神灵的赏赐，这个只有她自己获悉秘密的神奇配方。

我越过阿德拉的胳膊读完了这段故事，被一个突如其来的压倒一切的念头怔住了。这就是那本书啊，书的最后几页，不是正文的附录，而是那些手艺人的入门指南，充满了废物和垃圾！彩虹的碎片忽然在墙纸上飞舞起来。我从阿德拉手中抢过那束纸，结结巴巴地喘着气问："你是从哪儿找到这本书的？"

"你这个傻孩子，"她耸了耸肩膀说，"它一直就放在那里的啊，我们每天从上面撕下几页拿去屠宰店包你爸爸午餐时吃的肉……"

4

我冲进自己的房间。我简直迫不及待，脸颊发烫，开始用颤抖的手指翻阅那本古老旧书的册页。天哪，所剩已经寥寥无几。正文一页不存，仅余若干广告和私人声明。长发西斯拉吉预言后面那页登着一个可以包治百病和各种残疾的灵丹妙药的广告。艾尔莎——那瓶画着一只天鹅的透明液——是一种会产生奇迹的安慰剂，那一页充满了体验过药效的人所亲历的感人证据。

那些来自塞尔维亚、斯洛文尼亚和布科维纳①的热心的康复者迫不及待地提供证词，用热情感人的语言讲述了自己的故事。他们来的时候打着绷带，佝偻着腰，现在已经摆动着极其灵活的关节，扯掉眼睛上的石膏，撕去伤口上的绷带。

越过这些成群的跛子，你可以想象到纸一样白的天空下那些遥远而苦难深重的村庄，在每日辛苦劳作的单调乏味中变得坚硬起来。那些村庄处于被忘却的时间的深渊，那些永远被束缚在他们微不足道的命运链条上的生灵给这些村庄增添了些许人气。一个皮匠就是一个地道的皮匠：浑身散发着皮革味，脸庞窄小，脸色憔悴不堪，一双近视眼暗淡无光，小胡子无精打采，仿佛在嗅着什么。他反复深深地体味着皮匠的感觉。当他们用不着再为脓肿忧心，骨头不再嘎嘎吱吱作响，水肿不再把他们打进棺材时，这些人抽着廉价的黄色的皇宫牌烟草，或者在出售彩票的小亭子前无精打采地想入非非，沉浸在那种了无生气的暗淡的幸福之中。

男人们从左右两侧横穿道路。他们经常梦到黑狗，他们的手

---

① 布科维纳（Bucovina），原是摩尔达维亚的组成部分，第一次世界大战后，被划入罗马尼亚境内。第二次世界大战中，北布科维纳被苏联占领，成为今乌克兰的一部分。

掌总是那么瘙痒难耐。他们不时地写一封从手册上抄来的信，小心地在信封上贴上邮票，不情愿地投进信箱，然后用拳头猛击几下，仿佛要把信箱给唤醒。接着，他们又梦见白鸽，嘴上叼着信，把信送达后便消失在云霄。

随后几页的内容开始从日常事务领域升华到纯粹的诗歌范畴。

上面绘着簧风琴、齐特琴、竖琴，这些从前是天使般的人物弹奏的乐器，现在，随着工业的进步，寻常人家都可以用普通价格买来玩儿了——所有敬畏上帝的人都可以拿它们来从事正当的娱乐活动寻开心。

还有手风琴，那才是真正的技术奇迹，琴上布满风笛、音栓、音管，婉转的颤音犹如从轻鸣的夜莺的鸟巢里传出，在那些瘸子老手眼中简直是无价之宝，对那些残疾人来说又是一笔可观的收入来源，而这些乐器往往是每个喜欢音乐的人家不可或缺之物。想象一下这些手风琴吧，漆画得美轮美奂，由那些灰不溜秋的小老头儿背着，那张张毫无特色的脸已经被生活侵蚀得沧桑不堪，上面似乎覆盖了一层蜘蛛网——那张嵌着凝滞不动、湿漉漉的眼睛的脸逐渐萎缩，憔悴的脸上黯然失色，自然纯朴得像干裂、枯萎的树皮，散发着雨和天空味道的树皮。

那些老人早已忘记自己的姓名和身份，而且，完全不知道自己是谁了。他们的脚裹在巨大沉重的靴子里，膝盖弯曲，迈着蹒跚小步沿着笔直单调的路线不停地赶路，毫不理会从身边经过的别人在走着弯曲迂回的道路。

在那些没有阳光的苍茫的早晨，空气中散发出寒冷的馊味。清晨开始按照自己的生活惯例运行了，那些人会不知不觉地从人群中脱离出来，把手风琴放在街角的一个支架上，待在被电话线切割成若干块的天空昏黄的污迹下面。翻起衣领、漫无目标匆匆行走的人们走过时，琴声就会响起来——并不是从头而是从前一天打住的地方——开始演奏："黛茜，黛茜，请给我回句话，你……"正在此时，头顶烟囱里的白色烟气咆哮而出。而且——有些离奇——那乐声几乎还没有响起，顷刻间就落到那个时刻的位置和那样的风景中，仿佛理所当然属于那个如梦如幻、沉思冥想的日子。匆匆经过的路人的思绪和黯然的关注点与乐声保持着某种同步的默契。

片刻之后，乐声在一阵从风琴内部渐渐淡出的绵长的嘶嘶声中结束，现在已经换上完全不同的曲子了。那些思绪和关切停顿片刻，犹如舞蹈间歇需要变换舞步，接着又及时掉转方向，换成一曲新调，从风琴的音管中飘出："玛格丽特，我心爱的宝贝……"

在那个早晨沉闷冷淡的氛围中，没有人注意到这个世界的感觉已经彻底改变，它早已抛弃"黛茜，黛茜"，而变成"玛——格——丽——特"了。

我翻到下一页……这是什么呢？一场春天的倾盆大雨吗？不对，是百鸟的啾鸣，这声音像灰蒙蒙的子弹般打在撑开的伞上，这一页向我展示了真正来自哈尔茨山脉的德国金丝雀、笼装的金翅雀和欧椋鸟，好几篮带翅膀的饶舌者和歌手。这些鸟儿的形状像锭子但又很轻灵，好像里面塞了绵绒。它们痉挛般地跳着，敏捷得犹如在光滑的球形轴承上飞奔，像时钟里的杜鹃般叽叽喳喳地叫着。这些鸟儿天生会给孤独者的生活带来甜美的滋味，给单身汉带来家庭生活的替代品，从最坚硬的心脏那里挤榨出母亲般温暖的东西，那种温暖是一种感人的无助感带来的。在这一页快要被翻过去时，它们齐声放送出的迷人的啁鸣，余音似乎久久不散。

可是，接下来那几页可怜的残篇断章更加令人沮丧。此刻，这几页已经成了乏味的江湖骗术的展览。那位身穿长衣，黑色胡须背后半掩着一丝笑意，为大家服务的是何许人呢？米兰的波斯科阁下，一个黑色魔术大师，他正发出一个冗长而晦涩的请求，在指尖上演示着什么，却不进行任何澄清。而且，尽管他根据自己的推测得出若干惊人结论，在这些结论消融在稀薄的空气之前好像还权衡了片刻，尽管他借助傲慢的扬眉动作并准备拿出惊人的货色，指出自己演讲的辩证微妙性，人们仍然不明白他在说什么。而且，更糟糕的是，大家压根儿也不想明白，把他撇在那里，任由他矫揉造作地拿姿捏态，慢声细语，展露那高度晦涩的微笑，迅速翻到几乎破损不堪的最后几页。

这几页已然滑向疯狂的胡言乱语，滑向胡说八道：一位绅士提出一种如何做决定和下决心的绝对可靠的方法，最后端出了最高原理和本质。然而，翻过这一页，只要涉及原理和确定性，就足以让我完全茫然无措。

在曳地裙幅的束缚下举步维艰的所谓玛格达·王太太，在得体的袒胸暴露装上方的那张嘴里宣称，男性气概的果敢和各种特点让她不胜其烦，她擅长粉碎那些最坚硬的本质（这时，她的小脚轻轻一踢，重新整理下裙摆）。接着她咬牙切齿地说，有很多方法，绝对可靠无误的方法，但不能在这里透露，她提醒读者看她自己写的回忆录《紫色的日子》（由布达佩斯的人智学学会出版），她在这些文章中列举了自己在盛行“驯人术”的殖民地的经验总结（她讽刺地眨了眨眼睛以示强调“驯人术”这个词）。最令人称奇的是，这位无精打采、说话慢条斯理的女士似乎有绝对把握认为被她描绘得如此愤世嫉俗的人们会同意她的观点。人们从她极度混乱的言辞中感觉词意发生了神秘的转换，我们早已进入另一个完全不同的空间，那里的罗盘开始倒转。

这就是那本书最后一页的内容，它留给我的是极度的迷茫，我内心感觉既渴望又兴奋。

5

我那彩虹般容光焕发的脸俯视着那本书，我在无言的狂喜中燃烧着。在如痴如醉的阅读中，我全然忘记了吃饭的时间。我的直觉看来没错：这是那本原作，神圣的原作，无论它现在多么失尊和蒙辱。晚上，我幸福地微笑着收起书，放进一个抽屉的底层，藏在一堆其他书的下面。我感觉将要安睡到放射出自行燃放着紫色火焰的黎明。

现在，相比之下，我的其他书籍显得何其黯然失色啊！

因为那些普普通通的书就像陨石。每一本这样的书都只会闪耀一时，那一瞬间就像凤凰呼啸着翱翔而过，它的每一页都会燃烧起来。因为那一瞬间，此后我就永远热爱它们了，虽然它们很快化为灰烬。有时我们怀着苦涩的无奈感，穿过讲述着玫瑰色木珠般僵硬死寂的预言即将荡然无存的书页，徜徉到深夜。

那本书的注释坚持认为，所有的书都应该以追求真实为目标，认为它们的生命仅仅是一种借来的生命，在神启的瞬间将回归其远古的源泉。这意味着，书籍的数量减少时，真实性必然随之增强。然而，我们无意卖弄教条让读者疲惫不堪。我们只宜把他的注意力吸引到一件事上：真实的生活和变化。这是什么意思呢？也许，下次打开那部书时，我们可能在老地方找不到安娜·西斯拉吉和她的狂热崇拜者们了。也许我们会看到她，那位长头发的朝圣者，用长发斗篷扫着莫拉维亚的道路，徜徉在一片遥远的土地上，穿过沉浸在单调和干巴巴的氛围中的苍白的村庄，给上帝的那些患有剧痛和奇痒病的傻子分发艾尔莎灵药的样品。那些被茂盛的胡须拖累得走不动的人，那些富裕的乡村大胡子会怎么样呢？那些因照顾和管理过度生长的胡须而被责备的忠诚集体会怎么办呢？谁知道。他们也许会买下那些珍贵的黑森林牌风琴，追随他们的女使徒来到这个世界，一边演奏着“黛茜，黛茜”的乐曲，一边四处寻找她。

这些大胡子的奥德赛①啊，带着风琴一个又一个小镇地流浪，去追随自己灵魂的母亲！有哪位游吟诗人堪与这个史诗中的主人公相媲美，离开自己的家乡，在安娜·西斯拉吉的出生地施展着精神的魔力？他们难道预见不到，在丧失了自己的精英，在失去了自己杰出的族长之后，这个村庄将陷入怀疑和背叛，将其大门敞开——然而向谁敞开呢？除了愤世嫉俗和刚愎自用的玛格达·王，谁会在那里开办驯化人类和毁灭个性的学校呢？

不过，我们还是回过头继续叙述那些朝圣者的故事吧。

我们都知道，四处流浪的坎伯兰②老卫兵，那些长着黑发、体格彪悍的男人都是用没有强健的肌肉或者充沛的精力的组织构成的。他们全部的气力，所有的能量，都涌进了头发。人类学家对那个部族研究了相当长的时间，那个部族的男人们总是裹着黑衣，肚子上垂着叮当作响的厚重的银项链，手指上装饰着带印章的铜戒指。

我喜欢他们，那些卡斯帕或者巴尔萨扎尔；我喜欢他们的深沉严肃，他们阴森可怖的装饰；我喜欢那些庄重的男性范本，长着像燃烧的咖啡豆般闪亮漂亮的眼睛；我喜欢他们过度肥胖和软绵绵的身体散发出来的生命力的高傲的缺失以及衰弱的柔美，从

---

① 奥德赛（Odyssey），荷马史诗中的人物，喻指长年漂泊在外的人。

② 坎伯兰（Cumberland），位于英格兰西北部高原。

他们强健的肺里发出的呼呼的喘息，甚至从他们的胡子里散发出的缬草味。

他们就像那些神灵天使，有时会忽然出现在我们的厨房门口，大口急促地喘着气，接着很快就疲累了，擦掉湿漉漉的眉毛上渗出的汗水，同时转动着眼睛里发蓝的白翳。他们一时间忘了自己来干吗，惊慌失措地寻找借口，编一个来这里的说辞，伸出一只手讨要救济。

我们还是接着说那部权威典籍吧。我们从来没有扔弃过它。在此我们必须强调这部原作的特异之处，现在读者无疑已经很清楚了：它在阅读过程中逐渐呈现和展开，它的疆界向一切激流和波浪敞开。

例如，现在没有人卖哈茨山区的金翅雀了，因为它们不时地从那些面色阴沉黝黑的人们带来的风琴中飞出，整个集市广场全被它们覆盖了，好像布满了五彩斑斓的嫩枝。这些闪闪发亮、叽叽喳喳的小鸟简直铺天盖地而来，鼓翼而飞，抢占位置在所有的檐头和旗杆上五颜六色地扎着堆。如果你缓缓伸出一根手杖钩，还来不及收回，手杖上就会落满厚厚的一簇鸣叫不已的鸟儿。

我们很快就要接近故事最辉煌而又灾难性的部分了，它在我们的志书中被称为天才辈出的时代。

我们暂且来一回故弄玄虚，像米兰的波斯科阁下那样，把声音压成像针尖般轻细的耳语。借助意味深长的微笑，我们必须多费些周章来表演，在指间捻弄着不可测量的最精致的物质。如果我们有时显得像那些兜售看不见的织品、用精心策划的姿态展示冒牌货的商人，那可不是我们的过错。

那么，天才辈出的时代曾经出现过吗？这个问题很难回答。既出现过，也没出现过。有些事情永远不可能绝对确切地发生过。它们太过宏大和辉煌了，无法纳入单个的事实。它们仅仅试图发生，它们想检验一下现实基础能否承载得起它们。但它们很快就缩了回去，害怕在脆弱的现实过程中失去自己的完整性。假如它们释放了自己的资本，在人格化的企图中损失了若干东西，那么，很快，它们就会嫉妒地找回自己的财产，将其招集起来，重新加以整合。结果，我们的志书中就出现了若干空白点——散发着芳香的斑点，褪色的、银光闪亮的天使的光脚印，那是踩在我们的黑夜和白天的日子上的零碎的足迹——然而生活的这种完整性却在不断扩张，而且在无尽地自我补给，在一个又一个奇迹中凌驾于我们之上。

不过，在某种意义上，在每个残缺、破碎的人格化事物中都完整无缺地包含着这种完整性。这就是想象和替代性生命现象。某个具体事物探本溯源时也许显得渺小和微不足道，可是，如果把它拉到眼前，它的内核可能会展现出某种无限而璀璨的结构，因为更高级的存在试图在其中呈现自己，并且把这个事物本身照射得熠熠生辉。

因此，我们应该像收集一面破镜的残片那样把这些幻象，这些尘世中的相似之物，我们人生道路上的站点和舞台，收集起来。我们应该一片一片地重新创造出一个完整而不可分割的事物——那个伟大的时代，我们生命中天才辈出的时代。

也许，被那个超验世界的恢宏震慑住后试图渺小化，我们有着太多的限制、质询和怀疑。然而，即便所有这一切保守都存在，这个时代还是出现过。

这是一个事实，任何事物都无法撼动我们对它的确信无疑：我们还能在舌尖上感觉到它的滋味，它在我们腭上那种冰凉的感觉，它气息的幅度，它新鲜得像一团纯粹的青蓝。

在某种意义上，我们为读者准备好接下来将要发生的故事了吗？我们可以冒险踏上天才时代的回归之旅了吗？

读者也许已经捕捉到我们有些微微怯场：能感觉到他的这种焦虑。尽管我们的心脏貌似皮实，我们同样满怀恐惧。

那么就以上帝的名义——让我们开始出发吧！

天才辈出的时代

1

普通事件都被依序排列在时间中，好像一段一段地串在一根绳子上。这里每个事件都有自己的来龙去脉，它们互相紧紧贴在一起，推挤着接踵而至。这种流动秩序对任何视连续和顺序为灵魂的叙述来说，其重要性不言而喻。

然而，那些在时间中没有自己位置的事件，那些来得太晚，所有的时间都被分配、分割、派定后才出现的事件，那些被扔弃在冰凉中，不曾被登记造册，悬浮在空中、无家可归、游移不定的事件该怎么办呢？

难道是因为时间太窄了，无法容纳全部事件吗？会有这种可能吗——时间中所有的座位都已被售出？我们忧心忡忡地沿着事件的列车奔跑，准备亲自踏上这趟旅程。

看在老天的分儿上，有给时间投标的吗？车长啊，你在哪里呢？

不要激动，不要惊慌，我们完全可以在自己的参照系中妥善解决这个问题。

你听说过双轨时间中平行的时间流吗？没错，有这样的时间支流，尽管这显得有些不合法度和可疑。可是，像我们一样，当某人背上不曾造册登记的额外事件如同走私品的负担时，他恐怕就不会为此而过于斤斤计较了。我们不妨在历史上的某个时段找出一条类似的支流，一条能够规避非法事件的生僻轨道。这没有什么可恐惧的。这条支流的出现将让人悄然不觉，读者不会察觉到一丝意外。谁知道呢，也许，甚至就在此刻，我们谈论它的时候，这个可疑的幽灵已经尾随而至，而我们其实正在朝一条死胡同挺进。

2

母亲惊恐万状地冲进来，用胳膊捂住我的尖叫声，试图像闷死火焰般把它掐灭，用爱的温暖将它窒息。她用自己的嘴巴封住我的嘴巴，接着又跟我同声尖叫起来。

可是，我推开她，指着那根火柱，那是一条像木片般在空中飞蹿的金黄色条带，顽强地停留在那里——四处是火光和飞旋上升的灰斑——我大声尖叫着说：“撕掉它，撕掉它！”

那幅涂在火炉前的巨大的彩画渐渐变成血红色，像一只火鸡自动膨胀开，血脉痉挛，全身肿胀的骨架不断扭曲着，似乎马上就要爆裂，试图用尖锐刺耳的啼叫声让自己获得解脱。

我像一根标志杆般僵直地立在那里，手指长长地向外伸开愤怒地指着。我全神贯注，手掌在狂喜中战栗。

我的手引导着陌生又苍白的我，同时又在后面拉着我，这是一只僵硬、蜡黄的手，像教堂里许愿的手，像天使们举起来发誓的手。

现在正临近冬末。整个世界已经在污水中融化，可是，突如其来的热浪中似乎充满了焰火与辛辣味儿。白昼甜蜜的果肉被切割成银光闪闪的沟垄，切割成充满了五颜六色和辛辣滋味的万花筒。正午把几天来所有的火焰和耀眼的瞬间都荟萃在一个狭小的空间里。

那个时辰，由于拢不住这炙热，白昼一层又一层地蜕掉银闪闪的锡皮和嘎巴作响的锡箔鳞甲，逐渐露出它坚硬明亮的内核。仿佛还嫌不够，烟囱在透亮的蒸汽中开始冒烟和咆哮。天空明亮的边缘粉碎成白色的烟雾，云朵的崖岸在看不见的炮火硝烟下逐渐消散。

向着天空的窗户由于不断有东西浮上来而膨胀着，窗帘在烈焰中肃立，在火光中冒着浓烟，喷散着金色的阴影，闪烁着气流的螺旋线。地毯上斜斜地安躺着一块四方形的亮光，似乎与地板密不可分。那根火柱让我深感不安。我呆了似的站在那里，双腿叉开，喘着气号叫着，发出一种异样的声音，对着它疯狂地诅咒。

门口和厅堂站了很多人，全都惊恐万状、不知所措：有亲戚、邻居和打扮得考究过头的姑婶、阿姨们。他们踮着脚尖走过来，然后又转身离去，好奇心并没有得到满足。我还在惊声尖叫。

“你们不记得了吗？”我冲着哥哥和母亲大声质问，“我早就告诉过你们，不管什么都被压抑住、被驯服了，围裹在单调乏味中，不得自由！现在好了，你瞧那洪水，瞧那鲜花的盛开，瞧那喜悦……”

我流光了幸福和无奈的泪水。

“醒醒吧，”我大喊着说，“过来帮帮我！我一个人怎么能对付这激流，怎么能应付这洪水？我怎么能独自回答上帝涌向我的这千万道难题呢！”

他们还是沉默不语，我生气地尖叫起来：“快点，把这些宝贝都装在桶里，把它们存起来。”

可是没有一个人来帮我，他们茫然失措，躲在邻居们的背后回头张望。

后来，我想到自己该怎么来对付。我从茶几上抱出几本旧《圣经》和父亲写了一半的破散的账本，把它们全扔到地板上那团照亮空气的耀眼的火柱下面。我需要的纸越来越多。母亲和哥哥拿着几捆全新的旧报纸和杂志，成堆地扔到地板上。我坐在这堆报纸中间，火光把我的眼睛照得什么也看不见，我的眼睛里充满了爆炸光、烟火和五颜六色，我发疯似的在印着文字和图像的报纸上乱画着。在灵感喷涌状态下，我的彩色铅笔画着精湛的波浪线，画着高度危险的“之”字形线，从字迹模糊的文章的行列上飞舞而过。这些“之”字形线忽然把自己织进幻觉的变形风景，缀进令人恍然顿悟的谜语，沿着虚幻的轨迹融化进空洞明亮的闪电中。

哦，那些明媚的画作，好像出自一个外国人的手笔。哦，那些透明的色彩和暗影。现在，我频频地想起它们。多年以后，在那些陈旧的抽屉底下，我再次发现了它们，依然如黎明般耀眼和新鲜——依然带着那天第一滴露珠的湿润，那人物、那风景、那脸庞！

哦，那让人恐惧得屏住呼吸的蓝色。哦，那比奇迹还要更绿的绿色。哦，那等待着命名，即将出现的色彩的前奏！

当时为什么我会在过度的富足中如此放任漠然地糟蹋了它们？我让邻居们四处搜索，整捆地劫掠这些画，整捆地搬走。它们最终落在什么样的人家里，充斥在什么样的垃圾堆里了呢？阿德拉把这些画当墙纸挂在厨房里，最后这间屋子变得光灿通亮，仿佛夜间下了一场雪。

这些绘画的内容充满了残酷、陷阱和攻击性。我坐在地板上紧绷得像张弓，一动不动地潜伏在那里，四周的纸张在阳光下熠熠生辉。如果一幅画被我的蜡笔尖压住，朝逃跑的方向挪出哪怕最不易察觉的一步就足以幸免于难了，因为我在一时冲动的念头影响下不停战栗着的手像只猫般想袭击它。我既凶狠又残暴，用轻微的咬啮来掠夺这幅试图从我的蜡笔下逃跑的作品。那支蜡笔非得等到刚刚死去、不再动弹的尸体在画面上呈现出色彩缤纷和迷人的骨骼——像草药书中的植物——后才肯罢休。

这是一场残忍的追逐，一场殊死的搏斗。谁能在充满暴虐、充满尖叫和恐怖的厮杀声中分辨出袭击者和被袭击者？有时我的手徒劳地举起来出击那么两三次，只想在第四次或者第五次时捕获到它的牺牲品。更多时候，这只手在那些怪兽的毒牙中痛苦和恐惧地退缩，那些怪兽在我的解剖刀下挣扎着。

一个时辰又一个时辰过去了，场面变得愈加拥挤，严重的危机开始出现。终于，有一天，所有的大路和小道上挤满了行进的队伍，整个大地被蜿蜒移动或者浩浩荡荡前行的纵队分割成条条块块——它们是络绎不绝的野兽和动物的朝圣者。

如同在挪亚时代，那些五颜六色的行进队伍竟然会流动，汇聚成条条头发和鬃毛的河流，波浪般的脊背和尾巴的河流，以及合着步伐单调地点着头的脑袋的河流。

我的房间成了前线和关卡大门。这些朝圣者抵达这里后停住，紧紧地挤作一团，求情似的号叫着。它们扭动着身子，焦躁不安地挪动着步伐。这些脊背隆肿、头长犄角的动物，披着形形色色的衣饰和动物园里的装备，彼此惧怕，被对方的饰物吓得不知所措，用害怕而又惊讶的眼神打量着毛茸茸的兽皮上的装饰，同时哀伤地叫唤着，似乎被那样的服饰欺骗了。

这些野兽期望我会叫出它们的名字，破解它们的谜语吗？它们会请求命名，这样就可以进入名分的世界，以便名实相副吗？奇异的怪兽，问号般的幻影，印刷蓝图中的生灵出现了，我只好尖叫起来，挥动着双手驱赶它们离开。

它们低着脑袋往后退缩，目光斜视着，内心迷茫失措。片刻过后它们又折了回来，逐渐化作一团混乱，一片形状各异的垃圾堆。此刻，在我的手下，不知有多少挺拔或者隆起的脊背走过去，不知有多少脑袋被我天鹅绒般柔软的手触摸过。

后来我才明白过来为什么动物会长角：也许是想给自己的生活带来奇特的点缀，开个怪异的或无厘头的玩笑。这种固化构造超越了自己存在上的局限，高高地攀到脑袋上方，忽然出现在光明之中，凝结成具体可触而又坚硬结实的物质。后来，犄角又逐渐拥有了一种充满野性、不可思议和超凡脱俗的形状，像某种自己的眼睛看不见但却让人害怕的藤蔓花纹，又像处于求生的威胁中时用的神秘密码。我明白了，为什么要让这些动物拥有毫无道理却很野性的恐慌感，拥有狂热的惊跑意识：它们被逼到疯狂后，无法从犄角的缠绕中解脱出来。它们在犄角之间——低着脑袋的时候——野性十足或者伤心地偷窥着，仿佛要在岔路间找出一条通道来。这些犄角动物不会有获释的希望，头上永远带着罪孽的标记，既伤心又无奈。

那些猫甚至被移到离光线更远的地方。它们完美得令人恐怖，身体被勾勒得那么精确和简洁，看不出任何瑕疵与失误。它们在刹那间落到自己存在的尺度中，然后一动不动地待在柔软的皮毛里，有一种庄重而具有威胁性的严肃。它们眼睛变得像月亮一样圆溜，仿佛可以把眼前的对象吸进炯炯有神的眼窝中。但是，片刻后，它们又回过神来，一个哈欠吹散迷茫，神志清醒过来，幻觉消除了。它们的生活充满了自足的优雅，任何东西都无可替代。它们对这种完美的囚禁感到厌倦后，情绪开始变坏，歪着嘴吐东西，这时那宽阔的遍布竖纹的脸上呈现出一种抽象的冷酷。

在更低处，貂鼠、猫鼬和狐狸蹑手蹑脚偷偷摸摸地走过去，这些动物中的小偷，坏良心的家伙。它们以狡诈、欺骗和诡计——这些有悖造物主本意的手段来实现生活的目标，憎恨它们欲罢不能，总是处在威胁和警戒状态，总是害怕某个地方，疯狂地热衷于自己的偷偷摸摸、鬼鬼祟祟的生活，随时准备为了捍卫这种状态而粉身碎骨。

终于，所有的队伍都鱼贯而过，我的房间再次陷入寂静。我又开始作起画来，在呼吸着光明的画幅上如痴如醉地工作着。那扇窗户大开着，窗台上安静的鸽子在春天的微风中颤抖。它们把头扭向一侧，露出圆圆的、亮晶晶的侧眼，似乎因害怕而又厌倦了飞翔。这几天快要结束，天气逐渐变得柔和、亮白和透明，接着愈加晶莹，充满了雾蒙蒙的甜蜜感。

复活节到了，父母出去了一个星期，去看望我那已经嫁人的姐姐。我一个人留在公寓里，成了自己各种神灵感应的牺牲品。阿德拉用托盘给我送来早餐和晚饭。星期日，当她神采飞扬，穿着薄纱和绸衣，散发着春天的气息出现在门口时，我丝毫没有觉察到她的存在。

温驯的微风透过打开的窗户进到室内，带来远方风景的影子——充满整个房间。远方的色彩驻留在屋里的空气中，然而稍纵即逝，它们化成蓝色的阴影，感觉既柔软又温和。那片绘画的洪流消退了些微，想象的大水安静、淡弱了许多。

我坐在地板上。蜡笔、颜料的彩点在我的周围漫开：那神圣的色彩，散发着新鲜感的天蓝色以及越过所有可能界限的绿色。我拿起一支红色蜡笔时，欢乐的猩红色的喇叭声蹿进这个世界，所有的阳台在飘扬的红旗的映照下都亮了起来，沿街摆开的房屋构成一条灿烂的街巷。城市消防队的队伍穿着樱桃色的制服在灯火明媚的欢乐的大街上行进，绅士老爷们提起草莓色的礼帽表示欢迎。樱桃红的甜蜜和金翅雀的樱桃红的唧鸣声弥漫在散发着薰衣草气味的空气中。

当我把手伸向蓝色颜料时，随即一个深蓝色春天的光影便落在所有沿街的窗户上了。玻璃在颤抖，一块接一块地布上深蓝色和天堂般的火光。窗帘仿佛在警告似的拂动着，一股欢乐的气流在薄棉布窗帘和空荡荡的阳台上的夹竹桃之间的过道升起，仿佛远方有人出现在一条长长的、明亮的林荫道的对面，一个发光的人走过来，预示着好消息和好兆头，由飞翔的燕子和一里又一里散布的火的信号灯来宣布。

3

复活节的时候，通常在三月底或者四月初，托拜厄斯的儿子舒尔曼就会从监狱里放出来，他因为在夏秋期间犯了猥亵和流氓罪关了一个冬天的监牢。那年春天的一个下午，我从窗户里看到他从我们镇上既做美发又当外科医生的理发匠那里走了出来。我专注地看着他打开店铺亮闪闪的玻璃门，走下只有三个台阶的木梯。他看上去清清爽爽，好像显得更年轻了，头发剪得十分考究。他穿一件又短又紧的夹克和一条格子裤，虽然已经四十岁了，但仍然那么瘦长和青春。

这时的三一广场显得空旷而整洁，春雪融化后，激雨冲掉烂泥，把人行道洗刷得干干净净。冰冻消融后很多日子都是平静安详的好天气，漫长、宽裕的白昼无限地延伸进夜晚，黄昏似乎无边无际、空空荡荡，怀着各种巨大的期望潜伏着。当舒尔曼关上身后理发店的玻璃门时，天色立即满满地映在门上，也映在所有那些两层楼的小窗户上。

舒尔曼从那段阶梯走下来后，发现辽阔空旷的广场边只有自己一个人。那天下午，广场的形状变得像一个葫芦，又像尚未启封的新年。舒尔曼站在它的入口处，广场上暮色蒙蒙，万籁俱寂，沉浸在一片蓝色中，他甚至都无法做出决定是否来打破这个不曾动用过的白昼的完美。

每年只有一次，当舒尔曼从监狱放出来时才觉得如此清爽和新鲜，如释重负。然后，这一天接纳下他，把他的罪恶洗涤一番，让他变得焕然一新，再次与这个世界紧紧地连在一起，这个世界叹息一声，在他面前睁开地平线无瑕的眼睛。

舒尔曼没有匆匆离去。他站在这个白昼的边缘，不敢越过，甚至不敢迈动自己那尚显年轻却略微有点跛的碎步，走进午后微微拱起的穹顶。

一道透明的影子蒙在城市上空。午后第三个小时的那种寂静从房屋的墙上抽离出粉笔般的纯白色，然后像一盒卡片无声地铺陈开来。铺开一遍后，第二轮又开始了，从圣三一教堂的巨幅巴洛克风格的壁画中抽出白色的原料，这白色像从天堂垂落下来的巨大、神圣的位移，在落地休息前，自行卷成壁柱、浮雕和斜面墙，自动膨胀成为哀婉的涡旋和拱门。

舒尔曼抬起脸嗅着空气。微风中夹带着薰衣草、肉桂和喜庆的室内的那种香气，接着，他响亮地打了个喷嚏。他那赫赫有名、响亮有力的喷嚏吓坏了待在警察局屋顶上的鸽子，这些鸽子慌乱了一阵后就飞走了。舒尔曼独自微笑着。上帝大概是通过他鼻孔的这声爆炸给了一个兆示春天已经到来的信号。这信号确凿无疑，要比鹳鸟的光临还要准确。从那时起连续好几天，日子被这些爆炸声打断，这声音消失在城市的喧嚣中，像一个机智的评论家从各个角度给市里发生的事件加上注脚。

“舒尔曼。”我从我们家低矮的二楼窗户里喊了一声。

舒尔曼看到了我，面露愉快的微笑，然后又敬了一个礼。

“整个广场上只有我们两个，只有你和我。”我轻声说，因为膨胀的天穹会像桶一般发出回音。

“你和我，”他面带忧伤的微笑又重复了一遍，“今天，世界显得多么空荡啊！”

世界——我们可以把它在你我之间一分为二，再给它取个全新的名字，它是何等空旷、毫不戒备，还没有被任何人碰过。在这样的日子里，弥赛亚[①]走到地平线的边缘，俯视着大地上的一切。当他看着大地时，大地一派苍茫和默然，包围在蓝色的沉思中，他也许看不到云朵的界线，它们已经自动变成了一条通道，他在浑然不觉中已经降临大地。沉思默想中的大地甚至都没有觉察到他来了，但他的确已经来到大地的道路上。人们从午休的瞌睡中醒过来，什么也不曾记得。这件事会被全部抹除，一切都像几个世纪以来那样，像历史开端前那样。

“阿德拉在家里吗？”舒尔曼面带一丝微笑问道。

“家里没有一个人。上来坐会儿吧。我想给你看看我的画。”

“如果家里没有别人，如果你愿意打开门的话，我很乐意进去看看。”

他左右打量了一番大门的通道，然后像一个贼蹑手蹑脚地走进来。

---

① 弥赛亚（Messiah），犹太人期待的救世主。

4

“这些画简直太妙了。”舒尔曼说着摊开胳膊，摆出一副艺术鉴赏家的姿态。他的脸在颜色和光线的映照下容光焕发。接着，他把手做成筒状贴在眼睛上，透过这只临时窥视镜，面带热情欣赏的古怪表情，精神立刻振作起来。

“也许有人会觉得，”他说，“这个世界要想自我更新，要想脱胎换骨，像一条漂亮的蜥蜴般褪掉鳞甲，需要经过你的双手。如果这个世界不是如此破烂和腐朽，它的一切都失去了表面的光泽，没有遥远的神圣之手的投影，你认为我会偷偷摸摸干那么多下流事儿吗？在这样一个世界你还能干什么呢？当一切都被禁锢，当一切有意义的事物都被堵住，当你不停地敲击着砖头，像敲击一座监狱的墙壁那样的时候，你怎么可能不屈服、不失掉勇气呢？哦，约瑟夫，你要是再年长些就好了。”

我们站在那间若明若暗的大房间里，它朝面对广场的那个窗户的方向延伸过去。空气的波浪轻轻地、富有节奏地推着我们，然后在寂静中减弱下来。每一回波浪的光临都带来新一轮的寂静，从远方带来的色彩调剂着氛围，好像前一轮寂静已经消耗殆尽。只有当窗外那些遥远的房屋的反光照射进来，像在一个摄影机的暗室里那样显现出色彩的深度时，那个幽暗的房间才又复现生机。透过这扇窗户，犹如透过一架望远镜，可以看到落在警察局屋顶上的鸽子，它们拖着臃肿的身子，沿着阁楼的屋檐漫步。

有时它们顷刻间全都飞起来，在广场上空绕一个半圆。在鸽子翅膀的扑动中，房间一下被照亮了，而且随着它们飞翔时发出的回声传来，房间变得更加宽阔，鸽子再次落下时房间又暗淡下去。

“舒尔曼，”我说，“我想跟你透露点儿那些绘画的秘密。我早就怀疑那不是我自己画的。有时我觉得好像是无意中剽窃来的，别人暗示给我或者用来让我缅怀什么的。仿佛我之外的某种力量，为了实现某个不可知的企图，借用了我的灵感。我必须向你坦白是因为，”我轻声补充了一句，望着他的眼睛，“我发现了那个伟大的原创者……”

“原创者？”他问道，脸上立刻大放异彩。

“没错，你自己看吧。”我说着在一个斗橱前跪下。我先从里面取出阿德拉的丝绸衣服，接着又取出她的一盒发带，最后取出她的新高跟鞋。扑粉的香气在空气中弥漫开来。我又取出几本书，在抽屉最底层安放着那份从来不曾示人的珍贵、漂亮的手稿。

“舒尔曼，”我激动得颤抖地说，“瞧，就是它……”

可是他却陷入深思，手握阿德拉的一只鞋子，若有所思地凝望着。

“上帝是不会说出那些东西的，”他说，“然而我的信念就是全部。我找不到任何相反的证据。这些线条如此不可抗拒，精准得令人惊讶，像闪电般照亮事物的核心。当你遭到自己最忠实盟友的掣肘、打击、背弃时，你怎么还指望纯真，你怎么还能抵御？创世的前六天世界既神圣又光明。可是，到了第七天，上帝却住手了。在第七天，他的手指触摸到一种神秘的材料，他恐惧万分，立刻把手从这个世界缩了回去，然而他的创造激情又持续了更多日日夜夜。哦，约瑟夫，请留意这个第七天……”

他无限敬畏地拎起阿德拉那只瘦长的鞋子，从说话的语气判断，他好像深深地陷入那只黑漆皮空壳耀眼的魅惑之中了。

“你懂得女人脚上这个符号意味着可怕的玩世不恭吗？懂得穿着这样精致的高跟鞋风情万种地行走所产生的那种刺激吗？我怎么可以在这个符号的摇荡下离开你呢？上帝是不会允许我那样干的……”

他说这话时手指老练灵巧地把阿德拉的鞋子、衣服和珠子塞进口袋。

“你在干什么呀，舒尔曼？”

可是他已经微微有些蹒跚地快步朝门口走去，花格裤缠绕着他的双腿，到了门口的过道，他掉过灰蒙蒙已然模糊不清的脸望着我，姿态安然地举起手挥了挥，然后转身离去。

春天

1

这是关于某个春天的故事，这个春天比其他任何一个春天都更加真实、更加绚烂、更加明媚。它对待自己写的这部作品态度非常虔敬：这是一部激动人心之作，用密封蜡和印日历的那种欢快的红色写就，那种彩色铅笔和热情的红色，那种从远方发来的喜庆的电报用的紫红色……

每个春天都是这样开始的，星象美轮美奂，出乎某个单季的期望。每个春天都少不了：游行和示威、革命和反抗。到了某个特定的时候，每个春天都带来令人发狂的热风，带来在现实中徒劳地寻求对应物的无尽的悲伤和欢乐。

随后，夸张、高潮和狂喜逐渐化作繁花的盛开，化作冰冷的树叶的颤抖，然后被花园里喧嚣的沙沙声吸没。多少个春天以这样的方式背叛了自己的诺言，痴迷于鲜花盛开的公园里无息的喃喃低语，忘记了誓言，让写着自己遗嘱的叶子一片一片地凋谢。

然而，那个独特的春天却有勇气坚持和保守自己的诺言与义务。经过多次失败的努力后，它终于成功地获得了一种永恒的形态，突然以包罗万象的春天的终极者的姿态光临这个世界。

啊，那些事件的流风，那些万象的飓风，那次成功的政变，那些壮丽、凯旋、骄傲的日子！我多么希望这个故事的节奏带着那些日子激动人心、令人神魂颠倒的节拍，带着史诗英勇的调子，带着春天般的《马赛曲》进军的旋律！

春天的星象简直无边无际！人们可以用一千种方式来解读它，任意地解析它，随心所欲地解释它，在众鸟发出的误导性预言中愉快地将全部秘密彻底破解出来。这篇文章可以从前往后，也可以从后往前阅读，如果迷失了意义，可以从无数种角度、用一千种替代方法再次找回。因为春天这篇文章最显著的标志就是在一片空旷的天蓝色上缀满各种暗示、省略和线条；因为在音节的间隙充满各种轻佻的胡思乱想和鸟儿们的猜度，我的这篇小说就像这篇作品一样，将沿着众多不同的轨迹推进，加上春天般的破折号、感叹号和句点。

2

在春天来临前那些荒凉、空旷的夜晚，当天空显得那么辽阔无限，依然处于混沌初开，高耸入云的星路通向繁星密布的无限虚空，父亲有时会带我出去，到掩映在集市广场最远处的那些房子的后墙之间的小花园式饭店吃晚饭。

我们走进在风中嘶嘶轻响的街灯散发出的潮湿的光亮中，直接穿过广场的开阔地，广场上显得冷冷清清，在辽远无边的天空的衬托下变得面目全非，它的空旷无涯令人无所适从。父亲抬起沐浴在稀薄的灯光中的那张脸，焦渴地望着在天堂般优美的旋涡的浅滩中稀稀落落分布着的星星的沙砾。它们毫无规则、不计其数、一团一团地聚在一起，还不曾被整合到星座里；那些原始的池塘中没有一个人影浮现。

星光闪烁的太空的忧伤沉重地压在小城上方，那些灯射出细细的光芒刺进下面的夜晚，随意地束成小结。在这些灯下，三两成群的过客停下来站在光圈中，顷刻间，那光线好像是从一张晚餐桌上方的灯盏里射出，但是夜晚却显得漠然而又充满敌意，把天空分割成粗犷的鸟瞰图，让一股无家可归的风吹打着。人们的言谈支支吾吾，在帽子浓重的阴影下，目光里带着笑意，迷迷糊糊地听着遥远的星辰传来的嘈杂声。

饭店花园的小路上铺满了石子。两盏普通的灯轻声地嘶嘶作响。身穿黑色大衣的绅士们三三两两地坐在铺有白色桌布的桌边，呆呆地望着擦得锃亮的盘子。他们就那样坐着，心里琢磨着天空这副巨大棋盘上的活动，每个人都在用内心的眼睛看着那些跳来跳去的武士和消失了的足迹，新的星座立即取代它们的位置。

台面上乐师们的小胡子浸到盛有苦啤酒的杯子里，随意地坐在那里沉思默想。他们手中的小提琴和体型优美的大提琴被冷落在无声的倾盆星雨下。他们中有人一次又一次地拿起乐器试一下音，伤感地调试着想和自己尽量克制的咳嗽声协调起来。随后，又把乐器放在一边，似乎还没有准备好，还没有达到与这个夜晚融为一体的程度，而黑夜在悄无声息地流逝着。后来，当刀叉开始在白色桌布上方轻轻碰撞时，小提琴孤独地响起来，乐手的技艺此刻忽然变得老练，而刚刚还带着探试和犹豫的意思。这些瘦削收腰的乐器继续义不容辞地执行着使命，再次开始维护失落的人类正义，当着无动于衷的星星的审判为自己辩护着，而星辰已经定在天空，乐器的形状像水印或琴键的碎片在天空上漂泊，像不成形的七弦琴或天鹅，像伪造的没有思想的星星对音乐做出的眉批。

那位从邻桌一直意味深长地瞥着我们的小城摄影师，终于跟我们坐在一起，把他的啤酒杯放在桌上。他暧昧地微笑着，仿佛在与自己的念头较劲儿，他拧着响指，那个不可捉摸的念头一次又一次被迫中断。我们一度感觉，遥远星辰惠顾的这个临时饭店露营地注定要悲惨地坍塌，承受不了夜晚不断加码的要求。我们怎能与这些无底的浪费相抗衡呢？夜晚径直取消了我们人类的活动——尽管这种活动得到提琴声的支持——然后进入那道裂隙，把自己的星座移换到适当的位置。

我们看着这片满是七零八落的桌子的营地，折叠了一半的桌布和皱皱巴巴的围裙的战场。对面，夜晚耀武扬威地踏了进来，明亮而辽阔。我们也站了起来，那提前抑制住我们的身体的思绪追随着行进在宽阔闪亮的道路上的星星的马车。

我们就这样在群星下散去，半闭着眼睛等待迎接更加灿烂的光芒。哦，这个得意之夜何其玩世不恭！拥有了整个天空之后，夜晚开始在空中玩起了多米诺游戏，慵懒而又漫不经心，无论输掉还是赢了几百万都不放在心上。接着，在百无聊赖中，夜晚又在遍地瓦砾的战场上寻索透明的涂鸦和千篇一律的微笑的脸孔，片刻之后，又浮现于群星之上，这时刻已然永恒，继而消散在星光的冷漠中。

回家的路上，我们在一家面食店前停下打算买点蛋糕。我们还没有走进那家白色的糖粉屋，黑夜陡然紧张起来，开始监控我们，生怕我们逃跑。它在门外耐心地等待着，店铺的窗玻璃照出纹丝不动的星星，我们在店里郑重其事地挑选着蛋糕。

正是在此刻，我第一次见到了比安卡。她和自己的家庭教师站在柜台前的侧道上。她身材苗条修长，一袭白衣，好像刚刚从十二宫图里走出来。她没有回头，以一个年轻女孩完美的沉静姿态站在那里，吃着奶油小面包。我看不清她的面容，因为曲曲折折的星星的线条仍然在我的眼皮下面流连忘返。这是我们与依然迷乱错位的星座第一次相交、相遇，然后漠然消融。我们无法从星辰最初的位置预测我们的命运。我们漫不经心地离开了店铺，弄得玻璃大门发出响亮的啪嗒声。

摄影师、父亲和我穿过遥远的市郊，沿着一条迂回曲折的路线向家里走去。那里有些零星的房屋，但都显得很低矮，最后索性连房屋也没有了。我们走进温暖、和煦如春的气候中，刚刚升起的紫罗兰色的雏月的光影铺照在那条泥泞的小路上。夜晚自行提前了春天来临的时日，热情地憧憬着自己即将出现的各种变化。与每年这个时候常见的那股酸辛味适应片刻前，空气里带着一种甜蜜的倦怠感，充满了雨水和潮湿的黏土、初雪的气息，雪花在迷幻的洁白的亮色中若有若无地泛着光。在亲切的月光下，银灿灿的泥土上并没有撒满幼蛙，在浸透甜蜜晶莹的水滴、满是沙石的河堤上，夜晚并没有随着几千张叽叽喳喳的嘴一道共鸣，这多少有点儿奇怪。人们不禁会想起夜晚的蛙鸣，而这样的夜晚从来都充满地下春天世界发出的咕哝声，于是——在寂静片刻后——月亮也许会继续赶路，在天空上攀得更高，四处弥漫着月白色，显得更加明亮、更加奇幻、更加超凡脱俗。

我们就这样在渐渐变大的月亮下面行走着。父亲和那位摄影师差不多把我夹在中间拎着行走，我已经累得脚步蹒跚，几乎不会走路了。我们的脚步在湿漉漉的沙地上发出咔嚓咔嚓的踩踏声。其实时间已经过去很久，我边走边昏睡。我从自己的眼皮底下看到了满天的荧光，到处是明亮的标记、信号和星辰的幻象。我们终于来到一片开阔地。父亲把我放下，搁在一件铺在地面的大衣上。我闭着眼看着太阳和月亮以及天空中排成一线、在我面前齐步行进的十一颗星。

“好样的，约瑟夫！”父亲冲我大声喊道，还赞许地鼓着掌。我无意中剽窃了另一个约瑟夫，而且他们身处不同情景。不过，倒没有人拿这个来跟我过不去。我父亲雅各布摇了摇脑袋，噘巴着嘴唇，摄影师把他的三脚架支在沙地上，取出一个六角形乐器模样的相机，整个人躲在相机的黑色罩布里，他想把这个奇异的现象，天空上那个亮闪闪的星座拍摄下来，而我呢，闭着眼睛躺在地上，大脑在澄明中漫游，无力地举着我的梦让它曝光。

3

日子开始变得漫长、轻盈和宽裕——跟它的内容相比恐怕过于宽裕了，因为它的内容依然那么贫乏和单薄。这些日子可以随意生长，苍白得令人厌倦和焦灼，同时又充满了期待。一阵轻柔明媚的微风削去附着的空虚，而质朴无华、阳光普照的花园的绝胜美景却对它们没有丝毫的扰动。清风把大街吹拂得干干净净，街道显得格外悠长，像是为了烘托节日的喜庆气氛而打扫了一遍，似乎在等待什么的到来——宣称要来却不一定真的会来。太阳向赤道的位置运行，接着在快要挨着某个永远固定不动的原点时打住，在那里保持着最理想的平衡，然后把火流一波接一波地抛撒到空旷无边、容纳万物的地球上。

一股持续不断的气流掠过整个地平线，制造出林荫道和小巷。这股气流在吹拂途中自动镇定下来，最终停住，变得无声无息。它浩大无边又晶莹剔透，仿佛想用自己囊括万物的镜子把这个城市最理想的画面容纳进去，那片海市蜃楼在明晃晃的凹镜深处显得更加宏伟。这时整个世界在那面镜子里一动不动地定了片刻，屏住呼吸，苍茫混沌，想完全进入那幅虚幻的图画，进入那个在自己面前展开的昙花一现的永恒之中。但是这个迷人的机会稍纵即逝，这股阵风打碎了这面镜子，时间又把我们带进它的掌控中。

复活节假日到了，那几天漫长而又迷蒙。从学校解脱之后，我们这些年轻学生在城里漫无目标无所事事地四处游荡，不知道该如何利用这些空落、无名的闲暇时光。我们自己无法定义，希望时间能给我们点什么，它不但给不了一个确定的东西，还以千奇百怪的花招自我蹉跎着。

咖啡店前的路面上已经摆出了桌子。女人们穿着鲜艳的衣服坐在桌边，小口啜着微风，仿佛微风就是冰激凌。她们的裙子呼啦啦拂动着，风像一条怒气冲冲的小狗在下面骚扰，让人心烦不已。女人们的脸色开始变得羞红，脸庞被干燥的风吹得发烫，嘴唇灼热。现在，时间还是属于像往常一样单调乏味的休整期，整个世界在缓缓地颤抖着向某个边界驶去。

那些日子，大家吃起东西来简直就像豺狼。被这阵风吹干后，我们就跑回家开始闷声不响地吃起大块的奶油面包，或者去街角买些还散发着鲜味的大脆饼，或者索性无所事事地在市场街某个房子宽敞的拱形长廊上坐成一排。透过低矮的拱门，我们能看见空空的广场上干净的地面。散发着浓郁味道的空葡萄酒桶竖放在厅堂的墙下。我们坐在一把长条椅上，在集市日里，条椅上会摆出农民们制作的五颜六色的手帕。我们用脚跟无精打采、百无聊赖地踢着厚厚的方木。

鲁道夫满嘴还塞着脆饼，突然从衣服口袋里取出一本集邮册，在我面前摊开。

4

我灵光一闪，忽然意识到为什么那个春天到了此刻还这么空虚和沉闷。不知何故，这个春天显得如此内向和默然——隐退、融化到空旷之中，淡入没有任何意义或意味的空空荡荡的蓝色之中——如同可疑的空壳，在等待接纳未知的内容。于是，就有了那种蓝色好像刚刚被唤醒的中性，那种伟大而漠然的欣然接纳万物的气度。那个春天始终在自觉地准备着：荒芜而空旷，等待奇迹的出现。谁会料到这个奇迹——早已准备在先，全副武装而且那么耀眼——从鲁道夫的邮册中出现了。

那本邮册里随处可见奇怪的省略号、公式以及开给文明社会的处方，还有能让人用拇指和食指触摸到气候和地域之间的本质的小巧的护身符。这些邮票就像给皇帝和共和国、群岛和大陆的银行汇票。皇帝和暴君，征服者和独裁者拥有的东西不会比它大到哪里去。我忽然奢望起驾驭大地和人民的那种甜蜜，那种只有权力能够治愈的挫折之痛。我想追随马其顿的亚历山大，去征服整个世界而非不足一寸见方的土地。

5

我满怀无知、热切和心急火燎的渴望，踏上了创造过去的征程，那简直是对形形色色国家的检阅，那闪亮的队列我只能在自己那与万物同行、一起搏动的心脏里喷涌而出的鲜血引起的猩红、衰弱的间歇才能一见。鲁道夫在我面前检阅着军营和兵团，他全神贯注、不知疲倦地敬着礼。他，这个邮册的主人，无意中把自己贬为一个助手的角色，庄重地向我汇报情况，我被他暧昧的角色弄得无所适从。终于，由于一时强烈的慷慨冲动，他像馈赠奖章般把一枚描绘着塔斯马尼亚岛[①]的粉红色的邮票别到我身上，那枚邮票散发着五月的光辉，接着他又别上一枚海德拉巴城[②]的邮票，上面仿佛还汇聚着拉得老长的文字发出的吉卜赛人的喃喃声。

6

这时奇迹显示了：这个世界仙境般的美景忽然闪现，那是美好福音的秘密信使，那是无限存在可能性的独特宣言。明亮、热烈、惊心动魄的地平线豁然张开，整个世界支撑在它的关节上颤抖着，摇晃着，危险地倾斜着，好像要挣脱所有的规则和

① 塔斯马尼亚岛（Tasmania），在澳大利亚。

② 海德拉巴城（Hyderabad），印度南部城市。

习惯。

亲爱的读者，如果专门为你发行一枚邮票那该多么激动人心啊！你如何解释弗朗茨·约瑟夫皇帝[1]的秃头上戴一顶桂冠的侧像呢？它是平凡的象征，还是意味着可能性的终结，意味着确保边疆的不可逾越？而这个疆界把全世界一次性永远囊括进去了。

那时，世界完全被弗朗茨·约瑟夫一世吞没。这个无所不在、注定难以回避的侧影出现在所有的地平线上，像一座监狱把整个世界拒之门外。正当我们已经不抱希望、内心痛苦地默认了世界的统一性——它那气度狭隘的僵化不变的有力保障者就是弗朗茨·约瑟夫一世——忽然，哦，上帝，我还没有意识到它有多么重要时，您在我眼前翻开了那本邮册，让我看了一眼那耀眼的色泽，看了一眼珍品已经失落的册页，它一页比一页耀眼，甚至更加令人恐惧……我迷茫地站在那里，激动得难以自已，泪水夺眶而出。谁会把它举到我眼前？多么令人眼花缭乱的相对主义，多么了不起的哥白尼之举，所有的范畴和概念倾涌而出！哦，上帝，这里万物的种类不计其数，您的世界实在太辽阔和无限了！这是我最狂妄的梦都不曾想象过的。于是，我最初的判断——尽管所有的证据都在与之唱着反调，继续骚扰着我，坚持说这个世界的无限多样性终于证明是正确的。

① 约瑟夫皇帝（Franz Joseph，1830—1916），奥匈帝国的缔造者和第一位皇帝。

7

那时，整个世界完全被弗朗茨·约瑟夫一世圈定了。在每一张邮票上，在每一枚硬币上，在每个邮戳上，他的标准像都在证实着世界的稳定性和唯一性。这个老皇帝的肖像宣称，世界就是这样的，此外没有其他世界。其他一切都是虚假、粗野的伪装和篡改，弗朗茨·约瑟夫一世凌驾于一切之上，制约着这个世界的发展。

亲爱的读者，我们本意都倾向忠诚。因为我们也想和蔼可亲、不惹是生非，对权威的魅力不漠然视之。弗朗茨·约瑟夫一世就是最高权威的化身。如果他想让自己的权威无远弗届，人们只能无奈地放弃一切理想和渴望了，同时只能像生活在唯一可能的世界——一个没有幻想和罗曼蒂克的世界——那样行事，同时忘却这一切束缚。

可是，当这座监狱似乎要无可挽回地封闭上时，当最后的螺孔都被堵死，当一切都共谋好了对你不闻不问时，您，上帝啊，甚至当弗朗茨·约瑟夫挡住、封住了最后的缝隙，为了不让任何人看见您，这时您披着大海和陆地的流动斗篷升起来，戳穿了他的那个谎言。您，上帝，强忍着对异教徒的厌恶，向这个世界披露了这个伟大、辉煌、绚烂的亵渎之举。噢，多么了不起的异教领袖！您用这本炽烈的著作，用鲁道夫衣服口袋里取出的这本惊世骇俗的邮册让我激动不已。那时我还不知道有袖珍邮册，最初，我竟无知地用它叠了一把纸手枪，我们有时装模作样地拿这种手枪对着学校开火，或者藏在座位下，用它来发泄对老师的不满。然而，这本小小的邮册是上帝充满激情的长篇大论的象征，是对弗朗茨·约瑟夫及其碌碌无为发出的最热烈、精彩的抨击。它是一部真理和崇高之书。

我打开那本邮册，形形色色的世界以及静谧天地的魅力在我面前展现出来。上帝一页又一页地穿过它，身后留下用各种时区和气候编织出来的长列队伍。加拿大、洪都拉斯、尼加拉瓜、阿布拉卡达布拉、希波拉布典……我终于理解您了，哦，上帝。这些都是您的财富的伪装，是最初随机进入您头脑的词语。您把手伸进衣袋，像抓出一把珠宝般让我见识您的世界所拥有的缤纷万象。您不想过于精确，您随便说出什么都会化作您的思想。您同样可以说出潘菲布拉斯或者哈雷利维亚①这样的名字，指掌中的空气带着五彩斑斓的鹦鹉的翅膀扑飞。天空，像一朵巨大的蓝宝石玫瑰，膨胀开来亮出它的内核，将在它迷人的中心展示您那惊人的孔雀般的眼睛，闪耀您的智慧之光，弥漫出美妙的香气。您想迷惑我，哦，上帝，想引诱我，也许还想炫耀，因为，当您克制不住自鸣得意时，连您也有虚荣的时刻。哦，我是多么喜欢那些时刻啊。

弗朗茨·约瑟夫，你显得何其渺小，包括你的平淡福音书。

① 疑为作者杜撰的名词。

我徒劳地寻找你。我终于找到了你。你就在人群中，可是却那么渺小，那么微不足道，那么灰暗。你在大路的扬尘中与他人并肩而行，前面是南美洲，而澳大利亚刚刚过去，你和别人一起吟唱着：和散那[①]！

8

我成了这个新福音的一名信徒。我跟鲁道夫的友情铁了起来。我钦佩他，同时隐隐约约觉得他不过是一个工具，那本邮册注定要落在别人手中。其实，在我看来他似乎不过是那本邮册的保镖。他对那些邮票进行了分类，添添减减一番，然后把邮册藏起来，锁在抽屉里。其实，他很伤心，感觉自己在萎缩而我却在膨胀。他就像那个负责给上帝创造捷径的人。

9

我有足够的理由相信那本邮册注定要跟我有关。众多迹象似乎表明那本邮册中含有传递给我的某种信息和使命。比如，没有人觉得自己是那本邮册的主人，连鲁道夫也不是，他的举止更像那本邮册的仆人，一个受义务束缚、既不情愿又懒惰的仆人。

---

① 和散那（Hosanna），圣经中赞美上帝之语。

有时他心中油然而生嫉妒感，令他痛苦不已。他的外表已经泄露了自己并不是那件宝贝的真正藏者，他满怀嫉妒地望着那些从我脸上漫过、绚烂到极致的遥远的世界的反光。只有在那种反光里，他才注意到那些册页的熠熠辉芒。他自己在情感上并不真正为之神魂颠倒。

10

我见过一个魔术师。他站在舞台中央，显得很瘦削，让每个人都能看得见。他展示出自己的礼帽，亮了一下白色的空底。让我们确信他的艺术绝对不容许有欺诈和操纵的疑虑之后，他用手杖比画了一个复杂的魔术符号，然后立刻以高度夸张的精确性和公开性，从礼帽中变出纸带，变出几尺、几米……最后成了几里长的彩色丝带。整个房间洋溢着一团沸腾的彩色，在光彩照人的丝绸的不断堆砌中显得极其明亮。这位艺术家还在无休止地抽着彩丝，虽然观众们感到不可思议，发出欣喜若狂的呼喊和痉挛性的抽泣，最后终于明白，这样做对他来说毫不费劲儿，他不是从自己那里，而是从超自然的源泉那里无止境地抽出彩丝，那个源泉早就对他开放着，而且丰富得远远超出了人类的度量和计算。

但是，那些真正意义上感受到这一表演的人，回家时不禁陷入沉思和痴迷之中，仿佛瞥见了一个真理：上帝是无限的。

11

也许此刻到了在亚历山大大帝与平凡的我之间画一条平行线的时候了。亚历山大对各国的芳香非常敏感。他的鼻尖能够预知各种不可言传的可能性。他是那种人，在沉睡之际，上帝会把手放在他的脑袋上教他领悟未知的事物，让各种直觉和猜想弥漫其中，而这时来自遥远世界的反光从他紧闭的眼皮上掠过。不过，亚历山大把自己神圣的幻觉看得太认真了。作为一个行动家，就是说，作为一个心灵浅薄之人——他把自己使命定位在征服世界上。他跟我同样有未竟的遗憾，胸中同样充满了叹息，永远渴望着新的地平线和新的风景。没有人向他指出过他的错误。连亚里士多德都不理解他。因此，他虽然征服了整个世界，但临死之际却依然感到失望，怀疑上帝在无休止地捉弄自己，怀疑上帝的种种奇迹。他的头像铸在硬币和许多地方的封印上，最后，他变成了自己那个时代的弗朗茨·约瑟夫。

12

我至少应该让读者对那本邮册有个大致的概念，那年春天发生的事件在邮册里早有预示，而且最终被排演出来。一场不可思议的警告性大风从邮票中的林荫大道，从到处是羽毛和旗帜的装饰一新的大街上刮过，在地平线上乌云凶险的阴影下，在不祥的沉默中，各种标志竞相展露。这时，第一批使者在那条空空荡荡的大街上出现了，他们身穿缀着红色臂章的制服，汗流满面，不知所措，满怀使命的自豪感。他们无言地打着手势，既专注又庄重，那条街立刻因为这列前进队伍的出现而变得黑压压的了，旁边的小街被游行人群的脚步弄得乌烟瘴气。那是各个国家浩浩荡荡的宣言，一个普天同庆的五月节，一次昔日世界的行军。这个世界正用几千只举起来发誓的手宣告，用上千种声音断言，现在不是弗朗茨·约瑟夫之后的时代，而是在某个更伟大的人之后。整个游行沉浸在绯红的近乎粉红色的光芒之中，那是自由的激情色彩。从圣多明各、圣萨尔瓦多、佛罗里达，都派来热情洋溢、气喘吁吁的代表团，他们身穿紫红色衣服，挥舞着手中樱红色的硬顶礼帽，不时有三三两两叽叽喳喳的金翅雀从帽子里逃出。温馨的微风使各种喇叭小号的光彩显得更加夺目，温柔地贴着这些乐器的表面掠过，带出细小的电子火花。尽管参加昔日游行的成员很多，但是一切都井然有序，庞大的游行队伍默默地自觉按原计划展开。有时阳台上旗帜拼命飘舞，在阵阵鲜红色的痉挛中，在剧烈的默默地飘扬中，在热情受挫的爆发中沸腾着，接着仿佛是为了回应某种召唤，场面逐渐沉静下来——这时整个大街都变成一片红色，充满了一种无言的危险，然而在已经变得漆黑的远方，精心算计过的齐鸣炮火发出沉闷的回声，暗影迷漫的空中传出完整的四十九响。

这时地平线上方忽然乌云弥漫，犹如春天的暴风骤雨即将来临，只有乐队的乐器还在发出金属的熠熠光芒，万籁俱寂中人们都能听到逐渐黑下来的天空里发出的喃喃细语，遥远的空间传来鸣响，同时附近的花园中稠李的芳香浓浓地飘然而至，不知不觉地融散在空中。

13

临近四月末的一天，早晨天气和煦却有些暗淡，街上行人的目光只顾凝视着前方，没有留意到公园许多地方的树皴裂了，露出甜丝丝的溃烂的伤口。

灰色、沉闷的天空陷落在树枝交织而成的黑网中，沉沉地压在人们的肩膀上。人们像六月的昆虫般在它的重压下，在温热的湿气中费劲地爬行，有的则头脑茫然、佝偻着腰坐在公园条椅上，膝头搁一张褪色的报纸。

接着，在十点来钟的时候，太阳像一团明晃晃的污渍般从云层肿胀的躯体下露出来。忽然间，树枝中所有肥嘟嘟的花蕾开始闪亮起来，一层叽叽喳喳的声音揭开金黄色的白昼苍白的面容。春天已经来临。

刚刚还空无一人的公园林荫道上立刻挤满从四面八方拥来的人们，仿佛这里就是城市轴心。女人们的衣服像鲜花般绽放。那些身材姣好、敏捷的女孩行色匆匆地走过去——有些要去店铺和办公室上班，有些任务在身——但是，顷刻间，当她们经过林荫道枝叶相连的网棚——这时林荫道上弥漫着一种温室般的湿气，到处可闻鸟儿的颤鸣——好像属于那片林荫道，属于那个时刻，成了这部春天戏剧中某一幕的临时演员，与柔嫩的枝叶共同在公园里获得了某种新生。林荫道上好像满是她们新鲜不断的匆忙行色和衬裙里传出的沙沙声。在那条春天的长廊网格般的树荫下散会儿步，这些轻快、新鲜、僵硬的不息人流，腋下变来换去的汗湿在远方吹来的紫罗兰般的微风中干爽了！这些年轻、韵味十足的脚步，那些在嘎吱作响、盖住红斑和疹子的新丝袜中运动得发烫的大腿，那些沸腾着热血的肉体春天般健康的冲动！整个公园变得毫无廉耻，到处是粉刺和疙瘩，所有的树在花蕾的点染中纷纷露出来，花蕾在鸟儿的鸣啼声中猛然绽开了。

很快，林荫道就又变得空空荡荡，可以听到树枝的拱顶下高轮婴儿车轻轻的尖叫声。在那只用很硬的亚麻带裹着、漆过的小船里，仿佛在一束花上睡着比花朵还要精美的东西。那个缓缓推着婴儿车的女孩儿一次又一次地朝前倾过身子，让它的后轮对着绽放着洁白的新鲜感、摇摆、尖叫的网篮，亲昵地撞进那朵纱花，直到进入它温馨、恬静的内核，云流和阳光童话般地从它的梦上漂过去。

中午时分，公园道路上光影交织，鸟鸣声永远悬浮在空中。不过，那些散步到终点的女人已很疲惫，她们的头发盘成结，脸蛋显露出春天特有的倦息。最后，林荫道上空无一人，在午后的寂静中，各种气味开始从公园饭店缓缓飘出。

14

每天的同一时刻，比安卡总是在家庭教师的陪同下去公园散步。关于比安卡，我能说什么呢，我怎么描述她才好呢？我只知道她忠于自我到了不可思议的地步，凡事按部就班，毫不打折扣。我的心愉悦得悬了起来，我一次又一次地注意到她一步步走进自己的存在，轻盈得像一个舞蹈家，注意到她的一举一动在不经意间都恰到好处。

她散步的样子是那么平凡，没有任何伪装造作的优雅，可这种质朴无华却那么楚楚动人。比安卡是如此本色，没有丝毫紧绷或者造作，让我满心欢喜。

有一回她缓缓抬起眼睛望着我，眼神的那股严肃劲儿像箭一般能把我刺穿。从那时起，我就明白什么都无法隐瞒，她洞悉我的一切想法。那一刻，我把自己完全交付给她，毫无保留地任由她来处置。她几乎难以觉察地闭了下眼睛以示认可。这个动作在没有一句言辞、漫不经心的一瞥之中就完成了。

每当要想象她的时候，我只能回想起一个毫无意义的细节：她膝盖皮肤上有一块通常男孩才有的皴裂。这让人感动不已，左右着我的思绪走进那令人心急火燎的矛盾领域，进入幸福的对立状态。她膝盖上下其他所有地方都显得那么超凡脱俗，在蔑视着我的想象力。

15

今天，我又一次深入到鲁道夫的邮册里去勘探，这是一次多么奇妙的研究啊！这部作品中处处有着可以相互参照的内容和重重暗示。然而，所有的线索都指向比安卡。这样的猜想多么令人开心啊！我的期望和希望更加眼花缭乱。我预想的那些不解之谜简直让我痛苦不已，心里沉重得要命！

16

最近，每天傍晚都有一支乐队在这座城市公园表演，出来踏春的人们挤满林荫道。熙来攘往，行人如织，大家对称性地不断地反复碰面。年轻人头戴春帽，手里若无其事地拿着手套。穿过篱笆，在树干之间，在并排的林荫道上散步的女孩子衣着十分光鲜。这些女孩三两成群地走来走去，扭着屁股，在丝带和裙边的泡沫下，双腿像天鹅般尽兴地迈动着。有时，她们停落在公园的座椅上，好像被这漫无目标的游走搞得筋疲力尽。盛开的花朵般的棉布裙的钟形边幅在座位上散开，像花瓣即将凋落的玫瑰。她们接着露出交叉在一起的大腿——那白皙而难以言传的形状——年轻小伙儿从这些女孩儿身边经过时都悄然无声，面色苍白，好像被令人心悦诚服、排山倒海般的论辩的确凿性给彻底震住了。

黄昏来临前的某个特殊时刻，整个世界的千颜万色变得空前美丽、欢乐和热情，同时又流露出一丝伤感。公园迅速笼罩上一层粉红色的清漆，那层闪亮的光泽使其他任何颜色的光芒都显得更幽深了。与此同时，缤纷的色彩之美变得更加耀眼，甚至有点可疑。又过了片刻，公园里点缀着青绿色、尚在裸露和抽芽的矮树丛逸出黄昏的粉红色，散发出冰凉之气，流溢出具有崇高之美却又濒临死亡的事物所特有的难以言传的忧伤。

这时整个公园变成一个巨大、静默的管弦乐队的演奏舞台，显得庄严而肃穆，在指挥家举起的指挥棒下等待着音乐酝酿、响起，在那曲潜隐而热烈的交响乐的上方，迅速降临的充满戏剧色彩的黄昏忽然弥漫开来，仿佛被在乐器中膨胀的声音拽了下来。上空，一只不见影子的夜莺的鸣啼刺破树叶的翠绿色，转瞬间，一切都变得那么昏暗、孤独和深沉，犹如一片夜晚的森林。

一股几乎觉察不到的微风掠过树梢，树尖上枯干的樱桃花瓣阵雨般飘落下来。一股刺鼻的气味在黄昏的天空下高高地飘浮着，像死亡的先兆在游荡。最早闪现的星星像从苍白的紫色灌木丛中捡来的百合花般流尽了泪水。

此刻，一股奇异的绝望感向来回散步、定时相遇的小伙儿和姑娘们袭来。男孩子个个显得超凡脱俗，变得像唐璜一样英俊潇洒和魅力无穷，眼眸中传达出让女人心潮澎湃的冷酷的坚韧。女孩子们的眼睛则陷得更深，露出幽深的迷宫般的潭水。她们的瞳孔扩散开来，毫无阻挡地容纳下凝望着模糊黑夜的征服者。公园里隐蔽的道路自动显露出来，通向灌木丛，那里愈加深沉、愈加喧闹，小径至此就迷失了方向，好像进入天鹅绒幕布遮挡的后台和隐蔽角落的那片混乱中。谁也不知道怎么才能走进，然后穿过被彻底遗忘的黑漆漆的冰凉的花园。在这些黑暗沸腾和退化的陌生之地，草木中散发出被遗忘了很长时间的葡萄酒桶中的沉淀物才会有的那种气味。

年轻人在公园漆黑的幕布中盲目地漫步，最后，他们在西沉的太阳射出的最后一丝紫色余晖下，在一个淤积着陈年泥土的水塘旁边的一片空地上再次相聚。在一个腐朽的栏杆上，在这个世界后门的某个地方，他们怀着一种遥远年代的姿态，又找到了前世的自己，远古之前的生命。他们又是哭泣又是恳求，许下永远不会兑现的诺言，爬上喜悦的台阶抵达顶峰和高潮，在此之上只有死亡和无以名状的欢乐的晕眩感了。

17

春天的黄昏究竟是一种什么样的状态呢？

至此，我们已经抵达事物的核心，走到路的尽头了吗？我们将要牺牲语言了：它将变得费解、曲折和语无伦次。但是，只有超越了语言，才有可能描述那个不可思议的美丽春天。黄昏简直就是奇迹！我们的语言魔力再次失灵，那些无法触及的黑暗元素在语言之外的某个地方开始咆哮。语言被分解成各个单元，再被融化，然后回到胚胎状态，重新进入自己的深渊以及遥远而晦暗的根子。这个过程完全是书面上的描述。因为随着天色渐暗，我们的语言在模糊不清的联想中迷失了自我。阴曹、冥府、地下世界……你能感觉到从这些语言、鼹鼠丘的土屑中渐渐渗出来的黑暗以及地窖与缓缓打开的坟墓的味道吗？春天的黄昏究竟是一种什么样的状态呢？我们要再次提出这个问题，这个注定不会有酬答的狂热质疑。

当树根想要说话时，当在这片草皮下聚集起无数古老的故事和古代传说时，当太多的呢喃声在地下世界，即那些模模糊糊的纤维浆和语言发明之前就存在的黑色无名物质，聚集起来时——树皮变得黝黑并腐烂成厚厚的坚甲，形成深深的壕沟。你把脸埋进黄昏毛茸茸的皮子里，这时一切变得不可穿透，密实得像在棺盖下面。这时你必须睁大双眼，鼓足勇气，凝聚起视线，穿过密闭之物，越过沉闷的腐殖土——你将突然出现在目的地，出现在世界的另一面。你深入到了内部，来到地下世界。你会看到……

这里完全没有我们想象得那么黑暗。相反，里面有荧光在闪闪波动。当然，那是根的闪光，是游动的磷火，细若游丝的光线像宝石般照亮那团黑暗，那是梦魇般的物质发出的昙花一现的暗光。同样，当我们睡着之后，完全与这个世界隔绝，漫游进深深的冥想状态，踏上进入自我的回归之旅，通过紧闭的双眼会看得更清晰。因为那支里面的小蜡烛点燃了我们的思想，这些思想随机地潜伏在那里。全面的回归就这样开始了，回归本我，踏上回到根本的旅程。我们就这样进而找到了前世的记忆，被地下世界的皮下战摇撼着。只有在地面上，在白昼的阳光下，我们才会发出一连串颤抖而又清晰的语音，到了纵深的地下，我们又蜕变成黑乎乎的呢喃声、不知所云的咕噜声和一堆没有头尾的故事。

直到此刻我们才终于明白，春天赖以荣华的大地是什么样子，明白了为什么春天有一种莫名其妙的感伤和知晓太多的沉重感。哦，如果不是亲眼看见，我们是不会相信的！大地深处布满了迷宫、万物的储藏室和地窖，以及还温暖的坟墓、废弃品、腐烂物。充满了年代久远的故事，充满了七层地（就像在古代的特洛伊）、走廊、暗室、百宝箱，充满了数不清的金面具——一个又一个被压扁了的微笑、蚀坏的脸孔、木乃伊、空壳茧……地下还有骨灰安置所，给死者用的匣子，他们躺在里面已经被风干，变得像树根一样黝黑，等待着他们的时机来临。这里还有巨大的药剂储藏室，药品放在泪瓶、坩埚、罐子里供展览。多少年来，它们始终站在架子上，庄严地排成长列，但没有人去那里购买。它们或许已经在自己的格子间里苏醒过来，完全康复了，干净得犹如熏香，芳香四溢——这些叽叽喳喳的特效药、醒过来后颇不耐烦的药品、镇痛剂、晨用软膏——在舌尖上调试着最初的味觉。这些凿在墙上的格子间放满了正在孵化的小鸡，在酝酿着想要发出叽叽喳喳的声音。这些悠长、空荡的巷子简直如朝霞般新鲜如初。这里，成排的死者都苏醒过来，酣畅淋漓地休息着——准备迎接下一个崭新的黎明！

然而，我们的旅程还没有结束呢，我们可以进得更深。没有什么可恐惧的。把你的手给我，我们再向前迈一步：现在我们已经到达根底了，顷刻间一切骤然黑暗下来，味道呛人鼻息。里面凌乱得犹如到了森林深处，有一股泥土和朽木的味道。各种根在漫无边际地蔓延，互相纠缠在一起，充满了浆汁，好像被泵抽出来般往外冒着。我们来到最幽深处，来到万物的衬里，进入磷光缝制的阴暗之中。里面车水马龙，到处是纸浆、腐烂物、家族和世代的遗迹，简直是一堆繁殖了一千倍的《圣经》和《伊利亚特》！历史的混乱与喧嚣在四处弥漫和翻腾！那条路再也走不下去。我们来到极深处，来到黑暗的基地，来到地母中间。这里是无边的地狱，令人绝望的奥西恩风格[①]的空间，还有那些令人伤心的尼伯龙根人[②]之地。这里是巨大的历史培育基地，情节的工厂，冒着朦胧烟雾的童话和传说的车间。现在，人们终于可以理解春天那伟大而令人伤感的机制了。它在小说，在各种事件，在编年历史，在命运中是何等的鲜活！我们曾经阅读过的一切文字，我们曾经听说过的一切故事，以及我们从来没有听说过但从童年时代就梦想的事物——这里才是它们唯一的家园和故土。作家从哪里寻找灵感呢？他们怎样才鼓起创新的勇气呢？他们没有想到过这些宝藏、这些冻结的资本、这些沉埋在地下的基金的存在吗？这里是一派嗡嗡的喧闹声，大地在发出永不止息的咕噜

---

① 奥西恩风格（Ossianic），有夸张、华丽的意思。

② 尼伯龙根人（Nibelung），德国传说中的矮小人种。

声！不绝的游说朝你的耳朵里扎进来。你半闭着眼睛漫步在这暖烘烘的呢喃、微笑和建议声中，不停地被恳求着，被各种问题上千次地烦扰着，像被柔嫩的昆虫的长鼻子触搔着。它们希望你从自己那里取走一点儿东西，不管什么都可以，至少从那些腐烂、无始无终的故事中取走一撮，把它注入你年轻的生命，注入你的血脉，把它保存下来，试着与它相依为命。因为，如果不是为了历史的苏醒，春天将会为谁而存在呢？只有这一撮才是腐烂万物中活着的、真实的、冰冷的、不可知的东西。这些幽灵和幻影，这些鬼魂和妖魔，对春天年轻新鲜的血液，对它植物般的天真烂漫来说多么有吸引力啊！无奈和天真的春天，在沉睡中带着这些，与它们同枕共眠，天亮时迷迷糊糊地醒来后却什么也不曾记得。春天携带着被忘却的和忧伤的一切，永远显得那么沉重，因为它必须依靠那些遭到排斥的生命独自过那种假借的生活，为了呈现一切已经丧失的东西而必须美丽……为了补偿所有这一切，它只能提供浓烈的樱桃花开的气息，把它们注入一道包容一切的永恒、无限的激流……遗忘意味着什么？新鲜的绿色一夜间就漫过那些古老的故事，一丛温柔的绿树，一片明媚、密集的花蕾的锦簇，齐刷刷地从所有的毛孔中绽放出来，就像男孩子剪完头发当天就长了出来。那些逝去的春天变得如此翠绿：古树焕发出甜蜜的纯真，长出嫩枝苏醒过来，卸去记忆的负担，而它们的根深植于古老的编年史中。那种绿色将再次让古树焕然一新，如同刚刚萌生，各种故事将生机勃发，重新启动它们的情节，好像从来不曾发生过。

还有无数不曾诞生出来的故事。根丛中那些忧伤、悲哀的合唱，那些竞相打压对方的故事，那些在灵感突发中即兴产生的源源不断的独白！我们有这份耐心聆听它们吗？在人们已知的最古老的传说出现之前，没有任何人聆听过这些故事。那里有大量无名先驱，没有标题的长篇小说，冗长、枯燥、单调的史诗，不成形的吟游故事，没有结构的情节，没有脸庞的巨人，为夜晚乌云的戏剧写下的晦涩文字。在所有这些东西后面埋藏着传说，埋藏着不曾写出的著作、书籍——永恒的觊觎者，以及遗落在异教区的著作。

簇拥在春天根基周围的所有故事中，有一个故事很早以前就拿到了夜晚的所有权，永久定居在天空的一角，成为繁星密布的苍穹上永恒的陪伴和背景。每一个春夜，无论发生什么，那个故事总是在蛙鸣声和磨坊永不间断的工作声中自动展现出来。一个人在夜晚的手磨撒播的灿烂星辰下行走着，怀抱裹着斗篷的孩子，穿越整个天空，不停地往前赶路，这是一个穿越无垠空间的永恒的漫步者。在孤独中显得何其忧伤，在无边黑夜里孤苦伶仃得何其悲惨。还有那遥远的星辰的闪耀！在那个故事中，时间改变不了任何事物。这个故事总是出现在星辰灿烂的地平线上，而且将永远出现在那里，永远那么新鲜，因为一旦从时间的轨道上滑脱，它就会变得深不可测，永远不会因为重复出现而把能量消耗殆尽。那个怀抱小孩的男人就在那里行走——我们刻意重复这个说法，这个夜晚可怜的标志，是想描述出那种间歇性的连续行走状态，时而被团团凌乱的星星遮住，时而在漫长、沉默的间歇中全然看不见，这时你只能感觉到那股永恒的微风的存在。那些遥远的世界触手可及，发出可怕的光芒，用无声的语言穿过永恒发出强烈的信号。他不停地走啊走啊，同时又单调不停地哄着那个小女孩，对夜晚的呢喃和甜蜜的劝说不抱任何希望、无动于衷，对沉默的唇间酝酿着的那个唯一的单词无动于衷，因为这时没有一个人想听到它……

这是一个被绑架公主的故事，为了另一个小孩，她改变了自己。

18

夜色渐深时，大家都回到花园那幢宽敞的别墅里，回到那间低矮的白屋，一架亮闪闪的黑色钢琴矗立在那里，此刻所有的琴弦都悄无声息。穿过那面宽阔的玻璃墙，仿佛穿过一间温室的玻璃，春夜在向里张望，星星在眨着眼闪烁，屋里苍白、暗淡。樱桃花的香气从冰凉的白色床铺上方的瓶子中飘荡出来——这时某种急于倾听的氛围在这个无眠之夜弥漫着，在整个漫长的蚊蝇密集的朝露般的夜晚，明亮而又散发着稠李香气的夜晚，那颗心在睡眠中诉说着，抽泣着，奔跑着，跌撞着……哦，正是稠李给这无垠的黑夜以深度。因为飞翔而疼痛、因为追逐欢乐而疲惫的心，很想在空中某个小山梁上休息片刻，但是又一个新的夜晚从那个无垠的苍白的黑夜诞生出来，它甚至更加惨淡和腐朽，被切割成明亮的线段和“之”字形曲线，切割成星星的螺旋和苍白的阶梯，被咂过女仆的血而膨胀的隐形蚊子的针管上千次地叮咬着。那颗永不疲倦的心一定又彻夜在睡眠中跌跌撞撞、癫狂，沉醉于灿烂星光和复杂的事物之中，在气喘吁吁的匆忙中，在没有月光的惊恐中，逐渐上升、膨胀，在苍白的心醉神迷中，在昏沉、狂乱的迷梦和困乏的战栗中纠缠不清。

啊，那天晚上所有这些劫掠、追逐、暴政、呢喃、黑人、舵手、阳台栏杆、夜盲症患者、女衣、匆匆逃亡者背后拖曳的薄纱……在最后一刻，突然断电，短暂而沉闷的漆黑过后，所有的木偶纷纷回到各自的盒匣，所有的窗帘都落下来，所有逐渐减弱的呼吸都归于平静。在辽阔、沉静的天空上，黎明悄无声息地建筑着它那遥远的粉红色和白色的城市，以及精美、高耸的楼台和尖塔。

19

直到此刻，那个春天的本质在全神贯注阅读“这本书”的读者心中才变得清楚和容易理解起来。所有这些早晨的酝酿，所有这些白天最初的洗礼，包括它的一切犹豫、怀疑和棘手的选择，都将向一个熟悉邮票的人泄露出它们的意义。那些邮票把你带到正式外交的复杂游戏中，带到没完没了的谈判和诡异的骗局中，任何一天的最终版本定形前无不如此。在第九个小时的红色雾气中，那个身披五颜六色服装的墨西哥人就要出场了，被一颗鲜亮的皮疹炙烤得又热又渴，他在玩弄一条羽蛇，这条蛇在一只老鹰的尖嘴下不断扭动着身体。在高耸的树木的绿色中露出的一道天蓝色的缝隙里，一只鹦鹉正起劲儿地以均匀的相同的声调重复着“危地马拉，危地马拉……”，那个绿色的词似乎感染了很多事物，这些东西忽然变得新鲜起来，长满了叶子。在纷纭复杂的困难和冲突中，一场投票活动开始了，各种典礼的程序已经确定，包括游行的序列、当天的外交礼节。

五月的日子红得像埃及邮票。集市广场上阳光闪耀。天空上，夏天的乌云——犹如泥石流，轮廓清晰的巨浪在叮当作响的电光（像巴巴多斯岛，拉布拉多岛，特里尼达岛）下合拢在一起，一切都带着红色飞驰，好像透过红宝石玻璃看到的景色，或如同直奔头顶的鲜血的颜色。圭亚那的巨型护卫舰从天空驶过，爆发出巨响。它鼓起的帆布在紧绷的绳子和拖船的响声中向上耸立着，在海鸥的咆哮以及海上红光的闪耀中向上耸立着。接着，绳索、梯子、桅杆巨大而复杂的装置逐渐升到天空，然后扩张开来。帆布满满地撑开，一幅形状繁复、层次重叠的空中船景出现了，有庭院、支杆、货舱，那些敏捷的黑人小男孩忽然从舱里蹦出，接着又消失在帆布的迷宫中，消失在迷人的赤道上空的各种符号和人物中。

随即天空的景致又变了：在堆积的乌云中，同时出现了三个粉红色的日食，闪亮的火山岩潜伏着，清晰地勾勒出乌云鲜明的轮廓（像古巴、海地、牙买加），世界的中心在后退，闪耀的颜色变得更深。咆哮的赤道海洋，连同天蓝色的群岛、温暖的激流与潮汐和赤道线、咸湿的季风，都显露出各自的形状。我拿着那本邮册研究着这个春天。它难道不是对各个时代及其白昼和黑夜语法的了不起的注释吗?

有一点很重要，像亚历山大大帝那样，不容忘记，即现在的这个墨西哥并不是最终的，它是世界要穿越的通道上的一个点，每个墨西哥之外还会开启出另一个墨西哥，后者甚至更加璀璨，那将是一个色彩绚烂和芳香四溢的墨西哥。

20

比安卡的脸一片暗淡，她晦暗的表情中带有一丝灰烬色。碰一下她的手一定是不可想象的。

她高贵的血液中流淌着几代人潜心培育的教养。她对圆滑规则的逆来顺受，她对尽量克制的执拗、突如其来的背叛、隐秘的哭泣的防范，对骄傲的无情打击，所有这一切都让人非常感动。她的每一个姿态都在传达着对既定形式的顺从，带着那种善良和令人伤感的优美。她绝不做没有必要的事情，每一步都经过精心的算计，完全遵循陈规，毫无激情地进入到这些事物的精神之中，仅仅是出于消极的责任感。比安卡从这些日常的荣耀中总结出自己尚不成熟的经验和智慧。她知道什么需要了解，而且对自己的知识储备似乎非常欣赏，这些知识都很严肃，充满了悲天悯人的色彩。她的嘴巴经常抿着，线条完美之至，眉毛修剪得恰到好处。不，她的智慧不会导致原则的废弛，放纵的松懈。恰恰相反。她以忧伤的眼神盯着的那个真理，只能通过对形势的紧张关注和严格遵守而诞生。那种从未失败过的圆滑和对规矩的忠实，模糊了那片忧伤之海和被勇敢地征服了的痛苦。

然而，她虽然被形式所损，但仍然从形式中胜利地脱颖而出。可是，取得那样的胜利付出了多大的牺牲啊！

她散步时——身材那么苗条和笔直——不知在那种并不老练的动作节奏中带着何等的骄傲，无论这种骄傲是被自己抑制住了，还是战胜了她所遵从的原则。

可是，当她抬眼直视你的时候，什么也休想逃过。年轻并不妨碍她去猜测那些最隐秘的事物。她在长久的痛哭和抽泣之后已经获得了绝对的安静。所以，她的眼睛陷在深深的黑圈中，总是充满了湿漉漉的、炽热的光焰和对什么都不错过的执着。

21

比安卡，令人魂牵梦萦的比安卡，对我来说完全是一团谜。

我固执又充满激情和绝望地研究着她——以那本邮册为教科书。我为什么要这样做呢？一本邮册能当心理学教科书用吗？多么天真的问题啊！一本邮册就是一部宇宙之书，一部人类所有知识的摘要。自然，它完全是通过映射、暗示和提醒来实现这个用途的。为了找到贯穿全书的那条红线，你需要具备某种超常的敏感，某种心灵的勇气，某种想象力。

有一事须不惜一切代价予以避免：心胸狭窄、故弄玄虚、乏味卑琐。绝大多数事物都是互相关联的，众多线索会走向同一条主轴。你曾注意到在某些书的字里行间燕子成群地飞起，整节都是战栗的昂首的燕子吗？人们应该读读这些鸟儿的飞翔……

不过还是回到比安卡吧。她的动作显得那么优美动人！每一步都是精心考虑之后做出的，早在几个世纪前就已经决定好了，然后听天由命地开始，好像她早就预知到了这个进程和命运的必然步骤。当我坐在公园里面对她的时候，我想用自己的眼睛询问某些事儿，我在内心恳求她做些事。在我构思好请求之前，她已经做出回答。她用迅速和意味深长的一瞥忧伤地做了回答。

为什么她总是低着脑袋呢？她如此若有所思、专心致志地盯着什么呢？难道她的生活真的那么令人绝望和伤心吗？再说，无论如何，她不是充满尊严、傲气地听天由命吗？在她看来好像事情就得如此，好像剥夺了欢乐的学问带来的是某种遥不可及的东西，而不是只有在心甘情愿地服从中才会看得到的更高的自由。她的顺从中带有一种胜利和凯旋的优雅。

比安卡和家庭教师坐在一把条椅上面对着我，她们两个都在看书。她的白衣——我从来没有看见过她还穿过其他颜色的衣服——像是在座位上放了一朵盛开的鲜花。她苗条幽暗的双腿无比优雅地在身前相交在一起。我想象，怀着一种接触的绝对圣洁性，触摸她的肉体将是极其痛苦的。

后来，她们合上书都站了起来。比安卡敏捷地看了我一眼，算是对我热情款待的认可与回报，然后就走开了，显得非常轻松自如，移动着交错的双脚，袅袅娜娜，优美地与家庭教师富有弹性的大步保持着一致。

22

我对那幢别墅四周的地况全都调查过了。我在围着那片宽敞领地的高高的篱笆四周走了好多次。我从各种角度观察过那座带着阳台和宽阔走廊的别墅的白墙。别墅后面伸出一座公园，与之相邻的是一片没有一棵树的空地。这幢房子结构奇特，既像工厂又如农舍，矗立在那里。我的眼睛紧盯着那道篱笆中间的一道缝隙，我看到的一定是幻景。在被炎热灼烧得稀薄的春天的空气中，有时穿过几里之遥颤抖的空气的反光，可以看到很遥远的事物。我的头脑仍然因为充斥着那些自相矛盾的思想而处于分裂状态。我必须再咨询一下那本邮册。

23

可能吗？比安卡家的别墅也许是一块受外国条约保护的租界！研究这本邮册会把我引向何等惊人的假设。只有我掌握这个迷人的真相吗？可是，你无法轻看这条证据和根据邮册观点提出的论证。

今天，我到附近把整座别墅调查了一番。我在包着铁皮、垂头丧气的大门一带游荡了好几个星期。两部空空荡荡的大马车从花园里驶出时，我的机会来了。那几道门都大开着，看不见一个人影。我漫不经心地走进去，从衣兜里取出写生本，斜靠在大门的一根支柱上，假装描画建筑物的细部图。我站在一条石子路上，那是比安卡轻盈的脚踩过无数次的小路。因为开心地预想到也许会看见比安卡穿着薄翼似的白衣从某扇法国风格的窗户里露出身子，我的心都快要窒息了。可是，所有的门窗上都绿帘低垂，甚至没有哪怕一丝声音透露出隐藏在那幢房子里面的生活情景。地平线上方的天空有些阴暗，远方有些亮光。没有一丝微风拂动这温暖、稀薄的空气。在那个灰色的日子里的那种静谧状态，只有粉笔般的别墅白墙在用无声却极富表现力的富丽堂皇的建筑雄辩着什么，反复讲着同样冗长的说辞，以上百种变化方式表达着同样的主题。浅浮雕的花环的华彩乐章韵律十足地沿着一条白得晃眼的中楣，从左边贯穿到右边，到了角落后犹豫不决地打住。从中心露台的高度，平缓相连的栏杆和建筑屏饰之间，垂下一段大理石梯，典雅庄重，气派地流向地面，仿佛想用一种卑恭的屈膝礼来整理它的衣袂。

我对风格极其敏感。那座建筑的风格既让我担心，又让我恼怒，可我却解释不清楚这是为什么。在它严谨的古典主义背后，在它貌似潇洒的雄辩背后，藏着某种别具一格、不可捉摸的感染力。设计太紧张，太突兀，太多出其不意的装饰。一滴说不清来历的毒液注进这位建筑师的静脉，让他的设计显得晦涩、火爆和危险。

内心的紊乱，加上多种自相矛盾的冲动，我开始战栗起来，蹑手蹑脚地从别墅的正前方走过去，生怕惊扰了阳台上睡觉的蜥蜴。

在那片现在已经干涸的圆形水塘附近，地面被太阳烤得发焦，光秃秃的一片。偶尔，从地面的一道裂缝里迸出一簇急不可待的迷人绿色。我拔出几根这样的草，夹进写生本里。我兴奋得战栗不已。池塘上方悬垂的空气呈透明色，富有光泽，被酷热折磨得沸腾着。附近一根木桩上的气压计显示气压已经低到了灾难性的地步。四周一派寂静，树枝纹丝不动。别墅在沉睡，所有的窗帘都垂挂下来，粉笔般的白色在灰蒙蒙的空气中刺眼地闪耀着。忽然，仿佛这种凝滞达到了极限，空气开始色彩缤纷地沸腾般摇晃起来。

巨大、沉重的蝴蝶成双成对地调着情、嬉闹着飞来。那笨拙、震颤的扑飞在沉闷的空气中持续了片刻。蝴蝶飞过去，好像彼此竞赛似的，接着伙伴们又重聚在一起，像发送一副绚丽多彩的扑克牌般依次飞出去。那是熟透了的空气在迅速腐烂吗？是充满了麻醉感和幻觉的空气中的一场海市蜃楼吗？我挥舞了一下帽子，一只沉重的紫罗兰色的蝴蝶跌落到地面，两只翅膀还在扑动。我把它捡起来藏好，这是更重要的证据……

24

我已经发现了这座别墅风格的秘密。它的建筑线条不厌其烦而又固执地重复着一种难以理解的图案，我终于看懂了它们的神秘代码：其实伪装一目了然。过度夸张、典雅精致和流动的线条中，有着太多的调味品，辛辣得有些过分，有些虚假，太渴望什么，太想炫耀什么——一句话，有一种绚丽和殖民地的意味……其实，这种风格说来是相当令人厌恶的——情欲毕现、雕琢过度、热烈又极其愤世嫉俗。

25

我用不着再叙述这一发现如何让我浑身战栗。线索更加清楚，各种传说和暗示忽然吻合起来。最令人兴奋的是，我跟鲁道夫分享了这一发现。他似乎很淡然。他甚至有点生气地嗤之以鼻，责备我太夸张和想入非非。他一直都批评我有时喜欢撒谎和自作聪明，还故作神秘。我对他还有些许残余的敬重，因为他是那本邮册的主人，可是，他满怀妒意和痛苦的发泄，让我越来越排斥他。我没有流露出一丝愤恨，因为我还要不幸地有求于他。没有了那本邮册，我该怎么办呢？他很清楚这点，所以也在充分利用着自己的这点优势。

26

那年春天，发生了太多的事情。太多的渴望、太多的要求和没有节制的野心，藏在那个春天黑暗的深处。它不知穷尽地扩张着。管理那个宏大、无所不包和畸形发展的事业，不断消耗着我的力量。我希望与鲁道夫分担部分重负，任命他为合伙人。当然是匿名的了。我们与邮册三方组成一个非正式的共同执政体制，把那年春天繁复费解的事务重责都压在这个体制上。

27

我没有足够的勇气绕到别墅背后看看。那样我肯定会被人发现。可我为什么却有一种曾经去过那里的感觉呢——很久以前就去过了？难道我们真的不可能预先知道这辈子将看到的所有风景吗？为何事物出现时会是全新的，在我们的生命深处不会早有预料吗？例如，我知道，在某天的某个晚些时候，我将站在花园的入口，跟比安卡手牵手。我们会发现那些被遗忘的角落，古老的墙壁之间生长着有毒的植物，那里就像爱伦·坡的人造伊甸园，到处是毒芹、罂粟和旋花，在古老壁画的灰色天空下熠熠生辉。我们会喊醒那尊在某个萎靡不振的午后之外的那个边缘世界中存在的长着一双空洞眼睛的沉睡的白色大理石像。我们会吓跑它唯一的情人，一只收起翅膀，在它膝上安睡的红色吸血蝙蝠。那只蝙蝠将杳无声息地飞开，柔和而又起伏不定，像一块无可奈何、分崩离析、鲜红透亮的碎片，身上没有骨头和其他物质。它盘桓着、扑动着，无影无踪地消融在死寂的空气中。穿过一道小门，我们将进入一个完全空荡之地。这里的植物被烤得像烟草般发焦，像印第安人的某个夏季牧场。它也许就在新奥尔良州或者路易斯安那州——国家毕竟不过是个权宜之辞。我们将坐在一个正方形池塘的石壁上。比安卡将把洁白的手指浸入满是黄叶的温暖的水中，目不转睛地望着。池塘对面会坐着一个蒙着面纱的苗条的黑影。我将轻声询问那是怎么回事，比安卡将摇摇脑袋细声说：“不要怕，她听不到，那是我死去的母亲，她就住在这里。”接着她会跟我聊起最温馨、最悠然、最伤心的往事。任何安慰都无济于事。夜幕将降临……

28

各种事件以疯狂的节奏接踵而至。比安卡的父亲回家了。今天，当一辆银光闪闪，贝壳形的又宽又浅的无篷四轮马车驶过时，我正好站在喷泉路和圣甲虫街的交叉口上。在那个用白色丝绸衬里装饰的贝壳中，我看见了比安卡，她半躺着，穿一件薄薄的纱衣。她柔和的侧影上带着用缎带系在下巴底下的帽子的边檐投下的暗影。她几乎淹没在白色绸缎的围裹中。她身旁坐着一个身穿黑色外套和白色灯芯绒短褂的绅士，衣服上一串缀满无数珠子的沉甸甸的金项链闪闪发光。圆顶硬礼帽下面是一副怪异、阴沉的脸，能清楚地看到络腮胡。我见到他时不禁浑身一颤。不用怀疑。那个人就是V先生……

当这辆优雅的马车从我身边经过时，跟很有弹性的包厢一起小心颠簸着的比安卡对父亲说着什么，父亲转过身透过那副巨大的墨镜盯着我。他长着一张灰色的、没有鬓毛的狮子脸。

被各种互相冲突的感觉折磨得几乎发疯的我，激动得喊出声来：“我要成功！”“直到流完最后一滴血……”我从胸前口袋里掏出一把手枪，开始朝天空发射。

29

众多征兆似乎都指向这样一个事实，即弗朗茨·约瑟夫事实上是个握有相当权力，但却很可悲的造物主。他双目细长，呆滞得像嵌在满是皱纹的三角区里的纽扣，简直不像是人类的眼睛，脸上长着牛奶般雪白的络腮须，朝后梳过去，很像日本的凶神恶煞，那完全是一张茫然若失的老狐狸的脸。从特定的距离来看，从丽泉宫那个露台的高度来看，那张脸由于各种皱纹纵横交错，仿佛在微笑。如果从近处观察，那微笑就自动露了底，其实不过是痛苦与平庸的现实琐屑组合出来的一张鬼脸，它绝不因任何灵感的闪现而有所松弛。当他身披将军的绿色羽饰，微微躬身行礼，蓝衣触地，开始现身国际舞台的那个时刻，世界发展进程便进入一个兴奋点。在无穷的蜕变过程中把内容耗光之后，所有既定的形式都松散地垂挂在事物身上，近乎枯萎，随时准备着剥落。这个世界就像一只即将发生剧变的蛹，即将呈现出青春、崭新、闻所未闻的颜色，准备欢快地伸展所有的肌肉和关节。它被触摸之后随即消失，而这个世界的地图，那张拼贴的地毯，也许像一艘轮船般在空中扬帆漂浮。约瑟夫把这视之为一种个人的耻辱。适合他的环境是一个用凡俗的规则和乏味的实用主义支撑起来的世界。他呼吸的是大法官法庭和警察局的空气。令人称奇的是这种枯燥干瘪之人，毫无个人魅力可言，却成功地把创造的巨任拉到自己一边。各家忠心耿耿和精明远虑的父亲们跟他在一起时都备感威胁，当这个强势恶魔把他的重负施加到所有事物上，要抑制这个世界的各种激情时，大家都如释重负。弗朗茨·约瑟夫要把这个世界像纸片般拉成正方形，通过专利垄断来调整世界的发展进程，在程序的限制中掌控这个世界，确保它不要出轨滑入看不见的危险之中，或者不可预测的境地。

弗朗茨·约瑟夫并非神圣、高雅、享乐的敌人。就是这个人，忽发慈悲，发明了用于人民的皇家抽彩奖励法、埃及人的梦书、带插图的日历、皇家烟草店，他把天国的仆人标准化，让他们穿上具有象征意义的蓝色制服，让他们在这个世界上随心所欲，划进各种等级和部门——以邮差、列车长、收税员等形式，像天使般地群聚起来。最低级的天国信使脸上都带着从创世主那里借来的历经沧桑的智慧的沉思的表情，以及在络腮胡的衬托下形成的愉悦、优雅的微笑，即便他的双脚因为在尘世奔波而散发着汗臭。

可是，有人听说过在这位国王脚下发生过被挫败的阴谋吗？听说过在这位君临天下的国王的辉煌统治之初，发生过一场被掐死在萌芽状态的伟大的宫廷政变吗？当他们不再嗜血时，王位就会凋落，他们的生命力与大众的行动失误俱长，与对生命的否定俱长，与一切被他们挫败的形形色色的骚乱俱长。我们这是在供出秘密和禁忌。我们这是在触及被隐藏起来并且用上千个沉默的封条密封起来的国家机密。

造物主有一个思维模式和想法与其迥异的弟弟。谁没有一个在某些方面如影随形，犹如其副本的兄弟，就像一场永恒对话中的伙伴呢？从某种身份版本而言，他可能不过是一个堂弟，但从另外一种身份而言，这个世界压根就不曾诞生过这个人。造物主在恐惧和狂喜的时候才会想起他，睡着的时候才会被偷听到。造物主发明出他，也许只是想用另一个人来代替自己，用来出演那部象征性的戏剧，第一千零一次礼节性和仪式性地重复那没有法律约束的致命的一幕，尽管已经重复了一千次，仍然一次又一次地出场。这种有条件的生命，不幸的对家，其实是个职业性的错误，由于角色的缘故，用了麦斯米兰大公的名字。即便轻声念叨下那个名字，也会让我们的血液为之焕然一新，让它更红更亮，让它在表达激情、在邮政用的封蜡、在用来书写好消息的红色铅笔的清澈鲜亮的颜色中迅速律动。麦斯米兰养了很多粉红色的燕子，它们总是开心地尖叫，拦住他的去路。那位造物主在密谋搞垮他时，本人在私下依然爱着他。首先，造物主任命这位弟弟担任累范特骑兵中队的总指挥，希望他在前往南海的探险途中痛苦地淹死。不久，大公与拿破仑三世结成秘密同盟，后者骗他前往墨西哥探险。一切早就预先策划好了。那位满怀美梦和幻想的年轻人，憧憬着在太平洋上创造出一个更加幸福的新世界，在这个理想的诱惑下放弃了皇位和哈布斯堡王朝的继承权。他乘着法国"勒熙德号"轮船径直驶入恭候已久的埋伏。那场阴谋的有关档案从未公开过。

这位不甘心的人最后的希望就这样破灭了。麦斯米兰悲剧性地死去之后，弗朗茨·约瑟夫以宫廷哀悼为借口禁止使用红色。于是哀悼时用黑色和黄色渐成官方的主流。激情的紫红色就悄悄地只在它的追随者心中飘动了。但是，这位造物主并没有成功地把这种颜色从大自然中彻底消除。毕竟，它潜伏在阳光中。要想把它的每一道温暖的光波吸收在眼睑下，只消在春天的阳光下闭上眼睛即可。在春天的光辉中，照相纸燃烧着同样的红光。被角上一块布引到阳光明媚的城市街道的公牛，在明亮的斑块中看到这种红色，低着脑袋，准备袭击在洒满阳光的竞技场上惊慌逃奔的想象中的斗牛士。

有时整个明媚的一天都在太阳的爆炸中度过，云块的边缘红光闪耀。人们顶着这样的光在晕眩中漫步，闭上双目时内眼可以看到蹿升的烟花、罗马焰火和火药筒。到晚些时候，黄昏来临时，这飓风般的光焰逐渐减弱，地平线变得更加浑圆，更加美丽，弥漫着天蓝色，像一只带着这个世界微缩全景的玻璃球，各种蓝图排列有序，上方乌云耸立，犹如一顶嵌着金色徽章的皇冠或者教堂晚祷时敲响的大钟。

人们聚集在集市广场，在巨大的光的穹顶下默默无语，无意识中各自成群，最后变成巨大、静态的群团，变成一幅浓缩的等待的图景。乌云在幽深的粉红色中翻腾着，大家个个目光镇定，眼中映射着闪亮的远景。忽然，在人们等待的过程中，世界达到了极高点，在几个惊心动魄的瞬间获得了完美的极致。花园在地平线的水晶球上自动排列好位置，五月的绿色翻着泡沫，像葡萄酒般要洒溢出来，山丘如同乌云，世界之美在达到巅峰后便消融，开始出发向永恒迈进。

人们还在一动不动，低着充满幻象的脑袋，被这个巨大明亮的世界的上升弄得不知所措时，无意识中等待的那个人从人群中跑了出来，像个上气不接下气的信使，脸色绯红，穿着紫红色的紧身衣，上面饰满小铃铛、徽章和勋章。为了让每个人都看得见，他绕着广场慢慢地转了六七次，他双目低垂，似乎因为不好意思，双手贴在屁股上，沉重的肚子在富有节奏的奔跑中晃荡着。他挣扎得满脸通红，在那副黑乎乎的波斯尼亚人般的胡子下面，汗珠闪着晶莹的光。徽章、勋章和小铃铛像副甲胄般在他胸前上下有致地跳跃着。当他沿着一条陡峻的抛物线般的路径转过拐角时，人们打老远就能看见他佩戴着土耳其近卫军铃铛镶边绶带靠过来，英俊得像一尊神灵，脸上洋溢着漂亮的粉红色，身躯挺得倍儿直，用一根短鞭驱赶着那堆跟在他后面狂吠的狗。

后来，被宇宙和谐降伏的弗朗茨·约瑟夫谨慎地宣布了一项大赦，在红色的使用上做出退让。在某个五月的夜晚，在水色或者淡白色的夜晚可以使用红色，以便与外在世界保持和谐。他出现在丽泉宫那扇敞开的窗户里。那一瞬间，整个世界都看到了他——只要有粉红色的信使在清扫得干干净净的集市广场上奔跑，所到之处周围站满了沉默不语的群众。人们可以在一张以乌云为背景的巨幅皇家神像中看到他，他戴着手套，身子靠在窗台前，裹着墨绿色外套，上面披马耳他骑士团爵级大十字勋章绶带。他的眼睛，那两颗看不出丝毫仁慈或者优雅的蓝色纽扣，带着某种笑意细细地嵌在皱纹的三角区里。他就这样站在那里，雪白的络腮须向后梳去，虚情假意地想传达某种仁慈之意，对遥远的观众来说，这是一只令人苦不堪言的狐狸，装出一副既不幽默也无特色的微笑。

30

犹豫了很长时间后，我决定把最近几天发生的事情告诉鲁道夫。我再也不能独享这个压得我快要趴下的秘密了。他的脸色变得阴沉起来，尖叫着说我在撒谎，最后公然暴露出嫉妒的表情来。一切都是捏造，彻头彻尾的谎言，他大叫着说，举着双臂乱跑。什么租界权！麦斯米兰！墨西哥！哈哈！棉花种植园！够了，到此为止，他再也不会把邮册借给我了。合伙关系到此结束。合同已经取消。他激动地揪着自己的头发。他彻底失控，打算不惜一切。

极度恐惧的我开始求他原谅。我承认我的故事乍听起来不可思议，甚至不可信。我承认，连我自己都感到非常惊讶。让他这样一个毫无准备的人立刻接受是很难的，这不奇怪。我尽量想方设法去打动他的灵魂和自尊心。事情眼看就要进入欺骗性阶段了，他的良知会拒绝我的帮助吗？他现在会抽身而去然后把一切都搞砸吗？最后，我决定根据那本邮册逐一证明所有这一切都是真的。

鲁道夫的情绪稍微缓和后打开了那本邮册。我以前从来没有用这么有力和激情的腔调讲过话。我超越了自己。我用那些邮票为证据支持自己的推论，不仅驳回他的全部指责，还打消了他的疑虑，但更重要的是，我得出一系列确凿的结论，连自己都对那种豁然开朗的角度惊奇不已。鲁道夫还是一言不发，一副被挫败的样子，再也不提结束合作的事儿了。

31

人们会以为这是一桩巧合吗？差不多与此同时，一场盛大的魔术剧，一场精彩的蜡像人物展，来到了小城。为此，圣三一广场支起帐篷。我已经盼望很久，兴高采烈地把这个消息告诉了鲁道夫。

那天晚上的风很厉害，雨马上就要从空中垂洒下来。昏黄、沉闷的地平线上，白昼准备好了随时离去，匆匆地把防风雨的灰色幕帐盖在一排排手推车上后，这些车即将成队地开进那边的阴凉中去。在愈加黑沉的半垂的窗帘下面，夕阳最后几道霞光闪了几下，然后沉入平坦无边的旷野，沉入水光盈盈的湖泊区。一道可怕的、死亡般的黄色闪电从霞光中射出，照亮了半个天空，那道帷幕迅速垂落下来。苍白的屋顶闪烁着潮湿的反光。天色变得越来越深沉，沟渠、管道开始发出单调的沉吟声。

蜡像展已经开幕。渐渐沉没、暗淡的日光勾勒出站在营帐前院在伞下避雨的人群的轮廓。人们庄重地拿出钱来购票，把钱交给一位穿着袒胸露背装的女士，她身体的更低部位淹没在天鹅绒窗帘的阴影中。

穿过一间房门半开的侧屋，我们进入一个灯光通明的空间。这里到处都是人。成群的人们穿着湿淋淋的外衣，翻着衣领，默默地来回溜达，小心地走完一个半圆后又停下。我仅凭外貌就从这些人中毫不费劲儿地识别出谁属于这个世界。其实蜡像人物过着一种离群索居、自命清高与不朽的基座上的生活，那是一种展览生活，透着节日般欢乐的空虚感。他们在古怪的沉默中站立着，身穿稳重的剪裁得体的外套和质地优良的晨礼服，面容显得非常病态，脸颊上还残存着置他们于死地的疾病所留下的发烧的红晕。他们的头脑中一刻都不曾有过丝毫思想活动，只有从不同的角度展示自己的习惯，展示他们存在的空洞的习惯。他们本应该早就上床的，塞在冰凉的被单和他们口服的药剂里面。把他们放在窄窄的基座或者僵直地坐在椅子上保持这么长时间，穿着紧紧的黑漆皮鞋，与前世的样子相差甚远，闪亮专注的眼睛完全被夺去了记忆，这是一种冒昧。

所有的展品都从唇上吊下某种东西，僵硬得像绞死者的舌头，唇间还留有他们离开疯狂的精神病院时发出的最后的哭喊的残迹，在那里他们被当作疯子，进入这个最后的庇护之所前已经在炼狱里待过一段时间了。他们不是真正的德莱弗斯[①]、爱迪生、

① 这里可能是指 Alfred Dreyfus（1859—1935），法国炮兵指挥官，具有犹太背景，曾被指控犯有叛国罪，当时曾经轰动一时，被称为阿尔弗雷德事件。

卢契尼[1]，而是假冒者。他们也许果真是疯子，选择某个准确的时刻拼命捕捉住进入头脑的某个精彩的思绪，定格在里面。真理呈现的瞬间被巧妙地提纯出来，成为新的生命存在的关键，像元素般纯洁精粹。从那时起，那个唯一的念头像惊叹号般固定在头脑中，他们牢牢把住那个念头，单脚站立，悬在半空中或者固定在某个未完成的姿势上。

我焦急地穿梭在蜡像群中寻找麦斯米兰。终于找到了，他并没有穿着气派的“莱瓦特号”舰队司令的制服，他就是随这支舰队乘着“勒熙德号”旗舰从图伦出发前往墨西哥的，他也没有穿生命最后几天穿的骑兵将军的绿色燕尾服。他穿着一件普通的西服，一件带着长长折叠下摆的大衣，一条浅色裤子，下颏紧贴打着领结的高高的衣领。人群在他面前围成一个半圆形，我和鲁道夫在人群中崇敬地站住。我忽然僵了似的定在那里。离我们几步之遥，在第一排观众中，站着身穿白衣的比安卡，由家庭女教师陪同。她站在那里观赏着蜡像。这几天来她的小脸蛋变得更加苍白，已经出现了黑眼圈，阴影浓重，带着刻骨的忧伤。

她安静地站在那里，抱起的双手掩藏在衣服褶子里，严肃的眉宇下那双哀伤的眼睛注视着展品。看到她的刹那，我的心都要流血了。我下意识顺着她凝视的方向看过去，居然发现麦斯米兰

---

① 这里可能是指意大利人 Luigi Luccheni，该人于 1898 年曾想刺杀在日内瓦的法国奥尔良公爵，未遂，决定找另外一个欧洲王室要员下手，最后瞄准了奥地利皇后和匈牙利皇后茜茜公主，并将其刺杀。

的五官在活动，好像醒过来了，嘴角带着某种笑意上翘，眼睛闪亮，开始顺着自己的轨迹转动，覆满各种装饰的胸脯随着一声叹息鼓了起来。这不是什么奇迹，而是简单的机械把戏。只要适当地上紧发条，这位大公就可以在动力学原理的支配下前来上朝，动作跟他生前一样优美、庄重。现在他正扫视着参观者，眼睛专注地依次凝视着每个人。

他的目光在比安卡的眼睛上停留了片刻。他畏畏缩缩，犹犹豫豫，极力克制，似乎想说什么。但是片刻后，迫于机械惯性，他继续把目光掠到别人脸上，带着不变的欢迎和灿烂的微笑。他感觉到比安卡的存在了吗？这种存在抵达到他的内心了吗？谁知道呢？连他自己都不健全，不过是自己前世生命存在的近似摹本，很多东西被削减掉了，处于极度虚弱状态。实事求是地说，你必须承认，在某种程度上，他是自己最近的亲戚，也许在这种环境中，在死了这么多年后，甚至可能最像自己。以蜡制形式复苏后，恐怕很难有真正的灵魂。他的生命存在中一定悄然溜进某种全新和可怕的要素，某种陌生的东西大概从这个沉浸在狂妄自大中的机灵的疯子的疯狂性里自行独立出来——现在这似乎让比安卡心里充满敬畏和恐惧。重病人有时也会发生变化、神游体外，更不要说这些被粗糙地复活起来的人了。现在他如何代表自己的血肉之躯行事呢？他带着做作的步态和霸气，继续表演着粗鄙的皇室闹剧，既庄重又滑稽。当他出现在自己和别人聚集的以医院模式管理的蜡像收容所举办的展会上时，他想极力掩饰什么，还是害怕观众呢？煞费苦心地从某个人身上稀释掉疯狂性，终于清爽、健康、得救后——他就可以不必因为再次陷入混乱和骚动而焦虑了吗？

当我把目光再次转向比安卡时，发现她已经用一只手帕掩住脸庞。家庭女教师搂着她，用瓷蓝的眼睛空洞地凝视着她。我再也看不出比安卡脸上有丝毫痛苦或者抽泣的痕迹。我拽了下鲁道夫的衣袖，我们朝出口走去。

在我们背后，那位虚构的祖先，那位风华正茂的祖父，继续用各种热情的皇室礼节向观众鞠躬行礼：由于热情过头，他甚至举起自己的手，几乎要在凝固的沉默中给我们飞吻了。在电气灯的嘶嘶响声和雨滴落在帐篷帆布上发出的安静的声音中，他用尽最后一丝余力踮起脚站起来，像其他人一样奄奄一息，渴望着那张裹尸布。

我们来到前厅，那个女售票员虚构的躯体对我们说着什么，这时她身上的珠宝和金牙在魔幻般的布料黑色背景的映衬下闪着银光。我们走进外面雨露般的夜晚，雨使空气变得有些温暖。屋顶上的雨水闪着光，沟渠里的浊水在单调地汩汩流淌。我们穿过倾盆大雨，被街灯照得发亮，在雨中叮当叮当地走过去。

32

人性中那深不可测的乖戾，实在是既可恨又迷人！谁的头脑中会冒出那种狠毒、邪恶的念头，比最复杂细腻的想入非非还要大胆？我越是钻到它的邪恶深处，就越对背信弃义，那邪恶思想中恶魔天才的灵光一闪感到不可思议。

因此，直觉不会把我带向歧路。眼下，就在身边，在一种明显的合法性中，在有各种约定保障的和平时期，发生了一桩令人毛骨悚然的罪行。在那个春天的天真烂漫中，在悄无声息的沉默中，正在上演怎样一出阴郁的戏剧，一出被遮得严严实实的秘密戏剧，乃至谁也猜不出它、探知不到它。谁能想象得到，在那些闭口无言滑动着眼珠的哑巴似的蜡像和纤美精致、教养良好、举止优雅的比安卡之间，正在上演一出家庭悲剧呢？比安卡到底是什么人？我们最终会揭开这个秘密的真相吗？如果比安卡既不是出自墨西哥的正统皇族，甚至也不是那个来自流浪剧团的舞台，用美貌征服了麦斯米兰大公的庶民出身的妻子伊莎贝拉·德·奥格兹所生，又是谁的孩子呢？

如果比安卡的母亲就是那个他称之为康奇塔的克里奥尔小姑娘——她以那个名字通过所谓的后门进入了历史——那会怎么样呢？我借助那本邮册所能收集到的她的信息只有寥寥数语。

这位皇帝逊位后，康奇塔带着她的小女儿出国去了巴黎，靠某个遗孀的养老金接济生活，仍然怀着弥坚的信念，对皇帝情人一往情深。到了这里，正史中便失去了那位令人同情的人物的踪迹，让位于道听途说和虚构。这个女儿的婚姻以及后来的命运就一无所知了。接着，到了 1900 年，某个叫 V 的夫人，一个超凡脱俗、美貌绝伦的女人，跟小女儿和丈夫持假护照离开法国去往奥地利。在萨尔茨堡，在奥地利 - 巴伐利亚边界，在换乘去维也纳的火车时，全家被奥地利宪兵拦住逮捕。检查过假手续后，V先生被释放了，但他却没有设法营救妻子和女儿。他当天就返回了法国，他的一切线索就此消失。从那以后，这个故事开始变得扑朔迷离。因此，这本邮册帮我找到这几位流亡者的踪迹时，我欣喜若狂，这个发现是我独立完成的。我成功断定所谓的V先生非常可疑，他用一个完全不同的名字出现在一个完全不同的国家。不过，小声点！关于此事目前还没有更多可说的。现在完全可以断定比安卡的身世了。

33

对经典正史而言，这些描述已经算相当可观了。可是，官方的历史记载仍然残缺不全。其中还有一些故意留下的空白，漫长的休止期，春天迅速用它的幻想把这些空白填充好。在春天变幻无常的纷纭复杂中，要想发现一丝真相是需要耐心的。也许可以通过对春天的段落和句子进行精心的语法分析来获得真相。要问：谁？谁的？怎么了？你得清除掉鸟儿诱人的饶舌——那突兀的副词、介词以及诡异的代词——让人颇费思量。那本邮册随处可做我的研究指南。这个愚蠢、毫无辨别力的春天！它以万物的蓬勃生长来掩盖一切，用胡说八道、解颐的玩笑来混淆视听，有时也令人开怀。这个春天会是弗朗茨·约瑟夫的同盟吗？他们是用共谋的纽带捆在一起的吗？哪怕有些微线索突破，立刻就被上百个谎言以及胡说八道的雪崩淹没。那些鸟儿用自己家族的标点符号消灭了所有的证据，抹掉了一切踪迹。真相很快被春天的奢靡逼得无处可去，用蔓延的花朵填满每处空白情节、每条缝隙。如果不在某个无人能找到的地方，在天国的日历和记载中，在乞丐和流浪汉哼唱的直接来自邮册的小曲中，真相会藏身何处呢？在哪里可以找到真相的庇护所？

34

很多个阳光明媚的星期过后，迎来一段炎热、阴郁的日子。天空幽深如同在古老的壁画上，在令人压抑的寂静中，乌云的涯岸如同那不勒斯画派作品中悲惨的战场若隐若现。在这些沉闷、灰烬色的云团的映衬下，房屋粉笔般的白色晃眼地闪烁着，上梁和壁柱浓重的阴影进一步强化了这种耀眼感。人们走路时都低着脑袋，情绪阴沉压抑得像一场即将来临、充满静电的暴风雨。

比安卡再也不去公园了。显然她被看管得更紧，不允许外出了，他们一定嗅到了危险的气息。

我在城里看到一伙绅士穿着黑色的礼服，戴着高高的帽子，迈着外交官式精心计算的步子穿过集市广场。他们洁白的衬衣前襟在铅灰色的空气中闪着光。他们默默地注视着路边房屋，好像在评估着它们的价值，然后又迈着缓慢而有节奏的步子走过去。他们精心刮过的脸上留着炭黑的胡须，眼睛明亮有神，在自己的轨道上灵活地转动着，似乎上过润滑油。他们频频摘掉帽子擦拭一下眉毛。他们全都消瘦、挺拔，都是中年人，都长着歹徒般阴郁的脸。

35

白天逐渐变得阴沉、多云、灰暗起来。远方一场即将来临的暴风雨日夜在地平线上等待着、埋伏着。在这种巨大的沉默中，一丝鲜氧不时地穿过钢铁般厚实的空气，带来雨水、湿气和新鲜的微风的味道。

接着，花园的空气中充满响亮的叹息声，叶子仿佛在一天或者一夜间匆匆生长出来。所有的旗子都沉甸甸地垂下，变得更加阴沉，无望地把最后一束束彩色喷进那密实的光环中。有时，在某条街的入口，有人把半张脸转向天空，像一道黑乎乎的截面，上面缀着一只亮晶晶的吓人的眼睛，这张脸还在聆听着空中的隆隆声，听着正在飘过的乌云带电的沉默，而天空上划过颤抖着向上翘起身子、箭一般的黑色和白色的飞燕。

厄瓜多尔和哥伦比亚正在发生骚乱。在这种不祥的沉默中，一列列身穿白裤、白色皮带交叉在胸前的骑兵正在码头集结。智利人的独角兽傲然耸立。晚上，在天空的衬托下，人们可以看到它的轮廓，那头可怜的动物，惊恐得不敢动弹一步，它的角悬在空中。

36

日子正在陷入更深的阴暗和忧郁中。天空自己遮挡着自己，低垂着，酝酿着一场黑色的危险的暴风雨。烤得发焦和五颜六色的大地正屏住呼吸，只有那些花园，无论疯狂还是陶醉，都在继续生长，吐发新叶，空余的地方都充满了冷冷的绿色。（那丰满的花蕾黏黏糊糊的像一个发痒的红疹，既疼痛又满是脓水，跟冰凉的叶子融合在一起，形成叶子似的疤痕，渐渐获得了绿色的健康，无度地繁殖着。它们在自己的绿色下窒息了杜鹃凄凉的啼鸣声，这时鸟儿遥远的声音隐隐约约从深深的树丛中升起，完全被叶子幸福的洪流闷住了。）

在那片昏暗的背景中，为什么那几幢房子却闪烁着如此耀眼的光呢？当喧闹的公园渐渐幽暗，在没有了阳光的空气中，房子上的白光显得尤为强烈，带着被炙烤过的大地炽热的反光闪烁着，好像刹那间泼了层传染病发炎的病灶。

几条狗在无精打采地乱跑着，拿鼻子嗅着空气，疯狂、兴奋地在那片毛茸茸的绿色中嗅着。某种宏大的东西正逐渐显形，酝酿着从近日阴沉的封闭状态跳跃而出。

我想弄明白什么事物堪与蕴含在如此巨大的电荷负载中的这

般消极期待相比，什么事情堪与那种灾难性的低压相比。

正在酝酿的那个事物在促使大自然为众多花园也无法使之充盈的水槽做好准备，尽管这些花园里已经有了百合花最迷人的味道。

37

黑人，成群的黑人在这个城市游荡！顷刻间在许多地方可以随处看到他们。他们成群地走在大街上，吵吵嚷嚷，粗野地跑来跑去，冲进杂货店，偷吃东西。他们开着玩笑，互相推推搡搡，放声大笑，眼白忽闪着，嘴里咕咕哝哝，亮出闪闪发光的白牙。民兵还没有动员起来，他们就已经消失在稀薄的空气中了。

我已经感觉到它就要来临：它迟早要来临。那是气象张力的自然结果。直到此刻我才意识到感觉了很久的那个东西是什么：这个春天在宣告那些黑人的到来。他们来自哪里？为什么成群结队、穿着条纹棉浴衣的黑人会忽然出现在这里呢？那是从附近开办马戏团，带着演员、牲口、妖魔络绎不绝的队伍四处云游的了不起的巴纳姆[①]那里来的吗？那些挤满没完没了喧闹的动物和杂技演员的马车在我们附近的地方停下来过吗？根本没有。巴纳姆在遥不可及的地方。我有很多猜疑，可我不愿透露一个字。为

---

① 巴纳姆（Barnam，1810—1891），美国著名马戏艺人，“人间第一奇观”马戏团的创建人之一和经理。

了你，比安卡，我会仍然保持沉默，而且任何痛苦的折磨都休想从我身上榨出丝毫的坦白。

38

那天我慢条斯理地精心打扮了一番。面对镜子，我终于在自己脸上弄出一副镇定自若、冷酷无情、毅然决然的表情。我小心地给那把手枪装好子弹，顺进裤子的屁股兜里。我又瞥了一眼镜子，拍了拍夹克上的胸兜，那里藏着一些文件。我已经准备好要去面对那个人了。

我已经体会到绝对的镇定和决然了。比安卡的未来危如累卵，为了她，我准备不惜一切！我决定不告诉鲁道夫。我对他越了解，越强烈地感觉他是一个庸人，无法超越猥琐。我已经厌倦了那张脸，这张脸对我的任何一个奇思妙想，一会儿是惊讶得错愕不已，一会儿又是嫉妒得惨白无色。

我在深深的沉思状态下迅速走过那段不长的地带。当那些铁大门带着减震效果在我身后砰地关上时，我立刻进入一个气候和气流截然不同的地方，进入某个辉煌岁月中冰凉而又陌生的地区。黑色树枝指向一个完全不同的抽象时代，光秃、叉裂的顶梢在一片绝对陌生地带苍白天空映衬下露出清晰的轮廓。林荫道已经关闭。辽阔的天空中喑哑的鸟啼划割着寂静，那是一种沉重的寂静，负荷着重载，散入灰暗的沉思，散入没有止境或目标、游移不定、巨大的苍白之中。

我昂着头，既冷静又自信，我请求通报见人。我被带进一间幽暗的大厅，里面流溢着一种沉静的奢华光晕。花园里的空气透过一扇敞开的高窗，带着一股香气轻轻飘进来。这些柔和的气流穿透翻动的窗帘上柔和的过滤眼，让各种东西焕发出生气。在一间带玻璃门的小屋里，若有若无的琴键沿着排排威尼斯产的滚筒传来共鸣声，墙纸上的树叶沙沙响动，银光闪闪，令人生畏。

离奇的是，古老的室内陈设居然能折射出昔日阴暗的喧嚣，过往的历史试图在静止状态再次上演，同样的情景以无数不同的方式自我重复着，被墙纸和悬挂物徒劳无益的论争上下、里外翻腾着。败坏和搅扰后的沉默沸腾成了一片反唇相讥。为什么要掩饰这个呢？经过一夜又一夜秘密药物的注射，极度的兴奋和激情的突发都不得不在此平抚下去，墙纸提供了温柔的风景和遥远的波光粼粼的河水的幻景。

我听到一阵脚步声。一个男子由贴身仆人带着走下楼梯，他虽然矮小却很结实，表情内敛，巨大的角框眼镜上的反光让人看不清他的真面目。我第一次这么近距离地面对他。他城府很深，但我不无满意地发现，我先说过几句话后，他的脸上出现了两道忧虑和痛苦的沟壑。然而，在眼镜背后，他摆谱的脸上调整出一副傲慢的面具来。我看出他开始有点惊慌。随着他的兴趣越来越浓，从专注的神情显然可以看出他终于开始严肃地对待我了。他把我邀请到隔壁书房。我们进去时一个身穿白衣的女人迅速从门口闪开，然后消失在屋子的深处。好像她一直在聆听谈话，她是比安卡的家庭教师吗？我走进这间屋子时仿佛感觉走进一片丛林。模糊的绿光被窗户上垂下的威尼斯式窗帘淡淡的阴影弄成道道竖条。墙上挂满了植物的绘画，色彩斑斓的小鸟在巨大的笼子里扑腾。也许是为了想赢得时间，这人给我看了些原始武器的样本——有钝头木标枪、回飞棒、印第安战斧等——这些东西都在墙上展示着。我敏锐的嗅觉已经探知出了箭毒的气息。当他手里玩弄一种原始戟的时候，我提醒他应该当心，并且亮出手枪来强化警告。他露出一丝诡秘的微笑，把那件武器推回原位。我们在一张巨大的黑檀木桌子边坐下。我谢了谢他给我的雪茄，说不会抽烟。我的坚忍不拔显然给他留下深刻印象。他下垂的嘴角叼着那支雪茄，面带丝毫激发不出自信的友善望着我。接着，他翻过支票本上的几页，忽然提出一个妥协方案，所谓的一笔四位数的款项，这时他的瞳孔滚到了眼角。我嘲弄性的微笑使他骤然改变了谈话主题。他叹息一声，打开一册巨大的账本。他开始解释自己的境况。比安卡的名字一次都没有提及，尽管我们说的每一句话都跟她有关。我无动于衷地凝视着他，嘲讽的微笑从来没有离开过我的嘴唇。终于，他极度疲惫地向椅背靠过去。

“你是追查不出什么来的，”他仿佛是在自言自语，“你究竟想要干什么？”

我又开始讲起来。我的语调很柔和，带着内敛的激情。我脸色绯红。我颤抖着好几次提到麦斯米兰的名字，并且特意强调了这个名字，观察到我的对手的脸成功地变得更加苍白。我终于讲完了，沉重地喘着气。他坐在那里已经难以自持。他已经控制不了脸上的表情，骤然间变得苍老和憔悴了。

“告诉我你的决定吧，”我断然地说，“不管你是否真的知道了事件的最新动态，是否准备采取行动来继续这种动态。我只要事实，除了事实什么也不要……”

他用一只颤抖的手去摸索那个铃铛。我举起手拦住他，我用手指扣着手枪扳机，后退着从房间撤了出去，到门口时，仆人把帽子递给我。我来到一间洒满阳光的露台上，眼睛里还满含正在消退的黄昏的余晖。我下了楼，头也不回，非常得意，心里已经很有把握：不会有刺客从这幢别墅悬挂的窗帘后面伸出枪来瞄准我。

39

由于涉及重要事件、最高国务机要，迫使我经常与比安卡交谈。我为了进行这些谈话常常要做精心的准备，深夜时还坐在书桌边，探索着某个精美人物的身世细节。时间在消逝，夜晚在敞开的窗外轻轻地站住，变得更加老到和庄重——表示夜色已经更深——最终无奈地长叹一声自动解除了武装。这间幽暗的屋子发出漫长、缓慢的吞吐声，吸食着公园的空气、蓬松的种子、花粉，以及在墙壁一带无声无息地轻轻飞翔的毛茸茸的蛾子。墙纸带着恐惧、凉爽的快感沙沙地响着，幻想的飞翔开始了。某个五月之夜的恐慌与胡闹开始了。当我俯身对着纸张书写时，明亮的蚊虫浮游物，那透明、晶亮的群体落到我的身上，我工作到用完那短暂的时辰。蟋蟀和蚊子降落在我的纸上——像花体字、细小的字母组合、夜晚发明出来的复杂图案——它们的个儿越来越大，越来越异常，变得像蝙蝠甚至吸血蝙蝠一样庞大。

在这种神游天外、漫无边界的夜晚，空间已经失去意义。在闪亮的蚊子的团团包围中，几束稿纸终于准备就绪后，我朝一个不可知的方向迈出几步，迈进一条肯定在夜晚的某个门口结束的死胡同，那一定就是比安卡家洁白的大门。我按了下门把手然后走进去，似乎经过了一个又一个房间。当我穿过门道时，黑色的宽边礼帽飞了起来，好像是被风吹的。当我把一个塞满最高机密文件的公文包贴到胸口时，我那打得漂漂亮亮的领带在阵风中凌乱起来。好像我从夜晚的门廊迈进了夜晚的特定仪式。人们可以尽情地呼吸这夜晚的新鲜空气！这里是那片盘根错节的灌木丛，这里就是弥漫着茉莉芳香气息的夜晚的核心。

那天晚上真正的故事就是在这里开始的。床头亮着一盏带粉红色灯罩的大灯。在粉红色的光辉中，比安卡躺在巨大的枕头上，那几只枕头摆在一扇宽敞的窗户下，像浮在夜晚的潮汐上般在床上漂游。比安卡在看书，斜靠着洁白的胳膊。我深深地鞠了一躬，她从书本上方迅速看了我一眼算是回应。近看，她的美丽有所削弱，还不至于让人无法抵御。我心怀亵渎的快感，注意到她鼻子的形状长得并不高贵，肤色也远谈不上完美。注意到这点后我心里有一种释然的感觉，但我清楚她怀着某种怜悯内敛着自己的魅力，为了不让我气喘吁吁和张口结舌。她的美在距离的作用下重放光彩，接着变得令人痛苦不堪和无法忍受。

在她点头鼓励下，我在她床边坐下，借助准备好的文件开始汇报。透过比安卡脑袋后面那扇敞开的窗户，可以听到树木疯狂的沙沙声。树的队伍走了过去，穿过墙壁，自行蔓延开来，无所不在。比安卡有些心烦意乱地听着我的讲述。令人恼火至极的是她始终没有停止阅读。她让我对每件事都提出有说服力的论证，列举正反两方面的论据，接着从书本上抬起眼睛，有点心不在焉地闪着她的眼皮，做出一个匆促草率但却惊人机敏的决定。我对她的每个措辞都专注、凝神地听着，留心着她的声调，以便理解她的弦外之音。后来我谦卑地呈上那几页纸让她签名。比安卡签了，眼神无精打采，睫毛投下长长的阴影，望着我也签上名时面带一丝嘲讽。

也许时辰太晚，过了午夜，不利于集中精力研讨国事。夜抵达最后的边疆后开始消融。我们谈话期间，待在室内的幻觉逐渐减弱。事实上，我们现在已经置身一片森林的中心地带。每个角落都长着一丛丛蕨草。床后，一个灌木屏风活跃而繁复地移动着。在那面叶子构成的墙壁附近，大眼睛的松鼠、啄木鸟以及形形色色在夜晚出没的生灵都现身了，一动不动地拿晶亮的凸起的眼睛盯着灯光。在某个时刻，我们已经踏进某种非法时间，走进一个失控的夜晚，很容易做出各种过分和疯狂的举动。现在发生的一切都没有价值，都琐碎不堪，全是不经意的失误以及夜晚的放纵行为。这大概是因为比安卡的举止出现了异常变化。总是那么自信和严肃的她，这个完美主义者的化身，现在变得古怪出格、自相矛盾和反复无常。那几页纸在她书桌辽阔的玻璃板平原上摊得到处都是。比安卡无动于衷地把它们捡起来，随便瞥了一眼，然后又任其从松开的指间落下去。她把一条苍白的胳膊搁在脑袋下面，板着脸，故意迟迟不做出决定，让我在那里等待着。有时她索性转身背对着我，用手抓搔着耳朵，对我的恳求和劝告充耳不闻。接着，她一言不发地在被单里蹬上一脚，把那些纸全都弄落到地板上。她瞪大眼睛，目光从枕头那里掠过胳膊观察着我跪在地上小心地捡起纸，吹着落在上面的松针。这些反复无常的古怪举动虽然自有无穷的魅力，但却没有让我艰巨、负责的摄政使命变得更容易。

我们谈话期间，这片森林中传来的飒飒声和茉莉花的香气在房间里刺激出风景的幻象。数不清的树枝和灌木，所有的林地美景，从我们身边经过。接着我们逐渐明白过来，发现自己仿佛登上了一列火车，一列夜晚的森林火车，缓缓地顺着这个城市树木环抱的郊区边缘的一道峡谷前行。一阵沁人心脾的微风穿过车厢吹来。一个提着灯笼的列车员从某个地方闪现，出现在树林中，用手中的工具在我们的票上打了个孔。夜色愈浓，气流变得更加刺骨。比安卡的眼睛闪闪发光，面颊绯红，一个妩媚的微笑开启了她的双唇。她想对我吐露心声吗？想透露一个秘密吗？比安卡谈到了叛国，她的脸兴奋得发烫。她像玻璃板下的蜥蜴般扭动着，责备我背叛了自己最庄严的使命。她用那双最纯美的眼睛固执地盯着我此刻苍白的脸，这时她的眼睛在突如其来的愉悦中眯成一条缝儿。

"干吧，"她轻声却有力地说，"干吧，你会成为他们中的一员，那些黑人中的一员……"

我在绝望中把手指放在嘴唇上，做出一种恳求的姿态，她的那张小脸神情忽然变得卑鄙和恶毒起来。

"你这种顽固的忠诚和使命感太荒谬了。只有上帝才知道你为何如此自以为是。我要是选择鲁道夫又会怎么样呢？我对他的喜欢超过了你，你是个让人讨厌的书呆子。他会俯首听命，会跟随我去犯法，跟随我去毁灭的！"

接着，她换上一副得意扬扬的表情问道："你还记得伦卡吗，那个洗衣女工安东尼娅的女儿，你小时候跟她玩儿的那个女孩？"

我惊奇地打量着她。

"那就是我。"她咯咯地笑着说，"不过，那时我是个小男孩。你那时喜欢我吗？"

哦，春天最深处，某种东西已经腐烂和消解。比安卡，比安卡，连你都一定要让我失望吗？

40

我害怕过早地亮出自己的王牌。为了那笔很高的赌金，我在玩一场铤而走险的游戏。我已经很久没有对鲁道夫汇报事情的进展了。另外，最近他的举止也有点儿变了。嫉妒，他最显眼的性格特征，开始换以宽宏大量。不管什么时候我们不期而遇，他的表情和笨言拙语中都会流露出热烈却又很尴尬的亲密劲儿来，可是以前，在沉默和有所期待的克制的懊恼表情之下，至少会流露出贪婪的好奇心，对新线索满怀渴望。现在，他变得出奇的镇定，似乎对我要说的东西毫无兴趣。这倒挺投合我，因为每天晚上，我都要在蜡像展览馆出席一些极其重要的会议，这些约见对处于时间中的生命存在而言大概还属于秘密。与会者们被我慷慨提供的酒灌蒙后，索性在自己的小密室里睡着了。我呢，在几根冒着烟雾的蜡烛的光亮中，与尊贵的蜡像伙伴商谈。他们中有些是皇室人员，谈判可真不容易。他们还保留着一种本能的、现在已经无法施展的骑士精神，一种在某些原则的火焰中燃烧，把自己的生命赌上去的豪爽。那些曾经引导他们生活的理想，在平庸的日常生活中一个接一个崩溃。他们站在这里，已经筋疲力尽，但仍然充满了用不完的能量。他们目光炯炯，等待着自己发挥最后作用的信号。当他们如此不堪一击毫无还手之力时，给他们错误的暗示，提出任何能想到的建议是何其容易啊！当然，这倒让我省了事。可是话说回来，接近他们，在他们心中燃起兴趣的火花，又非常困难，现在他们变得那么虚无和空洞。

彻底唤醒他们，需要我付出极大的努力。他们躺在床上，面容死一般苍白，连呼吸都很吃力。我得逐一俯在他们身上，轻轻地呢喃着那些致命的话语，那些会像电流般击醒他们的语言。他们将睁开一只惺忪的眼睛。他们害怕客人，不是假装聋了就是假装死了。他们只有确信我们是单独聚会时才可能从床上支起身子，裹着碎布做的绷带，抚摸着木材做的四肢，以及假肺和仿制的肝脏。起初他们对别人很不信赖，想来自己熟悉的老一套。他们不明白为什么大家都询问不同的事儿。他们闷闷不乐地坐在那里，不停地呻吟着，这些曾经辉煌一时的人，这些人类的花朵：德莱弗斯、加里波第①、俾斯麦、维克多·艾曼纽一世②、甘必大③、马志尼④，还有许许多多其他人。最难劝服的是麦斯米兰大公本人。我在他耳边轻语，不断地重复着比安卡的名字，他只是眨巴着眼睛，脸上看不出有任何听懂了的闪光。只有当我清晰地说出弗朗茨·约瑟夫的名字时，他的脸上才闪现出一种疯狂的怪异表情，纯粹是一种条件反射，但他没有动丝毫感情。那个独特的情结早就从他的意识中清除掉了：有了它，怀着那种炽热的

---

① 加里波第（Garibaldi，1807—1882），意大利爱国者、将军。

② 艾曼纽一世（Victor Emmanuel I，1759—1824），撒丁国王。

③ 甘必大（Gambetta，1838—1882），普法战争中法国民族英雄和国务活动家。

④ 马志尼（Mazzini，1805—1872），意大利作家、政治家，近代意大利资产阶级革命家，民族解放运动中和派领袖，现代意大利开国元老。

仇恨，其他如何与之共处，这个在克雷塔罗[①]血腥屠杀之后用碎片捏合在一起的人？我必须从头告诉他自己的生平。他的记忆力非常弱。我得重新点燃他潜意识的火花。我要在他身上植入爱与恨的元素，可是第二天晚上他就什么都忘了。更聪明的伙伴想帮助他，想激发出他应该表现出的各种反应。对他的再启蒙进展很缓慢，只能一步一步地来。他一直遭受严重冷遇，让那些与会者刺激得怒火中烧，尽管如此，我最终还是成功地让他在听到约瑟夫的名字时握住了那把剑。他差点刺着了维克多·艾曼纽一世，因为对方没能及时地给他让出路来。

其实，那些气度非凡的与会者绝大多数都怀着更大的渴望汲取了我的思想，而且比这位迟钝乏味、不幸的大公更敏捷。他们激情无限，我得用尽全力抑制他们。很难说他们是否完全明白自己为之奋斗的理想的含义，他们不关心其中的好处。他们注定要在某种信念的烈火中燃烧，由于我的缘故，他们着迷地想获得一个可以狂热地为之誓死而战的口号。我用催眠术让他们镇定下来，耐心地教他们如何保守机密。我对他们的进步感觉颇为自豪。哪位领袖曾指挥过如此杰出的部下、人中精灵的将军，一支由天才、跛子组成的护卫队？

那一刻终于来了，在一个暴风雨之夜，那些已酝酿很久的事物不得不发生了。闪电刺破天空，裂开了血淋淋的可怕的大地的

① 克雷塔罗（Queretaro），墨西哥地名。

内核，然后又关闭上。这个世界继续在树林的呼啸、森林的行进、地平线的变换中翻滚着。我们在黑暗的笼罩下离开了展会。我走在那个充满激情的大队人马的前列，在剧烈的蹒跚和咔嚓声中，在拐杖和金属的碰撞声中继续前进。闪电舔着马刀赤裸的锋刃。我们跌跌撞撞地来到那幢别墅的大门前。我们发现门是开着的。我预料到发生了什么阴谋，心里很忧虑，对着闪耀的灯火下了道命令。空气在燃烧的树脂裂片中变得通红，成群惊恐失措的鸟儿高高地飞起冲进那片闪电中，在这场孟加拉火花式电光中，我们能清楚地看到这幢别墅，它那被火光照亮的露台、阳台。屋顶上有一面白旗在飘扬。一种不祥的警兆油然而生，我带领武士们快步冲进院子，一个大管家出现在露台上。他弓着身子，从那个纪念碑似的楼梯上下来，有些犹豫地靠近过来，表情还算镇定。我拿刀指着他。我的忠心耿耿的战士们站住不动，高高地举起手中的火把，沉默中能听到火把的嘶嘶响声。

“V 先生在哪里？”我问。

他无奈地摊开双手。

“他已经走了，先生。”他回答。

“如果这样，我们要见他。公主在哪儿呢？”

“殿下也已离去，他们都走了……”

我没有理由怀疑他的话。一定有人出卖了我。不能再浪费时间了。

“将士们备马！”我大喊一声，“我们必须截住，别让他们跑了！”

我们冲进马厩。我们在燥热的黑暗中找到那些马。我们所有的人迅速骑上跳跃不已嘶鸣着的种马。我们在疾驰中形成一条长长的骑兵队，来到大路上。

“穿过森林朝河流方向去。”我指挥着大军，拐进一条森林小径。森林完全把我们吞没了。我们在各种吵闹的喧叫声中，在烦人的树林中骑着马飞奔，火光照着我们拉得长长的队列的前进路线。我的头脑里各种想法纷至沓来。比安卡遭绑架了吗？地位卑贱的父系亲属们控制了母系的权力，战胜了我一直在徒劳地向她灌输的使命感吗？那条路变得越来越狭窄，最后变成一条沟谷，尽头露出一片宽敞的林中空地。我们在那里终于追上了他们。他们发现我们后便停下马车。V先生从马车里出来，双臂抱在胸前。他朝我们走来，眼镜在火光的映照下闪着猩红色。十二把亮晃晃的刀指向他的胸口。我们围成一个巨大的半圆，默默地小步向那些马匹靠过去。为了看得更清楚，我遮住自己的眼睛。这时火光落在那架马车上，我发现比安卡就在马车里，面色苍白得要命，她旁边坐着鲁道夫。他握着比安卡的手，把它贴在自己胸口。我缓缓地从马上下来，摇摇晃晃地向马车走去。鲁道夫站起来，似乎想出来跟我说话。

我在马车边站住，转身望着慢慢跟随在我后边的骑兵，他们已经准备好马刀。

“先生们，有扰诸位了。这些人自由了，如果愿意，可以继续赶路。不要骚扰，不要动他们一根毫发。诸位已经尽了职责，先生们。请收起你们的马刀。我不知道，你们有多么彻底地明白那个我灌输给你们的理想，它多么剧烈地点燃了你们的想象力？那个理想，正如你们所见，现在已经彻底失败了。我相信，凭你们的用心，也许可以无损地让它失而复得，因为你们早在自己的理想破灭之前就生存下来了。现在你们已经坚不可摧。至于我……不过千万不要管我，我不会像你们想象的那样，”这时我把面庞转向马车里的人，“不要认为我对发生在自己身上的所有这些事毫无准备。不是这样。这些早就在我预料之中。如果这么长时间我抱着错误不放，不肯承认事实，那仅仅是因为我假装能办到那些事情，或者光明正大地预料到那些事件。我想仍然扮好命运分配给我的那个角色，我想完成自己的使命，仍然忠于已经取得的地位。因为，我现在必须遗憾地坦白：尽管我是受理想的驱使，我仍然不过是个篡位者。我盲目地对这部作品评头论足，充当上帝旨意的阐释者。我误解了那些我信以为真的从那本邮册中发现的蛛丝马迹的行踪和暗示，不幸的是，我把它们编织成一幅自己杜撰的布缎。我把自己的趣好强加给这个春天。我设计出自己的程序来解释它的灿烂并想驾驭它，想让它按照我自己的想法运行。这个春天已经让我失魂落魄了许多时间，它是那么耐心和无私，几乎视我为不存在。我利用了它对宽容、对孤独甚至对共谋的不闻不问。我以为，我可以破译它的本质，它最深刻的意图——比春天本身还要高明。我以为可以读懂它的灵魂或者预测，以及因自身宏大所限而不曾表达出来的东西。我没有在意它狂野不羁的独立性的一切信号，我忽略了它剧烈而又数不尽的混乱。

“由于我的狂妄自大，我竟敢走得如此之远，想打探最高权贵的皇室事件，为了对抗那个造物主，我把你们动员起来，先生们。我滥用了你们对思想的轻信，你们高贵的信赖，为了在你们身上培植一种虚假、反传统的教条，为了左右你们炽烈的理想主义，为了一次放荡不羁的、有欠考虑的行动。我不想搞明白自己是否胜任野心驱使我去履行的这些最高义务，然后再被它们所抛弃。我的举动超出了自己的能力，而这却是早就可以看得出的。事实上，我从一开始就知道自己的命运。跟那个无辜的麦斯米兰的命运一样，我的命运跟亚伯一样。有时，鲁道夫，我的献身仿佛是在取悦和讨好上帝，你的机会似乎为零。但是该隐永远是赢家。骰子总是跟我过不去。”

这时，远方的一声爆炸把天空震撼得晃动起来，森林中升起一团大火。大家都转过头去张望。

“保持镇定！”我说，“那是蜡像馆着火了。我们出发前在那里放了一桶点燃导火线的炸药。你们已经无家可归了，尊贵的先生们，现在你们真正无家可归了。想来这没有过于影响到诸位吧？”

然而，这些曾经权倾一时的人物，这些人类的领袖，默默地站在那里，无奈地滚动着眼珠，在远方照来的火光中疯狂地保持着战斗的方阵。他们面面相觑，不知如何是好。

“先生，你，”我亲自对麦斯米兰大公说，“你错了。也许你后悔太狂妄自大了。我没有权利代表你来改造这个世界。也许这也绝非你的本意。毕竟，红色像所有其他颜色一样，不过是颜色的一种，只有所有的颜色荟萃在一起才会贡献出整体的光芒来。原谅我出于你根本不知情的目的而误用了你的名字。伟大的弗朗茨·约瑟夫万岁！”

大公听到这个名字后浑身战栗起来，准备去抽马刀，接着又犹豫了一下，仔细想了想，但是一道更加鲜亮的红晕染在他化过妆的脸颊上，他噘起嘴角，眼睛开始顺着轨道转动，迈着非常正规的步子，极其尊贵地开始上朝问政，面带灿烂的微笑，逐一从每个人身边走过去。大家都躲开他，纷纷咒骂起来。在这个极不恰当的时刻表演这种皇家做派，可能给大家留下了很糟的印象。

“别这样了，先生。”我说，“我不怀疑你谙熟宫廷礼仪，现在不是摆谱的时候。我要向你们，尊贵的先生们，还有你——公主，宣读我的逊位令，我打算彻底退出。我要解散这个三位体制。我要放弃摄政，支持鲁道夫。你们，尊贵的先生们，”这时我又转向全体同事，“现在可以自由离去了。你们的心意都是很好的，我衷心感谢你们，以我们逊位的理念的名义——”我的泪水夺眶而出——“尽管，一切……”

这时旁边传来一声枪响。我们的脑袋都朝那个方向转过去。V先生手里握着还在冒烟的手枪，身体奇怪地僵直地朝一侧倒去。他的举止十分怪异，踉跄了几步，然后脸贴在地上倒下了。

“父亲，父亲！”比安卡尖叫着扑到那个已经气息奄奄的人身上。随后，场面变得混乱不堪。加里波第是个老手，对付伤员很有经验，他俯在V先生身边。那颗子弹已经穿透心脏。皮埃蒙特[①]国王和马志尼小心地扶起他，把他放在一条被单上。比安卡抽泣着，鲁道夫搀扶着她。那些正好出现在树底下的黑人围住他们的主人。“马萨，马萨，我们仁慈的马萨。”他们齐声唱着。

“今天晚上真是要命！”我大喊着说，“这个悲剧不会到此结束的。不过我必须坦白地说，我没有料到这个。我误会了他。事实上，他的胸中跳动着一颗高贵的心。我因此要重新校正对他的判断，以前的判断显然鼠目寸光、有失偏颇。他应该是一个好父亲，也是他的奴隶们的好主人。我在这件事情上的推断看来错了，但我并不因为承认这点而感到遗憾。鲁道夫，你现在的责任是安抚比安卡，加倍地爱她，去代替她的父亲。你也许要把他的尸体运到港口，我们将组成一支队伍向海港进发。我都听到了汽笛声。”

比安卡回到马车里。我们也骑上各自的马。黑人们扛起担架，我们全部掉头朝港口方向前进。骑兵队给这支忧伤的队伍殿后。在我发表演讲的时候暴雨已经减弱，火把的光在树林中间裂开一道道深深的口子，飘动的黑影在我们身后形成一个半圆形。

---

① 皮埃蒙特（Piedmont）为意大利一个地区。

我们终于走出森林。我已经看到了前方带巨桨的汽轮。

毋庸赘言，这个故事快接近尾声了。在比安卡和黑人哭泣声的陪伴下，死者的尸体被抬上轮船。我们最后一次重新整理了一番队列。

“还有一事，鲁道夫。”我说，揪住他上衣的一颗纽扣，“你现在就要继承一笔巨资离开这里了。我不想转弯抹角，给这些旧时代无家可归的英雄提供个庇身之所是我应尽的义务，可是，不幸得很，我是一个乞丐。”

鲁道夫立刻拿出他的支票本。我们经过私下短暂的商量后迅速达成协议。

“先生们，”我大声说，亲自对自己的士兵们发表演讲，“我这位慷慨的朋友决定补偿一下诸位替我出征的辛劳，你们因此失去了生计来源，丧失了头顶的屋檐。发生了这件事后，不会有蜡像馆再接纳你们，特别是竞争又如此激烈。你们得放弃部分理想。但是，你们将成为自由人，我知道，这个，对你们是很有吸引力的。不幸的是，由于你们没有接受过任何实际工作的训练，注定要为纯粹的象征性义务而献身，我的这位朋友在此献出一点，足以从黑森林购买十二个手风琴。到时你们将遍布世界各地，为了人们的欢乐而演奏。音乐的选择你们自己定。为什么要说得如此委婉呢，难道是因为你们不完全是真正的德莱弗斯、爱迪生、拿破仑吗？你们替他们背着这些名字，因为没有更好的称谓。你们将壮大众多前辈的数量，这些隐姓埋名的加里波第、俾斯麦和麦克马洪[①]，几千个这样的人物在世界各地四处流浪，不被承认。在内心深处，你们永远忠于自己。现在，亲爱的朋友们，尊贵的先生们，让我们共同祝这对新人幸福。鲁道夫、比安卡万岁！

“鲁道夫、比安卡万岁！”大家齐声欢呼。

黑人们吟唱着一首黑人灵歌。唱完后，我挥手把他们重新组合了一下，接着，我掏出手枪，大声说：“再见了，先生们，从你们即将看到的这一切汲取教训，永远不要去猜度神明的本意。没有人能识破这个春天的企图。我们永远不知道，先生们，不知道！”

我举起手枪对准自己的太阳穴就要扣动扳机，这时有人从我手中夺下枪来。一个德国宪兵军官站在我身边，手里拿着几页纸问道：“你是约瑟夫·N吗？”

“是的。”我回答。

“不久前，”这位军官说，“你有没有做过《圣经》中约瑟的梦？”

“也许……”

“那么你承认了，”军官说，检查着手中的纸，“你知道这个梦被最高层注意到了，而且遭到严厉谴责了吗？”

“我不能对自己的梦负责。”我说。

---

① 这里应该是指帕特里斯·麦克马洪（1808—1893），在克里米亚战争及意大利马真塔战役中扬名，升为法国元帅，后成为法兰西第三共和国第二任总统。

“不，你要负责。我要以皇帝的至尊名义逮捕你！”

我笑了。

“正义的惩罚来得多么迟缓啊。皇帝陛下的官僚体制的折磨来得太慢了。我已经通过采取更危险的措施，同时想以放弃自己的生命来结束这些措施，以这种方式超越更早些时候的梦，然而这个过了期的梦却救了我的命……我听从你的处置。”

我看见一群士兵走过来。我伸出双臂戴上手铐，然后再次回过头去。我看了比安卡最后一眼。她站在汽轮的甲板上，挥着手帕。老兵护卫队在默默地向我敬礼。

七月之夜

在学生时代最后那个漫长的假期，我第一次领略到夏夜的妙处。我们家整天沐浴在微风和从敞开的窗户透进来的夏天灼热的阳光照射之中，现在家里又收留了一个刚到不久的投宿者，我姐姐的小儿子，那是一个反复无常、胖嘟嘟的小家伙。他把我们家又弄回原始状态，把大伙降格到游牧和妻妾成群的女氏社会的生活状态，总是在清洗和晾晒被子、围裙和床单；肆意忽略女性外表，还伴之以热衷频频剥夺某种纯真特质，同时又弥漫着那种婴儿和奶水膨满的乳房特有的酸味。

经过一阵相当难受的拘束之后，姐姐离家到一个温泉疗养院去康复，姐夫开始只在吃饭的时间才露一下脸，父亲在店里待到很晚才回家。家务全由小孩的保姆操持，她那宽宏大度的女性气质因为承担了准妈妈的角色而得到进一步提升。她那种高贵的尊严，加上庞大和沉甸甸的身躯，给整个家庭打上了女子当政的封印。这是一种建立在完全熟透的淫荡的天然优势基础上的女权统治，由她本人和两个小女仆聪明地共享着，她们的举止活动随处都透着女性的那股聚精会神劲儿。花园里处处是飒飒作响的叶子、闪闪的银光和疏影婆娑中的静谧，它的繁花似锦与成熟被室内飘浮在白色亚麻布和那个含苞欲放的肉体之上的女性和母性的气息平衡掉了。在闪着灼热白光的正午时分，所有敞开的窗户上的帘子都惊恐地揭了起来，所有晾在绳上的尿布都排成一列飘扬。空中的种子、花粉和散落的花瓣纷纷通过这些亚麻、女衣构成的林荫道飘进来。公园光影的潮汐、断断续续的沙沙声和平息感渐渐弥漫进房间，好像这个属于潘神的时刻拔掉了所有的墙壁和隔板，把无所不在的一致性放进来统治整个世界。

那年夏天，我在小城唯一的那家戏院里打发过若干个夜晚，经常坐到最后一个节目结束后才离去。

从戏院大厅的黑暗中，在光与影的交织中，进入安静、明澈的休息室，仿佛在某个暴风雨之夜光临一家小酒馆的港湾。

结束了影片异想天开的历险后，在明亮的休息室里，你的心跳会平静下来，远离那个伟大的悲惨之夜的影响。在那个安全的庇护所里，时间凝滞不动，灯泡以某种节奏发射着无菌的光波，放映机单调的翻腾决定着这种节奏，售票室的摇摇晃晃维持着这种节奏。

休息室沉浸在深夜的单调中，像最后一列火车开出后的铁路候车室，有时仿佛生命弥留前的背景，仿佛当生命的骚动耗尽之后，其他一切都离去时留下的某种东西。在一张巨大的海报上，阿丝塔·尼尔森永远都在蹒跚而行，前额上有一块死亡的黑色污迹，她嘴巴大张，保持着最后呐喊的刹那间的姿态，她的大眼睛美得出奇，浑然天成。

售票员已经离开这里回到家很久了。这时她也许正在一张凌乱的床边忙乱呢，那张床在小屋里等待着她，像只小船般载着她来到睡眠的黑色潟湖上，进入复杂的梦幻世界。现在坐在售票室里的这个人不过是个鬼魂，一个幻影，用那双疲倦的浓妆艳抹的眼睛盯着空洞的灯，光线无动于衷地掠过她的睫毛，驱散了被灯泡裂成碎片的睡意的金色尘埃。她偶尔对着消防队那位士官虚弱地笑一笑，这人本身也是真实的空洞之物，戴着闪亮的钢盔一动不动地斜靠墙壁站着，周围散发着银色饰带和徽章浅浅的光辉。七月的深夜，门上的玻璃配合放映机的节奏和谐地晃动着，但是玻璃上电灯的反光在抗拒着夜晚，坚定着来自无边弥漫的黑暗庇护所般安全的幻觉。随之，休息室里的恍惚终于打破：玻璃门打开，红色窗帘在统治一切的夜晚的呼吸作用下不断鼓胀着。

想象一个瘦长羸弱的小学生打开安全港的玻璃门，独自走进无边的七月之夜，那会是什么样的冒险之举？他将永远跋涉无边夜晚的黑色沼泽和泥淖，还是会在某个早晨出现在一个安全的港口呢？他孤独的漫游将需要多少年？

从来没有人绘制过某个七月之夜的地形图。它还不曾在一个人内心的宇宙地理学中记载下来。

七月之夜啊！有什么可以与之相比？怎么描述它才好呢？我是否应该把它与巨大的黑玫瑰的心蕊相比呢？那数百片紫色花瓣的梦幻覆盖着我们的黑玫瑰？夜风吹开它毛茸茸的心蕊，在它清香四溢的深处，可以看见俯身张望着我们的星星。

我是否应该把它比作我们半闭的眼皮下面的那个黑色天国，充满了破碎的斑点、白色的罂粟花种子、星星、火炮、陨石？或者比作一辆夜行列车，跟这个世界一样长，驶过一条无尽的黑色通道。穿过某个七月之夜，仿佛摇摇晃晃地经过一个又一个铺位，在沉睡的旅客之间，沿着风清气爽的窄窄的走廊，越过一节节沉闷的车厢。

七月之夜啊！这黄昏的秘密汁液，这生动、专注和移动着的黑暗物质，永不停歇地从混乱中塑造出有形的事物，同时又迅速排斥着每一种形状。沿着梦游者行走的道路，黑色的木材建构出洞穴、拱门、角落、壁龛。夜晚像一个滔滔不绝的谈客，陪着一个孤独的朝圣者，把他封闭在自己神迹的圈环中，不知疲倦地发明和幻想着，为他引出远方繁星密布的白色的银河系、绵延不断的罗马圆形剧场和广场的迷宫。夜晚的空气，那个黑色的希腊海神尽情地制造着紫色的密物质，布满了茉莉花的香气、新鲜空气的瀑布，突如其来、密不透风的垃圾，像黑球般升向无垠、单调、流着黑色汁液的黑葡萄！我奋力开拓着自己的道路，沿着这些窄紧的通道，压低脑袋，穿过拱门和矮洞，忽然，天花板在繁星的一声叹息中裂开，一个宽阔的穹顶顷刻间滑了开来，我又被推进窄墙和通道中间。在没有空气的港湾中，在黑暗的角落，夜行者留下的谈话的碎片悬挂在空中。碑石的残片与海报粘在一起，能听到失落的笑声的片段，几缕轻语还没有被尚未舒展开的夜晚的微风吹散。有时夜晚像一个没有门的小屋把我围拢住。昏沉的睡意完全掌控了我，弄不清双腿是否还带着我前进，或者我已经在那个夜晚的小屋里休息了。可是，接着我又感觉碰到了一个紫罗兰般的热吻，那是某个芬芳的嘴唇、某个敞开的百叶窗留下来飘浮在空中的吻，我跨越过一个窗台，继续在沉落的星星的抛物线下漫步。

从黑夜的迷宫中走出两个漫游者。他们一起编织着什么，从黑暗中抽出一条长长的没有希望的谈话的发辫。其中一个人的伞单调地敲着人行道（这种伞是用来防护星星和陨石雨的），圆球般的硬礼帽下面，那颗硕大的脑袋四处游转着。有时，我会因为一只黑色的细眯着的眼睛带着不怀好意的眼神站住逗留片刻。一只瘦骨嶙峋、关节凸起的大手挣扎着穿过夜晚，抓着一根拐杖的把手，紧紧攥住母鹿角做的把柄（有时在这种拐杖中藏着细长的剑）。

终于，在城市的边界，夜晚停止了它的游戏，除去面纱，露出严肃和永恒的脸盘来。它不再在我们周围制造幻觉和噩梦的迷宫，敞开它繁星灿烂的永恒之地。天国逐渐变得无垠，星座在时间耕耘过的地方、在辉煌中闪着光辉，在天空中画着魔幻的人影，好像要宣告什么，想通过可怕的沉默来宣告某种永恒的东西。这些遥远的世界散发出的光明犹如银灿灿的星星的轻语声，犹如阵阵蛙鸣。七月的天空碎裂出一团不可思议的陨石尘埃，在宇宙中无声地浸泡着。

在夜晚的某个时刻——星辰仍然做着永恒之梦——我发现自

己又置身于家乡的大街上。一颗星星在街的尽头闪烁着，散发出奇异的香气。当我打开家的大门时，感觉有一股走进黑暗通道的气息。餐室里的灯还亮着，四根蜡烛在铜托上燃烧。姐夫不在家。自从姐姐走了以后，他经常很晚才回来吃饭，有时在外面待到深夜。从睡梦中苏醒后，我经常看见他带着一副闷闷不乐、若有所思的表情脱衣服。接着他吹灭蜡烛，解去所有的装饰，赤裸裸地在冰凉的床上躺很长一会儿。睡眠逐渐制服住他魁梧的身躯。他常常焦躁不安地喃喃自语些什么，嘴里喘着粗气，不断地唉声叹气，与压在胸口的想象中的重负进行搏斗。有时，他会轻声干巴巴地抽泣。我有些害怕，在黑暗中问："你好吗，查尔斯？"可在这时，他又离开梦的陡峭小径，辛苦地攀登着鼾声的山峰。

这时夜晚透过敞开的窗户舒缓地呼吸着。一股冰凉的臭烘烘的液体注进它巨大无形的块头中。黑暗的关节变得更加松弛，让香气的细流渗透进去。黑暗的死寂物在茉莉花香气令人心游神荡的漂泊中寻求着解脱，但夜晚未成形的深渊仍然一片死寂，被禁锢在原地。

隔壁房间门下灯光的细缝像一条金色细绳般闪烁着，醒目而又敏感，像在摇篮中不断躁动的婴儿的睡眠。在这里能听到亲密谈话的叽喳声，看到保姆和孩子之间营造的那种宁静，以及初恋的温馨。在窗后的黑暗中，夜晚出没的恶魔聚成一团，抵御不住里面闪烁的生命的温暖火花的诱惑。

另一边是一间空屋子，再过去就是父母的卧室。调整好听觉后，我能听到在睡眠的门槛，父亲欣喜若狂地在缥缈的云路上方滑翔，全神贯注地飞翔。他甜美深沉的鼾声讲述着沿着未知的睡眠绝境漫游的故事。

那些魂灵就这样慢慢进入远日点，那是见不到阳光的生命的阴暗面，在那里看不到任何活的生命。他们像处在死亡剧痛中的人们那样躺着，可怕地吵闹着、哭泣着，黑色的日食牢牢抓着他们的魂魄。他们终于通过那个黑色的最低点——灵魂最深的冥界，在致命的汗水中挣扎着奋力穿过奇异的海角，肺管开始膨胀着发出异样的声音，热情洋溢的鼾声持续到黎明。

当一股异样的气味、一种不同的颜色宣告黎明缓缓临近时，一片密实的黑暗仍然压迫着大地。这是那个伤心至极、毫无睡意的脑袋被睡眠拜访片刻的时候。这些病人，这些忧伤的人，灵魂被撕裂的人们，此时会获得片刻的解脱。当夜晚把帷幕低垂在它深处发生的事件上时，谁知道时间的长度？ 但是，那个短暂的间歇已经足以换景，足以结束夜晚伟大的事业，以及所有黑色的迷人盛况。你惊恐地醒过来，那感觉好像睡过了头，你可以看见地平线上那道黎明的彩霞以及坚硬的黑色大地。

父亲加入了消防队

每年十月初，母亲和我总是从乡下休完假回到家里。我们去的那个地方就在邻近的乡村，在斯洛提维卡河的一个森林谷地，那条河与数不清的地下春天的呢喃声一起共鸣着，我的耳朵里还回荡着桦树的飒飒声和鸟儿的唧鸣声。我们乘着一辆巨大的四轮马车，头上顶着一个硕大的华盖。我们坐在盖下一个像是铺有天鹅绒衬里的洞穴般密室的无数包裹中间，透过窗户望着不断变换的风景，色彩斑斓犹如缓缓地从暗盒中依次呈现出来的图画。

临近傍晚，我们抵达一处高地——这一带宽阔、奇崛的岔路都集中在那里。高地上方的天空深沉而宁静，没有一丝风扰动。这里是这个地区最远的收费站，最后一个拐弯处，关卡那边初秋的风景在下面绽放着。这里也是边境，标志是一根腐烂、陈旧的界桩，桩上有一块在风中摇曳的木板，上面刻着褪色的文字。

马车的巨轮陷在砂石中发出咔嚓声，吱吱作响的辐条悄然脱落，巨大的车篷发出沉闷的嗡嗡声，在横风中阴郁地扑打着，像一艘降临在沙漠上的挪亚方舟。

母亲给关卡缴过费，公路上的横杆提起时发出尖锐的吱呀声，四轮马车深重地轧进了秋天。

我们进入一片开阔平原特有的枯萎单调中，这里吹着惨淡的微风，风沉闷而又无聊地裹住这片黄色地带。在这片微风呼叫的空间，孤独感骤然而起。

这里的风景像一本陈旧的寓言书发黄的册页，变得更加惨淡，更加松脆，好像在巨大的空虚中会粉碎瓦解。在那个多风的荒野，那个黄色的天堂，我们要么驶出时间和现实的限制，要么永远停留其中。那个温暖、干净的载体——巨大车轮上静止的包厢，卡在枯焦的天空的乌云中，像一幅陈旧的插图，老派、陈腐的小说中早已被人忘却的木版画——这时车夫忽然勒了一下缰绳，让马车从死气沉沉的岔路口驶进一片森林。

我们进入一片干枯蓬松的灌木丛，那是一片烟草色的枯萎之地。四周的一切都被遮蔽住，如茶色般黯淡，仿佛钻进一只合金箱里。在雪松的幽暗中，我们从一根根枯萎的散发着雪茄味的树干旁驶过。我们继续往前奔驰，森林越来越黑暗，味道更像好闻的烟草，最后林子像一个干枯的大提琴盒把我们包住，里面还隐隐约约回荡着余音。马车夫没带火柴，没办法点亮灯笼。几匹马的声息越来越弱，轮子开始在甜丝丝的针叶上轻轻地转弯。母亲已经睡着了。时间浑然而过，在自己流经的通道上打着不熟悉的小结和省略号。黑暗密不可透，森林单调的飒飒声仍然在车篷顶上方回响，马蹄下的路面越来越坚硬时，马车转过弯停下来，几乎擦到一堵墙上。母亲抓住马车门，盲目中错以为是我们家的大门。车夫卸下行李。

我们走进一个巨大的拱形过道。里面漆黑如墨，安静得像黎明时空荡无人、锅灶已经冷却的老面包店，又像深夜时分的土耳其浴室，在黑暗中，在一种只有龙头的滴水度量的沉默氛围中，废弃的浴盆和脸盆已经冰凉。一只蟋蟀从黑暗中耐心地拖着光线动人的针脚，那光精致得根本照亮不了它。我们四处盲目摸索，最后终于找到了楼梯。

我们来到吱吱作响的楼梯平台上，母亲说："醒醒，约瑟夫，你怎么都睡着了，再往前走几步就到了。"

但是，几乎在昏沉的无意识中，我更紧地贴住母亲，然后便彻底睡着了。

事后，我从母亲那里永远无法知晓，那天晚上，当疲惫把我彻底击溃，一次又一次陷入沉闷的虚无中时，我透过紧闭的眼皮看到的事物在多大程度上是真实的，其中自己想象的成分究竟有多大。

父母和阿德拉之间在进行一场严重的争执，阿德拉是这次事端的主角——我现在才意识到这场争执有多么重要。如果无法重构记忆的感觉，它的空隙一定会出现断档，我现在试图用臆度、猜想和假设来填充睡眠的盲点时出现了同样的问题。从敞开的窗户透进的星夜的微风从我紧闭的双眼上方掠过时，我无精打采、昏昏欲睡，一次又一次地漂泊而去。黑夜的呼吸那么均匀，那么纯洁。仿佛揭掉一张透明的幕帘后露了出来，星星不时地闪烁着，想看看我睡觉的样子。我从眼皮底下看到一个点着蜡烛的房间，烛光投下金色的直线和花饰图案。

当然，也许这一情景在其他时间也曾出现过。众多迹象似乎表明：我很晚才见识到它，那已经是我和母亲以及店里的伙计很晚回家，关了店铺门之后的某一天。

走进我们的公寓时，母亲好奇、惊异地喊叫起来，伙计们定在那里都不动了。房屋中央站着一个气宇轩昂、身披铜甲、酷似圣·乔治的武士，穿着锃亮的金色锡板做的胸甲，显得庞大无比，那副醒目的盔甲上还带着金色的臂章。我既惊且喜，认出父亲那硬刷刷的胡须，从沉重的罗马禁卫队式的钢盔底下露出来。盔甲在他的胸前起伏着，铁皮带像大甲虫肚子上的鳞甲般翘了起来。父亲披挂着那身盔甲，在一片金碧辉煌中显得特别高大，堪与某位天主的首席军师相比。

“天哪，阿德拉，”父亲说，“你永远理解不了更高层次的东西。你一次又一次地用毫无意义的愤怒的发泄来挫伤我。但是，裹上这身盔甲后，我卧床不起和无助之时逼得让人绝望的挠痒痒，现在对它可是束手无策了。现在一股软弱无力的愤怒左右了你的舌头，你语言的粗俗和粗糙与它的愚蠢很般配。相信我，我为你感到悲哀和可怜，你永远体会不到奇思妙想的高贵飞翔，你对超越日常的一切都充满了无意识的愤恨。”

阿德拉向父亲投去一瞥彻骨的蔑视，然后，转向母亲，气得眼泪汪汪，语带愤怒地说：“他把我们所有的浆果汁都抢走了！他从储藏室里拿走去年夏天我做的所有果汁罐。他想全送给那些什么都不会的消防员。更糟糕的是，他对我从来都那么粗鄙！”阿德拉抽泣着说。

“消防队队长，不就是一帮四面出击的乌合之众的队长嘛！”她继续说，厌恶地望着父亲，“家里到处是消防队员。早晨起来，我想去拿面包卷，连大门都打不开。两个队员睡在过道里挡着门。在楼梯口，有几个队员横七竖八地躺在台阶上，穿着盔甲睡觉。他们不由分说挤进我的厨房。他们把兔子般的脸挤进来，像上课的学生那样竖起两根指头，可怜巴巴地恳求着：‘糖，糖，请给点儿糖……’他们从我手里夺过桶跑着替我去打水，他们围着我跳舞，冲我微笑，差不多是摇着尾巴了。他们老是偷偷看我，恶心地舔着嘴唇。如果我瞥一眼他们中的不管哪位，他的脸唰的一下就红了。你这只淫荡的火鸡。我难道要把浆果汁送到那种可怕地方吗？”

“你的粗鄙，”父亲说，“把你接触的一切都给玷污了。你描述给我们的这些救火孩子的画面，完全是你龌龊的眼睛看到的样子。而我，对那伙不幸的耐火蜥蜴部族——那些可怜的、被剥夺了继承权的火之子充满同情心。那个曾经如此辉煌的部族的错误在于，他们献身为人类的事业服务，他们为了一勺苦涩的肉汤把自己出卖给人类。他们得到的报偿却是冷嘲热讽，因为平民百姓实在愚蠢至极。如今，这些昔日那么敏感的生灵只好在堕落中过活。人们会纳闷：他们不喜欢这个城市学校那位小当差的妻子用不得不与犯人共用的罐子做的单调、粗糙的饭菜吗？他们的味觉，精灵般柔嫩、精致的味觉，也同样渴望高贵的黑色的香油以及散发着芳香、色彩绚丽的药剂。因此，在这个节日般的夜晚，当大家坐在巨大的市政厅铺着白布的桌子旁边时，当千万照明的灯火在城市上空闪烁时，我们每个人将在盛着浆果汁的大口杯中蘸着面包卷，慢慢啜着高贵的醇酒。这样可以让消防员身体更强壮，焕发他们在炮仗和孟加拉焰火的掩盖下浪费掉的精力，我心里充满了对他们不该遭受的惨况同病相怜的感觉。我已经从他们的手中接过队长的马刀，想带领他们走出目前的堕落景况，走向各种新主张所承诺的未来。"

"你彻底变了。雅各布，"我母亲说，"你太伟大了！不过，我希望你今晚待在家里。别忘了自我从乡下回来后，我们一直没有机会严肃地谈一谈。至于那些消防员，"她转向阿德拉补充说，"其实我觉得你带有偏见。他们虽然没有出息，但毕竟还是些体面的孩子。我总是怀着愉悦的心情望着那些穿着笔挺有型的制服的瘦削的年轻人。但我必须说，他们的皮带在腰上扎得有点太紧了。他们有一种天生的优雅，他们伺候女士的那种热情和平易态度永远那么感人。只要我把伞丢在街上或者停下来系鞋带时，总有他们在旁边，准备帮忙和献殷勤。我不敢让他们失望，总是耐心地等待着其中一位出现，让他们干点似乎会让他们很开心的小小的服务工作。他尽完职责离去后，立刻被一群急切地想谈论这件事的同事围住，而这位英雄用各种手势比画着其实是怎么回事。如果我是你，阿德拉，我会很乐意享用他们的这种骑士风度。”

“我认为他们一钱不值，不过是一群流浪汉。”高级店员西奥多说，“我们甚至都不让他们再来灭火，因为他们还是孩子，负不了任何责任。只要见过他们望着一群男孩儿朝墙上投掷纽扣时的嫉妒表情，就知道他们的脑子还像野兔般桀骜不驯。只要你从某个窗户望出去，看到男孩们在街上玩，你肯定会看到某个大小伙儿气喘吁吁地乱跑，对这种游戏兴奋得要疯了。只要看到一团火，他们就欢呼雀跃，搓着手，像野人般跳跃不已。人们不会指望他们扑灭火灾的。他们会动用扫烟囱的和城市民兵。那些消防队员只好在集市和流行节日上发挥点作用。例如，在去年秋天一个阴暗的早晨，在所谓国会大厦的那场暴风雨中，他们打扮成迦太基[①]人的样子，用一种恶魔般的声音攻击巴西勒山，而观看他们的那些人在高唱着：‘汉尼拔，汉尼拔！’到了秋末，他们开始变得懒散、疲惫，站着都能昏然入睡。随着初雪降临，他们就彻底从视野中消失。一个老炉工对我讲过，他修烟囱的时候经常发现有消防员卡在通风管道中，像蛹一般僵在那里动弹不得，身上还穿着鲜红的制服，戴着闪亮的头盔。他们直挺挺地睡着，喝浆果汁喝醉了，浑身都是黏黏的蜜汁和灶尘。你得抓住他们的耳朵才能拉出来，回营房时还沉醉不醒，迷迷糊糊，沿着早晨被霜冻弄白的大街回去时，街上的顽童还朝他们扔石块，他们却报

① 迦太基（Carthaginian），迦太基为古城名，坐落在非洲北海岸，与罗马隔海相望，后被罗马灭亡。

以愧疚而尴尬的微笑，像个醉鬼般摇摇晃晃地蹒跚而行。”

“如果是这样，”阿德拉说，“可不能让他们喝一点儿我的糖水了。我再也用不着为了让这些游手好闲的人现在就喝上它，在炎热的厨房里花几个钟头做果汁了，这毁了我的皮肤。”

父亲没有回答，而是拿出锡哨尖厉地吹了一声。立刻，四个瘦削的年轻人冲进房间，靠墙自动站成一排，他们的钢盔把房间照得闪闪发亮，这些帽檐下皮肤黝黑、晒得发棕的消防员摆好军人的姿势，等待父亲发号施令。看到父亲的暗示后，其中两个人抓住一个盛满浆果汁的大罐，阿德拉还来不及制止，他们就带着宝贵的战利品跑下楼了。剩下的两个人敬了一个利落的军礼，心满意足地尾随而去。

阿德拉似乎刹那间痉挛了一下：她漂亮的眼睛怒火燃烧。父亲却不等阿德拉大发雷霆。他一个箭步冲到窗台前，大大地张开双臂。我们都跟在他后面跑过去。灯火通明的集市广场上挤满了人。在我们家下面，八个消防员举着一张完全撑开的巨大的帆布单。父亲回过头来，盔甲上的金属在灯下闪闪发光，他默默地向我们敬了个礼，然后伸开双臂，一跃而起跳进万千灯光闪烁的夜空中，亮得像一颗流星。这景象如此之美，我们全都兴奋地喝起彩来。连阿德拉都忘了愤懑，鼓掌欢呼。这时，父亲已经从帆布上跳到地面，晃了晃叮当作响的胸甲调整回原位，然后走到那支小分队的排头，这支小分队站成两列并排慢慢地正步前进，从黑压压的观众面前走过，灯火在队员头盔的铜上摇曳不已。

再生之秋

在天灾与人祸袭来，生活充满了危难和暴风骤雨的间歇，在少有的心平气静的那段时间，我父亲从事过大量科学研究工作，其中比较气象学研究，特别是对我们省颇具特色的各地气候研究，最让他心仪。正是父亲奠定了成熟的气候趋势分析的基础。他的《秋季分类学概述》深刻解释了这个季节的本质。秋季是我们省漫长、盛产寄生虫和畸形事物的季节，又被称为“中国式夏季”，它一直延伸到绚丽的冬季的深处。我还有什么可说的呢？父亲第一个解释了那个晚迟季节附丽、衍生的特征，那不过是我们当地气候中堆放在博物馆的那些已经变质的巴洛克艺术品释放出来的沼气之毒的结果。那些在百无聊赖和遗忘湮没中逐渐霉烂的馆藏艺术品，封存在没有丝毫出气口的地方，像古老的储藏品那样发酵后，让我们的气候变得十分甜腻，也是这种美丽的疟疾热、这种异常的暂时性精神错乱的致因，我们在漫长的秋季很容易患上这种烦人的疾病。正如我父亲所说，因为美就是一种疾病，是某种神秘的感染所致，是腐烂的阴郁先兆，它源于极致的完美，享受着标志极乐的完美的礼遇。

有必要在此对我们省博物馆的客观情况做个简要介绍。它的起源可以追溯到18世纪，发轫于圣巴西尔修道会可敬的收藏热情，僧人给这个城市馈赠宝藏，让该市担负其不事生产所需的沉重开支。共和国财政部多年来以极其低廉的价格从穷困潦倒的修道会不断收购藏品，最后却被艺术赞助方堂皇地自行毁灭了。这项经营值得皇宫从事。然而，这个城市的下一代掌门人更加务实和关注经济需要，他们想把博物馆卖给一个公爵藏品的掌管人，谈判无果之后，便把博物馆关闭了，遣散所有托管人员，给最后那位馆长发了一笔终身养老金。谈判期间，专家们曾对这笔藏品进行过权威评估，其价值被当地的爱国分子过分夸大了。圣巴西尔修道会那些仁慈的教父的热情值得称颂，可惜却买了不少赝品。博物馆甚至没有一幅出自大师手笔的绘画，却收藏了大量三四流画家的作品，全部是本省地方画派的作品，仅有个别艺术史专家知道它们。

还有一事颇为离奇：那些仁慈的僧徒习性尚武，大多数绘画描写的都是战斗场面。一种既灼热又暮气沉沉的金黄色使这些因年代久远而霉烂的画布变得更加黯淡无光。大大小小的帆船舰队和早被遗忘的古老舰队在封闭的海湾散了架，鼓胀的帆布上带着那些遥远的共和国庄严的徽章。在浓烟弥漫和黑乎乎的油漆下面，几乎感觉不出骑士交战的轮廓。在整个阴暗、凄惨的天空下，被太阳烤焦的空旷的平原上，骑兵们在左右被遥远闪电和舰炮硝烟制衡的不祥沉默中走过去。

在那不勒斯画派的作品中，某个沉闷、多云的午后在永恒中逐渐老去，那景致好像是透过一只暗浊的瓶子看到的。在那样的风景中，苍白的太阳在一个人的盯视下仿佛行将枯萎，凄凉得好像正处于某个宇宙大灾难的前夕。这正好说明为什么把成堆的鱼卖给那些巡回演出的喜剧演员的暗淡无光的打鱼女迷人的微笑和姿态似乎显得如此微不足道。那个世界早就被下过咒、被遗忘了。因此，那些独自保持的最后姿态所带的无足轻重的温柔永远凝固在那里。在那个国度的更深处，生活着无忧无虑的欢乐制造族、丑角、提笼子的养鸟人，在那个没有任何真实或者热情的国家，土耳其小女孩们用胖嘟嘟的小手拍着成排地摆放在木桌上的蜜糕，两个戴着那不勒斯帽的男孩子提着一个篮子，里面的横竿上停着几只吵吵闹闹的鸽子，横竿在咕咕叫的重负和羽毛的重量下轻轻地摆晃着。在这个背景的更深处，在黄昏的边缘，在那片枯萎的莨菪在虚无的边缘摇晃着的土地上，隐隐约约的黑暗来临之前，那里还在玩最后一局纸牌游戏。

这个洋溢着古典美的纯木房间在长年无精打采的压力下饱受痛苦的蒸馏。

父亲过去总是这样说：“你们理解那种备受责难的每个日夜经受的绝望吗？”它一次又一次亲自奋起参与想象中的拍卖，举行成功的销售活动和嘈杂、拥挤的博览会，在疯狂的赌博激情驱使下变得越来越狂热，最终等来的却是萧条和财富的散失，然后像疯子般肆意挥霍，等清醒过来时才意识到，所有这一切都是徒劳，除了得到自我中心的完美外一无所获，最终认识到这样并不能缓解多少痛苦。毫不奇怪，美的这种急躁和无奈最终会在我们的天空中找到自己的影像，它会闪耀在我们的地平线上方，蜕变成空中展览，蜕变成奇妙的乌云的巨大阵仗，我把它称为我们的第二个或者伪装的秋天。我们省的第二个秋天不过是一种病态的海市蜃楼，是我们的博物馆里奄奄一息、被封存起来的美散发出来的辐射物折射到天空所致。秋天是一场伟大的巡回展，充满了诗意的迷惑性，像一根粗大的紫皮葱，每层皮下露出的永远是崭新的全景。你永远抵达不了这场展览的核心。在每间被移去又藏起来的侧室后面，又有新鲜、灿烂的风景绽开，那一瞬间显得既真实又鲜活，最后你发现它们都是用纸板做的。各个角度都染了颜色，所有的全景图都用木板制作，只有味道是真实的，那是萧条的舞台背景和剧院化妆室的味道，散发着油漆和香水的芬芳。黄昏时分，这些侧室显得杂乱无章，堆满了扔弃的戏装，你可以在其中无止境地漫步，就像穿过枯黄的落叶。里面凌乱不堪，每个人都在用力拉着幕布的绳子，天空，那是一片灿烂的秋季的天空，在碎布中悬垂着，到处是滑轮的急刹车声。这里有一种狂热的匆忙氛围，有一种狂欢临近结束时的氛围，像在短短的几小时内即将空空荡荡的舞厅，弥漫着一种找不到真正衣服的戴面具的人的惊慌感。

秋天，这个一年中炫耀深奥晦涩学问的时候，在它博大的图书馆里收藏着太阳族三百六十五天乏味的智慧。那些老态的早晨，枯黄得像牛皮纸，因为有着深夜一样的智慧而变得甜美！

上午像聪明的羊皮纸般狡黠地微笑着，那层层叠叠发黄的教本！哦，秋天的日子，那个老迈而技艺熟练的图书馆馆员，穿着褪色的长袍吃力地爬上楼梯，品尝着几勺数个世纪以来各族文化的甜美藏品。每道风景都是为他而设，像一部古老小说的第一回。多么有趣，他在雾气弥漫的蜜色天空下，把那些老故事中的英雄释放出来，放进一片朦胧、悲伤、迟暮的光的甜美中！堂吉诃德在索里克沃会发现什么新历险呢？鲁滨孙回到故乡德罗戈贝奇该怎么生活呢？

在那些纹丝不动、密闭的夜晚，在童话般的落日过后的余晖中，父亲常常给我们读点儿他手稿中的片段。思想的洪流有时让他忘记了阿德拉不祥的存在。

很快，打罗马尼亚来的暖风光临，形成一种宏大、黄色的单调氛围，那是一种南方的感觉。秋天还不甘心就此结束。日子像肥皂泡，升起时更美丽、更轻盈，似乎每天都那么完美，它存在的每个瞬间都像无边漫延的海市蜃楼美景，简直令人痛苦。

在那些深沉、美丽的日子的宁静氛围中，清一色的叶子在悄然变化着，直到某一天所有的树木都矗立在完全成形的叶子的焰火中，矗立在彩色糖果、美丽绝伦的孔雀和凤凰外衣般明亮的红色中，哪怕最轻微的移动或者扑扇都会让那羽衣——轻盈、脱落、繁多的叶子般的羽毛的光彩凋落。

死季

1

早晨五点钟，初露的阳光照耀了一个小时后，我们家已然被包围在热情而宁静的明亮之中。这个庄严时刻谁也观察不到——因为这时窗帘低垂，幽暗的房间里还充满了沉睡的人们和谐的呼吸——屋子的侧面沐浴在阳光中，在清晨雾蒙蒙的寂静中，它的表面似乎装饰着幸福的沉睡的眼皮。就这样，在早晨这几个钟头的宁静中，墙壁上那张昏昏欲睡、融化在灿烂中的脸庞汲取着清晨的第一波火焰，它的表情还带着梦中的紧张引起的轻微痉挛。房前那棵金合欢树的阴影呈波浪形沿着灼热的墙面滑下来，想徒劳地探进金色睡眠的深处。亚麻窗帘逐块吸着早晨的热气，懒洋洋地沐浴在灿烂的阳光中。

那么早，再也睡不着的父亲为了去店铺，带上书籍和账本走下楼来，店铺就在这幢楼临街的那一层。他在门口的过道一动不动立了会儿，半闭着眼睛承受着阳光强烈的直射，洒满阳光的屋墙轻轻地把他拉进精心平整过的光滑的表面。顷刻间，父亲变成平的长进墙面了，感觉自己长长的颤抖又温暖的双手，融进金色的粉灰中。(有多少父亲在早晨五点钟，还停留在楼梯最后一级台阶上的时候就永远融进房屋的侧墙了呢？有多少父亲就这样成了自己门口的守卫，被平平地雕进斜墙中，而一只手还放在门把上，那张脸化成平行的幸福的沟壑，以后儿子们在回想父亲的时候手指在上面漫游，现在永远与屋前永恒的微笑结合在一起了呢？）可是，接着，他扭动身子挣脱束缚，重新回到三维空间，再次成为人类，把店铺铁框门的门柱、门闩和挂锁卸掉。

当他正要打开沉重的铁皮门时，唧唧咕咕抱怨的暗影在门口后退一步，然后又往里进了几寸，换了个姿势后又躺到里面。清晨的那种新鲜感，像烟雾般从人行道冰冷的砖块中升起，羞怯地站在一股细微、颤抖的气流的前端。店铺里面，从前无数昼与夜积聚起来的黑暗潜藏在尚未打开的布包中，这些黑暗自行分成很多层次，然后又自行耗光在店铺的心脏部位——储藏室——在那里消融、均匀地弥漫开来，自动渗透溶解，变成模模糊糊布料的弓形物。

父亲沿着切维厄特呢和灯芯绒料堆积而起的高墙走来，用手抚摸着高高竖起的布匹走过去。经他这么一触摸，随时准备落下来或者出格的排排窗帘的半成品全都老实起来，自动归进布料的等级和行列之中。

对父亲来说，我们的店铺是永远的痛楚和苦恼之地。这个他一手养大的小生灵，在成长发育岁月一度空前剧烈地日复一日地与他较劲，现在终于长过了他。他感觉经营这个店铺已经力不从心，它一下子显得那么巨大和伟岸。店铺的各种需求大得令人恐惧，把他的命搭上都满足不了那些令人生畏的要求。他绝望地看着店铺伙计们发出的轻佻举止，他们傻里傻气、无忧无虑的乐观主义，他们的玩笑和没头没脑的活动，这些都出现在那个所谓伟大商业实体的边缘。他怀着苦涩的讽刺意味看着那些不会被任何忧虑打扰到的脸庞的画廊，那些对任何思想都显得天真烂漫的前额，盯着那些轻信的眼睛的深处，那里永远不会被哪怕一丝轻微的怀疑的阴影困扰。以母亲的忠诚和献身精神，她怎么帮助父亲呢？实现更高层次的理想超出了她简单、纯朴头脑的极限。她天生没有完成英雄使命的气质。因为他注意到在自己身后，母亲偶尔与伙计们迅速地交换一下会心的眼神，当她也参与这些愚蠢的小丑般的胡闹时，任何时候只要没有人监管，她都会觉得开心之极。

父亲自觉地越来越远离那个快乐的世界，逃进想全身投入的艰难晦涩的学术领域。对无处不在的惰性的恐惧让他离群索居，孤独地为更高的理想服务着。他的手从不偏离那些缰绳，他永远不许自己放松对原则的坚持，也不许因为投机取巧解决了问题而感到欣慰。

对巴兰达公司和其他生意上的半瓶醋们来说，这简直太好了，他们既不懂对尽善尽美的渴求，也不理解高级牧师的禁欲主义。父亲看到布匹零售生意萧条时痛苦不堪。这一代布商谁还记得这个古老行当的那些优良传统呢？谁还知道，比如，按照布艺原则一沓沓放在展架上的布片，会在一根向下移动的指头的抚摸下发出顺鳞般的和谐之音呢？在如今这些同行中，在札记、备忘录和书信交流中，现在谁还熟悉那些优雅的格调呢？还有多少人记得商务礼节的魅力？这种老派好传统的礼节，谈判时要经历几个激动人心的阶段：某个外国公司的代表来拜访时，开始绝不妥协，毫不让步，接着，在那位特使固执的说服、甜言蜜语的进攻的影响下僵持逐渐融化，最后邀请出席一个提供葡萄酒的工作晚餐。酒放在桌上，餐巾纸上边，这时大家情绪荡漾，阿德拉上菜时被轻轻拧了一把屁股，席间开些麻辣的玩笑，宾主开始随意侃侃而谈，举止得体如绅士，洞悉在这种环境下对方渴望听到什么，这被美其名曰一笔双赢的买卖。

在早晨那段恬静的氛围中，热气缓缓上升，父亲希望找到一种既开心又别致的措辞，让写给尊敬的基督徒塞佩尔和圣子公司、纺纱厂和机织厂等机构的信函增添必要的分量。这个句子必须对那些绅士的无理要求给予斩钉截铁而又机敏的答复，这个回复在关键问题上必须中肯、准确，这样最后就可以提出那个强烈而巧妙的请求，以造成预期的震撼性效果，然后用一个有力、优雅和无可替代的句子打住，从而使信函达到尽善尽美的境界。他几乎能感觉到那个躲了他好几天的说辞的雏形，几乎能用指尖触摸到它，但还无法将其握在手上。他等待着随心所欲的幽默灵感忽然一闪，以暴风骤雨之势清除掉顽固地拦在路上的那个障碍。他又拿了一张干净的纸，想给自己的征服注入新鲜的冲击力，那个障碍始终蔑视着他的努力。

其间，伙计的出现让店铺渐渐有了人气。他们脸色红扑扑的从早晨的热气中走进来，躲着父亲的书桌，朝书桌恐惧而又满怀内疚地看了几眼。

那天晚上后，父亲筋疲力尽，再加上心里老是放不下，伙计们感觉他一声不响的给他们的压力特别沉重，但又拿不出任何办法替他驱除。什么也无法让这位郁郁寡欢、沉思冥想着伤心事的主人快乐起来。当他像只蝎子般坐着，潜伏在书桌背后，当他在纸堆中像只耗子般四处搜寻、镜片不祥地闪烁着微光时，看不出有丝毫的渴望能抚慰他。他越来越兴奋，潜伏的怒气随着炎热的到来逐渐加剧。地板上阳光投下的方块在闪耀，金属般油亮的苍蝇在店铺门口闪闪发光，一下子把门的侧面都给堵死了，玻璃般的气泡被火辣辣的太阳烟斗以及那个阳光灿烂的白昼的玻璃制品给烤炸了：它们展翅停坐在那里，准备追逐和飞舞，接着又闹哄哄地蜿蜒飞起换个地方。透过门口那片亮闪闪的四方形，可以看见城市公园的柠檬树在阳光中不省人事，教堂遥远的钟楼在透明、闪光的空气中露出清晰的轮廓，好像出现在双筒望远镜中。锡皮屋顶灼热不堪，巨大的金色热球向全世界膨胀。

父亲的燥火越来越旺。他无助地打量着四周，痛苦万状，被腹泻折磨得没有一丝力气。他感觉嘴里的那股味道比苦艾还要苦涩。

热度不断增强，更加尖锐地刺激着蚊蝇的骚动，把它们腹部的金甲烤燎得闪闪发光。

那块四边形的光块现在已经抵达父亲的书桌和那堆像启示录般燃烧着的稿纸。父亲的眼睛被光线刺激得睁不开，已经无法忍受它们的纯白。透过厚厚的眼镜，他看到自己凝视的所有东西都在猩红色、绿色或者紫色的框架中。他对这场颜色的爆炸满怀绝望，这场骚乱带着一种光明的放荡不羁肆虐整个世界。他的手在颤抖。他的嘴里又苦又干，预示着一场病魔即将袭来。他那深陷在皱纹沟壑中的双眼专注地观察着店铺深处事态的变化。

2

正午时分，被炎热折磨得气息奄奄的父亲由于徒劳的激动而战栗着，几乎处于疯狂边缘，当他退居到楼上，天花板在他鬼鬼祟祟的脚步的挪动中这里裂一下那里炸一下，整个店铺终于可以喘口气放松一下了。这是午后休息时辰。

伙计们开始在布包上翻起跟斗来，在货架上支起丝织品的帐篷，用布料做成吊床。他们展开布匹，释放出那光滑的紧紧地卷在一起的古老的黑暗。那被陈列旧了的禁锢住的昏暗，现在终于获得自由，天花板下那片空间弥漫着、散发着另一个时代的气味，散发着在很久前冰冷的秋天里，在过去那些日子被耐心地压放了无数层的布匹的气味。盲目飞舞的蛾在逐渐暗淡下来的空气中散裂成碎片，毛茸茸的羽毛和羊毛在店铺里跟它们混杂在一起四处旋舞。还有打烊的气息，深沉而又带着秋天的感觉，弥漫在黑沉沉的布料和天鹅绒的营地中。伙计们索性在那个营地里举行野餐，构思着别有用心的玩笑。他们让同事用冰凉的黑布紧紧裹住耳朵，然后开心地躺成一排，在布包下面一动不动。布包的活栓像木偶似的，带着假惺惺的恐惧朝静止不动的一侧转动着眼睛。有时他们站在巨大的布料铺就的地毯上，弹跳到天花板上。地毯上单调沉闷的震击噪声和搅起的气流让他们开心得疯狂，似乎整个店铺都要飞了起来。布料激动地升上天空，伙计们的衣服后摆向上飘动，像临时飞升的预言家那样向上跳跃着。母亲纵情地望着这些游戏，午休时刻的放松，在她眼中连最恶劣的侵犯都是正当的。

到了夏季，由于院子里的草长了起来，店铺后面显得特别阴沉。可以俯视后院的储藏室的窗户完全变成了绿色，由于树叶的扰动和波光的流溢，那里简直像海底世界般绚烂夺目。在漫长的午后的幽暗中，苍蝇发出单调的嗡嗡声，它们是用父亲的甜葡萄酒配制出来的恶种，这些毛发满身的隐士日夜哀悼着不幸的命运。这些苍蝇很容易出其不意地大规模灭绝，充满了有悖自然的物种，它们从乱伦的混血交配中配制出来，蜕变成一种脑袋笨重的高品巨物，一种总是发出深沉忧伤的嗡嗡声的老东西。夏天将尽时，有些品种在母体死后孕育出来，长着多余的翅膀——又聋又哑，这是最新品种，很像巨大的蓝色甲虫——在绿莹莹的玻璃窗上徒劳、忙碌的瞎撞中结束了自己可怜的生命。

那扇极少打开的门上布满了蜘蛛网。母亲就睡在书桌后面一个在货架之间来回晃荡的布做的吊床中。伙计不堪苍蝇的骚扰，表情胆怯而又古怪，在难受的睡眠中焦躁不安。其间，那些野草已经占领了院子。在太阳无情的热浪中，垃圾堆里疯长出大片的荨麻和锦葵。

落在这片土壤地下水中的太阳热气，蒸发出有毒物质，那是某种叶绿素的有毒变种。这一病态的演变生发出样子丑陋、皱皱巴巴、令人惊讶的轻飘飘的叶子，它一直延伸到窗下的这片空间，最后这里变成一片薄如丝绸的绿色冗结，形成野草丛生的垃圾堆，它们又蜕化成薄纸般俗丽的补丁，粘在储藏室的墙上。小睡片刻后，伙计们脸色红扑扑地醒了过来。他们生龙活虎地支起身子。他们起来后特别亢奋，带着燃烧的劲头，准备投入更加勇猛无忌的瞎胡闹。他们在百无聊赖中爬上高高的货架，用脚踢踏着，死死盯着集市广场那片空旷地带，渴望出现不管什么解闷的玩意儿。

有一回，一个光着脚片、裹着厚厚劳动服的乡下农民在店铺门前的路上站住，不好意思地朝里面张望着。对百无聊赖的伙计们来说这简直是天赐良机。他们迅速从梯子上飞奔而下，简直像蜘蛛发现了飞蝇。那个农民在团团包围中又是被拉扯又是被推搡，被询问了上百个问题，他试图把这些问题都以羞怯的微笑挡回去。他抓耳挠腮，微笑着，怀疑地看着这些殷勤的年轻人。他想买烟草吗？想要什么样的呢？要最好的，马其顿产的，像琥珀般金黄的那种吗？不是那种？普通卷烟可以吗？或者粗烟丝？要不进去看看？到里面去？没有什么可怕的。伙计们轻轻地推搡着他深入到店铺里面，朝一个侧着的柜台走去。莱奥走到柜台后面，假装使劲儿往外拉一个并不存在的抽屉。哦，他拉得多么辛苦啊，使劲咬住嘴唇！抽屉被卡住了，纹丝不动。你得拿拳头用尽全力敲击台面。这个农民在这些年轻小伙子的怂恿下，全神贯注、专心致志地敲打起来。终于，在无果之后，他佝偻着身子，满头灰发，爬到柜台顶上，光脚在上面踩起来。他把我们大伙都给逗笑了。

就在此刻，让大家感到伤心和歉意的憾事发生了。我们并非昧着良心使坏，但仍然有不可推卸的责任。这件事情完全是由于我们的轻佻，由于我们对父亲忧虑的那些事情没有严肃以待，而且不理解所致。考虑到父亲脾气变化无常、心神不定、任性妄为，我们的疏忽大意最后产生了致命的后果。

当我们围成一个半圆站在那里，沉浸在小小玩笑中欢乐不已的时候，父亲悄然走进店铺。

我们没有看见他走进来。当我们恍然大悟到那小小游戏让他脸庞扭曲，露出极其可怕的古怪表情时才注意到他来了。母亲惊恐万状地跑过来。

“出什么事儿了，雅各布？”她喘着粗气问。

她开始捶父亲的后背，像对付一个被呛住了的人那样。已经太晚了。父亲四处疯狂怒奔，我们眼睁睁地看着他的脸迅速开始腐烂，分崩离析，好像被一种来路不明的沉重灾难击垮了。我们还来不及明白发生了什么，他就剧烈地颤抖起来，发出嗡嗡的声音，在我们的眼前飞起来，变成一匹穷凶极恶、满身毛发的钢蓝色的飞马，疯狂地兜着圈子旋转，盲目地撞着店铺的墙壁。我们震惊得目瞪口呆，听着这无助的哀叫，这调整得极富表现力的沉闷的哭诉声，在无边的痛苦的音域范围上下奔走——黑暗的天花板下弥漫着这种无法释然的痛苦。

我们一动不动地站在那里，深感歉疚，都不敢互相看一眼对方。我们内心浮过一丝释然：在这个严峻关头，父亲从绝境中找到一条出路。我们很钦佩这种勇气，在这种勇气的支配下，他不计后果把自己扔进一条绝路。

可是，如果超然地看待这件事，你会对父亲的这次变形持保留态度。它更像是一种内心的抗议，激烈而又绝望，但是，这里根本不存在所谓的真相。人们只好心里认为：这里描述的大多数事件都饱受夏季乖戾反常之苦，包括这种酷暑的半真不实，这种不负责任地沿着死季边界线飞驰的边缘时间。

我们默默地倾听着。父亲的报复手段非常聪明：这是一种另类报复。从那时起，我们就被父亲发出的不绝于耳的恶毒的低低的嗡嗡声——一种持续不断的凄凉的低诉声——折磨得痛苦不堪，这声音时而上扬，时而戛然休止。我们释然地享受片刻宁静，那可谓仁慈的缓休，这时，一丝希望之光从我们心中升起。但是，片刻后，这种嗡嗡声又来了，而且更加顽固和哀怨，我们意识到这种痛苦、这种诅咒、这种无家可归的四壁乱撞不会有结束之日。那种怨恨和无声的独白扎着我们的神经，来得一次比一次响亮、愤怒，仿佛要抹掉刚才短暂的平静。那无限的痛苦，那顽固地封闭在自己狂躁中的痛苦，那到了心烦意乱自残地步的痛苦，最后让无助的不幸的见证者不堪忍受。那不绝如缕、愤怒地乞求我们同情的恳求，显然含有一种责备的意思，而且对我们的健康完好发出灼热的诅咒，并不想让我们反抗。我们心里痛苦不安，满怀抗议和愤怒而不是懊悔。难道他真的就没有别的出路，非要自行盲目地投进那个可怜、绝望的境地？而且，在陷进去之后，无论是他自己还是我们的过错，他都拿不出更强大的精神力量或者尊严来忍受而不抱怨？母亲只能勉为其难地抑制住自己的愤怒。店里的伙计们坐在梯子上，怀着闷闷不乐的好奇心，做着复仇梦，想象着手拿打苍蝇的皮拍沿着货架不计后果地追逐。他们的眼睛里聚满血色。店铺门口上方的帆布窗帘疯狂地飘动着，午后的热浪在洒满阳光的方圆数里平原的上空悬浮着，蹂躏着下方这个遥远的世界，在若明若暗的店铺里，在黝黑的天花板下面，父亲无望地飞旋着，飞旋着，在令人绝望的“之”字形的飞翔中把自己套得越来越紧，越来越牢。

3

尽管所有的证据表明事实恰恰相反，这些插曲仍然无足轻重。因为，就在同一天晚上，父亲和往常一样又开始钻研他的故纸堆，那桩意外似乎早就被遗忘了，深深的怨恨已被克服和清除。当然，我们都对那件事三缄其口，绝不提及。我们欣慰地看到，他貌似挺镇定自若，恬静凝神，辛苦地用工整得体的书法一页又一页地疾书着。然而，忘却那个可怜的农民的危险的影响却极其困难。很清楚，这桩没有做成的生意在某些人心中扎下的根是何其深刻。我们故意不理睬他，在那几个无聊的星期，任由他在黑暗角落的柜台上踩踏，变得一天比一天渺小和灰暗。现在几乎无人关注，他还在同样的位置踩踏着，温和地微笑着，在柜台上弓着腰，不知疲倦，轻声对自己唠叨着什么。踩踏和敲打变成了他真正的休闲，他完全迷恋地沉浸于其中。我们从不打扰他。他已经走得太远，我们现在已经追不上他了。

夏天的日子没有黄昏。我们还来不及知道自己在哪里时，夜色已经走进店铺。一盏巨大的油灯已经点亮，店铺还在继续营业。在短暂的夏夜，不值得回家。父亲一般坐在书桌前，神情专注，用破碎的黑色星号、墨点、在他视野中转圈的发状线，以及与窗后无边的夏夜完全分离开来的黑色原子，在书信的边缘做着标记。这时，夜色像一株马勃菌般在灯的球体下面碎裂出一个由各种影子构成的小世界。父亲的眼镜反射出灯光时什么都看不见了。他盯着空白的纸，黑色星星构成的黑沉沉的银河系和尘斑从纸上流过，他等待着，耐心地等待着、聆听着。在他身后，似乎在没有自己参与的情况下，正在进行一场店铺争夺大战。奇怪的是，这场战争是在一幅悬挂在他脑后的绘画上进行的，在文件柜和镜子之间，在灯光的那个明亮光圈中进行的。这是一幅奇妙的画作，一个镇邪之物，一幅谜一般的作品，一代又一代人可以无穷无尽地解释和描述它。这幅作品究竟表现了什么呢？这可是多年来争论不休的话题。两种敌对观点吵个不休。这幅画描绘了两个商人，彼此面对两种相反的极端和两个世界。

“我出信用证。”那个瘦削、邋遢的小个儿大喊着，他的声音绝望得嘶哑了。

“我要现金才卖。”那个坐在扶椅中的胖子双腿交叉，在肚子上部旋着手指。

父亲对那个胖子恨之入骨！他从孩提时就已经认识这两个人了。甚至还是学生时代就对在早上吞掉无数黄油糕卷的自我中心主义的胖子充满蔑视，但是，他也并非完全支持那个瘦子。现在，当所有的力量从他的笔端溜走，自己被两个傻瓜男子左右着，他看上去有点惊讶。他呼吸微弱，眨巴着双眼，眼镜已经掉落，紧张地等待着争论的结果。

这家店铺本身就是一团永远解不开的谜。这里是父亲一切思想活动的中心，是他夜间沉思冥想的中心，是他那令人可怕的沉默的中心。它神秘莫测又包罗万象，在日常事务的背景中矗立着。白天，积攒了好几辈子的布匹，充满了族长般的尊贵，依年代顺序摆放在那里，按照它们的辈分和来源分别隔开。可是，到了晚上，这些布料叛逆的黑色会忽然发作，发出无言的激辩和即兴乱语的凶恶咆哮。到了秋天，店铺里一派忙乱，四处流溢着冬天黑乎乎的货物储备，好像几亩地的森林被连根翻了，正穿过一个大风弥漫的风景带前进。到了夏天，在那个死季，店铺回归到黑沉沉的藏匿状态，很难进入布匹的丛林深处。夜间，伙计们用木棍敲打着沉闷的布包垒起的高墙，仔细听着被囚禁在布匹洞穴中的店铺发出的痛苦的咆哮。

在黑暗的笼罩中，父亲追听着过去，追听到时间的深渊。他是自己家族这条线的最新传人，他像一具擎天神，肩上扛着巨大的遗产重担。无论昼夜，父亲都在思索着这一切的意义，试图理解其藏而不露的用心。他总是满怀期待地斜眼打量着伙计们。他接受不到任何秘密的信号，任何启示，任何指示。他期望这些无邪的年轻人，这些刚刚破茧而出的孩子，能忽然领悟到那固执地躲避着他的意义。他不断拿各种问题来折磨他们，但是，这些愚蠢而又混沌未开的家伙全都躲避着他的眼神，把他们的目光移开，嘴里喃喃地说些胡言乱语。早晨，父亲拄着一根拐杖，像个牧羊人般在那堆瞎眼的羊群中以及低声呻吟着围聚在饮槽周围的看不见脑袋的牲畜屁股中漫步。他还在等待着，推迟着族群不得不迁徙的那一刻的到来，到时他不得不肩负起对四处流浪无家可归的以色列人的责任走进那个夜晚……

门后的夜晚已经变成铅色——密密实实，没有一丝微风。只走了那么几步就已经无法穿过去了。你虽然在行走着却没有向前移动，就像梦中那样，你的脚还卡在地上，你的思绪无尽地向前奔跑，无休地质问着，被夜晚的形而上的歧路引偏方向。夜晚的微分学还在继续。终于，你的脚停止了移动，钉在那里不动了，在夜晚最黑暗最隐秘的角落，像来到一个枢纽前，死一般的沉寂中，怀着幸福的遗憾持续站上好几个小时。任意飘荡的思绪慢慢打了一个转儿，复杂的大脑结构像一盘卷轴般自行舒展开，夏夜的抽象论文还在继续坚持着恶毒的辩证法，翻着它的逻辑跟斗，发明着不会有答案的更高级的新问题。你就这样在好奇的浩瀚夜空中自己跟自己争执着，最后融入永恒的虚无。

午夜过后很久，父亲才从那堆稿纸中骤然抬起脑袋。他站起来，满脸带着自视甚高的表情，瞪大眼睛出神地聆听着。

“他快到了。”父亲容光焕发地说，“把门打开。”

高级店员西奥多还来不及打开夜间拴住的玻璃门时，一个人已经自己挤了进来。他背着一捆布匹，满头黑发，留着胡子，人很精神，面带微笑——这就是那位等了很久的顾客。雅各布先生激动万分，匆匆迎上去，鞠了一躬，伸出双手表示欢迎。他们拥抱在一起。这一瞬间好像一部黑亮的火车头无声地朝店铺的大门开来，一个头戴铁路职工帽子的行李工背着一只巨大的箱子走进来。

我们不清楚这个贵客到底是谁。西奥多坚持说是基督徒塞佩尔圣子（纺织和机械编织厂厂主）本人，但没有什么证据可以支持这种说法。母亲对这番理论也不认可。不过，毫无疑问，这个人一定是个厉害的恶魔，县债权人联合会的顶梁柱式人物之一。精心修剪过的黑色胡子圈住他肥胖、油亮、极其高傲的脸。在父亲胳膊的簇拥下，这个人不断点着头朝书桌走去。

由于是用外语，听不懂会谈内容，我们听的时候满怀敬畏，观察着微笑、眼睛的眯合，互致细腻、温柔的道贺。基本的礼数过后，两位绅士开始直奔事情的核心。账本和纸张在书桌上摊开，打开一瓶白葡萄酒。他们的嘴角都叼着烈性雪茄，脸庞皱成内容粗暴的怪表情。两位绅士交换了短短的几个单音节密码词，手指不时地指着账本上某个相应的栏目，眼睛里放出邪恶的幽默之光。讨论逐渐越来越热烈，感觉一种慢慢升温又克制的兴奋劲儿在起来。他们咬着嘴唇，雪茄从陡然失望和敌意的嘴角垂了下来，现在已变得又苦又冷。两人心里憋着一股怒火，开始发抖。父亲鼻孔里喘着气，眼睛下面冒出团团红晕，头发在汗淋淋的眉毛上方耸立着。整个局面变得怒火涌动。终于，两人都从椅子上站起来，站在那里愤怒得连眼都瞎了，大口喘着粗气，眼镜里面灼灼闪亮。惊恐不已的母亲开始安抚性地拍着父亲的后背，试图阻止这场大祸。看到女士在场，两个绅士又恢复了理智，想起礼仪和规矩，开始互相点头哈腰地微笑，然后又坐下来继续讨论。

大约在凌晨两点钟的时候，父亲啪地合上主账本的封面。我们焦急地观察着两个人的脸，试图感觉出谁赢了这场战斗。父亲显然良好的幽默感似乎是装出来和被逼的，而那个黑胡子男人后背靠在椅子上，双腿交叉，释出善意和乐观。他开始用卖弄式的慷慨大度给伙计们发起小费来。

收起文书和发票后，两位绅士从桌子后面站起来。他们带着暗示性的期许向伙计们眨巴着眼睛，默默地暗示他们已经准备操作新项目了。他们背着母亲提议，该来点小小的祝贺。这是一场空洞无物的谈话，伙计们知道如何理解。夜晚没有向任何地方延伸。它只好在路边的水沟中，在那道虚无和隐秘可耻的盲墙边的某个地方结束。通向这个夜晚的所有道路都拐回店铺。所有试图进入夜晚深处的出击从开始就注定要毁灭。伙计们都出于礼貌眨着眼回望着。

那个黑胡子男人和父亲挽着胳膊兴致勃勃地离开店铺，年轻的人们从后面投去宽容的目光。刚出大门，黑色倏忽间就抹去他们的脑袋，他们投进夜的黑水中。

谁曾探测过某个七月之夜的深度呢？谁曾测量过那个什么也不曾发生的空虚到底有多深呢？跨越过那道黑色的无限空间之后，两人又站在店铺门前了，仿佛刚刚离开，头脑中又重现出昨天挂在嘴边没有说出的话。他们就这样站了很长时间，用单调的声音聊着什么，仿佛刚从一次遥远的探险归来。此刻，他们已被所谓的冒险和夜间放纵结下的同志情谊维系在一起。他们像醉汉般把帽子往后一推，撑着摇摇晃晃的腿跌跌撞撞地走来。

他们避开灯火通明的店铺前门，偷偷来到屋子的后廊，悄悄爬上一段吱吱呀呀响的台阶。他们爬到露台上，站在阿德拉的窗前，打算看一眼那个熟睡的姑娘。他们看不见这姑娘，她躺在阴影中，在睡梦中无意识地啜泣着，嘴巴微微张开，头向后抛过去，热烈、迷恋地沉浸在自己的梦中。他们敲打着黑乎乎的窗玻璃，唱着下流歌曲。可是，阿德拉半张的嘴唇上带着一丝病态的微笑，正木然而恍惚地漫步在遥远的路上，早就走出数里之远，他们已经追不上了。

后来，他们索性靠着露台栏杆，无拘无束地大口响亮地打着哈欠，开始拿脚踢起栏杆来。到了深夜的不知什么时辰，他们的身体又躺在两张窄窄的床上，在被褥的高山上漂浮。他们并排在上面浮游着，在鼾声的疾驰中竞相赛跑。

在依然遥远的睡眠旅程中——睡眠的洪流把他们的身体汇在一起，还是他们的梦不觉间会合成一个了？——他们感觉躺在彼此的胳膊里，但还在进行一场棘手的、无意识的决斗。他们面对着面，气喘吁吁，进行着徒劳的挣扎。那个黑胡子男人躺在父亲身体之上，就像天使在雅各布之上。父亲用尽膝盖的全部力气顶着他，僵硬地漂进了昏沉状态，在下一轮扭打开始之前又偷空使劲睡了片刻。他们这样厮打究竟是为了哪般呢？为了他们的美好声名？为了上帝？为了一份合同？他们在大汗淋漓中扭打着，直到耗光最后一丝精力，而睡眠的浪潮又把他们裹挟进暗夜更加遥远、更加陌生的地带。

4

次日，父亲走路时看上去微微有些瘸。他的脸上容光焕发。

黎明时分，他一直想用在信函里的一个漂亮句子不期而至，这句话他徒劳地搜寻了很多个日日夜夜。我们再也没有看到那个黑胡子绅士。天还没有破晓他就背着箱子和布匹离开了，没有向我们告别一声。这是那个死季的最后一夜。从那个夏夜开始，我们的店铺开始了长达七年的兴旺期。

用沙漏做招牌的疗养院

1

那是一次漫长的旅程。在那条被人遗忘的大草原干线上，每周只开出一次的火车，乘载的旅客寥寥无几。我从来没有见过如此陈旧过时的包厢，其他线路的这种包厢早被淘汰了。它们宽敞得像起居室，里面阴暗幽黑，而且还有许许多多凹进去的角落。走廊从各种角度穿过空空荡荡的包间，这些包间复杂如迷宫，冷冷清清，释放出一种陌生、可怕、落寞的气氛。我从这节车厢走到另一节车厢，想找个舒适的角落。到处都有飕飕冷风：寒冷的气流从外面吹进室内，从头到尾刺穿整列火车。人们三三两两地坐在地板上，身边堆满行李包，不敢占据那些空座。另外，那些高拔、凸起、蒙着油布的座位像冰一样冷澈，因为表面老化黏糊糊的。在那些荒凉的车站，没有一个乘车的旅客。听不到鸣号，听不到呻吟，火车再次缓缓启动，好像在深思中走神了。

有一阵儿，我跟一个穿着破烂的铁路职工服的人在一起——他总是默默地沉浸在自己的各种思绪之中。他拿一块手帕压着肿疼的脸。后来，甚至当他消失后，在某个车站逐渐滑出视野，他还把手帕压在脸上，身后留下在地板稻草上躺过的痕迹，还落下一只破破烂烂的提箱。

我从稻草和垃圾上踏过去，摇摇晃晃地从这节车厢走到另一节车厢。每一节车厢敞开的门都在冷风中摆动着。列车上一个乘客都没有了。我终于看到了一位列车员，身穿那条线专用的黑制服。他脖子上围着一条厚厚的围巾，正在收拾东西——一只灯笼和一本办公日志。

“我们快要到了，先生。”他说，拿湿漉漉的眼睛望着我。

列车就要暂停片刻，速度逐渐慢下来，既没有喷出烟雾，也没有发出咔嚓声，似乎生命连同最后一口蒸汽慢慢从它身上逃逸而去。我们停下来。周围的一切都空空荡荡、静止不动，也看不见车站的大楼。列车员给我指了指疗养院的方向。我提着箱子沿一条狭长、发白的道路向某个公园黑乎乎的树林地带走去。我有些好奇地打量着这片风景。脚下这条路通向一个平缓山丘的半腰，可以看到那儿有一片开阔的村野。天地间到处都是单调的灰色，光秃秃的空无一物，没有任何颜色反差。也许在那片压抑、暗淡光晕的影响下，在这个巨大的峡谷盆地中，大片的林地风景安排得像舞台背景，峡谷显得非常幽暗。排排树木一层比一层灰暗和遥远，顺着左右缓坡降临下来。这片风景阴森昏暗，仿佛在几乎难以觉察地漂移着，像布满翻滚和偷偷活动的云朵的天空般悄悄变换着内容。森林流动的条带似乎在飒飒响着，像一股渐渐向海岸边膨胀的潮水般在哗哗声中变大。那条逐渐上升的白路戏剧性地穿越过林地的黑暗。我从路边一棵树上折下一根嫩枝。叶子全都发乌，几乎呈黑色。这是一种被离奇地烤焦的黑色，显得深沉而仁慈，好像处于放松的酣睡状态。这片景致中灰色的所有细微变化都是从那一种颜色演变来的。那是我们家乡乌云密布的夏天黄昏的颜色，那时经过长期的降雨后空中浸满湿气，泛溢着一种自我否定的感觉，那是一种听天由命、不需要颜色慰藉的最终的空虚感。

这片园地的树林完全暗下来了。我在柔软的针叶地毯上盲目地摸索前行。当树林逐渐变得稀薄时，一座吊桥的方木在我脚下发出回声。那边，在树林黑影的衬托下渐渐露出有着很多窗户的旅馆的灰墙，一目了然那就是疗养院。入口的双层玻璃门巍然洞开。这座小吊桥摇摇晃晃的扶栏是用桦木条做的，小桥直接通向疗养院。

厅堂里若明若暗，有一种肃穆的寂静感。我踮着脚从这个门走到另一个门，想看清上面的门牌号。我从一个角落绕过去后，终于碰到一个女服务员。她从一个房间里跑出来，好像刚刚从某个人纠缠不休的胳膊里挣脱，既气喘吁吁又兴奋不已。她几乎听不懂我在说什么。我只好又复述了一遍。她显得茫然无措。

他们收到我的电报了吗？她摊开双臂，眼睛斜视着两侧。她一直想逮住机会跳到那扇半开的门背后，老拿眼睛瞥着那儿。

“我走了很长的路程才来到这里。我用电报在这里预订了一个房间。”我有些不耐烦地说，“我应该找谁说说这事？”

她不知道。“也许你可以在餐厅等等。”她嘟嘟囔囔地说，“现在大家都在睡觉。医生起来后我会通知你的。”

“他们在睡觉？可现在是白天，不是夜晚啊。”

“这里每个人任何时候都在睡觉。你不知道吗？”她说，这会儿开始饶有兴致地打量着我，“另外，这里压根儿就没有夜晚。”她又羞怯地补充了一句。

她显然已经放弃逃跑的念头，因为开始心烦意乱地撩起围裙的花边。我撇下她走进灯光暗淡的餐厅。里面放了几张桌子，一个巨大的橱柜贴在整整一面墙上。我现在感觉有些饿了，看到橱柜里放了些面点和一个蛋糕时心里一阵高兴。

我把提箱放在一张桌子上。所有的桌子都空着。我拍了几下手掌。没有人应答。我朝隔壁房间望进去，里面宽敞而明亮。那间屋子有一扇很大的窗户或者凉廊，从那里可以俯瞰我已经见识过的那片风景。从窗户框里望出去，这片风景似乎像永恒的悲伤提示物，在暗示着深深的哀怨和无奈。有几张桌子上摆着刚吃过的剩菜、打开的酒瓶和半空的杯子。四处零星地放了些小费，还没有被服务员拿去。我折回去向橱柜走去，望着面点和蛋糕。它们看上去十分诱人胃口。我不知道是否应该自己动手拿来吃了。我忽然感觉很馋。还有一种特殊的苹果酱饼，我的嘴里都快要流口水了。我正拿一把银色小刀挑起一片来吃，这时感觉有人出现在身后。那位女服务员穿着软底拖鞋走进房间，轻轻地碰了下我的后背。

“医生现在想见你。”她说，眼睛看着自己的指甲。

她站在那里面向着我，很清楚自己扭动的屁股还颇有魅力，所以没有立刻转身离去。当我们走出餐厅从无数编过号的门口经过时，她开始挑逗我，不时地拉近又加大我们身体之间的距离。过道变得更加幽暗。走进几乎完全的黑暗中后，她不时敏捷地蹭我。

“这儿就是医生的房间。”她轻声说，“请进吧。”

高塔德医生已经站在屋子中间准备接待我了。他是一个肩膀宽阔的矮个儿男人，留着黑黑的胡子。

“我们昨天就收到你的电报了，”他说，“我们派马车到车站去接你了，可是你大概乘另外一次车到的。真不幸，铁路上的联络总是不很畅通，你还好吧？”

“我父亲还活着吗？”我问，焦急地凝视着他镇定的脸。

“嗯，当然了。”他回答说，坦然地迎着我质询的目光。“也就是说，情况还在可控范围。”他又补充了一句，眼睛半眯着。“你跟我一样是很清楚的，从你们家人的观点来说，从你们家乡的角度而言，你父亲已经死了。这种病根本治愈不了。死亡给他在这里的存在投上了一道阴影。”

“可是父亲本人知道这点吗，他猜到了吗？”我小声问道。

他颇有把握地摇摇头。“不要担心，”他压低嗓门说，“我们的患者中没人知道这个情况，也猜不出来的。此事的最大秘密在于——”他又补充了一句，准备在他的手指上演示其机制，“我们把钟表拨回去了。我们这里总要晚一定的时间差，我们确定不了时长。这不过是简单的相对性而已。你父亲的死亡，在家乡已经击倒他的死亡，在这里，还没有发生呢。”

“如果是这样的话，”我说，“父亲已经在死在床上或者快要死了。”

“你还是没有听明白我的意思。”他用一种强忍的耐心的语调说，“我们把过去的时间激活了，包括它的全部可能性，因此也包括康复的可能性。”他莞尔一笑望着我，摸着自己的胡须。“不过，现在你大概很想见见父亲了吧。应你的请求，我们已经在你父亲的房间另外备了一张床。我这就带你去那里吧。”

我们走进黑暗的过道时，高塔德先生还在低声细语。我注意到，他跟那位女服务员一样穿着毡毛拖鞋。“我们让病人长时间地睡眠，来清空他们的生命力。除此之外，别无良策。”

我们终于在一个门口站住，他把一根指头放在嘴唇上示意小声点儿。“悄悄地进去，你父亲正在睡觉。你进去后躺下就睡，你只消这样就好了。那么这就再见了。”

“再见。”我小声说，我的心快速地跳着。

我压住门把手，门打开了，感觉就像在睡眠中张开的毫不抵抗的嘴唇。我走了进去。房间里几乎空空荡荡，显得依然灰暗、荒芜。

父亲躺在一扇小小窗户下一张普普通通的木床上，上面盖着一堆被单，正在酣睡。他的呼吸像是在一层层揭着从胸腔深处发出的鼾声的厚皮。整个房间从地面到天花板似乎都成了鼾声的衬里，新的皮层在源源不断地往上面添加。我深情地望着父亲瘦薄、憔悴的脸，此刻，这张脸完全痴迷于打鼾活动中——这是一张遥远而恍若出神的脸，已经滤掉了某种世俗性，那庄严地讲述细节的表情，透露出它已经来到某个遥远的海滩。

房间并没有第二张床。刺骨的冷风透过窗户吹进来。炉子压根儿就没有点过火。

他们似乎并不怎么关心这里的病人，我心想。居然让这样一个病人暴露在如此寒流之中！好像也没人做清洁工作。地板和床头桌上落了厚厚的一层灰尘，桌上放了些药瓶和一只冰凉的咖啡杯。餐厅里面点成堆，但他们却只给病人提供黑咖啡而不是更有营养的东西！不过，也许跟拨回时间的好处相比，这恐怕都属于细枝末节的事儿。

我慢慢脱掉衣服，爬到父亲的床上。他没有醒过来，还在继续打着鼾，也许是调子提得太高了，最后降落在低音阶上，放弃了高亢、雄辩般的调门。这种调门出于自己的某种需要变得像是在窃窃私语。我从鸭绒被下把父亲拽过来，尽可能让他免遭室内冷气的侵袭。我很快就在他旁边酣然入睡了。

2

我醒来时房间早已沐浴在晨曦中。父亲已经穿戴好坐在桌边喝茶了，蘸泡着糖衣饼干。他穿着一件英国面料做的黑色西服，那还是去年夏天刚做的。他的领带打得松松垮垮。

看到我醒来后，父亲憔悴的脸上露出愉快的微笑。“你来了，我真是太高兴了，约瑟夫。真是太意外了！我在这里感觉太孤独了。可是碰上我这种情况本来是不该抱怨的。我已经度过最严峻的状况，要是把它们逐条记录下来就好了——不过没关系。回想我刚到这里的第一天，他们给我吃蘑菇炒牛肉片。那简直是地狱里的饭菜，约瑟夫。我必须极其严肃地提醒你——他们要给你吃牛肉片时千万要小心！我现在都还觉得胃里那团火在燃烧。还有腹泻——我几乎都束手无策。不过，我必须告诉你一个新情况，”他继续说，“不要笑。我已经租了块地在这里开了个店。没错，我租了。我庆幸自己想到这么一个聪明的点子。我得说，我实在无聊极了。你无法想象有多无聊。现在，我至少有一份开心的活儿可以干干了。别把什么都想象得那么气派。不是那种东西。那地方比我们家的老店铺保守多了。跟以前的那个店铺相比，它顶多算得上个亭子。回家后，我会为这样一个小摊难为情的，可在这儿，我们就不能那么虚荣了——你不同意吗，约瑟夫？”他苦涩地笑了。“再说，人总得设法活下去啊。”

当父亲意识到又用错词时，我为他的糊涂感到难为情。

“我看你睡得挺沉的。”过了一会儿他接着说，“你要是愿意的话就接着睡吧，待会儿可以到店里来看我。我这就去那里看看情况怎么样。你无法想象要获得认可有多难，上了年纪的商人、以前名声不错的商人，要在这里取得信誉可难多了。你还记得集市广场那家眼镜店吗？我们的店铺就在它的隔壁。店面还没有挂招牌呢，不过你能找得到，我相信。你不会找不着它。”

“你不穿件外套就这样出去吗？”我关切地问。

“他们忘了把它收起来。估计我在自己的箱子里找不到它了。可我其实并不需要。天气这么和煦，空气如此甜美——”

“穿上我的外套吧，父亲。”我坚持说，“你必须穿上它。”

可是，父亲已经戴上帽子。他朝我挥挥手就溜出房间了。

我再也没有丝毫困意。我感到既放松又饥饿。我愉快地憧憬着那只橱柜。我穿好衣服，思忖着会有多少种面点可供挑选。我决定先从苹果酱饼开始，但是也不想落下柔软而富有弹性、带橘子皮的蛋糕，它也曾让我注目流连。我站在镜子前打着领带，可那镜面简直像玻璃瓶，我的影子深锁其中，只能看到朦朦胧胧的一团。我徒劳地调整距离——走近镜子，然后又退回来——但是，在那银光闪亮、流着水汽的镜面上没有任何影子出现。我必须另外要一面镜子，我想，然后离开房间。

过道里一片漆黑。在一个角落里，一盏小小的汽灯闪烁着蓝色的火焰，进一步强化着神圣的寂静的印象。在那个房间、拱门、神龛构成的迷宫中，我实在想不起哪扇门是通向餐厅的。

我还是出去吧，我忽然做出决定。我要在镇上吃饭。那里肯定有家不错的咖啡店。

出了大门，我立刻浸入到那种沉重、潮湿、甜蜜的特殊空气中。那片灰色风景变得更加深沉，现在，我感觉仿佛正透过黑纱看着日光。

我的眼睛饱览着这片幽深之地那浓汁欲滴的黑色，以及灰色和沉寂的路径上天鹅绒般的盛宴——那是一片风景的小夜曲。空气的风浪在我脸上轻轻掠过，散发着发馊的雨水透出的病态的甜丝丝的气息。

我再次听到那片黑森林里永不停歇的飒飒声——单调的交响乐扰动着超出声音极限的空间。我来到疗养院的后院。我回头望着主楼后边，楼的形状如同一只围住庭院的马蹄。所有的窗户都黑乎乎地紧闭着。疗养院还在沉睡之中。我走出去，经过一道铁栅栏的大门。附近安置着一个很大的狗窝，里面是空的。我再次被这片黑色树林吞没和环抱住。随后树林又变得明亮了一些，我看清了林木之间房屋的轮廓。我没走几步就来到镇上一个开阔的广场。

多么奇妙又容易误会啊，它与家乡那个城市中心广场何其相似！其实，在这个世界上，所有的集市广场都那么相似。连房屋和店铺都差不多一模一样！

路上几乎空空荡荡。在某个不好确定时间的时辰，阴郁的幽暗从模模糊糊的灰色天空落下。我还能轻松地辨认出所有店铺的招牌和广告画。如果有人告知现在是午夜时分，我也不觉得惊讶。只有不多的几家店铺还开着门。另外那些店铺的铁栅栏已经半拉下来，正准备匆匆打烊。冷峭、充足、醉人的空气似乎模糊了一部分视野，好像拿一块湿漉漉的海绵擦掉了几幢房屋、一盏街灯和招牌上的某一块东西。有时，这样的空气让人很难老睁着眼睛，像被奇怪的慵懒或困倦忽然袭击上来。我开始寻找父亲提到的那家眼镜店，他说到这家店时好像我对它已有所了解，他似乎想当然地以为我熟悉当地情况。他难道忘了我是第一次到这儿吗？毫无疑问，他的头脑已经糊涂了，不过，还指望只能算半个真人、过着如此相对和有限生活的父亲怎么样呢？我不否认，要相信他的这种存在方式需有极大的善意。他过的是一种可怜的替代性生活，需要依靠他人的纵容，依靠他从自己虚弱的精力中提取出的一种通货般的精华。显然，只有通过绝对的克制，通过对这种显而易见、惊人恶劣的条件的集体的熟视无睹，这种可怜的生活相似性才能在真实质地中自我维持，无论它多么短暂。哪怕最微小的怀疑都会破坏它，最细微的一丝怀疑主义都会将其毁灭。高塔德先生的疗养院能给父亲提供这种温室般的友好的沉溺氛围，保护他免受冷静的分析寒风的侵袭吗？令人震惊的是，在这种毫无保障又可疑的状态中，父亲还能表现得如此让人钦佩。

我看到一家店铺的橱窗里摆满蛋糕和面点时心里一阵高兴。我的食欲又被唤醒了，我打开上面印着“冰冻品”字样的玻璃门，走进黑沉沉的店堂。里面弥漫着咖啡和香草的味道。店铺深处走出一个女孩儿，脸上笼罩着暗夜色，她来接待我。终于，在漫长的等待过后，我吃上了舒心的面包，我把它泡在咖啡里吃。在黄昏飞舞的复杂图案的包围中，我开始一个接一个地吞掉那些点心，感觉黑暗从我的眼皮底下往上爬升，它那暖暖的脉动，它那万千细腻的触摸悄然蔓延到我全身。最后，在纯粹的黑暗中，只有这扇窗户还亮着光，像一个灰色的四边形。我用汤匙敲击着桌面，但纯属徒然，没有人出来接我付的新点的菜钱。我在桌上留下一枚银币，然后步入大街。

隔壁书店的灯还亮着。店员们在忙着整理书籍。我向他们打听父亲的店铺在哪里。“就在我们的隔壁。”一个伙计说。一个殷勤的小伙子甚至陪我到门口指了指路。

父亲的店门上装了一块玻璃，橱窗还没有布置好，上面盖着一张灰色的纸。我一进去就吃惊地发现店里到处是顾客。父亲站在柜台后面，在往一张发票上填一长串数字，还反复地舔着铅笔。等着开发票的那个人身子靠着柜台，食指在数字栏上移动着，嘴里还轻声计算着。其他顾客在默默地观望。

父亲的目光透过眼镜上方瞥了我一眼，在发票上做了个记号说：“这里有你一封信。在桌上那堆纸中间。”他说完又回头计算起来。这时，伙计们拿着顾客买的布料，用纸裹起来，再用细绳扎好。只有一半货架放着布料，有些还空着。

“你干吗不坐下来算呢，父亲？”我轻声问道，然后走到柜台后面，“你病成这样子了，还不好好照顾自己。”

父亲举起他的手，仿佛要拒绝我的请求，但并没有停下手里的计算。他面容苍白憔悴。很显然，支撑他的只有那股狂热活跃的兴奋感，延缓着彻底崩溃那一刻的到来。

我走到桌子跟前，发现不是一封信而是一个包裹。几天前，我曾给一家书店去函，求购一本色情书，现在已经寄来了。他们找到了我的地址，或者毋宁说是父亲的地址，而他在这里刚开了新店，既没有名字又没有招牌。他们搜集信息的效率太高了，邮递手段也太神奇了，这样的速度简直不可思议！

“你可以到后面的办公室里去读。”父亲带着一丝不快望着我说，“你也看得出，这里没有地方。”

店铺后面那间屋子还空无一物。店里的光亮透过一扇玻璃门照进来。墙钩上挂着伙计们的外套。我打开包裹，借着暗淡的光线读起附信来。

信里告诉我，不幸得很，我预订的那本书已经脱销。他们会密切关注此书，但寻找的结果不好说。其间，他们会给我寄样东西，但并非出于义务，他们相信我会对这件东西感兴趣。接着信里又对一种具有强大光学功率和众多其他优点的折叠望远镜做了一番相当复杂的描述。我饶有兴趣地从包裹中取出这件器具。包裹是用黑色油布或者帆布做的，折叠成一个压扁的风琴形状。我对望远镜向来不在行。我开始打开这件东西的褶纹。在一根根细棍的固定下，它在我的手指下升起来，最后几乎充斥整个房间。简直像一台巨大的风箱，又像一个遍布黑色匣室的迷宫，一个长长的镜头暗室的组合物里面的层层套嵌。它的样子又像一部皮革制成的身躯修长的轿车模型，一件舞台道具，用的薄纸和僵硬的帆布模仿真实的蠢笨劲儿。我朝里探望着这件器具的黑色空隙，从它的深处可以看到疗养院后面模模糊糊的轮廓。我完全被迷住了，把头探进设备的后台小间。这时我的视野中出现了那个女服务员，端着一个托盘沿着疗养院黑乎乎的走廊走过来。她转过身微笑了一下。“你看见我了吗？”我自问道。我的眼睛被突如其来的强烈的昏沉迷糊住了。我坐在望远镜的后室里，仿佛坐在轿车的后座上。一缕光线触到一根杆上，仪器开始像纸蝴蝶般响动起来。我感觉它开始活动了，在向门口掉转身体。

这架望远镜像一只巨大的黑色百足虫般爬进那个亮着灯的店铺——像一头纸做的节肢巨兽，前面带着两个仿制车灯。顾客们挤作一团，在这台没长眼睛的纸龙面前慢慢后退。店伙计飞快地打开向街的那扇门，我缓缓驾驶着这辆纸车在排排旁观者中间开过去，他们带着愤慨的眼神追随着我蛮横地走了出去。

3

这个小镇上的人们就这样生活着，时间就这样消逝。白天的大部分时间都是在睡眠中度过——不仅仅是在床上。想睡觉时并不需要特别条件。在任何地方，任何时候，人们随时准备安静地小睡片刻。脑袋支在一家饭店的桌子上，坐在一驾马车里，甚至出去散步时望着一套公寓的厅堂站着都可以睡那么片刻，完全克制不了难以抗拒的睡眠冲动。

醒来后还处于惺忪和恍惚状态，人们会继续中断的谈话或困倦的散步，继续进行没头没尾的复杂讨论。大块的时间就这样在不经意中消失在某个地方。人们对时光连续性的控制开始松弛，最后完全不当回事，每天要严格留心、从未中断的时序框架被无怨无悔地放弃了。用来描述时间流逝的强制性权宜之计，报告消费掉的时间的那种小心谨慎分秒必惜的习惯——我们的经济制度的骄傲和理想——被抛弃了。那些崇高美德，过去谁也绝对不敢质疑的美德，早已被抛弃。

有几个例子也许可以说明这种状态。在白天或者夜晚的某个时候——天空上一种几乎觉察不到的颜色变化让人得以分辨出现在所处的时辰——我就在通往疗养院的吊桥栏杆旁边，在晨昏中醒了过来。遭到睡眠袭击后，我可能在这个小镇无意识地漫游了很长时间，才极度困倦地拖着身子来到桥上。我不知道散步时高塔德先生是否陪着我，不过，这会儿他就站在我面前，刚刚发表完一番长篇大论的抨击，而且还得出不少结论。他被自己的雄辩搞得得意忘形，手插到我的胳膊下面，抓着我向某个地方走去。我和他一直朝前走去，甚至还没有跨过那座桥，我又睡着了。透过紧闭的眼皮，我依稀看到高塔德医生在打着极富表现力的手势，黑色胡须下露出微笑，我试图弄清他到底想表达什么观点，却没有办到——这个观点一定早被得意地揭示过了，因为他现在已经伸开双臂站在那里。我们一直并肩走了不知道多长时间，沉迷在一场杂乱无章的谈话中，我忽然完全清醒过来时，高塔德医生早已离去。天色还很黑暗，但那只是因为我的眼睛还紧闭着，我睁开双眼时，发现已经到了我们的房间，我不知道是怎么到达那里的。

还有一个更加戏剧性的例子。午饭时分，我来到镇上一家餐馆，里面挤满了人，闹闹哄哄的。在一张被碗碟压得沉陷的桌子旁边，我看到谁了呢？父亲。在场所有的人都把目光投到他身上，他兴致勃勃，欣喜若狂，他的宝石领带别针闪闪发亮，他四处转来转去，跟所有的人进行着令人生厌的即兴谈话。他带着假惺惺的豪迈，对这种豪迈我持严重的怀疑态度。他不断地点要新菜，这时碟子已经在桌上摞成一堆。他高兴地把碟子拢到自己跟前，一边咀嚼一边跟人说话，用这种盛宴来实现自己巨大的满足感，带着欣赏的眼神追随着服务员亚当，面带陶醉的微笑又向他点了好多菜。这个服务员挥舞着围裙跑去拿菜时，父亲转向在座的大伙，请大家见识一下亚当这位加尼美德[①]不可抵挡的魅力。

“这可是个价值百万的男孩啊，”父亲陶醉地微笑着，眯缝着眼睛大声说，“极致天使啊！你们一定会同意这样说的，先生们，他可是个尤物！”

我厌恶地离开了，父亲没有注意到。如果不是饭店管理人员安排父亲在这里逗顾客开心，他的举止不会如此轻浮。我的脑袋昏昏沉沉，磕磕绊绊地穿过几条街向疗养院走去。我把头靠在一个柱台上休息了片刻。终于在黑暗中摸索着找到大门，走了进

① 加尼美德（Ganymede），希腊神话中为众神酌酒的美少年。

去。我们的房间里面一片漆黑。我摁着电灯开关，但却没有来电。一阵寒风掠进窗户。床铺在黑暗中吱吱作响。

父亲从枕头上抬起脑袋说："哦，约瑟夫，约瑟夫！我在这里躺了两天了，没有人照顾。铃铛都失灵了，没有一个人来看过我，连我的儿子都撇下一个重病号不管，去追镇上的姑娘了。瞧我心脏跳的！"

我怎么才能把这一切统一起来呢？父亲到底是坐在那家饭店备受病态贪婪的摆布，还是病得奄奄一息一直躺在床上呢？难道有两个父亲吗？不可能发生这种事。问题出在时间迅速瓦解却没有在持续的警觉状态观察到。

我们都知道，时间这种难以调教的元素是自我束缚住的，但是由于不懈的培养、精心的关照、不断调整和矫正冗余部分，它的运行非常不稳定。放松警戒后，它立刻玩起小伎俩，四处乱跑，开些不负责任、别有用心的玩笑，沉溺在疯狂的小丑行径中难以自拔。于是我们的私人时间的不连贯性变得很显眼。父亲的时间与我的时间不再重叠了。

顺便说一下，父亲的指责完全没有根据。我并没有去追逐女孩子。我像个醉汉般摇摇晃晃地从这个睡眠的回合进入到下一个回合，几乎不可能去关注当地的女人，即便在更清醒的时刻。

另外，大街上传染性的黑暗让我无法把别人的脸看得很清楚。作为一个对这种事情仍然怀有某种兴趣的年轻男子——我能观察到的是——那些女孩儿走路时别致的样子。

她们对各种障碍无动于衷，完全遵守某种内在节奏。每个女孩儿都沿着笔直得可怕的直线行走，好像沿着从某个看不见的线盘中不断放出来的一条绳子走着。这种线性步伐充满了可怕的精确性和经过量化的优美。每个女孩儿的心里好像都有一把自己的尺度，像根弹簧般紧紧地绷着。

她们就这样既专注又清高地笔直地向前走去，似乎只忧虑一件事——不要破坏了尺度，不要犯任何错误，不要偏到右边，也不要偏向左边。后来我终于明白，她们内心小心翼翼坚持的是对自己卓尔不群的执着。她们自信的力量，几乎把它化为了现实。那是危险的期许，没有任何保证：那是一个并不现实的教条，被高高地举起来，不许有任何怀疑。

什么缺憾和污点，什么翘鼻子或者塌鼻梁，什么雀斑或者斑点，都在那个执着幻影勇敢的旗帜下被粉碎了！任何丑陋或者卑俗都可以被这样一种信念的翱翔拔高到完美的虚幻天堂。

女孩们被这种幻影神圣化之后，身体变得超凡脱俗的美丽，在干干净净的鞋子的映衬下，形状漂亮优雅的双脚，也仿佛在雄辩地诉说着什么，流光溢彩的步伐的独白在解释着这个理想多么了不起，这些自足的脸庞骄傲得都难以传达这个理想了。女孩们都把手放在又短又窄的夹克兜里。在咖啡店，在影院，她们双腿交叉，露出膝盖，在紧张的沉默中自我矜持着。

这个小镇还有一个独特之处。我已经提到过这个地区的黑色植物。有一种黑色蕨菜值得特别一提：大把地插在花瓶里，很多公寓的窗台上以及公众场合都摆着。这种蕨菜几乎是哀悼的象征，是小镇葬礼上的冠饰品。

4

疗养院的情况变得一天比一天难以忍受。不得不承认，我们掉入陷阱了。从我抵达之后，向新来的患者展示千篇一律的医护条件时，疗养院的管理方甚至都不想费劲给我们任何专业管理的幻觉。我们完全自行照顾。没有任何人来满足我们的需求。我已经注意到，比如，电铃的线已经在门后被掐断，往哪儿都通不了。这里压根儿就没有服务。走廊里无论昼夜都是又黑又暗又静。我强烈怀疑我们是这家疗养院唯一的顾客，怀疑那个女服务员进进出出关上房门时诡秘或小心翼翼的眼神纯属故作神秘。

有时我会产生一种强烈的欲望，想打开每扇门，让它半掩着，这样，我们深陷其中、令人痛苦的谜团就可以昭然若揭。

但我还没有足够的把握证明这一怀疑有合理根据。有时，深夜，我在某个走廊上碰到高塔德医生，他穿着白大褂行色匆匆，手里拿着一个装着灌肠剂的瓶子，那个女服务员在前面带路。那种情况下我很难拦住他，要求他给个说法。

如果不是因为镇里有饭店和面包店，病人们也许就饿死了。迄今为止，我还没有成功地为我们的房间弄到第二张床。换床单是没有问题的。

得承认，对文明习惯的彻底漠视已经对我们两个人都有影响了。穿着衣服上床，鞋子也不脱，对我这样一个有文明教养的人是不可思议的。可是，现在，我很晚回到屋里后，昏沉如泥，室内若明若暗，窗帘在一股冷风中呼啸着。我晕晕乎乎歪歪扭扭地爬上床，把自己埋在鸭绒被里。因此，我的睡眠时间都是没有规律的时断时续，一连几天或者几星期，穿过空空荡荡的梦中风景漫游，总是行走在路上，总是处在呼吸的陡峭山路上。有时轻轻地、优美地从缓坡上滑下，然后又吃力地爬上呼噜的悬崖。到了顶峰，我开始拥抱岩石遍地的空旷的睡眠沙漠的地平线。有时，在一个呼噜的急转弯处，我从半睡状态醒过来，摸索到床脚下父亲的身体。他蜷缩在那里，瘦小得像一只猫。我马上又昏睡过去，大张着嘴巴，山地巨大的全景图庄严地从我身边滑翔过去。

在店铺里，父亲从来都是那么兴致勃勃、活力四射，打点着生意，使出全身的解数吸引顾客。他激动得两颊绯红，眼里大放光彩。在疗养院里，他又病得奄奄一息，严重得像在家里最后那几个星期的样子。看来，临终的日子一定很近了。他用很虚弱的语气对我说："你应该常去店铺看看，约瑟夫。伙计会抢我们的。你也看得出，我已经力不从心。我躺在这里病了好几个星期，照顾不上店铺，扔下它自行运转。家里来过邮件吗？"

我开始对整个行动后悔起来。当我们决定把父亲送到这里时，我们可能被狡猾而老谋深算的广告误导了。把时间拨回去——听上去不错，可是怎么落到现实中呢？这里有谁能理解时间的全部价值呢，那种真实的时间，从布匹新鲜的轴芯上切割下来的时间，还散发着新鲜和染料气味的时间？恰恰相反。他们声称的是已经用过的时间，被其他人磨损过了，那是一种千疮百孔、像张筛子般褴褛不堪的时间。

不用奇怪。这是所谓反刍过的时间——请原谅我这样说：那是一种二手时间。上帝，救救我们大家吧！

这就出现了对时间进行恶意操纵的问题。那些可耻的诡计，那种从后面对时间机制施加的侵袭，邪恶、秘密、危险的拨弄！有时你真想拍案大喊："够了！离时间远点儿，时间是不能摸的，不要刺激它！你拥有空间还不够吗？空间是为人类准备的，你可以在空间四处晃悠，翻腾跌落，从这个星星跳到另一个星星，可是，看在上帝的分儿上，不要擅自拿时间捣乱！"

另一方面，我能指望提请高塔德医生注意吗？无论父亲的情况多么悲惨，我都可以去找他，跟他在一起，跟他讲。事实上，我应该对高塔德医生感激不尽才对。

有好几次，我想跟高塔德医生开诚布公地谈一谈，可他行踪飘忽不定。他刚去餐厅了，那个女服务员说。我又折身去那里，这时她追上我说弄错了，高塔德医生在手术室。我匆匆上了楼，我不知道这里能做什么手术。走进等候室，有人让我等着，说高塔德医生很快会来见我，他刚做完手术，正在洗手。我几乎能想象出他的样子：矮短，迈着大步，敞开外衣，匆匆穿过一间又一间病房。过了会儿，又告诉我什么呢？高塔德医生压根儿就不在这里，这里已经很多年没有做过手术了。高塔德医生正在他房间睡觉呢，他的黑胡子向空中翘着。屋里响彻着他的呼噜声，好像飘浮在云霄中，云朵把他从床上拎起，拎得越来越高——简直是乘着呼噜和重重叠叠的床铺在进行一场空前悲惨的爬升。

甚至还有更奇怪的事情发生——这些事情我本想秘而不宣，简直荒唐绝伦。只要我一离开房间，就感觉有个在门后站了很久的人迅速闪开，向另一个角落拐过去时感觉好像有人在我前面走着，从不向后看。那不是护士。我知道是谁！“妈妈！”我用兴奋得颤抖的声音大喊道，母亲把脸转向我，盯着我看了片刻，面带愉快的微笑。我这是在哪儿呢？这里到底发生什么了？我陷进什么样的迷宫了啊？

5

我不知道为什么——也许与那年的时间有关——白天的色彩变得日益恐怖，越来越阴沉和漆黑。天地就像透过黑色玻璃看到的那样。

这里的风景现在就像一个灌满墨汁的水族馆底层的样子。树林、人物、房子完全融为一体，像水底植物般在深墨色的背景中摇曳着。

成群的黑狗常常出没于疗养院附近。它们大小、形状各异，黄昏时分沿着大路小径奔跑，完全迷醉在自己的事务中，表情默然、紧张而又警觉。

它们三三两两地跑来跑去，伸着长长的脖颈，竖起耳朵，那凄凉的轻号声从喉咙里奔出来，好像有多不情愿——那是高度紧张的信号。它们专心致志地跑来跑去，总是行色匆匆，总是在去某个地方的途中，总是在追索着某个神秘的目标，几乎从不注意路上的行人。偶尔，有人跑着经过时迅速瞥它们一眼，这时那乌黑、聪慧的眼睛里就会立刻充满强压住的怒火。有时这些狗甚至冲到你的脚下，愤怒已极，压低脑袋，发出不祥的号叫声，但很快就又想明白了什么，转身离开。

大家对这些狗的“瘟疫”毫无作为，可是为什么疗养院管理方却要用锁链拴住一条巨大的亚尔沙斯狗——用动物，一个野蛮的人狼来制造恐怖呢？我每次从它的窝边经过时都会不寒而栗，它被拴在一根短短的铁链上一动不动地站着，一圈乱糟糟的毛发耸立在脑袋周围，满嘴满脸都是胡须，结实有力的下巴上亮着长牙利器。它从不吠叫，但只要一看见人，那张野蛮的脸就会扭曲起来，脸上始终挂着没完没了的愤怒表情，总是缓缓地抬起可怕的鼻孔，忽然从愤恨的最深处爆发出低沉、狂热、痉挛性的吼叫——那是对自己暂时束手无策的绝望和伤心的哀号。

每当我和父亲一起外出，他从这头野兽旁边走过时都无动于衷。而我，目睹这条狗苍白的仇恨时就深深地战栗起来。现在我已经比父亲高两个头了，他又小又瘦，在我旁边用那种年迈的人特有的碎步快速走着。

快走到城市广场时，我们注意到一场不同寻常的骚乱发生了。大街上挤满了人。我们听到一个难以置信的消息，说一队敌军已经驻到镇上了。

人们惊慌失措地交流着警告和难以验证、自相矛盾的消息。预先没有经过任何外交活动，战争就来了？在这么幸福和平的年代会发生战争？这场战争是冲谁来的，为什么打啊？我们听说敌人的入侵让镇上一群心怀不满的人壮起了胆，他们公开跳出武装起来，威胁和平的居民们。事实上，我们已经看到，这群活跃分子身穿黑色军装，胸前扎着白色皮带，默默操练起来，枪里已经上好子弹。这群人来到人行道上，正步走过时帽子下闪烁着讽刺性的阴沉的目光，流露出超人的优越感，眼里闪烁着邪恶变态的快感之光，好像快要忍不住放声大笑。他们中有些人被群众认了出来，但是如释重负的欢呼立刻被步枪的出现平息下去。他们径直走过去，不向任何人挑衅。所有的大街立刻充满了恐惧、可怕的沉默着的人群。一片沉闷的喧闹声在城市上空飘荡，我们仿佛听到从远方传来的炮火声和机关枪的嗒嗒声。

“我必须去一趟店里。”父亲说，脸色憔悴却很坚决。“你不必跟我去。”他又补充了一句，“你会碍手碍脚，快回疗养院去。”

怯懦的力量迫使我只好服从他。我看见父亲想方设法从厚厚的人墙中间挤着身子穿过去，然后就看不见了。

我沿着小街和僻巷飞奔，匆匆朝小镇的北边跑去。我觉得爬上高坡也许就能绕开现在被人们堵得水泄不通的中心地带。

越往前走，人群越稀少，最后彻底没有了。我悄悄地沿着空空荡荡的街道向城市公园走去。那里街灯已经点亮，燃烧着深蓝色的火焰，那是日光兰哀悼花的颜色，每只灯都有一群飞舞的六月的臭虫绕着旋转，它们振动翅膀斜着飞翔。跌落下来的虫子在沙地上笨拙地挣扎着，弓起脊背，蜷缩在坚硬的盾牌下面，想收起翅膀细嫩的薄翼。人们在草坪和小路上漫步，专心惬意地谈论着什么。

公园遥远末端的树林伸进建在园墙另一侧洼地上的房子的庭院里。我沿着那堵公园侧墙走过去，墙壁的高度刚好到胸脯。另一端在斜坡处塌陷下去与院子持平。院里有个地方耸起一块坚硬的土堆，高及墙顶。我在那里毫无困难地跨过围墙，然后在房子之间侧身挤到一条街上。不出所料，我几乎面向疗养院了。它的后部轮廓清晰地出现在一块树木的黑框中。跟往常一样，我打开铁栅门，远远地看着拴在桩上的看门狗。我还是满怀厌恶地战栗起来，希望能迅速绕过它，这样就不必听到那仇恨的号叫声了。可我忽然发现它没有被拴住，正在院子附近兜圈，咆哮狂叫着，试图截住我。

我恐惧得都僵住不动了，不断往后退却着，本能地寻找着庇护所，最后爬进一个小凉亭，我坚信躲避这只野兽的一切努力都将是徒劳。这个脏兮兮的动物正向我扑来，它的嘴已经伸进凉亭。我困在里面了。我惊恐中看到这条狗是拴在一条长链上，链条已经完全展开，我还发现它的爪子够不着凉亭。我既厌恶又害怕，虚弱得都感觉不出丝毫轻松。我在摇摇晃晃几乎是晕眩状态中睁开眼睛。我从来没有这么近距离看过这头野兽，直到此刻才看清了它。偏见的力量是何其巨大！恐惧的影响力是何其厉害！我以前简直太盲目了！它压根就不是狗，而是一个人。一个被拴住的人，由于犯了简单化、形而上、彻头彻尾的错误，我一直把它当狗看待。我不想再误会了。它当然是一条狗，不过是一条具有人形的狗。狗性是一种内在品质，可以通过人形表现出来，就像人性也可以通过畜形表现出来。在凉亭的入口，他站在我面前，张开大嘴，在可怕的咆哮中露出牙齿。这是一个中等个头的男人，留着黑胡子，脸色发黄、瘦骨嶙峋，双目呈黑色，显得凶残而又闷闷不乐。从他的黑色西服和胡子的形状判断，可能还会把他当成一个知识分子或学者。他没准就是高塔德医生落魄失意的哥哥呢。但这个第一印象是错误的。他的两只大手沾满了胶水，从鼻尖上贯下两道残忍、愤世嫉俗的沟纹，最后消失在胡子那里，低低的前额上那几道粗俗的横纹立刻排除了这个第一印象。他更像一个装订工，一个激愤的演说家，一个朗读协会的成员——一个狂暴之徒，总是沉浸在突如其来的阴暗的激情状态。正是这个——那种激情的深渊，那种全身毛发痉挛性耸立的样子，那种只要把一根指头指过去就会愤怒得吠叫的样子——让他成为一条十足的狗。

我想，如果从凉亭后面逃掉就能彻底摆脱他的控制，然后沿一条小径就可到疗养院的大门口。我正要把一条腿跨过栏杆时忽然停住，我觉得这样离去扔下这条狗实在太残忍，他完全深陷于无助和无尽的愤怒中。可以想象得出，当我逃离他的围困，立刻从他的掌控中解放后，他的失望该有多么可怕，痛苦将多么难言啊。我决定不抛弃他了。

我走上前平静地说："请息怒。我来解开你的锁链吧。"

那张被阵阵号叫扭曲的脸又恢复了正常，变得光滑起来，几乎像人了。我毫不畏惧地走到他跟前，解开他脖领上的扣子。我们并肩往回走。这位装订工穿着一件体面的黑色西服，但却光着脚。我试图跟他说点什么，但听到的答复却是混乱的喃喃声。只有那双充满雄辩的黑眼睛在表达着疯狂地喷涌而出的感激和谦恭之情，我对此满怀敬畏。每当他绊倒在石头或者土块上时，这一震让他害怕得脸色顿然一缩，接着又狂怒地发作一番。这时我就发出一声严厉的同志式的责备，让他恢复常态。我甚至还拍拍他的脊背。他试图在脸上弄出某种惊讶、怀疑、不信任的微笑来。维持这种可怕的友谊简直太难了！而这种古怪的同情又是何其恐怖！我怎么才能摆脱身边这位大步行走的男人呢？他的眼神谦卑至极，留心着我脸上最细微的变化。我不能流露出任何不耐烦。

我掏出钱夹心平静气地说，"你可能需要些钱。我很乐意借你一点。"可是，他一看到我的钱夹，表情意外地变得蛮横起来，我只好又迅速收起。过了好一阵，他仍然难以平静，表情继续被更厉害的阵阵号叫扭曲得不成样子。不，我再也无法忍受了。什么都可以忍受，但这样不行。事情已经变得够混乱和纠缠不清的了。

这时我注意到小镇上空烈火在燃烧，父亲已身处一场革命的中心地带或者待在一家燃烧的店铺里。已经找不到高塔德医生。更有甚者，母亲隐姓埋名来处理那桩神秘事件了！这里有很多巨大、晦涩的谜团，我萦绕其中。我必须逃走，我想，不惜一切代价逃走。不管逃到哪里都可以。我必须结束与这个装订工可怕的友谊，他身上散发着狗的气味，正在一刻不舍地看着我。我们现在已经站在疗养院前。

“上我房间来，请吧。”我态度礼貌地说。这种彬彬有礼的态度让他非常欢喜，渐渐平息了他的蛮横怒气。我先让他走进房间，然后递给他一把椅子。

“我去餐厅弄些白兰地。”我说。

他害怕地站起来，想跟我一起去。

我温和而果断地解除了他的恐惧感。“你就坐在这儿等我吧。”我用那种深沉洪亮的调门说，以此掩饰自己的恐惧。他又面带踌躇不安的微笑坐下。

我来到屋外，沿着长廊慢慢走过去，然后下了楼，穿过通向大门的厅堂。我从大门边走过，大步穿过院子，敲击着关闭的铁门。这时，我才沿着通向火车站的黑洞洞的林荫道跑起来，气喘吁吁，心脏剧烈地跳动着，太阳穴暴跳不停。

各种景象在我头脑中纷至沓来，一幅比一幅恐怖。那条恶魔般的狗一定非常焦躁了，意识到被欺骗了时该有多么恐惧和绝望，接着另一轮咆哮爆发，另一回合肆无忌惮的愤怒发作。我父亲回到疗养院，毫无戒备地敲开门，将与这头可怕的野兽正面遭遇。

幸运的是，事实上，父亲已经不在人世，他不可能回来了，想到这点时我竟有种释然，目光望着前方那排准备出发的黑色的铁路马车。

我搭上其中一辆马车，火车好像一直在等待我，我登上去后它就缓缓启动，听不到一声鸣笛。

窗户外面那条布满黑沉沉的飒飒作响的森林的大峡谷——在这片森林的衬托下疗养院的墙壁仿佛是白色的——又一次开始移动并缓缓转过弯来。再见了，父亲。别了，我永远不会再见到的小镇。

从那时起，我就再也没有停止过旅行。我已经把那次列车当成自己的家。当我从一节车厢漫游到另一节车厢时，大家都容忍着我。车厢大得像房间，里面满是垃圾和稻草，在黯淡无光的日子里寒风从中穿刺而过。

我的衣服已经褴褛不堪。他们送给我了一件铁路职工穿的破破烂烂的工作服。我的脸上裹着一条脏兮兮的抹布，因为我的一面脸颊肿了。我坐在稻草上打盹，饿了就站在一个二等厢外面的走廊上唱歌。人们朝我的帽子里扔些小小的硬币。那是一顶铁路职工戴的黑帽子，它的帽檐已经被撕开了一半。

多多

他总是在星期日下午来拜访我们，穿一件黑色西服，外裹一件针织面料的白色半身大衣，戴一顶硬礼帽，那是一顶为适合自己的脑袋特制的礼帽。他经常待上一刻钟左右，喝杯草莓浆加苏打的饮料，下巴颏撑在一根夹在两膝之间的拐杖骨头般的把手上，有时安静地望着香烟冒出的蓝烟沉思。

往往别的亲戚也在这个时候来看我们，这时，当谈话变得家长里短时，多多就抽身而退，成为一个多余人的消极角色。在这种生气勃勃的聚会中，他经常一言不发，但是气宇轩昂的眉毛下那双极富表现力的眼睛总是依次在每个人身上停留一下，耷拉着下巴，脸拉得老长，在充满激情的倾听中听任肌肉抽搐。

多多只是在确有必要时才肯说话——用单音节词含含糊糊地应答着，眼睛望着别处——不过前提是这些问题得简单明白，容易对付。他偶尔也能借助富有表现力的手势和怪异表情成功地让超出基本问题的谈话继续进行下去，这些肢体动作很管用，因为它们可以有多种不同的解读法，填补清晰明白的谈话中的空当，给大家留下反应明智的印象。但是，这个幻觉会很快就被消除，谈话很快便彻底告终，这时插话者盯视的目光缓慢而若有所思地从多多那里移开，而他则任其自然，再次回到旁观者的角色，继续做起别人社交活动的消极观察者来。

问起多多是否一直跟母亲住在乡下时，他就细声细气回答说：“我不知道。”这样的回答，别人还怎么跟他往下交谈呢。他的话也道出了伤心而令人尴尬的实情，因为他脑子里除了当下的事儿什么都记不住。

多年以前，还在童年时多多得过一场严重的脑病，那段时间他有好几个月丧失了意识，与其说活着还不如说死了。病情最终有所好转后，情况开始明朗起来：他不再跟人交往，不再参加正常的人际圈子。考虑到形式问题，他的教育只好私下里走个形式，而且吸收的剂量不能太大。一些习俗惯例上的要求，换了别人都很苛刻和不可通融，但只要关系到多多就没有那么严厉了，对他得多宽容着点儿。

为了保护自己，多多在周围开辟了一个特权区，这是一个免遭生活压力影响的无人地带。此区之外，任何人都要经受各种世事的跌打，纷纷扰扰地徜徉其中，让自己癫狂、出神和痴迷。这个保护区里却充满安宁和恬静，那是一片喧嚣中的净土。

多多就这样生活和成长着，他异常的命运也与自己同生共长，理所当然，也不存在来自别人的任何压力。

从来没有人给多多添加过一件新衣，他总是穿着哥哥不要的衣服。伙伴们的生活可以划出很多不同的侧面和时期，以许多耀眼的事件和崇高而有象征意义的瞬间为标志——比如生日、考试、结婚、升迁——而多多的生活完全在平面的单调中度过，不曾受过任何愉快或者痛苦事件的打扰，他的未来也会走在一条笔直、平稳、波澜不惊的小路上。

如果认为多多内心抗拒这样一种生活状态，那就错了。他以坦率和毫不惊诧的态度欣然接受，认为这种生活挺适合自己。他打点自己的生活，怀着沉静、尊贵的乐观主义，在无所事事的单调的格局中安排着自己生活的各种细节。

每天早晨，他都要出去散步，走完三条街，到第三条街的尽头时又原路返回。他身穿剪裁考究但却破烂不堪从兄弟那儿继承过来的衣服，走得从容大方，不急不迫，手杖握在背后。他成了一个在城里四处散步的快乐绅士。这种不急不迫、毫无方向和目标行为，有时会使局面变得尴尬，因为多多喜欢站在店铺前以及人们辛苦干活的作坊外面打着哈欠，有时还会走进一堆谈话的人群中。

他的脸过早就成熟了，而且，说来奇怪，虽然生活阅历和考验保留下那种空洞的神圣感，以及他生活中奇怪的边缘化色彩，他的容貌中仍然折射出时间的痕迹，那些在自传中永远不曾表现出来的要素。这些阅历虽然纯属虚无缥缈，却把他的面容雕琢成一个伟大悲剧人物的面具，表现出生存的智慧和忧伤。他的眉毛大气地弯曲着，但忧伤、幽深地旋转的大眼睛显得蒙蒙眬眬。他鼻子两侧的两道深纹直奔嘴角，那是伪痛苦和智慧的标志。丰满的小嘴痛苦地紧抿着，在波旁皇族式凸起的下巴上卖弄风情似的上翘的胡子让他外表颇像一个老花花公子。

多多独有的奇特性必然要被潜伏在那里从来都如饥似渴的人类恶意探察到。

多多这样频频外出，早晨散步时招来了不少陪伴。不能做好一个普通人遭受的惩罚之一就是：这种陪伴有点特别，不能是有共同趣好的同事。他们是些更年轻的人，喜欢缠着清高、严肃的多多。他们谈话时语调欢乐、带着调侃色彩，这大概很投合多多的脾性。

散步时，多多在那伙快快乐乐、无拘无束的人中间高昂着脑袋，像个被一群门徒包围着的逍遥派哲学家。在严肃和忧伤的面具后面，他的面孔绽放出轻佻的微笑，与平时的悲剧性表情有点拧巴。

现在，多多早上出去散步回来得挺晚，到家时头发凌乱，衣着不整，然而兴致却很高，喜欢逗逗雷蒂特婶妈送回家的可怜的侄女卡罗琳。

多多非常清楚结识的伙伴大概都无关紧要，在家里对这方面的话题压根儿不提。

偶尔，单调的生活中出现些貌似重要的事情。有一次，早上出门后，多多没有回家吃午饭。第二天也没有回家吃午饭。雷蒂特婶妈都绝望了。但是，第二天晚上，他又衣衫褴褛地回家了，硬顶礼帽也破了，弄得歪歪扭扭，但身体完好无损，而且神情镇定自若。

现在很难复原那次逃逸的真相了，因为多多对这件事讳莫如深。很可能，他延长了每日散步的行程，漫入歧途，来到这个城市不熟悉的地带，很可能在那里得到年轻逍遥者的帮助，他们有意要让多多见识一下新鲜陌生的生活。

也许多多可怜、不堪重负的记忆偶尔会恍惚一天，全然忘了自己的住址甚至姓名，这些他平时应该设法记住的细节，但我们永远无从知悉这场冒险经历的细节。

自从多多的大哥出国之后，这个家缩小成了四个人。除了杰罗姆叔叔和雷蒂特婶妈外，就只有卡罗琳了，她在那个显贵之家充当着女仆的角色。

杰罗姆叔叔已经在自己屋里自闭多年。从上帝温柔地让他放松那艘被击溃的生活之船的方向舵的那一刻开始，他就在分配给自己的位于过道和公寓黑暗的凹室之间的那块狭窄的空间过上了领取养老金的生活。

他总是穿一件垂到脚踝的室内用的长大衣，脸上的须发每天都在变长。椒盐色的胡须，缕缕连根竖起的毛发差不多全白了，圈住他的脸盘，有一半都延伸到了脸颊，仅仅放过鹰钩鼻子和眼睛，白毛从乱糟糟的眉毛的阴影下掠过。

在这个没有窗户的房间，狭小的囚室，他像一只巨大的猫，有人咒骂他在通向客厅的玻璃门前走来走去——里面摆着两张大橡木床。那是叔父和婶妈夜里栖息的地方。房间的整堵后墙上覆盖着一张巨大的挂毯，模糊不清的纺织图案在黑暗中若隐若现。

你的眼睛适应了黑暗之后才能看清上面的内容：在竹子和棕榈叶中间，一只庞大的狮子像个先知般威严和令人生畏，同时又庄重得像个教区神父。

这头狮子和杰罗姆叔叔背对背坐着，互相都能感觉到彼此的存在和厌恶。他们不用凝视，彼此互相咆哮，露出凶恶的牙齿，嘴里喃喃地发出威胁声。有时，这头狮子在极度愤怒中撑着前腿站起来，鬃毛耸立，咆哮声充满阴郁的挂毯的天空。有时，杰罗姆叔叔会凌驾于狮子之上，发表一通预言式的长篇大论，在宏大言辞的重负下显得愁眉苦脸，胡子激情洋溢地飘着。这时狮子痛苦地眯缝起眼睛，慢慢掉过脑袋，在神圣言辞的鞭笞下瑟瑟发抖。

狮子和杰罗姆叔叔把婶妈家那间黑暗的斗室变成了一个永不休止的战场。

杰罗姆叔叔和多多在这个小公寓里各自独立为生，活在两个永远不会重叠的维度中。他们的目光无论何时相遇，都会立即漫游开来，像两只互不相干、种类关系遥远且保留不住任何陌生事物图像的动物。

他们从不互相寒暄。

在饭桌上，雷蒂特婶妈坐在丈夫和儿子之间，在两个世界中间构成一个缓冲区，就像两个汹涌的海洋之间的地峡。

杰罗姆叔叔吃东西时几乎是在抽搐，长长的胡须浸到盘子里。厨房门吱吱呀呀响动时，他就从椅子里半支起身子，抓住汤盘，准备拿着它逃到小屋，好像陌生人走进了屋子。雷蒂特连忙安抚他说：“别害怕，没有人进来，那是女佣。”

这时多多会朝极度恐惧的父亲投去怒不可遏的一瞥，极其不悦地喃喃自语道：“他一定是脑子有毛病了。”

杰罗姆叔叔接受复杂而棘手的生活事务的大赦，特许他归隐到那间小小庇护所之前，是一个气质与现在完全不同的人。年轻时就认识他的人都说，他粗心大意，不懂什么叫束缚、斟酌或者谨慎。他能怀着极大的满足感，对奄奄一息的人宣讲等待他们的死亡问题。参加吊唁活动时，他巴不得逮住个机会对正在哀悼的死者生平刻薄地评论一番。对于大伙私生活中想掩饰的不悦或隐秘事件，他总是高调地讲出来，而且语带讥讽。后来，有一天晚上，他出差回来，整个人彻底变了，全身恐惧得发抖，直想躲在床底下。几天后家里开始传说，杰罗姆叔叔已经放弃了所有复杂、可疑、威胁要淹没他的生意冒险活动，且已退休，开始新的生活了，他将遵照严格的尽管对我们来说有些晦涩的原则来生活。

星期天下午，雷蒂特婶妈常常邀请我们参加小型家庭茶会，杰罗姆叔叔从来都认不出我们。他坐在那间小室里，透过玻璃门用一双狂野和惊恐的眼睛看着大伙。不过，有时，他会出其不意地离开那块隐居之地，身上还穿着那件长长的大衣，胡子绕着脸飘扬，摊开双手，好像要让我们分开，他说：“现在，我恳求你们，在座的各位，解散，跑吧，但要悄悄地、偷偷地、踮着脚尖……”接着，他神秘地朝我们晃着手指，放低声音补充说：“人人都在谈论它：德——达……”婶妈轻轻地把他推回那间小室，但他在门口转过身竖起手指，表情怪异地又重复一遍：“德——达……”

多多的悟性有些迟钝。他要弄明白某个情况时需要沉默片刻，稍微凝会儿神。终于弄明白时，他的眼睛会从一个人转到另一个人身上，似乎要确认真的发生了什么特可笑的事儿。接着他会放声大笑，极其满足地癫狂地摇着脑袋，在大笑声中不断重复着说：“他的脑子出毛病了！”

夜色降临在雷蒂特婶妈家的屋子上。那个做佣人的姑娘就要到厨房的床上睡觉，黑夜的气泡从花园飘过来，碰到窗户后就爆炸了。雷蒂特婶妈在那张大床深处酣睡着。在另一张床上，杰罗姆叔叔拥着被褥直身坐起，像一只黄褐色的猫头鹰，那双眼睛在黑暗中闪闪发亮，他的胡须在膝盖上飘洒着，双膝顶着下巴颏。

他从床上缓缓地爬下来，踮着脚尖向婶妈床边走去。他在这个熟睡的女人旁边站住，像一只随时准备扑过去的猫，眉毛和胡子耸立着。墙上挂毯里的狮子轻轻地打了个哈欠，然后扭过头去。婶妈已经醒来，被那个有着闪闪发亮的眼睛和唾沫四溅的嘴巴的脑袋惊醒了。

“快回床上去吧。”婶妈说，嘘他走开，就像嘘一只母鸡似的。

杰罗姆叔叔嘴里胡言乱语着退回去，神经质地转着脑袋回头张望。

在隔壁屋里，多多躺在自己的床上。他一直没睡着。他那病得不浅的脑子里睡眠中心的功能失调了，经常彻夜辗转反侧。

席垫在呻吟。多多沉重地唉声叹气，呼哧呼哧地喘着气，坐起又躺下。

了无生气的生活让他忧心忡忡，不断地折磨着他，内心转来转去地徘徊，像一只关在笼子里的动物。在多多的身体里，那个弱智的身体里，有个人在渐渐老去，虽然他从来不曾活过；有个人成熟并最终走向死亡，这种死亡也毫无意义。

接着，他忽然在黑暗中大声抽泣。

雷蒂特婶妈从床上一跃而起。

“怎么了，多多，你什么地方不舒服了？”

多多望着惊讶的她。

“谁？”他问。

“你干吗哭泣啊？”婶妈问。

“不是我，那是他……”

“哪个他？”

“里面的他……”

“他是谁？”

多多不当回事地摆摆手。“呃……”他说着又转到另一侧。

雷蒂特婶妈踮着脚回到自己的床上。当她经过杰罗姆叔叔的床边时，叔叔朝婶妈威胁性地挥舞着手指。

“人人都在谈论它：德——达……”

艾迪

1

在我们家的同一层，在这幢可以俯视那个院子的大楼的某条狭长的侧翼，艾迪独自住在那里。

艾迪早就不是个小男孩儿了。他已经是一个成熟男人，声音里散发着浑厚的雄性，有时还会唱些歌剧里的咏叹调。

艾迪想变得富态，但不想成为海绵般软绵绵的胖模样，而是想拥有一副运动员般肌肉结实的体魄。他的肩膀强壮得像一头熊，但那管什么用呢？他的腿没有用了，这双腿已经完全退化，不成样子。看着他的腿，很难搞清这离奇的虚弱是什么原因造成的。他的腿看上去在膝盖和脚踝之间长出很多关节，至少比正常腿多出两个关节。不用奇怪，这双腿在那些临时关节处可怜地弯曲着，不仅朝侧面，同时还朝前方，朝一切可能的方向弯曲着。

于是，艾迪只能在两根拐杖的协助下走动，那对拐杖做得极其漂亮，通体锃亮，可以与红木相媲美。他就是靠这对拐杖每天下楼去买报纸，这是他唯一的步行和散心活动。看着他从楼梯上走下来可真痛苦。他的双腿不规则地朝一边甩出去，然后又甩回来，在一些根本想不到的地方弯曲着。他的双脚像马蹄，虽然很小但却很厚实，踏在地上像用棍子戳着厚木头。可是，一来到大街上，艾迪就会有惊人的变化。他自动直起身子，雄赳赳地挺起胸脯，把身体弄得摆来摆去。他把全身的重量都放在拐杖上，好像放在两根并排的棒子上，把双腿远远地向前抛出去。当双腿不规则地砰地一下撞到地面上后，艾迪就开始向前移动拐杖，然后又重新使一把劲摆动一下身体。他就是用这种向前摆动的方式征服着空间。他常常在院子里操纵着拐杖，用漫长的休息期间聚集起来的过剩精力，用气势磅礴的气度，向一楼到二楼那些惊奇不已的女佣展示这种英雄主义的移动法。他的脖颈背后肿胀着，下巴那儿汇聚成两块重叠的赘肉，斜撑着脸，使劲咬牙时露出一副痛苦的怪模样。艾迪从不工作，残疾的重负始终折磨着他，仿佛命运把他从亚当繁殖的诅咒中解脱出来。在残疾的阴影中，艾迪把自己无所事事的独特权利压榨利用到了极限，但内心深处却对那种私下交易，独自与命运的谈判感到闷闷不乐。

然而，我们经常觉得纳闷，这样一个二十多岁的年轻人怎么打发时间？读报让他有大量事情可做，因为艾迪是一个很认真的读者，即便印得很小的广告或通知都逃不过他的眼睛。终于读完报纸的最后一页时，他不会诅咒剩余的时间太无聊，绝不抱怨。这时艾迪正好可以开始弄弄早就愉快地期待着的爱好。下午，别人都在小睡会儿的时候，艾迪取出巨大、厚重的剪报本，摊在窗下的那张桌子上，准备好胶水，摆好刷子和剪刀，开始了愉快的有酬劳作。剪下最有意思的文章，然后再根据某种严格体系粘到本子上。拐杖就放在身旁，靠窗台竖立着随时以备不测，但艾迪此时并不需要它们，因为一切都在掌控之中。他就这样专注地忙碌着，打发掉几个小时，直到喝茶时间。艾迪每隔三天刮一次胡子。他喜欢这种活动以及与之相关的各种设备——热水、肥皂以及光滑、柔和的剃须刀。把肥皂与水混合，在皮带上磨刀片的时候，艾迪就一个劲儿地唱歌。他的嗓音既没有经过训练，又很不着调，放声歌唱时没有丝毫矫揉造作，阿德拉坚持认为他的声音听着很舒服。

然而，艾迪的家庭生活却毫不和睦。很不幸，他跟父母之间似乎有着严重冲突，原因和背景我们都不得而知。对那些流言蜚语或者道听途说，我们不该人云亦云，我们要仅限于陈述可验证的事实。

在天气温暖的季节，往往快到黄昏时，艾迪房间窗户开着的时候，我们会听到争吵的余音。确切地说，我们听到的只是一半对话，即艾迪的部分，因为他的对手的答复隐藏在房间更远的地方，传不到我们的耳朵里来。

因此，很难猜测艾迪是因为什么才挨骂的，但是从他反击的语气只能推断他伤心至极，几乎要崩溃了。他言辞激烈又很不理智，显然强烈的冲动让他不能自持。他言语激愤，非常悲痛和难过。

“没错，是这样。”他伤心地大声说，“那又怎么样呢？……昨天什么时候？……根本不是这样！……假如是又怎么样呢？……那就是爸爸在撒谎！”

整个这段时间都继续着这样的谈话，只是在艾迪忽然发脾气和想在无奈的暴躁中揪自己的红头发时才中断一下。

然而，有时候——这是这个别具魅力的场景的高潮之处——随之出现了我们等得快没气了的局面。从屋子深处传来响亮的砸东西的声音，门砰的一声打开，家具的碎片落到地上，最后艾迪发出一声撕心裂肺的尖叫。

我们心绪不宁而又有些难为情地聆听着这一切，同时又有些病态的兴奋感——想到野蛮和迷人的暴力施加在一个像运动员般充满血性的年轻人身上，无论他的双腿有多瘸。

2

黄昏时分，洗好晚餐的用具后，阿德拉总是坐在离艾迪的窗户不远、可以俯瞰院子的一个阳台上。两个长长的阳台呈方马蹄形，一个位于二楼，另一个在三楼。阳台的木头缝隙中长着零星草丝，从一个缝隙里甚至长出一棵小小的刺槐树，在院子上方高高地摇曳着。

除了阿德拉，还有一两个邻居坐在门前的露台上，躺卧在椅子里或者蹲坐在小凳上，在黄昏中显得萎靡不振。经过一天的辛劳后，他们需要休息片刻，像扎起来的麻袋般哑然无语，等待着夜晚温柔地解开绑着他们的绳索。

底下的院子迅速被黑暗浸染过，但上方还没有彻底退去光明，地面上一切逐渐变成漆黑时，上面的光亮似乎变得更加稳定。蝙蝠忽然出来鬼鬼祟祟地飞翔时，这团光就开始闪烁和颤抖。

夜间忙碌无声的活动在下面如火如荼地展开。贪婪的蚂蚁四处聚集，瓦解进物质的原子，吃得露出白骨，吃到肋骨和骨架里，在这个伤心战场的噩梦中闪着磷光。垃圾堆上的碎片中，白纸的命最长，像蠕虫遍布的黑暗中无法溶解的光明射线，不能彻底消释。有时，这些白纸好像被黑暗吞噬掉，接着又飘出来，但最终你却说不清是看到了某种东西还是压根儿全是它们引发夜晚狂欢的幻觉。最后，人们都坐在从各自脉动的大脑和各种幻觉的哑剧中发射出的星星的光晕中了。

随后，薄纱般的微风从院子最远处升起，像是犹犹豫豫拿捏不准的样子，缕缕新鲜的条带如淤泥般给夏夜划出褶皱。当第一批闪烁的星辰出现在天空时，夏夜便在一声叹息——充满了星尘的深沉而遥远的蛙鸣中现身了。

阿德拉身上没有带一丝这种光就上床了，落进头一天晚上疲惫的床铺中。她还来不及闭上眼睛，这幢大楼的每一层和每一个单元里的竞赛就已经开始了。

只有对有经验的人来说，夏夜才是休息和忘却的时刻。当白天的活动全部结束，疲惫的大脑渴望睡眠之时，七月之夜的混乱折腾，响亮而纠缠不清的喧闹开始了。这幢楼的所有单元，所有大套小间，到处是喧哗声，到处是进进出出的活动和漫游。所有的窗户都亮着带奶白色灯罩的灯，连过道都灯火通明。所有的门都一会儿打开一会儿又关上。一场宏大气派、凌乱无序、半嘲半讽的谈话在不断误会中，在所有人的蜂房般的斗室里进行着。二楼的人听错了一楼的话，派出带着紧急指示的特使。巡逻者跑遍所有单元，上楼又下楼，尚在途中就忘了指示，反复被招回去。不断有新情况要补充，任何解释都不曾说完整，所有这些喧嚣在笑声和闹声中变得毫无意义。

那些后面的房间不曾参与这场巨大的夜间骚乱，它们有自己独立的时间，以钟表的滴答声、沉默的独白以及睡眠者深深地呼吸来度量。无数奶妈睡在那里，奶水膨满，贪婪地攀住夜的膝盖，脸颊在极度快感中燃烧着。小小的婴儿们闭着眼皮在保姆的睡梦表面漫游，像搜寻东西的动物般在她们洁白的乳房平原的蓝色静脉图上优美地爬行着，脸庞盲目地搜寻那温暖的嘴，那通向美梦深处的入口，最后用柔软的嘴唇终于找到美梦的源头——那甜蜜得可以忘却一切的最可信赖的乳头。

那些躺在床上已经入睡的人再也不肯轻易放弃美梦，他们在与睡眠搏斗着，好像在跟一个试图逃跑的天使搏斗，直到把它征服了，摁在枕头上才罢休。他们开始间歇性地打起呼噜，仿佛在争吵，在提醒自己想起憎恶和可气的经历。当咕咕哝哝的抱怨和责备停下来，与睡眠的搏斗结束后，每个房间重又陷入宁静和虚无之中。那个叫莱奥的伙计摸索着慢慢爬上楼梯，手提长靴，在黑暗中试探寻找房门的钥匙孔。他深夜从妓院归来，眼里布满血丝，打嗝声弄得他摇摇晃晃，半张的嘴唇中流出一线涎水。

在雅各布先生的房间，桌上点着一盏灯，他趴在书桌旁边，在给基督徒塞佩尔和圣子公司写一封长信。地板上堆着一整沓写满字的稿纸，但是，这封信的结尾还遥遥无期。他不时地从桌边站起，绕着房间跑圈，手插进像是被风吹乱的头发里。他有时会爬上一面墙，沿着墙纸飞翔，像一只四处胡乱撞向那些复杂图案的巨蚊，随后又降落到地板上，继续进行兴致勃勃的绕圈活动。

阿德拉很快就进入酣睡状态，她上嘴唇半张着，脸上的表情处于松弛和出神状态。她闭着的眼睑是透明的，在眼睑薄薄的羊皮纸上，夜晚书写着同魔鬼的合约，一半是文字一半是图画，满是涂抹、改正和乱画的痕迹。

艾迪赤身裸体地站在自己房间里举哑铃锻炼身体。他需要加强肩膀的力量，需要比正常人强两倍，因为肩膀正在代替那双残废的腿，因此，他每天晚上都要偷偷摸摸又满怀热情地锻炼。

阿德拉正在回溯到失忆状态，既不能喊叫又无法阻止艾迪试图从窗户爬出去。

艾迪爬到露台上，没有使用双拐。你也许会纳闷他的假腿能否撑得住。不过艾迪并不想去散步。他像条高大的白狗，四肢蹲地跳着靠过来，在阳台的木枋上拖着身子大幅度地跳跃着，木头发出响亮的回声，最后终于来到阿德拉的窗口。每天晚上，艾迪把那张因疼痛而表情怪异的白白胖胖的脸压在月下泛着亮光的窗玻璃上，伤心而又急切地向阿德拉哭诉说——他的双拐锁在晚间用的橱柜里了，现在不得不像条狗一般爬着四处乱跑。

但是，阿德拉已经完全酥软，掉进睡眠深沉的节律中。她甚至没有一丝力气拉一把毯子，盖住裸露的大腿，甚至无法阻止成群结队的臭虫在自己的身体上漫游。透明、单薄、树叶般的昆虫在她身上飞奔，它们动作如此之细腻，她甚至感觉不到触摸。这些虫子简直就是扁平的血液接收器，鲜红的血袋，没有眼睛没有脸孔，此刻，已分解成好几代和众多部落群开始举族迁徙。它们成群地从阿德拉的脚上进发，开始了一场永不停止的远征。这些家伙的体形变得越来越肥大，巨大得像蚊子，变成了没有脑袋的扁扁的红色吸血虫，身体轻得犹如从纸片上裁下，撑在比蛛丝还细嫩的腿上。

当最后这批缓缓爬行的臭虫由一只巨大的虫子断尾，来了又去后，一切终归于寂静。空荡荡的过道和公寓里都是酣睡，那些房间开始慢慢汲取黎明前几个小时的灰暗。

所有的床上的人蜷膝而卧，脸蛋使劲儿投向另一侧，处于深沉的凝神状态，沉浸在睡眠中，彻底向它屈服了。

其实，睡眠过程就是一个大部头的故事，可以分出好多章节，分配给不同的睡眠者。当某个人停下来逐渐沉默时，另一个人就会取代他的线索，这样这个故事就会以史诗般的宏大气势曲折地继续进行下去，而他们全躺在那幢大楼一个个独立的房间，一动不动，犹如在一朵巨大、干枯的罂粟的隔膜里深红色的种子般沉寂无息。

老寓公

我是一个完全依靠退休金度日的老人了，深陷在这样一种状态中，如假包换。也许我目前的情况比新身份明确规定的界线还有过之。我不想隐瞒这点。这没有什么特别的。为什么要投以迷惑不解的一瞥，带着虚伪的敬意和庄重的严肃劲儿盯着我，藏起对邻居偷偷幸灾乐祸的莫大快感呢？人们的这种伎俩是多么幼稚啊！这样的事实应该无动于衷地接受。碰到这种事情时，态度应该像我那样轻松和漠然。也许我脚下有些摇摇晃晃的原因就在这里，必须先缓缓地谨慎地迈出一只脚，看着自己往哪里去，然后再迈出另外一只。在这种情况下太容易走岔路了。请读者谅解我没法讲得太直白。我的生存方式很大程度上靠猜度而且需要极大的善意。我现在要通过小心地眨眼频频求助于这种善意，我这样干挺吃力，因为面部肌肉已经僵化，做不出模仿的表情了。总之，我从不强人所难。我不想因为任何人出于同情心提供给我避难所而感激涕零。我不带任何感情色彩地视善良为当然，对此我持完全冷静超然的态度。我不愿意接受任何沉重的感激理由，包括同情附带的好处。人们最好以健康的冷酷，以及同志情和幽默感来对待我。在这方面，我那些心地善良、头脑单纯、比我年轻的办公室同事早已找对了调子。

在惯性驱使下，我有时会在每个月的第一天去办公室，安静地站在桌边等着人们的注视。接下来的情景会是——在某个时候，办公室头儿费勒先生收起钢笔，开始朝下属们挤眉弄眼，目光从我身上掠过去望着虚空，用手按着耳朵，忽然发话说："如果我的听觉没有欺骗我的话，一定是你，顾问先生，来到我们中间了！"

他的目光越过我的头顶盯着根本不存在的地方，说这话时开始眯起眼睛，脸上闪过一丝幽默的微笑。

"我听到某个地方传来一个声音，我立刻想到那一定是你发出的，亲爱的顾问！"他大声说，吐词清楚得像在跟一个聋子说话，"请打个手势嘛，至少在你飘浮的地方扰动一下空气！"

"别开玩笑，费勒先生，"我轻声说，"我是来领养老金的。"

"你的养老金？"费勒先生有些惊讶，又眯起眼望着空中，"你是说你的养老金？你别开玩笑了，亲爱的顾问。你的名字已经从享受养老保险的名册里除掉了。你还想领养老金啊，亲爱的顾问？"

他们开始用一种温暖、同情、善意的口吻拿我开玩笑。那种毫不客气、直截了当的打趣，让我心里感到宽慰多了。我更加开心地离开这里，匆匆赶回家，为的是趁着这种开心的温暖还没有烟消云散把它带回家去。

可是，其他人顽固地狐疑着，又不痛痛快快地说出来，我能从他们的眼睛里看出那层意思。想躲避这种质疑是很难的。假如事情真如他们怀疑的那样——干吗要立刻拉长了脸，换上庄严的神情，陷入不约而同的沉默，装得既尴尬又过度谨慎呢？竭力不提我的处境……我完全看透了那个把戏！那不过是一种骄侈的自我放纵，对我的处境与他们截然不同而感到欣喜不已，却用虚伪的面具掩饰起来。他们互相交换着那种搬弄是非的眼神但却什么也不说，让事态在沉默不语中渐渐扩大。也许我的处境根本就不该如此。也许甚至得归咎于某个微不足道的天生的残疾？那么是善良的优雅了？这是人们急切、可怕地想寻开心的渴望的原因之一吗？有时我看到他们表现出对我的赞赏和尊重会忽然放声大笑。他们干吗非要这样呢，干吗非要强调这点呢？为什么这样做会让他们有一种深深的满足感，同时又试图把这种满足感藏在可怕的热忱的面具背后呢？

不妨假设我是一个微不足道的行人，甚至比微不足道还有过之，不妨假设我被诸如多大年纪、哪天生日等问题弄得十分尴尬——难道这就是不断触及这些好像跟他们有巨大关系的话题的理由之一吗？不能说我对自己的状况没有丝毫羞愧，根本不是。我是不堪忍受他们对某个事实、某种不同的极度强调，而这种差别其实还没有一根头发丝那么细微。我对那种虚假的矫揉造作和萦绕在这件事情上的隆重的怜悯，以及用来掩饰事实的可悲装扮和阴郁炫耀感到好笑。事实上呢？……根本就没有什么可悲惨的，没有比这更自然、更平常的了。轻松、独立、不负责任……耳中听来的一切都是音乐，好像四肢也充满乐感。经过一部手风琴时无法不与之共舞。不是因为你感到快乐，而是因为你不在乎，那乐声自有其意志和固执的韵律。所以，你只好听之任之。“玛吉，玛吉，我灵魂的宝贝……”你是那么轻盈，那么灵活，根本对抗不起来。另外，为什么要跟这样一种毫不造作而且很诱人的主张对抗呢？所以，我经常和着这个乐调跳舞，或者毋宁说在小跑，迈着一个靠提供膳宿生活的寓公老人特有的碎步，不时地来个小小的跳跃。不会有多少人注意到这个动作的，大家都在忙着折腾自己的琐事呢。

我迫切需要避免的一件事是：读者把我的情况想象得太极端。我必须提醒他不要这样，无论积极还是消极意义上都不要。请不要多愁善感。我的情况与任何人毫无二致，因此希望能理解并自然对待。你一旦想通了，任何奇怪感都自会消除，你还要清醒地意识到，我生活的特点是：不要有负担，要放松、旷达、无拘无束，不崇尚等级，不在乎各种个人束缚和惯例。什么也束缚不住我，什么也禁锢不了我。我有着无边的自由。我用来轻松穿越存在的一切维度的奇妙的漠然，本身就很令人赏心悦目。但是……那种漂泊不定，那种无人关心的活力和心灵空虚——可我绝不抱怨。有一种说法：滚石不生苔。这话千真万确。应该这样说才是：我很久之前开始就没有什么积蓄了。

从我高高在上的房间窗户可以鸟瞰整个城市，它的墙壁、它的屋顶、它的烟囱，在某个秋天黎明时分灰蒙蒙的晨光中密集地汇聚在一起的全幅轮廓，刚刚从夜色中舒展开来，在昏黄的地平线边上苍茫地闪烁着光泽。地平线被鸣叫的乌鸦的黑色剪刀切割成一条条光带。我感觉：这就是生活。每个人都禁锢在自我之中，禁锢在苏醒后面对的白昼中，禁锢在属于自己的时间中。在厨房的幽光中，在某个地方，咖啡轻轻地沸腾，看不见厨师在那里，一缕火焰脏兮兮的光辉在地板上飞舞。被寂静蒙骗的时间倒流了一会儿，回到过去，在这些数不清的片刻里，夜晚回来了，让一只猫纹丝不动的皮毛隆起来。二楼的凯茜打着哈欠，放松地伸了好长时间的懒腰，然后才打开窗户，开始扫地、消除灰尘。浸透着睡眠、鼾声的夜晚的空气，懒散地逸出窗户去，慢慢进入那片暗褐色和原本白天才有的朦朦胧胧的灰色中。凯茜很不情愿地把双手浸入被褥的面团中，里面还散发着睡眠留下的温热和馊味。最后，在一阵哆嗦中，眼中布满夜色的她，在窗户那里摇晃着一张巨大、沉重的羽绒床，城市上空洒落下羽毛的微粒、鸭绒的星星以及夜梦懒散的种子。

每当这样的时刻，我就梦想自己变成一个送面包的面包师、电力公司的修理工、每星期收取分期付款的保险员，或者至少也是个扫烟囱的工人。黎明时分，我会走进半掩的门道，那里还亮着守夜人的灯笼。我把两根食指放在帽子上，开一个玩笑，走进这个迷宫，直到很晚再离去，然后出现在城市的另一头。我从这个公寓来到另一个公寓，把一整天就这样打发掉，从城市的这头到另一头进行一场永无止境的谈话，把谈话的内容分解到不同的住户。我会在某个公寓问些情况，在另一个公寓里取得答复，在一个地方开个玩笑在第三或者第四个地方收获笑声的果实。我在门的乒乓声中挤着身子穿过狭窄的过道，穿过放满家具的卧室，打翻那些夜壶，走进尖叫的婴儿车中，婴儿会啼哭，捡起他们扔下的吱呀声。我无所事事地在厨房和客厅过道逗留很长时间，小女佣在那里梳洗打扮。忙忙碌碌的女孩子们伸着年轻的腿，绷紧高高的脚背，摆弄着亮锃锃的廉价鞋子，或者趿着宽松的拖鞋四处走来走去。

这一切都是我在无牵无挂、混沌难分的时刻的幻想。我并不贬低它们的价值，尽管我看得出它们毫无意义。每个人对自己的处境都应该了然于心，懂得如何坦然地接受。

对我们这些靠领养老保险金生活的人来说，秋天总体上是一个艰险的季节。只要有人明白，获得哪怕一点安稳对我们来说是多么不易、懂得免遭失误或者毁灭是多么不易，他就能理解，秋天，它的狂风、骚扰、气流的混乱，对我们的生存太不利、太艰险了。

但是，在秋天，有那么些日子显得特别平静、引人遐想，充满友善。这样的日子往往没有太阳，但却温暖、多雾，天边呈琥珀色。在楼群的夹缝，在越来越低地向遥远的地平线上刚刚被风扫荡过的黄光靠近的那片天空，忽然打开一道风景。这些在白昼深处打开的远景仿佛日历的宝库，像日子的横断面，像时间的无尽飞翔，层层飘进明媚的天国。那些层次在淡黄的天空中自动排列好，而当下这瞬间还停留在前景中，只有寥寥无几的人曾抬眼望过这个虚幻的宝库遥远的货架。大家的眼睛都盯着地面，冲某个地方跑去，毫不耐烦地避让着别人。大街被这些熙来攘往的照面和回避构成的看不见的路径切割着。但是，在楼群的夹缝中，人们可以看到城市较低地带和它的建筑全貌，在背后被一缕阳光照亮的地方，在喧嚣中露出一道空隙。小广场上，为了盖城市学校，正在加工木材。新鲜、清脆的圆木高高地堆放在那里，在工人的锯斧下慢慢地一根接一根地融化掉。哦，圆木，多么值得珍惜，那诚恳、真正实在的东西，那么明亮和优雅，它就是生活优雅和朴素的化身！无论你看到它的核心多么深邃之处，从它坦然微笑的表面都找不到任何晦暗的东西，它表面闪烁着像是从人体中编织而成的纤维浆温暖而确定的光芒。每根圆木新鲜的截面上都会露出一张崭新的面孔，永远在微笑，永远金光灿灿。圆木那奇异的表情，显得温馨而不狂热，显得那么踏实，那么芳香和令人愉悦！

锯木活儿是一项非常神圣的工作，充满了象征意义和高贵色彩。午后，我可以连续好几个小时站在那里看着铁锯悦耳的运动和斧头富有节律的工作。这种劳动方式与人类同样古老。在白天明亮的缝隙中，在向着黄昏、向着枯萎的天国洞开的时间的缝隙中，早在挪亚时代就开始锯桦木了，以不变的神圣和永恒的动作，以不变的敲击和弯曲的脊背锯着。工人们在金黄色的木屑中使劲提起臂膀，慢慢把木头切成圆木和方条，他们的头脸上落满锯末，眼睛里闪烁着小小的火花，向温暖、新鲜的纤维浆更深处砍去，砍向坚硬的主体，每锤击一下，眼睛里就溅出一丝火花，好像在木料的核里寻找什么东西——一个金黄色的火怪，一个尖叫的精灵，那东西在他们的砍割中钻得越来越深。也许他们只是把时间分割成小小的木片。他们在耕耘着时间，他们为了度过冬月，用均匀地锯下来的碎末填充着地窖。

要挨过一段严峻的时期，那若干个星期，直到晨霜开始，冬季才开始热情地启动。我是多么喜欢冬季的序曲啊，那时雪还没有降临，空气中已经能够闻到霜冻和烟雾的气息。我经常想起深秋的星期天的午后。想象一下吧，雨下了整整一个星期，绵延无尽的倾盆大雨灌湿了整个大地，现在地表开始干爽起来，流溢出一股强烈、健康的清寒气息。覆盖着褴褛的乌云、只有一个星期生命的天空，已经像泥土般被耙到天空的另一面，在被紧紧压缩在一起的堆积物中显得十分幽暗。与此同时，在西边，秋夜里各种生气勃勃、健康的色彩开始弥漫，缓缓地填满这片乌云的风景。当西天开始渐渐清澈并且变得透明时，小女佣们穿着星期天最漂亮的衣服，三四个人一群手拉着手出来散步。她们从乡村别墅间那条星期天清扫过的干爽空旷的街道上走来。黄昏前空气正变成深红色，那些房屋在空气的辛味中熠熠生辉。女孩们圆圆的脸蛋冻得像玫瑰般发红，穿着生紧的新鞋子，迈着喜气洋洋的步子走来。头脑幽暗的角落闪现出愉快、感人的记忆！

最近，我几乎天天去办公室。有时是因为某个人生病了，他们让我代他工作；有时有人在镇上处理急事，就让我顶他的班。不幸的是，这种工作不是经常有。拥有一把属于自己的皮垫椅，自己的尺子、铅笔和钢笔，即便只有几个小时也让人很开心。哪怕碰上甚至被同事骂一顿也很开心。有人跟你理论、开玩笑、逗闷子，那一刻简直让你心花怒放。你跟某个人发生摩擦，把自己的无家可归和一无所有与某种鲜活、温暖的事物联系一起。另外那个人走过去，觉察不到你的负担，没有注意到他正把你扛在肩上，感觉不到你像一个寄生虫般顷刻间粘到他的生命上了……

可是，自从办公室任命了一个新头儿后，连这点儿乐趣都结束了。

现在，天气不错的话，我常常无所事事地坐在外面向着城市学校的一个小广场的一把条椅上。附近大街上传来砍削木料的声音。女孩和少妇们从市场回来了。有些人眉宇中透着严肃和规矩劲儿，边走边在眉毛下敏锐地观察着，看上去纤瘦又郁闷——都像提着蔬菜和食品篮子的天使。她们有时在店铺前站住，望着窗户里的身影，接着又一扭头走开，朝鞋后跟投去高傲和检阅似的一瞥。十点钟时，那位小当差出现在学校大门口，他弄得整条街都回响着尖锐刺耳的铃声。随之一阵剧烈的骚乱从学校里面膨胀开来，几乎要毁了整个大楼。从这场巨大的骚乱中冲下来的人群，那些穿着破烂又脏兮兮的孩子出现在门口，尖叫着从石头台阶上冲下来，发现自由了以后，疯狂地来几个跳跃，滚动着眼珠疯子般地瞥几下，然后开始胡闹着玩起即兴游戏。有时在疯狂追逐中还大胆地跳上我坐的那把条椅，而且回过头朝我投来暧昧的责备眼神。他们疯狂扮怪的脸蛋似乎马上要挣脱脖颈。他们像一群忙忙碌碌的猴子，在表演着小丑般的自嘲游戏，这帮孩子从我身边奔过去，发出可恶的吵闹声，打着手势嚷嚷着什么。我能看见他们向上翻起的难看的转动的鼻子，他们被喊叫声撕裂开来的嘴巴，他们满是雀斑的脸颊，他们紧攥的小拳头。有时，他们在靠近我时就会停住。说来奇怪，他们像同龄人般对待我。说真的，很长时间以来，我越长越小。我枯萎、松垂的脸带上了孩子的表情。他们跟我说话用“您”时我有点难堪。有一天，他们中有一位忽然朝我胸口撞过来，我跌翻在条椅下面。我一点都不恼火。他们把我拉出来，热衷于这突如其来但却精神为之一振的举动。对他们无论多么剧烈和冒失的举动，我都毫不恼火，我渐渐赢得了他们的好感。从那时起，我的口袋里就开始有了石头、纽扣、空的绵线轴、橡皮之类的东西了。这大大方便了思想交流，在我们之间搭起一座自然而然的友谊之桥。他们对表面的好处非常着迷，对作为一个人的我却不怎么在乎。在口袋里那些武器的掩护下，我不用再害怕他们冲我而来的好奇心和探究了。

有一天，我决定把让自己思虑了很久的某个想法付诸行动。

那天风和日丽，令人心旷神怡——那是那年深秋的某一天，那个季节所有绚丽的色彩和神韵都已耗之殆尽，这一年似乎回到了日历上春天的页码。不见阳光的天空已经习惯了色彩缤纷的条带，那些柔和的深蓝色、铜绿色、灰绿色条带，边缘的白色清澈如水——那是无法言传而且早已被遗忘的四月的颜色。我穿上自己最好的衣服有些迟疑地走出去。我走得很快，在白天沉静的光晕中显得轻松自如，既不向左也不朝右偏离。我气喘吁吁地跑上学校的石头台阶。骰子已经掷出去了，我自言自语，敲着学校办公室的门。我态度谦卑地站在校长的办公桌前，以便与我的新角色相称。我稍许有些尴尬。

校长从玻璃盖小盒中取出一个放在别针上的金龟子，把它举在眼睛的斜上方，就着光看了看。他的手指沾满了墨水，指甲很短，修得很整齐。他从眼镜后面看着我。

“那么，你想注册上一年级，是吗，顾问先生？”他说，“此事可敬可佩啊。我想，你打算从最基本最初级水平重新学起吧，我老这么说——语法和乘法表是一切学问的基础。当然，我们不会把你当成施行义务教育的学童。我们会把你当作志愿者，熟悉字母表的老手。用一句话说，经过长年的漫游后，再次停靠在学校的港湾前，像艘年久失修的船驶进安全的港口。是的，是的，顾问，很少有人对我们的工作表示过感激和赞赏，很少有人在经历了毕生的艰辛后再来找我们，以一个心甘情愿的终身小学生的身份在这里永远安泊下来。你将享有很多特权，我向来认为——”

我打断他说：“抱歉。我想说，至于特权，我愿意完全放弃……我一概不想拥有。恰恰相反，我不想以任何方式被格外厚待。我想完全融于其中，消失在灰蒙蒙的班集体中间。如果我拥有特权，我的计划就将落空。甚至连体罚都不要赦免，”我竖起手指，“我完全赞同它的好处和教化上的重要性——我坚决要求不得对我有任何例外。”

“太值得赞美了，太有思想了。”校长满怀敬意地说，“想到这点，经过多年漫长的荒疏，你受的教育也许已经暴露出某种断层了，我们大家在这方面都抱有某些乐观主义的幻觉，这会轻而易举地消除。比如，你还记得五乘以七是多少吗？”

“五乘以七……”我重复道，有些尴尬，感觉混乱像一股幸福的热浪向我的脑袋涌去，形成一团模糊思维清晰度的迷雾。我被自己的无知搞得不知所措，开始结结巴巴一遍又一遍地重复：“五乘以七，五乘以七……”我庆幸自己真的又回归孩子般的无知了。

“你来这里，”校长说，“对你而言，重返学校真是恰逢其时啊。”

接着，他牵住我的手，带领我去一个正在上课的班级。

我仿佛回到半个世纪之前，再次来到一个人声鼎沸的房间，形形色色转来转去的脑袋望上去黑压压一片，使教室显得拥挤不堪。我站在教室中心，人显得特别渺小，手里拽着校长外套的尾边，这时五十双年轻的眼睛用小动物与同类相遇时的那种冷酷无情的客观表情打量着我。这些脸从四面八方向着我，带着骤然产生的漫不经心的敌意，一起都吐着舌头。想起自己受过的良好教养，我对这些挑衅概不理睬。我环顾着这一张张动来动去、弄出各种拙劣怪表情的脸，回想起五十年前遭遇过同样的情形。那次，我站在妈妈身旁，她与那个女教师说着什么。此刻，身边站着的不是母亲，而是校长在跟先生耳语，先生不断地点着头，关切地看着我。

“他是一个孤儿。”先生终于向全班同学说，“他没有了父母，所以大家要对他好一点儿。”

简短的开场白结束后，泪水刷地从我的眼眶中涌出，那是真正动情的泪水，连校长本人也深受感动，把我安排在离讲台最近的那排座位。

我的全新生活就这样开始了。学校生活立刻彻底吸引住我了。我从前的生活中从来没有什么让人如此迷恋，这里有数不清的活动，个个都那么迷人和有趣。我过着一种永远处于兴奋刺激状态的生活。在我头顶，形形色色复杂的信息、言语在交织着。我不停地接收着各种信号和暗示。别人朝我嘘声、挤眼，用各种办法让我回想起曾经发誓履行的种种承诺。我都等不及课程结束。上课时，良好的教养令我怀着极大的忍耐心承受着一切攻击，同时又试图不错过老师说的每一句话。但是，等不及铃声敲响，整个狂呼乱叫的人群全都拥向我，冲动地围住我，几乎要把我撕成碎片。他们有的从背后过来，有的跨过座椅，有的从我头顶跳过，有的在我身上翻跟斗。每个人都朝我的耳朵里狂吼着自己的要求。我成了一切兴趣的中心、最重要的中转站、最复杂和重要的筹码，没有我的参与什么也无法进行。我在大街上时，被一群吵吵闹闹、粗暴地动手动脚的孩子围住不放。狗从我们身边经过时老远就摇起尾巴，猫看到我们走过来时就跳上屋顶，孤身遭遇的小男孩儿，怀着失败感把头缩在肩膀里，消极准备应付最坏的情况。

学校的教育仍然不失丝毫新鲜的魅力，比如拼写艺术。先生非常巧妙而狡猾地利用了我们的无知，把这种无知引出来，最后找到那白纸般的心灵，一切教化的种子都必须落在它上面。他清除掉我们的一切偏见和积习后，开始从最初级的程度教我们。我们既很吃力又聚精会神，把单词悦耳地拼出来，再把它们分解成一个个音节，在间歇中用鼻子吸着气，用手指指着课本上的每个新字母。我的识字课本跟同学们一样留下食指的印迹，文字越难，印迹就越重。

有一天，校长忽然走进教室，在一片骤然而至的沉默中用手指了指我们中的三个人，其中一个就是本人。我们随即跟他来到办公室。当我们知道事情的原委后，两个同犯先就哭了起来。我无动于衷地看着他们很不寻常的悔恨表情，看着他们被突如其来的哭泣扭曲得变形的脸，好像在泪水的发作下，人的面具已经剥落，泄露出哭泣的肌肉混沌的浆状物。我本人很镇定，怀着对所涉事件公正性和道德本质的坚韧态度，准备好了直面自己行为招致的后果。那种堪称坚毅的个性力量并没有让校长高兴。我们三个同犯在办公室面对他站着时，先生也手握拐杖站在那里。我无动于衷地解开皮带，可是一直看着我的校长大声呵斥说：“真替你感到害臊！这把年纪了，怎么还会干这种事儿？”同时怒气冲冲地望着先生。

“真是变态得离奇！”他厌恶地看了一眼又补充说。把两个小男孩儿打发掉后，他发表了一通激情洋溢的大论，充满了遗憾和非难。但是，我却不明白他在说什么。我咬着手指甲，傻里傻气地看着前面，然后咬着舌头说：“求求了，先森（生），是安迪朝另外那个先森（生）的面包卷上吐的唾沫。”

我已经完全变成了一个孩子。

我们上体操和美术课需要去另一个学校的教学楼，那儿有专门的教室和设备。我们成群结队地开拔过去，吵吵闹闹，经过的街道充满了骤然而至的男高音混杂的喧嚣声。

那所学校在一幢木结构的大楼里，是旧剧院改造的，还有很多附属的建筑。美术课教室简直像一间巨大的浴室，天花板支在木柱上。环绕教室布置着一个美术作品陈列室，我们立刻爬上去，楼梯像在承受着万钧雷霆，脚下爆发出雷鸣般的咆哮声。无数更小的教室和小房间简直是捉迷藏的理想宝地。美术课老师始终没有露面，我们就由着性子尽情地玩起来。校长一次又一次冲进大厅，把闹得最凶的孩子们关到角落，揪住最调皮孩子的耳朵。他刚一转身喧闹声又响彻开来。

我们都没有听到宣布课程结束的铃声。下午来临，跟平常的秋天一样短暂而又色彩绚烂。有的小孩被妈妈逮住，连打带骂地被带回家。但是，另一些孩子和缺乏这种热心关照的孩子，最惬意的玩耍时间只能从那个时刻开始。玩儿到深夜，那个老杂役来关学校大门，这才好不容易驱散了我们。

那段时间，我们早晨步行去上学时天还漆黑一片，城市还在沉睡当中。黑灯瞎火地我们伸出双手往前走着，在路上飒飒作响的厚厚的树叶中拖着双脚。我们摸索着房屋墙壁前进，这样就不至于迷了路。有时会出其不意地在某扇窗户凹进去的地方摸到从相反方向过来的同学的脸。我们开心地大笑起来，猜想可能会是谁，我们遇到的意外惊喜简直多不胜数！有些男孩儿举着点亮的蜡烛，这些游走的灯光给城市点上标点符号，它们沿着颤抖的“之”字形路线在地面上矮矮地移动，然后相遇，然后停下来，照亮一棵树、一堆土、一堆黄色树叶，有些特别小的男孩儿喜欢在这堆叶子里面寻马栗。有些人家最早的一批灯火亮了，从楼上射出来的朦朦胧胧的光被窗户的四方形放大后，不规则的光块落在人行道上，落在市政厅，落在房屋的侧墙上。有人举着灯从一个房间走到另一个房间时，屋子外面巨大的四方形亮光就像一册巨著的书页般翻了过去，集市广场上似乎在变换着这些房屋和影子的图案，然后又把它们归拢起来，好像拿一沓巨大的卡片显示着自己的耐心。

我们终于来到学校了。蜡烛已经燃尽，我们向各自的位置摸索去时，四周全是黑暗。先生走进教室，把一截蜡烛插进瓶子，开始进行关于不规则动词变格的乏味提问了。光线很不充足，上课时主要还得用嘴来讲，而且必须得把内容记住。我们中某个同学在那里单调地背诵时，大家都眨眼望着从蜡烛里射出的金黄色的箭头，望着纵横交错像稻草叶片似的落在我们半闭的眼皮上的线条。先生把墨水灌进瓶子后，打着哈欠，透过低矮的窗户望着外面漆黑的世界。座位下面也是一片漆黑。我们浸没在黑暗中，咯咯地笑着，在地上爬来爬去，像动物般互相嗅着对方，盲目地轻声吵嚷着干这干那。我永远不会忘记早晨上学时的那段幸福时光，其间，窗户上方的黎明缓缓地成熟起来。

秋天的风季终于来临。初来的那天，清晨，天空渐渐发黄，用想象的风景，用巨大的雾蒙蒙的污迹的灰色线条，根据那个背景自动调节着内容，向东逐渐退变成越来越小的山丘和洼地的远景。这些景物体积变小时数量变得更多，最后天空自行撕裂开来，像一幅渐渐升起的窗帘飘动着的边缘，露出一个更深远的轮廓，一片更深邃的天空，一道可怕的白茫茫的缝隙，一道苍白吓人的远光。色彩黯然，如水一般浅淡，犹如最后的惊喜般终结了这道地平线。在这样的日子，就像在伦勃朗的蚀刻版画中那样，你可以看到遥远的微缩区域，在光带下往往捉摸不定，此刻，这些地区正从天空那道清晰的裂缝下的地平线上升起。

在那片微缩的风景中，你可以精确地看到一列火车，平时那么远的距离是看不见的。它正在一条波浪形的轨道上移动，顶上笼罩着一堆银光闪闪的白烟，这团烟反过来又消融进明澈的虚无中。

接着，起风了。风好像从天空上那道清晰的裂缝里抛出来，打着旋儿朝城市的各个方向弥漫。它好像是用柔和的材料扭结而成，但却假装凶残和冷酷。它揉捏着、翻腾着、折磨着空气，直到感觉好像幸福得要死。然后，这股风在空中凝固起来，高耸而上，帆船般自动舒展开来——形体巨大、紧紧地绷着，像晾干的床单般拍打着——自动卷进结实的小结中，紧张得颤抖，好像要把整个空气推入更高的空间。接着它又拽着解开那个假想的结团，又行驶了一英里，再次抛出嘶嘶作响的套索，那个什么也捕捉不到的套索。

风裹着烟囱里的烟雾飞旋。烟雾不知道如何避开它的呵斥，不知道如何转向，朝左还是朝右，不知道如何躲开它的击打。这道风就这样在城市上空称王称霸，好像要在那个令人难忘的日子里显示自己野性无限的威力。

从清晨开始，我就有一种灾难的预感。我在这阵风中行走都十分困难。在街角，旋风相遇的地方，同学们抓住外套后摆把我稳住。我就这样穿过整个城市，一切都很顺利。后来我们又去另外那所学校上体操课。我们在路上买了些月牙形的面包卷。我们一路上说个不停，我们的长蛇阵穿过那所学校的大门，走进大院。再过一分钟我应该就安全了，就会来到一个保险的地方，直到晚上都会很安全。如果需要的话，我可以在大厅里过夜。那些忠实的朋友会陪着我。可是，正如命运自有安排，那天，有人给维克送了一个新陀螺，他在学校门前旋转着陀螺。那个陀螺旋转时门口聚集了一群人。我被挤到大门外面，顷刻间就被风卷走了。

“孩子们，救救我，救救我！”我大声喊叫着，人已经悬在空中。我看见他们伸出的胳膊和喊叫着大张的嘴巴，但是，片刻后，我翻了一个跟斗，呈巨大的抛物线状冲上天空。我在屋顶上方高高地飞翔着。我在气息奄奄中用内眼看到同学们高举着胳膊，冲着先生喊：“快点儿，先生，西蒙被风卷走了！”

先生从眼镜底下望着他们。他慢条斯理地踱到窗前，用双手遮在眼上，扫视着地平线。但他已经看不见我了。在苍天泛出的灰蒙蒙的光亮中，他的脸色看上去像一张牛皮纸。

“我们只好把他的名字从花名册里划掉了。”他带着一丝苦笑说，然后又回到讲台前。我被风刮得越来越高，最后进入那片遥不可测的黄茫茫的太空。

孤独

感觉自己又能够外出时，我心中涌起一股巨大的释然的感觉。可是，我在房间里拘禁得实在太长了！在这样痛苦的日子中过了好几个月，好几年。

我无法解释自己为什么一直住在那间陈旧的儿童室里——那间公寓的尾房，从阳台那里凹进去——这间屋子过去很少使用，已经被人们遗忘，好像从来就不曾属于我们。我想不起自己是怎么进去的。我想是在一个明晃晃没有月亮的苍茫夜晚吧。在那暗淡的光亮中，一切细节历历在目。床铺不曾整理，好像什么人刚刚离开，寂静中我能听到人睡觉时发出的呼吸声。可谁会在那里呢？从那时起，这里就成了我的家。我在这里待了很多年，已经相当厌倦。我为什么就没有想到提前囤积食粮呢？！哦，你们还来得及这样做的人，还有时间余地的人，要早做打算，储存粮食吧——优质、营养、甘甜的粮食——准备安度前面等待着我们的歉收、饥荒岁月的某个严酷的冬天，在那片埃及的土地上将颗粒不收。天哪，我可不会为将来而节俭，像大颊鼠那样。我从来都是一只天真的田鼠。我过一天算一天，从不为明日操心，全仰仗自己的饥饿者的本事。我就像一只老鼠，我想，对饥饿我能关心什么呢？如果情况坏上加坏，我可以啃木头咬纸屑。我是动物中最可怜的家伙，教堂里的灰老鼠，位列《创世记》那本书的最末尾，我可以不依赖任何东西生存下去。我就这样生活在这间死寂的房子里。很久以前，大量的蝇蚊死在这里。我把耳朵贴到木头上，倾听一只蛀虫的声音。死一般的寂静。只有我，这只永恒的老鼠，孤单而又没有人照顾，在房间里折腾着，没完没了地在桌子上、在架子上、在椅子上奔跑。我像瑟拉姨妈那样穿着垂及地面的灰色外套四处奔跑——灵敏、迅速、渺小，拖着灵活自如的尾巴。我此刻一动不动坐在桌上明媚的阳光里，好像给做成标本了，我的眼睛像两颗突出的晶亮的珠子。只有我的嘴角在不易觉察地跳动着，在惯性的驱动下做着细微的咀嚼运动。

当然，可以把这理解为一种比喻。其实我是一个领养老金的人，不是一只老鼠。充当比喻的寄生虫是我生活的一部分，我那么轻易就被随之而来的微笑所陶醉。被陶醉后，我又得寻找艰难的归路，慢慢回到自己的感觉中。

我现在是什么样子呢？有时我在镜子里看看自己。完全是一个陌生、荒谬、痛苦的家伙！我羞于承认，我从来没有看过自己的整张脸。我站在镜子的更深处、更远处，稍稍偏离中心，微微侧些身，若有所思地瞥着侧影。我们的目光早已停止相交。我一走动，我的影子也动起来，可是它却半背过身，好像不认识我，似乎藏在无数镜子的后面，却不转过身来。我看到它如此遥远和冷漠时心都在流血。我想大喊一声，那是你啊，你从来都是我忠实的影子，你跟随我多年，现在居然认不出我了！哦，天哪！我的影子站在那里，显得很陌生，望着另一侧，似乎在聆听着什么，等待从镜子深处传出的一句话，好像听命于另一个人，等着从另一个地方下达的指示。

我经常坐在桌边，翻看大学时发黄的笔记本——那是我唯一的读物。

我望着那面被太阳漂白的窗帘，因落满灰尘而变硬，在窗外吹来的寒风中轻轻飘动。我可以在窗帘杆上锻炼身体，那是绝佳的单杠。一个人在苍白、无聊的空气中，在这样的杠杆上翻跟斗需要多么轻盈啊。你只能偶尔做一个优雅的三连翻，无须太费劲儿——不过这只是所谓的想象练习。当你踮着脚站在这个杠杆上平衡好自己，脑袋挨着天花板，你会有种感觉，觉得升到更高时空气会微微有些发热——有种生活在更热地带的幻觉。从孩提时代起，我就喜欢对自己的房间进行这种鸟瞰式观察。

于是，我坐下来，倾听着这寂静。房间里一片苍白。有时，在白色的天花板上出现一条皱纹般的裂缝。有时，一瓶石灰水咔嚓一声炸裂开来。我想表明，这间房子有墙吗？那怎么可能呢？被墙围住了？我怎么离开它呢？其实不过如此——哪里有意志存在，哪里就有道路。充满激情的决心可以征服一切。我只能想象出一扇门，一扇漂亮的旧门，就像我童年时代家里厨房的那扇门，有一个铁把手和一道门闩。这样一扇可信赖的门可以凿开任何一间带墙的房间，除非有人固执地说存在这样一扇门。

父亲的最后一次逃走

这件事发生在家道彻底崩溃、景况凄凉的晚期，那时我们的生意已经了结。我们家店铺的招牌已经卸下，不过还有一半活动遮板没有拿掉。母亲还在店里做着没有正式执照的买卖，出售剩余的货物。阿德拉去了美国，听说她乘的那条船沉没了，所有的乘客都丢了性命。我们无法证实这一传言，可是也不见那姑娘的丝毫踪迹，我们再也没有听到她的任何消息。

新时代开始了——空虚、严肃、寡欢，犹如一张白纸。新来了一个叫根雅的女佣，看她贫血、苍白的样子，好像没有骨头，总是在各个房间四处闲逛。如果拍拍她的脊背，她就会像蛇一般扭动，把身子竖直了，或者像只猫似的喵喵叫起来。她的皮肤白得暗淡，甚至连眼睑里面都是苍白的。她总是那么心不在焉，有时竟然用旧信和发票调制白汁沙司。太恶心了，根本就没法吃。

那时候，父亲肯定已经死了。他多次濒临死亡，总是拖泥带水不能了却，迫使我们不得不对他已经死亡这个事实修正态度。这样倒也有好处。父亲把他的死亡分成若干期，让我们已经对他的死亡很熟悉了。我们渐渐对他的归来——一次比一次短，一次比一次可怜——变得漠不关心。他的形象已经弥散在他曾经住过的那个房间的各个角落，在那个房间生长发芽，在某些方面制造出极具说服力的奇怪的相似性。墙纸上的个别地方开始模仿他的习惯性神经痉挛，花朵自行排列出的图案好像带上一丝他悲哀的微笑，对称得如同三叶虫化石痕迹。有一段时间，我们离他那件黄鼠狼皮大衣远远的。那件皮大衣会呼吸。那些被缝在一起、互相咬住的小动物散发出的惊慌感像道道无可奈何的激流般穿过大衣，消失在毛皮的褶痕中。如果把耳朵贴在大衣上，就可以听到动物在熟睡中发出的悦耳、和谐的呜呜声。在这种硝成上好毛皮的形式中，在黄鼠狼散发出的隐约气味与谋杀和夜晚的交欢氛围中，父亲本来可以坚持许多年。然而，他却没有坚持到最后。

有一天，母亲从城里回来，脸上的表情显示着心事重重。

“瞧，约瑟夫，”母亲说，“多么幸运的巧合啊。我在楼梯上逮住他了，他正一级一级地跳着——”她撩起盖在盘子里一样东西上的手绢。我马上认出是他。相像得惊人，尽管他现在是只蟹或者大蝎子。母亲和我交换了下眼色，认为父亲虽然已经变形，这种相像还是不可思议。

“他活着吗？”我问。

“当然了。我几乎抓不住他，”母亲说，“我把他放在地板上好不好？”

母亲放下盘子，向他弯下身去，我们仔细察看着他。在那众多微微移动的弯曲的腿中间，有一个空洼的地方。他竖起的蟹爪和触须好像在聆听什么。我把盘子倾斜了一下，父亲小心地挪动着，然后近乎犹豫不决地爬到地板上。他刚触到身下平坦的地面，所有的腿突然跳了一下，这时那节肢动物坚硬的关节发出咔嗒咔嗒的响声。我拦住他的去路。他犹豫片刻，用触须探查着障碍，接着举起蟹爪从旁边绕过去。我们让他按照自己选择的方向跑去，那里没有家具遮蔽他。他那无数条腿迈着一跳一跳的波浪形步子跑到墙边，我们还来不及阻拦，他就轻灵地爬上墙，在哪儿都不肯停歇。我望着他顺着墙纸往上爬，出于本能的厌恶，不禁打了个冷战。这时，父亲来到一个固定在厨房的碗橱旁边，他先贴在碗橱边上用蟹爪测测地形，然后爬了进去。

他按照蟹的目光重新探索起房间来。显然，他根据嗅觉来感触所有物体，因为虽然经过仔细检查，我却没有在他身上找到任何视觉器官。他总要对路上遇到的物体权衡再三，然后站住，用触须触摸一番，再用蟹爪抱住，好像在检查那些物体，好像早就认识它们。过了一会儿，他又撇下它们，继续拖着肚皮前进，轻轻地从地板上抬起身子。我们替他把面包和肉扔在地板上，希望他能吃掉，他用同样的办法对付那些食物。他马马虎虎地检查一番后继续前进，已经认不出那是可以吃的。

望着他一次次耐心地检查房间，可能还以为他在不屈不挠孜孜不倦地寻找什么东西。他不时跑到厨房的某个角落，爬到一个漏水桶下，来到一摊水边，似乎想要喝水。

有时一连几天不见他的踪影。他好像不吃东西也能活得挺好，这似乎确实对他的精力没有任何影响。白天，我们怀着羞耻和厌恶兼而有之的心情，掩饰着隐秘的恐惧，怕他夜晚到床上来找我们。然而，这种事从来不曾发生过，尽管他白天爬遍一切家具。他特别喜欢待在衣橱和墙壁间的空当里。

我们无法小看他表现出的理智，甚至幽默感。比如，在吃饭的时候，父亲总是毫无例外地来到餐室，尽管他的参加完全是象征性的。如果吃饭时餐室门碰巧关着，把他撇在隔壁房间，他便在房门底部使劲抓挠，沿着门缝跑来跑去，直到我们替他打开门才停止。后来，他终于学会如何把蟹爪和腿脚伸到房门底下，在做出了几个煞费苦心的巧妙动作后，成功地让身子不知不觉从旁边穿过房门进入餐室，这样做似乎让他特别开心。接着，他会待在桌子下面，一动不动地躺在那里，肚子微微抖动。我们无从想象，他那些很有节奏感的抖动到底有何意义。这些动作看上去既下流又恶毒，同时还流露出极其粗俗的情欲满足的神色。我们的狗尼姆罗德会慢慢腾腾地走到他身旁，胆怯地、小心谨慎地闻闻他，打个喷嚏，然后冷漠地转过身，得不出任何结论。

这段时间，我们家越来越不像样子了。根雅整天抱头痛睡，那柔弱无骨的身子好像随着深沉的呼吸起伏不定。我们经常从汤里发现线团，那是她心不在焉地跟蔬菜一块儿放进去的。我们的店铺日夜不停地开着。在复杂的讨价还价与商谈中，还在断断续续地出售着东西。雪上加霜的是，查尔斯叔叔过来住了。

查尔斯叔叔显得出奇的沮丧和沉默寡言。他叹了一口气后吐露道，自己最近遭遇了些不幸的事情后，想下决心改变自己的生活方式，专心从事语言研究了。他总是足不出户，把自己锁在最偏远的那间屋子里——根雅把那个房间里的地毯和窗帘全都拿走了，因为她对我们的这个客人很排斥。查尔斯叔叔总是在那里靠阅读旧的价格表打发时间。有几次，他恶毒地试图踩踏父亲。我们吓得尖叫起来，叫他别这样。事后，他只是对自己做个鬼脸，嘲弄性地笑笑。父亲意识不到处境的危险，还在附近逗留着研究地板上的几个斑点。

父亲只要把脚踩在地上，动作就很麻利和灵活，但是只要脊背一着地，就又带上所有甲壳虫的特点，变得几乎动弹不得。看着他拼命晃动那些腿，无可奈何地以自己为中轴旋转，真让人感到悲哀和可怜。我们几乎没法强迫自己看他丢人现眼，那几乎伤风败俗的身体结构完全显露在赤裸的关节连接的肚皮下面。在这样的时刻，查尔斯叔叔总是忍不住去踩父亲。我们赶紧拿起一件东西去救他，他就用蟹爪紧紧地夹住那东西，很快恢复正常姿态，然后，用加倍的速度闪电似的如锯齿般跑起来地离开，好像要忘却不体面地摔了一跤的记忆。

我必须强迫自己真实地报道这件令人无法置信的事件，甚至现在，我都不愿意回想它。直到今天，我仍然无法理解我们是怎么成为蓄意杀害他的罪人的。一定是奇怪的宿命驱使我们干出这种事的。因为命运并不顾忌良心和意志，而是将其吞没在自己的机制中，这样我们就可以像在催眠的昏迷状态中似的承认和接受在正常的环境中让我们满怀恐惧的事物。

我浑身打着哆嗦，绝望地一次又一次地问母亲：“你怎么能干出这事儿来？如果干这事儿的是根雅，那倒也罢了——可这是你自己啊！”母亲哭了，双手绞在一起，不知道怎么回答才好。难道她当时觉得父亲会过得更好些吗？难道她当时看到这个举动是对绝望处境唯一的解决办法吗？难道她是因难以想象的粗心大意和轻率才干出这事儿的吗？命运一旦执意要把它无法理解的怪念头强加在我们身上，就会千方百计地使出花招。一时的糊涂、一瞬间的疏忽或者鲁莽，都足以使人在做出决定的时候因为左右为难而干出这种事儿来。后来，我们可以在大脑深处无休止地思索这一举动，解释我们的动机，试图找到我们的真正意图，然而这个举动却已无可挽回了。

父亲被放在盘子里端上来的时候，我们这才突然清醒过来，完全明白出了什么事儿。他躺在那里，煮熟以后显得又大又肿，变成了浅灰色，而且像胶冻似的。我们默不作声地坐在那里，惊讶得目瞪口呆。只有查尔斯叔叔举起叉子，向盘子伸过去，但随即犹犹豫豫地把叉子放下，侧过眼看着我们。母亲吩咐把盘子端到起居室去。后来，盘上盖了一块紫色天鹅绒布，摆在桌子上一本家庭相册和音乐烟盒旁边。我们所有的人都回避着。它就摆在那里。

然而，父亲在尘世的流浪生活还没有结束，接下来的那部分——这个故事的后续不容在此叙述——对我们来说，可谓痛苦至极。既然一切理应认命，既然命运已经无所不用其极地要彻头彻尾地毁灭自己，他干吗不放弃呢？干吗不承认自己已经玩儿完了呢？起居室寂静了几个礼拜以后，不知怎么，他居然又开始恢复元气，缓缓地活过来。有一天早晨，我们发现盘子空了。一条腿横在盘子边沿，淹在凝结的西红柿沙司和肉冻中，这透露出他逃走的迹象。尽管被煮过，而且一路上有腿脱落，他仍然凭借剩余的精力，拖着身子去了某个地方，开始过起一种没有家园的流浪生活。此后，我们就再也没有看见过他。

集外

梦想中的共和国

在那些骚动不安、炎热和令人目眩神迷的日子里，走在华沙的那条人行道上，我常常在沉思冥想中回到梦寐以求的那个遥远城市。我抬高视线眺望着那片低矮的散漫扩张、形态万千的乡村，那件上帝挂到天堂窗台上的大衣，像条缀满斑点的被单。那个国度完全皈依了天堂，用虹彩和万千形态在自己上方支撑起天堂。形状各异的回廊、三角体、彩色玻璃玫瑰、面向永恒敞开的窗户，让这一奇观变得纷纭复杂。年复一年，那个国度逐渐伸入天空，融入黎明的绯红色，在更辽阔的长空的反光中变幻着天国的景色。

从太阳那里开掘出一条通向南方的金光大道，这条路被夏季的光辉打上成熟梨子般的铜色。那片映绘的大地在那里不断移换着，犹如舒卧在阳光下的一只猫。喏，那片被选中的土地，那个特殊的领域，那个全世界独一无二的小镇。向俗世描述这个地方是没有意义的——没有必要解释说它从绵延不断的大地的长舌那里衍生出来，在夏天的烈火中，在天空上方为这个乡村——那片面向南方的大地的沸腾岛屿，那个在黝黑的匈牙利人的葡萄园中耸立的孤独的马刺——贪婪地痛饮着空气，没有必要解释说大地上这粒星尘自动脱离集体的风景，在一条人迹罕至的小径上独自流浪，想自成世界。那个小镇和它的乡村密封在一个自足的微型宇宙中，在天堂的最边缘果断地安顿下来。

小镇外围的园圃好像处在世界的边缘，越过篱笆可以看到那个不知名的平原的极限。在界门那边，这个地区的图景变得像迦南那样难以名状而又无限广阔。在那单薄、荒凉的小撮土地之上，一片比其他任何地方都更深邃更辽阔的天空，一片像高远巨大的洞开的拱顶，随处可见没有完成的壁画和即兴之作、卷曲的画布和剧烈的降落物的天空，再次豁然张开。

如何用语言来描述它呢？当其他小镇致力于发展经济，演变成统计数字，把自己数据化的时候，我们的小镇却退而求其本质。这里没有任何事物的发生纯属偶然，任何结果无不出于深刻的动机和谋划。这里事件不是转瞬即逝的肤浅哑剧，它们的根扎进事物的深处，探进事物的本质。这里，每个瞬间都在做出决定，惯例一次性并永久地确定下来。这里发生的一切仅出现一次而且不可逆转。那些事件天然带着如此沉重的分量，如此严肃的强调意味，而且如此之悲伤，原因就在这里。

例如，就在此刻，庭院淹没在荨麻和杂草中，摇摇欲坠、长满苔藓的棚屋和外围的房子浸陷在耸立着的齐到木瓦屋顶檐边的巨大的牛蒡中。小镇的招牌就是杂草，就是疯狂、热情、奇异的植物生命，它们在廉价、粗糙的绿色草木中蓬勃生长，充斥着剧毒、恶臭和寄生物。那片绿色草木在太阳的魔幻中灼灼发光，叶子的胃在焦渴地吮吸着叶绿素。猖獗、狼吞虎咽似的荨麻军团吞食着开花植物，侵入花园，一夜间就蔓延到整个毫无防备的房屋以及仓库后墙上，在路边的水沟里疯狂地奔跑。奇妙的是那种病态生命力纯洁无瑕、没有生产力，活跃在这抹炽烈的绿色，这太阳和地水的精华中。那抹绿色从一小撮叶绿素中抽离出来，在夏日的烈焰中蒸发掉虚无奢华的质地。那抹绿色精华被几百遍地复制到数百万叶子的绒毛或者毛皮的表面，复制到带纹脉的透明的青绿中，上面跳动着水灵灵的植物的血，散发出旷野的刺鼻草味儿。

在那个季节，院子上方店铺储藏室的那扇后窗上蒙着一块树叶反射过来的对角形绿光，犹如颤动的薄纱。那是一片波浪般的层状绿色，完全是这个凶恶的后院繁殖力的畸形泛滥所致。储藏室陷入深深的阴影之中，所有的绿影迅速掠过，绿色反光沿着波浪形的路径弥漫开来，像森林中嘶嘶作响的呢喃声，穿过那段拱形地带。

小镇已经陷入一种狂野的奢华之中，好像落入一场提升到第一百平方的睡眠中，在夏季的热气和光芒造成的晕眩与迷离中，在这个蛛网和绿荫构成的深重迷宫中，小镇懒洋洋地躺着，显得有气无力。房间里，在早晨窗户上方的光辉照得像地下水般发绿的朦胧中，一排排苍蝇展着垂死的翅膀挣扎，好像永远囚禁在被遗忘的瓶底，锁定在凄凉的痛苦中，它们用悠长而单调的悲叹或者愤怒而伤心的呜呜声宣泄着痛苦。那扇窗户很快成为各种破碎的昆虫片制成的花边织品的聚集地，成为昆虫死前最后的逗留所。一只大的蚊子长时间地碰撞着墙壁，带着胡乱飞翔发出的渐行渐弱的嗡嗡声，最后迟钝地降落在一片玻璃上。蚊子、苍蝇集群扎在窗户上，然后又四散开来，缓缓漫过玻璃，催生出一代又一代呈天蓝色、金属状、玻璃般的羸弱的飞虫。

店铺展品的上方，巨大、耀眼的遮阳篷在热风中懒散地飘荡，飞扬的布条经受着烈阳的炙烤。死季笼罩在空荡荡的广场上方，以及被狂风鞭笞的大街上。远方的景致聚集在一起，被炎热、炽亮的天空上迷离晕眩中的花园拉成褶，仿佛从天堂的那些洞窟中一个劲儿地飘摇而降，犹如一张巨大而艳丽的布幔，明亮而闪耀，在飞行途中弄得皱巴巴的。这些景致已经疲惫，正在养精蓄锐，等着再次令人耳目一新。

那样的日子能干些什么呢？从那片炽热中，从沉沉地压在胸脯上的躁闷的中午时分的噩梦的重负中，能逃向何方呢？在这种日子，母亲会雇一辆马车，伙计们挤在那个黑色躯壳中，爬到装着布匹的箱子上或者抓住弹簧，我们集体乘着它离开小镇去里特尔山。我们驰入那片丘陵起伏的风景中。车子艰难地颠簸在崎岖田野漫长、孤独的道路上，穿过大路上扬起的炎热的金黄的尘土。

几匹马脖颈暴涨，油亮的后腿在辛苦跋涉中扭绞在一起，尾巴忙碌地频频甩动着。转向时车轮放缓，轴承发出尖叫声。那匹老马穿过平坦的、点缀着鼹鼠丘的草地，斜躺的牲畜让草地明显隆起，它们有的头上带叉、有的长角，简直就是一堆堆骨头、结疤和脊梁构成的庞大而混沌的团块。它们躺在那里，像古老的坟墓般岿然不动，安静的目光中折射出遥远的变幻不定的地平线。

我们终于在里特尔山上停住，紧挨那个低矮的砖石建筑的客栈。在那道分水岭上，在那道正好位于两个相对地域之间的高高的山脊上，客栈孤零零地矗立在那里，屋顶在天空的映衬下向外伸出，几匹马极力挣扎着想爬上高高的边沿，似乎对什么感到茫然不解，在划出两个世界的收费门旁边撑住停下。从这道大门可以俯瞰到一片开阔空旷的风景，四边与公路相接，显得苍茫、朦胧，如同褪色的挂毯，一股巨大、缥缈的天蓝色阵风始终在那里轻拂着。一阵微风从遥远的绵延的平原上升起，拎起马匹的鬃毛，在高远清澈的天空下飘过。

有时我们会在这里过夜，有时父亲为我们做个标记，把那片风景印上去，面积大得像一幅地图，上面布满蛛网般的公路。在我们的前方，在曲折蜿蜒的道路上，隐隐约约能看见在我们之前出来的车辆还在爬行，在那条边上栽着排排樱桃树的亮晃晃的碎石路上吃力地行进，向一家小酒馆开去，它夹在一条满是泉水的滴答声、翻腾的水溪以及喃喃的树叶声的窄窄的峡谷中间。

在那些已经远去的日子里，我们一群男孩子最早忽然产生了想去更远处漫游的不可思议的怪念头。我们想越过那个小酒馆，进入没有人烟甚至没有上帝的土地，想在两个既中立又有争议的边界上巡游，那里边界线逐渐消失，风的罗盘在高远的天穹下随意掠过。我们想在那里安营扎寨，在我们周围筑起壁垒，完全脱离成年人的限制，完全走出原有的权威王国，宣告成立青春的共和国。我们可以在这里成立新的自治议会，建立新的标准和价值体系。这将是一种在诗歌、传奇掩护下的生活，充满了无尽的暗示和预言。我们要做或者貌似要做的就是推倒制度的壁垒和限制，那些禁锢人类历史进程的古老标志，因为我们需要一种根本的力量，一场无法预料的洪水，一场浪漫传奇的洪流冲进我们的生活。我们要把生活完全交给这种神话的急流，交给这种历史事件激动人心的奔流，被它汹涌的波涛心甘情愿地裹挟而去，完全不施加任何个人的意志。自然精灵本质上是一个伟大的故事叙述者。神话、小说、爱情故事和史诗的妙文从其核心像不可阻挡的激流般汹涌流出。空气中塞满了形形色色的故事。你只需在幽灵活跃的天空下放一只夹子就可以逮住一个，在风中竖立起一根木桩，当叙述的条带在飘过它的尖顶时就会被捕捉住。

我们发誓要自己丰衣足食，创立一种新的生活原则，开辟一个新的时代，重新构建这个世界——在小范围，说真的，只为我们自己，但要完全根据我们自己的品位和兴趣。

这里将成为一个据点，一个碉堡，一个坚不可摧的工事，统治整个小区，既是堡垒、戏院，又是视觉实验室。整个自然将与其目的息息相连。如同在莎士比亚的作品中那样，这部自由脱缰的戏剧将蔓延到大自然，弥漫进现实，从一切要素中汲取冲动和激情，随着巨大的潮汐的漩涡和自然激流的喷洒起伏不已。我们要在这里找准贯穿自然躯体所有活动的那个节点，确定通向一切故事线索的关键，以及在她伟大、朦胧的灵魂中隐约闪烁的寓言的入口。我们像堂吉诃德那样要把所有历史和浪漫小说的通道扭向我们的生活，向所有迷人、曲折的事物，向当苍天在这场异想天开中走得有点过头时编织进自身的复杂历险故事开放疆界。

我们幻想这个地区正遭受一种无可名状的威胁，某种神秘的危险悄然而至。为了对付这场灾难和风险，我们要在堡垒中找到安全的庇护所和掩体。乡村遭到狼群的危害，成群的抢劫者在森林中肆虐。我们建起防护所和壁垒，被还算愉快的预兆和甜美的战栗激动过后，准备好应对围攻。我们的大门把逃亡者从土匪的刀下拽出来，他们在我们这里发现了港湾和庇护所。被野兽追逐的马车以拼死的飞奔速度向我们的大门驰来。我们向神秘、尊贵的陌生人尽地主之谊，在试图穿透他们伪装的猜谜中迷失了自我。傍晚，大家齐聚那间宽敞的大厅。在炫目的烛火的照耀下，我们听着一个又一个故事或者令人惊喜的奇迹。有时，编进这些故事的情节从叙述框架中跳跃出来，走到我们中间，活生生地、饥渴地寻找牺牲品，把我们卷入危险的旋涡。忽然的相认，意外的泄露，一次不可思议的邂逅，挤进我们的私生活。我们失去了脚下的土地，置于我们自己释放的意外的危险之中。远方，狼嚎声响彻空中，我们在回忆着那些浪漫的纷扰，我们自己半路上落入它们的盘桓中，这时深不可测的夜晚在窗户的另一边翻腾着，充满了无形无状的渴望、热情、不可理喻的自信，深邃无边，取之不竭，它本身被编织进迷宫般的旋涡。

今天，那些遥远的梦想无缘无故再次苏醒。这种可能性本身表明，这些梦想无论多么荒谬和没有意义，都不会在宇宙中被浪费掉。这些梦想有某种根深蒂固想具体化的渴望，要求把某种义务强加于现实，要求不知不觉变成一个真正的主张，打了欠条闹着要付款。我们早已放弃了建造那个城堡的梦想，然而，在这里，多年以后有人出来重拾这些梦想，严肃以待。这个人心地纯朴和真实，他完全能够理解这些梦想，把它们当作真实王国的摹本，把它们看得很平常，不会有任何问题。我见过这个人，我已经跟他交谈过。他的眼睛是那种令人难以置信的生动的天蓝色，好像不是为了看东西而是为了探入梦的蔚蓝本质而创造出来。他告诉我，他来到我经常提及的那个小区，那方无名、纯洁、没有人烟的土地时，立刻捕捉到了诗歌和传奇的芳香，感知到了在那个地方上空悬浮的神话现成的轮廓。他在空中发现了这个意念尚未成型的轮廓、那些平原、高地以及写满信息的石板。他仿佛听到了某种召唤，某种内心的声音，好像挪亚接到了命令和指示。

这个蓝图的精灵拜访过他，这个精灵在空中悠然漫步。他宣告成立了一个梦想中的共和国，一个诗歌的自治王国。在这片辽阔的土地上，在这片飘到森林中的风景的表面上，他建立起这个排外的虚构家园。他立了桩尖标出边界，为一个城堡的建立奠定基础，把这片世界改造成一个独立的、巨大的玫瑰园。旅客公寓已经初具雏形，还有用来独自冥想的小房间、餐厅、宿舍、图书馆，公园里的酒吧、凉亭、阁台，景色优美的别墅……

那个拖着身子走到城堡大门的人，那个一路上备受豺狼或者土匪煎熬的人，被救下了。他们把他招进去，脱掉他满是灰尘的衣服，参加胜利大游行。来到乐土般的氛围的他，喜庆、愉悦、欢欣，呼吸着充满玫瑰芳香的空气。在他身后的某个地方，城市和世俗事务，那些日子及其狂热，逐渐淡去。他进入一种无比舒适的新的休闲节奏，他抛弃了自己的身体，就像抛却了瘦骨嶙峋的甲壳，褪掉已经长进脸里的怪异面具，完成了解脱的蜕变。

这个拥有一双天蓝色眼睛的人并非建筑师，他更像一个导演，一个宇宙风景和景观的导演。他的艺术体现在从空中捕捉大自然的本意，懂得如何阅读她神秘的野心。因为自然中充满了潜在的建筑，充满了各种蓝图和构造。那些伟大时代的杰出建设者们的行为有何不同呢？他们喜欢偷听巨大广场上传来的无边的悲怆，远方生机勃勃的风景，对称小道无言的哑剧。早在凡尔赛存在之前，夏夜辽远的天空中的乌云就自行集结成那种体积巨大的综合体，宗教秩序生存和膜拜于斯，这天国的聚集之地，这些乌云早就在舞台布置上练过手，堆起耸立的建筑结构，做出宏大和世界尺度的设计。那个无边的空中大剧院的创意、设计及其空中预演无穷无尽。它幻化出一座富丽堂皇的灵感建筑，一个缥缈超然的城市规划商标。

人类创造出的作品具有这种独特性，一旦完成就开始与外界隔绝，与自然绝缘，固化在自己的基础上。相反，这位蓝眼人的作品并没有与伟大的宇宙背景绝缘，而是弥漫其中，具有半人性化的色彩，像一个半人半马的动物，掌控着尚未完成和正在演变的大自然的壮丽进程。这位蓝眼人鼓舞大家不断地工作、构想，共同来参与创造。毕竟，我们全都是天生的幻想家，都是带着泥铲的兄弟们，注定都是杰出的建设者。

秋天

你肯定熟悉夏天的那个时刻：如此欢乐和精力旺盛的夏季，把一切可以想象的事物——人、事、物——拥抱到自己怀中的夏季，有朝一日会遭受某种几乎难以察觉的伤害。阳光依然那么耀眼、密集和充足，这幅风景依然使用着天才普桑[①]馈赠给这个季节的经典、壮丽的华饰。但是，说来奇怪，我们早晨漫步归来后，莫名其妙地觉得有些疲惫和无聊：有什么可惭愧的事吗？我们感觉有点闷闷不乐，尽量回避着不互相凝视——这是为什么呢？我们知道，黄昏时，总有人面带忧虑的微笑来到夏季某个偏远的角落叩敲，叩敲那堵墙试图验证这声音到底是不是依然圆润和真实。这种测试有种阴险揭发的变态嗜好，有种对丑闻的小小兴奋感。但是，在公开场合我们又显得满怀虔敬和忠诚：我们在开办着坚实的公司、财力雄厚的企业……如果第二天传来夏天的破产讯息，那似乎就像前天的新闻，不再产生丑闻特有的爆炸性效果。而且，由于资产拍卖过程庄重、生机盎然，这些光秃、空荡的被玷污的公寓，充满了明亮、质朴的回音，这个过程不会招致任何遗憾或者伤感之情：夏天的所有清除工作显得同样的

---

① 普桑（Poussin），尼古拉斯·普桑（1594—1665），17 世纪法国巴洛克时期的重要画家。

苍白无力，散漫无序，有种拖延到圣灰星期三狂欢节的漫不经心的态度。

不过，沉溺于悲观主义也许是不成熟的表现。交涉还在进行当中，夏天的储备还没有耗尽，完全的恢复近在眼前……不过夏天的人们可不以深思熟虑和头脑冷静见长。连旅店老板，那些在投资夏天股票市场的人，都开始投降了。其实——这种忠诚的缺乏和对一个忠诚盟友应有欣赏的缺失表明，高贵商人是何其稀罕！他们都是些商铺老板——小气怯懦之人，缺乏长远眼光。总而言之，他们都紧紧搂着那点儿好不容易积攒起来的家当不肯破费。他们愤世嫉俗地摘掉文雅的面具和燕尾服想露出……他们不过是个出纳员。

我们也开始收拾起行李。我只有十五岁，完全没有世俗义务的负担。离出发还有一个小时，我又一次跑出去跟这个度假地告别，验收这个季节的收成，决定什么可以带回去，什么必须从这些死气沉沉的外景中永久清除。可是在公园里，在午后的阳光中显得空空荡荡、灿烂明亮的圆形小广场旁边，紧挨着密茨凯维支[①]的纪念碑，有关夏天的这场危机的真相在我的灵魂中豁然开朗。我怀着这种顿悟的喜悦心情，爬上纪念碑基座的两个台阶，在那里用目光和伸出的胳膊画了一个充满激情的弧线，仿佛在对整个度假地发表演说："别了，夏季！你是那么美丽和绚烂。没

① 密茨凯维支（Mickiewicz，1798—1855），波兰诗人、革命家。

有任何一个夏天能与你媲美。今天，我终于懂得了，尽管有时你让我感到极度不快和悲伤。为了让你记住点儿什么，我要把我的冒险经历留给你，让它充满整个公园、小路和花园。我再也不可能带着我的十五岁回去了，它将永远留在这里。我把专门为你画的那幅画放进我以另一个逗留者的身份住过的平房后廊两根木椽之间的缝隙里。现在你正沉入这些阴影，这个到处是农舍、花园的小镇也跟你一起沉入地下世界。你没有继嗣。你和这个小镇，你最后的族类，正在死亡。

“可你并非无辜，哦，夏季！让我来告诉你，你的罪疚何在。你不甘心待在既定的范围。没有任何现实能够满足你，你总是要脱离会被现实化的王国。在现实世界找不到安息之地，你就用虚构的隐喻材料创造出一个超级建筑，你游走在联想和幻觉之间，无可估量的事物之中。所有的事物都与另外一个事物有关，后者依序又要求更进一步的事物来确认，这样无穷无尽地关联下去。最后，你的甜言蜜语令人发腻。人们已经倦于在没完没了的修辞的翻腾中晃荡。是的，修辞——请原谅我这样说。在众多的想象中，在一个接一个地方，涌现出对真实和本质的渴望时，这点就变得很清楚了。那一刻已经招致了你的失败。你的宏观界限变得清晰可见，你的豪华风格，你在青春年华时满足了现实需要的华丽装饰，现在看来也不过是矫揉造作的把戏。你的柔美和幻想打上了幼稚夸张的痕迹。你的夜晚辽阔无边，就像情人们疯狂的激情，有时又像高烧病人的幻觉般旋转着万花筒。你的香气是如此独特，人类已经无法欣然汲取。在你触摸的魔力作用下，一切都纷纷解体，变成更加深刻更加高级的形式。人们吃着你的苹果时，会联想到来自天堂大地的果实，你的李子让人看到只可消费气味的虚无缥缈果实的意象。你的上腭只捕捉颜色中最高的谱系，你不熟悉这黑暗、充满泥土气息、油腻的褐色物质的浸润与精华。秋天代表着人类灵魂对事物、本质、边界的渴望。由于不可知的原因，当人类的比喻、设计、梦想开始渴望变成现实时，秋天就要随时光临了。从前在人类宇宙最遥远地带上空弥漫的幻影——给它高高的拱顶借来这些光谱的色彩——现在回到人间了，而此刻人类正在寻找温暖的气息，寻找温馨的小小家园，寻找能够安放一张床的区区之隅。人们的住宅成了伯利恒[①]的小马厩，所有的恶魔，所有上天凡界的精灵密密麻麻地围绕在这个核心的四周。这个美丽的经典的故作姿态时代，拉丁文式的修辞、那种南方式矫揉造作的圆滑的时代结束了。秋天在丢勒[②]和勃鲁盖尔[③]们健康、原始的活力中找到了自己。那个形式从物质内容的激流中突然涌出，凝固成漩涡和结点，用它的巨嘴和长牙提取着内容，揉捏、糟蹋、变形，然后从印着不成形的泥团的搏斗痕迹，带着从木然的脸上提取出来的怪异表情的标签的手

---

① 伯利恒（Bethlehem），耶路撒冷南方一镇，相传为耶稣降生地。

② 即阿尔布雷特·丢勒（Albrecht Dürer，1471—1528），德国画家、版画家及木版画设计家。

③ 勃鲁盖尔（Bruegel，1525—1569），荷兰画家，尼德兰文艺复兴时期最后一位大师，他创作的尼德兰农村风俗画，在欧洲绘画史上占有重要地位。

爪中释放出来。”

我对着公园那片半圆形的空旷之地陈说这番言辞，公园似乎在我眼前逐渐隐退。从我嘴里说出的只是这番独白的片段，因为我找不到恰当的词语，同时我不过是在模仿自己的演讲，用手势来弥补词语的不足。我以坚果打比方，秋天最经典的果实，很像屋里的家具，营养、味美、醇厚。我提到了栗子，闪亮的果实模范，为孩子们玩耍而制作的杯球玩具，我提到了秋天放在窗台上绽放着诚实、朴素气息和平淡的红晕的苹果。

我返回宿舍时黄昏已经在熏蒸空气。两部巨大的马车已经被牵在院子里，映衬着我们的离去。那几匹马还没有套上绳索，把脑袋埋在食袋里打着响鼻。所有的门都敞开着，蜡烛在我们房间的桌上燃烧，在风中摇曳不已。迅速降临的阴霾，在黑暗中变得看不清的脸，带着行李匆匆走出去的人们，这个惨遭蹂躏、房门敞开的屋子里的凌乱，所有这一切都透出一种令人沮丧的仓促、误期的惊慌、恐惧和灾难的战栗意味。最后，我们在马车深处的洞穴中各自占好位置，出发了。田野上漆黑、浓密、深沉的空气在我们头顶呼啸着，车夫从这种令人陶醉的缥缈中汲取了力量，用长长的鞭子噼啪打了几下，辛苦地稳着马步，马跑得结实有力，修得很漂亮的肩胛骨在黑暗中，在尾巴忙碌摆动的空隙摇晃不已。那两团马肉，咔嗒作响的车厢，吱呀尖叫的皮壳，穿过这阴暗、孤独、没有星星的夜景。有时，它们似乎就要散架，像四分五裂和仓促逃逸的螃蟹般裂解开来。这时车夫会更紧地抓住手中的缰绳，重新归拢起破碎的马蹄，再次把它们收拾成齐整严格的节奏。明亮的车灯把长长的光柄射进不断扩散然后又中断的夜晚的深处，大步飞进狂野模糊的虚空。这些光芒迈开长腿偷偷溜走，想在森林边某个偏僻的地方面带嘲讽戏弄车夫。丝毫未受干扰的车夫用皮鞭的噼啪声扫荡着它们。当我们在房舍间飞驰时，小镇还在安睡中，街灯在空旷的街上零星地闪烁着，似乎只是为了照亮一个低矮的房屋或者阳台，又好像为了给人们记忆中某扇紧闭的大门钉上一个数字而设置。这么晚了，受到惊吓后，重门紧锁的店铺、槛梁低垂的大门以及被夜风惊扰的招牌，表现出绝望的寂寞和被遗忘的事物特有的那种深深的孤独。当我们向集市广场驶去时，我姐姐的马车拐进一条小街。我们进入广场深深的阴影中时，马的步子变了。在宽敞的走廊入口，那个光脚面包师用黝黑的目光扎了我们一下，那个寡妇药剂师还没有睡，正从一只巨大的坛子里抽送草莓香脂。马蹄下的路面逐渐变厚，单独和成双的打铁的叮当声从越来越慢、越来越清晰的马蹄声中分离出来。我们家被刻画过的侧墙渐渐从黑暗中露出来，马车在墙边停下。一个女仆替我们打开门，手里端一盏带反射镜的油灯，我们巨大的身影在楼梯上方变得更加庞大，在楼梯口的拱门处各自分开。那间屋子里只点着一根蜡烛，光焰浸入到从打开的窗户外吹进的微风中。暗淡的墙纸由于多少痛苦世代的忧伤和困扰已经发了霉。陈旧的家具从昏睡中苏醒，从长久的孤单中解脱出来，似乎带着心照不宣的苦笑和耐心的世故盯着回来的家人。你们是逃不掉的，它们仿佛在说，最终还得再次踏进我们的魔幻王国。因为我们早已分清了你们的所有动作和表情——无论起来还是坐下，分清了你们未来所有的日日夜夜。我们会等待，我们知道……那些巨大的洞穴般的床铺，层层冰凉的被单和毯子高高堆起，等待着我们的肉体。夜晚的防洪闸在昏睡的团团黑暗不断增强的压力下呻吟着，浓密的火浆就要喷薄而出，淹过拦洪坝，淹过房门，淹过陈旧的衣柜，淹过风在那里叹息的火炉。

祖国

经过无数次命运无常的颠簸——我无意再经历了——我发现自己终于来到异国他乡，来到年轻时热切渴望的梦想中的国土。但是，夙愿的了却也太晚了，而且环境与我着迷地想象过的样子大不相同。我终于回来了，不是以征服者而是以一个生活的流浪汉的身份。我向往的凯旋之地现在成了可恶、可耻、失落、琐屑的失败之地，我在其中接二连三地丧失了自信和高贵的理想。至今，我还在仅仅为了生存而拼搏，想竭尽全力把自己脆弱的贝壳从被命运的无常刮得七零八落的失事船只上救出来。我终于来到那个中等规模的外省小镇，在我年轻时的梦想中，那里应该矗立着某座乡村别墅，那应该是某个著名的年迈的大师用来躲避尘世喧嚣的庇护所。我甚至没有意识到这个巧合的讽刺意味，我现在想扎下根，在这里住段时间，也许可以说是冬眠些日子，住到下一个事件狂风骤雨般地爆发出来。我不在乎偶然性把我引向何方。这里风景的魅力在我心中已经无可挽回地减退了。现在，历经纷扰和蹂躏，我只想心平气静。

然而事物的发展却别有取向。显然，我来到了人生的某个岔道口，来到个人命运独特的转折点，因为我的生活开始意外地稳定下来了。我有种进入舒服的激流的感觉。无论我转向何方，碰到的情况似乎都是为我专设，人们不顾一切，仿佛一直在等待着我的出现。我从他们的眼睛里看到了由衷关注的闪光，那种献身为我服务的冲动，好像是某个更高的权威在指示他们这样做。这当然是环境的机缘巧合产生的幻觉，是偶然性聪明的手在我命运的齿轮上施加的奇妙咬合，这些手把我从一个事件带向另一个事件，我在这些事件中像一个梦游者般恍惚不定。几乎没有时间来惊讶。我命运中这个愉快的转折点想与牢骚不断的宿命论携手向前，这是一种无忧无虑的消极和信赖，它叮嘱我要顺从地听命于那些事件引力的拉拽。当我的才华终于得到欣赏时，我很少把这一切看作对一桩长期不曾满足的需要的了却，看作对那个不被承认、惨遭排斥的艺术家长年累月的愤怒的深深酬谢。作为一个曾经渴望不管干什么工作都行的咖啡店提琴手，我迅速升任当地歌剧院交响乐团的第一小提琴手，我被这个非常排外的业余艺术爱好者圈子接纳了。我进入这个最出色的团体，享有看上去好像拥有了很长时间的特权——我，曾经在落魄的地下世界过着居无定所的生活，曾经是乐团这艘轮船的无票偷乘者，靠施舍度日，在甲板间谋生。那些引领我在灵魂深处过着一种痛苦不堪的潜意识生活的激情，以被窒息、桀骜不驯为借口，迅速取得了合法性，开始过上自主的生活。篡位者和徒劳的装腔作势者的痕迹逐渐从我的眉宇中退去。

我是以删繁就简的方式来叙述这一切的，在概述命运的语境中，不容自己去探究这个莫名其妙的职业的种种细节，因为所有事件其实都属于已经被记录下来的事件的史前史。不——我的幸福中绝对没有像人们推测的那样充满极端因素或者不羁的放纵。我牢牢地沉浸在深度的平静和确定感中——这是一种信号（被生活弄得敏感到连对它的表情、善意的算命师都不寒而栗），通过它我怀着深深的释然认识到：这次生活不再藏起它的恶意。我幸福的本质是持久而真实的。

我过去无家可归的全部流浪史，我以前生活中深藏的苦楚，自动与我分开，像一段位于交叉地对着落日射线的乡村地带般漂了回去。那落日又一次从遥远的地平线上方升起，而那列带走我的火车绕过最后一个弯道，向深夜直奔而去，拥抱着扑面而至的未来。那是一种不断膨胀令人陶醉的未来，混合着轻细的烟雾。这里就是让我遇到那个核心事物的地方，萦绕并且簇拥着那个繁荣和幸福时代的事物：伊丽莎，我在那个朝圣的舞台上相遇，经过短暂的疯狂求婚后成为我妻子的女人。

我的好运既丰富又完满。我在歌剧院的地位不可挑战。交响乐团的指挥梅斯特罗·佩莱格里尼非常器重我，在所有重大决策上都征求我的意见。他是一个马上就要退休的和蔼可亲的老人，圆滑练达，他离任时将不必通过协商就把这个歌剧院和镇上的交响乐团的指挥棒交给我。我已经不止一次拿起过那根指挥棒，当指挥家生病或者感觉难以适应与他的气质有隔阂的现代作品的要求时，我代替他指挥过每月举办的交响乐或者歌剧院的管弦乐。

这个歌剧院是国家授予的“最佳剧院”之一。我的薪水丰沛得足以过上舒适，甚至某种奢华的生活。我们的家已经被伊丽莎根据她的品位装修、处理过了，因为我在这方面毫无野心或企图。相比之下，伊丽莎思想果断（虽然也经常变来变去），然后又能以那股值得为某项崇高事业而努力的劲头把这些想法付诸实现。她永远都在跟供货商打交道，兴致勃勃地为质量、价格而苦战，一定要在那些她缺乏自豪感的方面极尽榨取之能事。我看着她折腾，既带点温柔的纵容，又有些许惧怕，感觉就像看着小孩儿在悬崖边漫不经心地玩耍。想象我们在与上千种日常琐事的搏斗中创造着自己的命运，这是多么天真啊！

幸福地停泊在这个平静的港湾后，现在我就想哄骗一下命运之神的警惕性，不想再把自己抛到它注意的焦点上，就想在别人浑然不觉的情况下附着在自己的好运上，不要被觉察到。

命运的眷顾使我在这个城镇找到如此安然静谧的庇护所，这个小镇因为一座古老教堂而闻名于世，它位于一道高高的悬崖上，离居民区的边缘还有一段距离。小镇在这里骤然打住，那块高地忽然到了尽头，变成陡峭的城垛和海角，上面到处是摆着桑葚和栗子的货摊，从那儿可以俯瞰到一片极为开阔的风景。这是矗立在这个省辽阔、干净的平原上方的白垩纪时代高高的山群最后的岩层，平原的整整一面迎着西部温暖的气流。在这些柔和气流的抚摸下，小镇被围拢在平静、温馨的气候带里，在一个包容着它的更大环境内部制造出一个所谓的微型封闭气象循环系统。

一年四季，几乎觉察不到和煦微风漫游过来，逐渐融入秋天，化作稳定和谐的风流，堪与空气中明亮的湾流媲美，像是无所不在的单调的风语声，温柔得让人忘却一切，进入幸福的化境。

那座教堂，在彩色玻璃、几代以来珠宝上嵌着珠宝无限扩张的宝藏积淀发出的美丽光芒中，被雕琢和镂刻了好几个世纪，现在吸引着来自世界各地的成群的游人。在任何季节，你都能看到他们在我们的大街上游荡，手里攥着导游书。他们占据了我们的宾馆最大的入住份额，经常云集在我们的商店和古董店里寻找珍宝，充斥在我们的各种娱乐场所。他们从遥远的外部世界带来海洋的气息，有时还带来实施伟大计划的热情与活力，做大买卖的豪迈热忱。有些人对这里的气候、教堂、生活节奏迷恋不已，据说会安居下来多住上一段时间，以适应环境，然后永远留在那里。还有人在离去时带走了妻子——我们这里商贩、工厂、旅店老板们的漂亮女儿。因为有了这种联络，外面的资本经常到我们这里的企业来投资，强化了我们这里工厂的实力。

因此，多年来镇上的经济生活在平稳的轨道上运转良好，不曾遭受震荡和危机。高度发达的制糖业以其甜蜜的动脉供养着四分之三的人口，镇上还广为宣传一家有着优良老传统的著名陶瓷厂。它的产品全部用来出口，每个回国的不列颠人都会特意定做很多件这种象牙般的瓷器。上面绘着教堂和小镇的图案，像出自我们的艺术学院里那些年轻姑娘之手。

总而言之，这是一个自由同时又被治理得井井有条的小镇，像这个国家的其他许多小镇一样——适度地喧闹又专心做事，适度地迷恋自己的舒适和文雅氛围，同时又适度地允许势利的野心和社会爬升的存在。女士们几乎都追求大都市人的奢侈穿戴，先生们则模仿首都人的生活风格，借助寥寥几家带歌舞表演的酒店和俱乐部，辛苦而勉强地保持着夜生活的活力。那里十分流行玩扑克，连女士们都沉溺其中。同样，对我们来说，没有一天不是在扑克游戏中度过和结束的。有时，我们会在一位朋友雅致的公寓里玩到深夜。伊丽莎对这种事同样很热衷，她向我解释这种狂热的正当性时还提到这是出于对我们社会地位的关心，声称经常出去参加这种场合是很有必要的。然而事实上，她迷恋的完全是这样打发时间可以既不用动脑子还略带刺激性。

有时，当伊丽莎完全醉心于游戏的变幻无常时，我看到她兴奋异常，两眼放光，脸颊上弥漫着一抹激动的红晕。暗淡的灯在桌上投下柔和的光，桌边围着一群如痴如狂之徒，纸牌在他们的手中像扇子般摆开，在险恶的命运轨道上进行着想象中的竞赛。我瞥了一眼伊丽莎，这是一个不可捉摸的角色，这场降神会上的挑战让她显得有些紧张，飞快地凑到这位或那位玩家的背后。进入压倒一切的沉默氛围后，大家开始窃窃私语，这种低调标志着运程的多变和曲折。我一直在期待着那股无声却狂热的陶醉笼罩住他们的所有感官，完全忘记他人的存在，全身僵硬地屈膝俯身望着转盘，这时我就可以悄然从那个魔幻艺术王国抽身而去，沉浸到自己孤独的沉思冥想之中。有时，从这样的游戏中退出后，我设法不被人注意地离开牌桌，悄然步入另一间屋子。那里一片幽暗，只有一点遥远的街灯射过来的光线。我把脑袋靠在一面窗玻璃上，站在那里长久地沉思默想。

在公园秋色迷蒙的上空，一线模糊的红光掠过黑夜。在备受蹂躏的树冠的座椅中，乌鸦被虚假的黎明欺骗在无意识的警觉的啼叫声中醒来，成群结队吵闹着飞出去。大声叫嚷着旋转的无序队列在阴郁的红光中激起阵阵骚乱和震荡，空中散发出白菜和落叶浓烈的芬芳。最后，乌鸦在整个天空盘旋翻转制造出的骚乱减弱、渐渐平静后开始降落，排成一线参差不齐的临时队列，在凌乱的树丛中闪着亮光，显得焦躁不安，充满了怨恨、唠叨与质疑。这群黑压压的东西终于永远降落下来，融入林地苍白无力的寂静中。露深更迟的夜晚再次开始摇曳。好几个小时就这样过去了。我把灼热的前额贴在玻璃上，感觉仿佛明白了——从现在开始，再也不会有任何东西伤害到我，我找到了一个平静的天堂。漫长的若干年的幸福和成就在前方等待着，那将是一个欢乐好时光的无穷数列。最后几声叹息浅淡而甜蜜，幸福地充满我的胸中。我屏住呼吸。我知道，某一天死神会把我带到她张开的怀抱中，就像她一辈子都在做的那样，慷慨而仁慈。我会心满意足地躺在被修葺得漂漂亮亮的本地公墓绿色的地下世界。我的妻子——戴着黑纱的她将显得多么美丽啊——会在明媚、安静、我们喜欢的凌晨给我带来鲜花。从这无边无际的深渊，响起饱含深情、浑厚圆润的音乐，这崇高、忧郁、响亮、雄壮的前奏曲的音符。当它从深处抛上来时，我能感觉到那节奏的有力跳动。我抬起眉头，盯住某个遥远的点，感觉头发都竖了起来。我全身凝固了，聆听着……

一阵响亮的谈话声把我从昏沉中惊醒。大家都在打听我上哪儿了，还发出朗朗大笑。我听到了妻子的声音。我从躲藏的地方回到那个明亮的房间，揉着还沉浸在黑暗中的眼睛。这时聚会已经散场。男女主人站在门口，在跟正要离去的客人闲聊，互致分别的礼节。最后，我们独自来到黑暗的大街上。妻子调整着随意、轻松的步子，以便跟我保持同步。我们一起惬意地走着，向一座小山爬去，她脑袋微微低垂，踢着盖住路面的窸窸窣窣的落叶的地毯。她还沉浸在博弈、幸运的惠顾以及喝过的葡萄酒产生的兴奋状态中。她从来都不乏女性的小小伎俩。我们之间有某种默契，她对我这种不负责任的出神行径保持了绝对的宽容，而且对任何尖酸刻薄的议论都严厉地反击回去。我们走进自己家的公寓时，一抹黎明的绿光已经在黑暗的地平线上露出。一股收拾得清清爽爽的室内才会有的热烘烘的好闻的味道笼罩过来。我们没有马上开亮灯。远处的一线灯光循着窗帘的银色图案探进来，落到对面的墙壁上。我穿着衣服坐在床边，默默地抓住伊丽莎的手，在我的手中握了好久。

（2007 年 12 月 31 日第一次译毕，2008 年 7 月 24 日第三次修改完毕，2008 年 9 月 2 日第四次修改完毕）

译后记

杨向荣

对布鲁诺·舒尔茨的钟情始于20世纪90年代《外国文艺》上刊登的于默先生翻译的几篇他的小说，我记得当时是站在学校阅览室书架过道里忽然看到《鸟》和《蟑螂》的，感觉标题都是小动物小昆虫。读了片刻后，不知由于上课还是要干别的什么事儿，我匆匆离开阅览室，从那以后就再没有看到那本杂志，管图书的苏老师说有一批杂志卖给外面的人了。我想会不会落到在北大东门外摆书摊的那些人手里了。此后，心里不时惦念着那几个标题怪怪的短篇。也许这种惦念意味着舒尔茨最终会跟我有关。后来，从菲利普·罗思的一本评论作家的小书里看到他对舒尔茨非常感兴趣，曾专门打电话约艾萨克·巴什维斯·辛格谈论同是波兰人的舒尔茨。读完这篇文章后我才发现这里的舒尔茨就是我老惦记的那个舒尔茨。于是马上找来舒尔茨的作品，几乎不由分说就翻译起来，也不计较能否发表。翻译这本只有20万字的短篇小说集，陆续花了很长时间，反复修改了多遍。但是，现在看来，无论修改多少遍，这个古怪大师总有一种抗拒我等凡人进入他的世界的神秘力量。我想，要跟他的这股神秘力量捉迷藏，我们需要无限地翻译下去。

记得有位物理学家说过，宇宙比我们想象的要更加古怪。这句话用在舒尔茨的小说上同样适合：舒尔茨的作品要比我们想象的更加古怪。这位足不出户的短篇小说大师，在波兰某个小城一幢带店铺的公寓楼里营造着近乎想入非非的世界，在店铺阁楼上安静又焦虑地观察和倾听着万物的细微动静。在他的耳朵听来，万物的轻语即是喧哗，静谧的蠕动声中暗藏着世界的骚动。他试图向我们揭开琐事背后万花筒般的奇妙境界。

舒尔茨于 1892 年 7 月 12 日生于波兰的德罗戈贝奇小城。父亲是个藏书家，经营一家衣料铺，这个铺子后来在儿子的作品中成为贮藏幻想的仓库，存放神话的密室。舒尔茨学过三年建筑，自学绘画，最终做了一名中学美术教师。他从 20 世纪 20 年代开始萌生写小说的念头，想用文学创作来调剂单调枯燥的生活。纳粹占领故乡小城后，他被打死在街头，时年 50 岁。这个相貌奇特、神态憔悴，长着一张苍白的三角脸和一双凹下去的棕色眼睛、瘦骨嶙峋的人，后来成了波兰文学史上独此一家的大师，但是很长一段时间，没人知晓他是何许人。他的作品大致在 20 世纪 60 年代才开始为西方所了解，得到众多读者的赞赏，然而人们却不知道如何来阐释他的作品。

据说，舒尔茨常年生活在孤独中，离群索居，沉醉在自己的梦想和童年的回忆中，过着紧张而特异的内心生活，对物质世界的刺激反应敏感而又强烈。我们在舒尔茨的小说中不难看出，他随心所欲地安排时间的流逝，让幻想世界变为现实。他创造出一个很唯我的神话世界，消弭了隐秘的精神活动与外在现实之间、理智与情感之间的界限。换言之，他要回到诗意的最深处。他要表现我们的集体想象、它的本质要素和机制。他的世界严格遵照一个孩子的诗意心理尺度，充满了各种各样的隐喻。这个世界动力的源泉就是神奇的想象力，这样的想象力无论经过多么极端的现实化也不会枯萎。辛格说他有时候写得像卡夫卡，有时候像普鲁斯特，而且经常成功地达到他们没有达到的深度。舒尔茨的作品主要是两本短篇小说集《鳄鱼街》和《用沙漏做招牌的疗养院》，另有若干书信和一批绘画。据说，舒尔茨的创作或者喃喃自语惊动了远在英国的意识流大师詹姆斯·乔伊斯，他甚至萌动了学习波兰语的想法，要亲自走进舒尔茨的世界看看。

舒尔茨营造的那个世界的中心人物就是沉浸在梦幻中的父亲。他的全部小说总计有29篇，其中直接写到父亲的有10篇，另外有几篇间接地提到了父亲。这10篇小说犹如一个小系列，刻画了荒诞不经的父亲，属于舒尔茨短篇中的精品。

父亲第一次出场是在《圣显》里。这是一个举止古怪、生命力逐渐萎缩的父亲。他有一股强烈的冲动，希望变成不是自己的那种事物，远离人类集体。他内心不断与假想对手和上帝激辩，经常喃喃自语，不知所云，经常离开房间躲在公寓不为人知的角落，不知所终。

在《鸟》中，冬日来临，父亲的行为更加怪诞，他有时封起炉子研究捉摸不定的火焰，有时站在短梯上仰视漆有天空和鸟儿图案的天花板，有时把耳朵贴在地板的裂缝上聆听，有时如痴如醉地观看女仆打扫房间。他怀着艺术家的激情，在阁楼上孵鸟，培养出各种各样奇形怪状的鸟儿，建立起一个自己独享的鸟儿的王国。父亲所有这些荒诞举止背后透露出的似乎是对现实世界单调乏味的反抗，想用诗意的想象构造自己的王国。最终，这个诗意王国却被女仆用扫帚毁灭了，那群羽毛动物跳着毁灭的舞蹈离开阁楼飞向了遥远的天空。

到了《裁缝的布娃娃》，阴霾再次侵袭城市，在这段昏沉无聊的日子，父亲无意中碰上两个用碎布片缝制布娃娃的年轻女裁缝。小说通篇是父亲在夜间对裁缝、女仆阿德拉和儿子演讲自己琢磨出来的创世理论：除了上帝，每个人都可以参与万物的创造。万物的创造纯属物质自由运动、盲目构造出来的。生命形式的种类千差万别，无穷无尽，只要给物质材料赋予一种形式就可以创造出一种生命。

《肉桂色铺子》跟父亲的关联略微间接。这里提到了父亲的样子：满脸乱蓬蓬、硬扎扎的灰发，乱七八糟地从疣子上、眉毛中、鼻孔里钻出来。这是一个风的飒飒声、黑夜的吱吱嘎嘎声以及地板上秘密咬啮生涯的聆听者和观察家。小说用了三分之二的篇幅描写少年在月夜所经历的一切。这是一次非常美妙的体验，但给少年带来最美好的体验却是那些在夜间还开着的肉桂色的铺子。作者对夜晚的幻景极尽铺陈之能事，传达了夜间光影的迷宫难以言传的魅力，但带有少年强烈的主观扭曲色彩。

《蟑螂》里父亲似乎已经去世，但是连生死这般大事在小说中也变得模棱两可，儿子觉得父亲变成了摆在家里的那件秃鹰的标本，眼睛已经脱落，木屑从眼袋里撒出。父亲的死去与一次蟑螂的大规模入侵的惊吓和随之产生的憎恶感有关，这种憎恶感最后彻底耗竭了父亲的精力，最后连父亲本人也似乎逐渐变成了蟑螂，开始过起蟑螂的生活，全心全意地干着蟑螂干的事情。可是母亲却坚持说父亲还活着，只是在全国各地做着旅行推销工作，有时深夜回家，天亮前又走了，在这里，父亲的生死成为不确定的难解之谜。

《盛季之夜》用大量的笔墨渲染了一番父亲店铺里的氛围，其中最佳的渲染莫过于对店里布料的描绘，这些五颜六色的布料在父亲或者儿子眼中完全是秋季烂熟绚丽的风景画。这种幻觉写得美不胜收。父亲把这片沉静的颜色世界看得弥足珍贵，生怕遭到一丝破坏。但是盛季之夜到来了，一群群呼喊着要做买卖的人不断冲击店铺，把店里的布料推倒，布料散落开来，那绚丽的色彩犹如洪流般倾泻而出，这时父亲像堂吉诃德般站在布料上挥舞着愤怒的拳头抗击那些破坏布料颜色美景的群氓的围攻。在父亲最需要的时候，他的伙计们却在家里追逐美丽的女佣阿德拉。父亲在捍卫自己诗意世界的焦虑和嫉妒伙计的情欲煎熬中几乎要崩溃了。这场风波刚刚平息，天空中忽然出现了大量奇异的鸟族，在空中来回飞翔盘桓。但是，这些鸟儿都是畸形的，有的长着两个脑袋，有的有很多翅膀，有的脚是跛的，个个都发育得丑陋不堪，腹内空空荡荡，没有真正的生命。但是这些鸟儿很快就被群氓用石头砸了下来，变成一堆堆羽毛和肢体的碎片，散落在地面。这些鸟儿其实是父亲几年前在阁楼顶层培育，被阿德拉赶走，经过若干世代后又飞回故园的那批鸟儿。这次鸟儿的意外归来令父亲激动不已，但它们最终还是灭绝在人类的酷手之中。在这个盛季之夜，父亲经历了两场巨大的灾变，无论他经营的颜色美景还是不期而至的天籁般的荒诞，都被毁灭了。

在《父亲加入了消防队》中，荒诞的父亲穿上盔甲把自己打扮成武士模样，执意要做一个消防队的队长，然后从自家窗户像飞人般跳跃到外面的广场上。《死季》刻画的是父亲与一个布商在某个夜晚谈生意的活动，那礼仪写得颇有古典味道，逼真神秘的氛围让人如临其境。在《父亲的最后一次逃走》中，变来变去的父亲又变成了一只蟹，但是，最后被煮过后又逃逸了。

《用沙漏做招牌的疗养院》中，父亲陷入时间的错位状态，作家好像嫌正常的时间对父亲折磨的力度还不够，又把他带进扭曲的时空。父亲生了重病或者压根就已经不在人世，家人听信广告诱惑安排他去了一家用沙漏做招牌的疗养院治疗。叙述者乘火车到这个神秘的疗养院探望父亲。那里的医生声称他们治疗的秘密不过是把时间拨回去，让垂死的人借用二手的时间苟延残喘。这个小镇经常发生离奇的时空扭曲，叙述者明明看到父亲在饭店里谈笑风生，可是回到病室后却发现奄奄一息的父亲躺在床上。整篇小说气氛阴森，想象奇诡，同时又颇为苦涩。

有些作家喜欢挥舞着斧头把形容词的乱须悉数砍掉，但是舒尔茨却小心翼翼地把能够细腻传达幻想的形容词一一召回来，围聚在自己四周。开篇的《八月》把八月的燥热传达得如此精致、如此黑暗、如此令人窒息、如此令人恐怖。情节简单到无以复加，但是对简单素材的描写又复杂到令人发指的程度。作家在如此短小的篇幅里随心所欲和蔑视传统章法到如此傲慢的程度。但是，所有这一切又是在极其缜密、严肃、一丝不苟的刻画中完成的。八月的燥热也是欲望的躁动，最后，作为叙述者的少年看了表哥埃米尔扑克牌上的裸体女人后身体发生了一阵剧烈的战栗，高度浓缩和紧张的躁动随之释然。我们也随着这股压抑得喘不过气来的燥热和躁动的释放而释然。

《暴风骤雨》用极其夸张的手法描写了一团肆虐了整整三天三夜的暴风。作者对这股狂风的力量、影响、导致的幻想，进行了非常绚烂和变形的刻画，这样的恐怖体验在我们童年的感觉中并不鲜见。然而作者在营造了这种恐怖气氛后又离奇地来了一笔：前来躲避暴风的姨妈因为阿德拉燎烧一只公鸡的羽毛后受到刺激，气愤得浑身战栗，胡言乱语，用两根木片撑起身子在地板上乱跳，最后在一个角落里缩成一撮灰烬。

《春天》的故事线索极为简单，但作者在这条单纯的线上附加了无穷的东西。这部枝蔓繁复的中篇充满了对季节、对地下世界、对所谓故事来源地的奇思异想。不会有太多的作家花费无穷的笔墨对某个季节的夜晚进行如此不厌其烦的描绘。这些感觉都经过作者的变形处理，写得神秘绮丽，甚至写出了时空的扭曲。

舒尔茨的有些小说结构完全不顾人们熟悉的套路，也许瑕瑜互见，但是，这些东西就像有边角的折损却又罕见的珍稀邮票，收藏者明明知道，但依然爱不释手。无论如何，舒尔茨是一位伟大的作家，严肃认真的作家。我在阅读和翻译的过程中，仿佛看到一个专注的雕刻家一个人在阁楼上雕琢着自己手中的作品，一毫米一毫米地推进着凿子，生怕砍伤了什么。他是真正把文学看作自己的事情，文学几乎没有给他的现实生活带来任何世俗的好处。

这本书翻译出来后搁置了将近三年，最终能够出版还要感谢当年新星出版社的瓦当先生。当然，还要感谢最早翻译舒尔茨作品的于默先生，是他最早把舒尔茨介绍到中国来，在我们这些外国文学爱好者心中播下喜欢的种子，我在这里也恭敬地参考了于默先生翻译的那几篇的成果。翻译过程中得到辛迪的很多帮助，这位金发美女帮我释疑解惑时经常旁征博引，一个问题的答案所用篇幅差不多相当于写了则短文，在此特致谢意。可惜，现在，与辛迪失去了联系，她帮我解答疑难的文字也没有保存下来。最后，感谢张杰先生和多加小姐，他们促成这本小说集在新的出版社出版。舒尔茨的晦涩风格给译者带来的工作难度是可想而知的，译文不如意乃至失误之处肯定难免，作为曾经的探路，权且聊备一格。